The Proposal
by Mary Balogh

浜辺に舞い降りた貴婦人と

メアリ・バログ
山本やよい[訳]

ライムブックス

Translated from the English
THE PROPOSAL
by Mary Balogh

First published in the United States by Delacorte Press

Japanese translation published by arrangement with
Maria Carvainis Agency, Inc
through The English Agency (Japan) Ltd.

浜辺に舞い降りた貴婦人と

主要登場人物

グウェンドレン（グウェン）・グレイスン……レディ・ミュア。子爵未亡人
ヒューゴ・イームズ……トレンサム卿。元軍人
ジョージ・クラブ……スタンブルック公爵。ペンダリス館の主人
フラヴィアン・アーノット……ポンソンビー子爵。元軍人
ラルフ・ストックウッド……ベリック伯爵。元軍人
サー・ベネディクト（ベン）・ハーパー……元軍人
ヴィンセント（ヴィンス）・ハント……ダーリー子爵。元軍人
イモジェン・ヘイズ……レディ・バークリー。士官の未亡人
コンスタンス（コニー）・イームズ……ヒューゴの母親違いの妹
フィオーナ・イームズ……ヒューゴの継母
ネヴィル……キルボーン伯爵。グウェンドレンの兄
ヴェラ・パーキンスン……グウェンドレンの友人
ジェイスン・グレイスン……イギリス軍中佐。グウェンドレンの夫のいとこ
現在のミュア子爵

プロローグ

もう少しましな天気になってくれてもよかったのだが。低く垂れこめた雲が突風にあおられて空を走り、朝からの雨模様がついに本格的な雨に変わった。荒れ狂う海が鈍い灰色を帯びている。じっとりした冷気が馬車のなかにまで入りこみ、一人で乗っている男性は分厚い外套に感謝した。

しかしながら、陽光を望みはしたものの、気持ちのほうは暗くなかった。いまから行くのはコーンウォールのペンダリス館、スタンブルック公爵ジョージ・クラブの本邸だ。公爵は彼が世界でいちばん愛している六人のなかの一人。いや、そのうち五人は男性だから〝愛している〟は変かもしれない。では、世界でいちばん〝信頼している〟六人に変えるとしようか。もっとも、〝信頼〟という言葉はひどく無機質な感じだが、六人の友人に対する彼の感情に無機質なところはまったくない。これから三週間ほど、全員がペンダリス館に滞在することになっている。

七人のうちかつて士官だった五人は、ナポレオン戦争を生き延びたものの、さまざまな傷を負って戦いに参加できなくなり、治療のためイングランドに送り返された。そして、スタンブルック公爵の目に留まり、治療と静養と回復を目的としてペンダリス館に招かれることとなった。公爵自身は従軍できる年齢を過ぎていたが、一人息子はそうではなかった。戦争が始まったばかりのころ、イベリア半島で戦死した。七人目のメンバーは女性で、偵察任務についていた士官の妻だったが、夫は半島で敵にとらえられ、拷問を受けて死亡した。拷問の少なくとも一部は妻の目の前でおこなわれた。公爵は彼女の遠い親戚で、イングランドに戻った彼女を自分の屋敷に迎えることにした。

傷が癒えて回復へ向かう長い時間のなかで、七人のあいだに固い絆が芽生えた。今後はそれぞれが怪我と戦争の傷跡を抱えて生涯を送ることになるため、ペンダリス館という安全な場所を出てそれぞれの人生に戻る時期がやってきたとき、毎年二、三週間ほどここで集まろうという案に全員が賛成した。ゆっくり過ごし、友情を新たにし、回復の様子を報告し、困っている者がいれば支えあうために。

誰もが〝生き延びてきた者《サバイバー》〟であり、自立した人生を送る強さを持っている。しかし同時に、全員が永遠の傷を抱えていて、仲間と一緒のときだけはその事実を隠さなくてもいい。仲間の一人がかつて、自分たちのことを〝サバイバーズ・クラブ〟と呼び、その名称が、仲間内だけではあるが定着した。

雨が馬車の窓を叩くなかで、トレンサム卿ヒューゴ・イームズは外の景色に目を凝らした。そう遠くないところに崖の先端が、その向こうに海が見える。空よりなお暗い灰色の海が線のように延び、白波が立っている。ここはすでにペンダリスの領地だ。あと数分で屋敷に到着する。

三年前に屋敷を出たときは、誰もが身を切られるように辛かった。ヒューゴもできることなら、ここで残りの生涯を幸せに過ごしたかった。しかし、言うまでもなく、変化するのが人生の常であり、出ていくときが来たのだった。

そして、いまふたたび変化のときが訪れて……。

いや、それについてはまだ考えないことにしよう。

今年が三回目の再会になる。ただ、去年の集まりには残念ながら出られなかった。だから、仲間に会うのは二年ぶりだ。

馬車はペンダリス館のどっしりした正面玄関に続く石段の下で止まり、スプリングが効いているためしばらく揺れつづけた。すでに到着したメンバーがいるのかどうか気になった。パーティ会場に到着した子供みたいで、少々気恥ずかしくなった。期待にわくわくしつつも、緊張のあまり胃がおかしくなりそうだった。

屋敷の玄関があいて、公爵自らが迎えに出てきた。雨も気にせず石段を下りてくると、御者が馬車の扉を開き、ステップの下ろされるのを待ちきれずにヒューゴが飛びおりたときには、公爵も下まで来ていた。

「ジョージ」ヒューゴは言った。

ふだんの彼は人を抱擁するタイプではない。不必要に手を触れることすらしない。しかし、いまここで固い抱擁を始めたのは彼のほうで、やがて、おたがいにしっかり抱きあっていた。

「よく来てくれたね」しばらくすると公爵が身体を離し、一歩下がってヒューゴをしげしげと見た。「二年たっても縮んでいないようだな。背丈も横幅も。きみの前に出ると、いつになく自分が小柄になったような気にさせられる。さあ、雨を避けて屋敷に入ろう。きみに肋骨を何本折られたか調べることにする」

玄関ホールに入ったとたん、ヒューゴは最初に到着したのが自分ではなかったことを知った。フラヴィアンが迎えてくれた。ポンソンビー子爵フラヴィアン・アーノット。それから、ラルフも来ていた。ベリック伯爵ラルフ・ストックウッド。

「ヒューゴ」フラヴィアンが片眼鏡を目のところまで上げ、退屈でうんざりというふりをした。「この醜い巨大熊め。きみに会えて、驚くほど、う、うれしいよ」

「フラヴィアン、ほっそりした美少年め」ヒューゴはタイルの床にブーツの音を響かせて大股でそちらに近づいた。「うれしいのはこっちも同じだ。驚くほどではないが」

二人はおたがいの身体に腕をまわし、相手の背中を叩きあった。

「ヒューゴ」ラルフが言った。「最後に会ったのがつい昨日のことのようだ。きみは少しも変わらないな。その髪だって、毛を刈られたばかりの羊そっくりだぞ」

「きみの顔を横切るその傷跡を見ると、やはり、暗い路地では会いたくない相手だと思わせられる」ヒューゴはそう言いながら、ラルフに近づいて抱擁しあった。「ほかの連中はまだ来てないのか」

しかしそう言ったとたん、ラルフの肩越しに、階段を下りてくるイモジェンの姿が見えた。

レディ・バークリーと呼ばれているイモジェン・ヘイズ。

背が高く、ほっそりしていて、優美な女性だ。ダークな色合いの金髪はうなじでシニョンに結ってあるが、そのシンプルな髪形が北欧系の面長な顔の完璧な美しさをひきたてている。高い頬骨、ふっくらした唇、青緑色の大きな目。また、大理石に似た顔の冷たさも髪形によってひきたっている。それは二年前からまったく変わっていない。

「イモジェン」ヒューゴは彼女の手を握りしめ、ひきよせて強く抱いた。なつかしい香りを吸いこんだ。彼女の片側の頬にキスをして、上から見つめた。

イモジェンは片手を上げると、人差し指の先をヒューゴの眉間にすべらせた。

「あいかわらずの渋面ね」

「あいかわらずの悪人面だ」ラルフが言った。「ひどい顔だね。だが、去年はきみが不参加で寂しかったぞ、ヒューゴ。フラヴィアンなんか、醜いと呼べる相手がいなくてつまらなそうだった。一度、ぼくをそう呼ぼうとしたが、二度とやるなと叱っておいた」

「おかげで死ぬほど怖かった、ヒューゴ」フラヴィアンが言った。「きみがいてくれれば、うしろに隠れられたのに。仕方がないから、イモジェンのうしろに隠れることにした」

「さきほどの質問に答えよう、ヒューゴ」公爵がヒューゴの肩を片手で叩いた。「到着したのはきみが最後だ。みんな、じりじりしながら待ってたんだぞ。ベンも階下できみを出迎えたがったが、階段を下りるのに時間がかかるし、すぐまた上がらなくてはならん。ヴィンセントが客間でベンに付き添っている。さあ、上へ行こう。きみの部屋へはあとで案内する」

「あなたの馬車が近づいてくる音をヴィンセントが耳にしたので、すぐにお茶の支度を命じておいたわ」イモジェンが言った。「でも、ポットからお茶を注いで飲むのはきっとわたし一人だわ。野蛮人の群れに放りこまれると、こういうことになるのよね」

「いやいや」ヒューゴは言った。「熱いお茶が飲めるなら、そんなうれしいことはない、イモジェン。ついでに、ジョージ、あなたのほうで、明日と今後二、三週間の好天を命じておいてくれればよかったのに」

「まだ三月だ」みんなで階段をのぼりながら、公爵が言った。「しかし、きみのたっての願いとあれば、ヒューゴ、きみの滞在中は晴天が続くようにとりはからおう。外見はいかついくせに中身は温室育ちという連中が、世間にはけっこういるからな」

客間に入っていくと、サー・ベネディクト・ハーパーが立ちあがった。杖をついているが、全体重をかけているわけではない。いまはなんと、自分の脚でヒューゴのほうに歩いてくる。乗っていた馬が銃弾に倒れたために脚を押しつぶされ、切断を拒んだ彼を医師団が愚かだと言ったが、逆に医師団のほうが愚かだった。ベンはもう一度歩けるようになってみせると誓い、みごとにやりとげた。

「ヒューゴ」ベンが言った。「きみの姿を見れば目の痛みも癒される。体格が倍になったのかい？　それとも、外套のせいかな？」

「いやいや、こいつの姿を見ると目が痛くなる」フラヴィアンがそう言ってため息をついた。「それから、ケープを重ねた外套は肩のあたりが貧弱な男のためにデザインされたものであることを、誰もヒューゴに教えてやらなかったらしい」

「ベン」ヒューゴはベンを両腕でそっと抱きしめた。「自分の脚で立てるようになったんだな。こんな頑固な男には会ったこともない」

「きみもいい勝負だと思うが」ベンは言った。

ヒューゴは〈サバイバーズ・クラブ〉の七人目のメンバーのほうを向いた。最年少のメンバー。窓のそばに立っているが、金色の巻き毛は以前と同じく長すぎるし、好き勝手な方向へ跳ねている。顔は人なつっこくて陽気な感じ、まるで天使のようだ。いまは満面の笑みを浮かべている。

「ヴィンス」ヒューゴは部屋を横切りながら声をかけた。

ダーリー子爵ヴィンセント・ハントは、ヒューゴの記憶にあるとおりの大きな青い目でまっすぐに彼を見た。女性をとりこにする目――フラヴィアンがかつて、この若者から笑いをひきだそうとしてそう言った。だが、このまっすぐな視線を向けられると、ヒューゴはいつも落ち着かないものを感じる。

なぜなら、ヴィンセントは目が見えないから。

「ヒューゴ」抱きしめられて、ヴィンセントは言った。「なんてすてきなんだろう。またあなたの声が聞けるなんて。今年はこうして戻ってきてくれたんだね。去年参加してくれてれば、ほかのみんながぼくのバイオリンを嘲笑するのを止めてくれただろうに。そうだろ？あ、みんなと言っても、イモジェンは別だよ」

背後でいっせいにうめき声が上がった。

「きみ、バイオリンが弾けるのかい？」ヒューゴは尋ねた。

「そうだよ。あなたならもちろん、みんなの冷やかしを止めてくれたよね？」ヴィンセントは笑顔で言った。「みんな、あなたのことを大柄で獰猛《どうもう》な戦士のようだと言うけど、もし本当にそうなら、あなたはペテン師だ。だって、ぼくにはいつも、ぶっきらぼうな声の底に流れる優しさが聞きとれるもの。今年、ぼくのバイオリンを聴いても、あなたなら笑ったりしないと思う」

「きっと泣き崩れるだろう、ヴィンス」ラルフが言った。

「ぼくのバイオリンは聴く者の涙を誘うという評判なんだ」ヴィンセントは笑いながら言った。

ヒューゴは外套を脱いで椅子の背に放ってから、ほかのみんなと一緒に椅子にすわった。公爵が「何か強い飲みものでも」と言ったにもかかわらず、全員がお茶にした。

「去年はきみに会えなくて、誰もがひどく残念がっていた、ヒューゴ」しばらく雑談を続けたあとで、公爵は言った。「不参加の理由を知って、残念な思いはさらに強くなった」

「ここに来る支度をしていた矢先に、父の心臓発作の知らせが届いたのです。とるものもとりあえず駆けつけたおかげで、父の死に目に間に合いました。話もできました。もっと早くそうすべきだった。軍職を購入してほしいと強く言って父を悲しませたのは事実ですが、何も疎遠になることはなかったんです。父はわたしが生まれたときからずっと、事業の後継者

に と望んでいました。最後の最後までわたしを愛してくれました。ぎりぎりに間に合って、〝愛している〟と父に言えたことを、この先ずっとありがたく思うでしょう。もっとも、安っぽい響きだったかもしれませんが」

二人がけのソファにヒューゴと並んですわっていたイモジェンが彼の手を軽く叩いた。

「お父さまはわかってくださったわよ。人間って、心の言葉は理解するものよ。たとえ、頭でつねに理解できるわけではなくても」

しんと静まりかえった一瞬、ヴィンセントも含めて全員が彼女を見た。

「父は後妻のフィオーナに少しばかりの財産を、そして、わたしの母親違いの妹コンスタンスに莫大な持参金を遺したが、手広くやっていた事業と貿易会社の大部分はわたしに遺された。いまのわたしはとんでもない大金持ちだ」

ヒューゴは渋面になった。富はときとして、肩にのしかかった石臼のように感じられる。しかし、それに付随する義務のほうはさらに重荷だ。

「ああ、ヒューゴ、かわいそうに」フラヴィアンがポケットから麻のハンカチをとりだし、目頭を押さえた。「胸が張り裂けそうだ」

「父はわたしに事業を継がせたいと考えていた」ヒューゴは言った。「ただ、けっして強要はしなかった。わたしにその気があるなら、ということだった。望みが叶ったのを知って、父は危篤状態ではあったが喜びに顔を輝かせた。そして、時期が来たらわたしの息子にすべてを譲るようにと言った」

イモジェンがふたたび彼の手を軽く叩き、お茶のおかわりを注いでくれた。

「正直に言うと」ヒューゴは話を続けた。「わたしは田舎の静かな暮らしに満足していた。コテージで過ごした二年間は幸せだったし、この一年はクロスランズ・パークで幸せに暮らしてきた。もちろん、遺産の一部で買った屋敷ではあるが。怠惰な日々の言い訳として、一年間は喪中なんだ、急いで事業経営に乗りだすのは父の財産を狙っていたようで世間体が悪い、と自分に言い聞かせてきた。しかし、明日は父の一周忌だ。言い訳を続けることはもうできない」

「みんな、いつも言っていたよね、ヒューゴ」ヴィンセントが言った。「隠遁生活はあなたの性格に合わないと」

「さらに言うなら」ベンが言った。「われわれはきみをいまだ爆発していない爆竹にたとえてきた。点火を待っているだけだ、と」

ヒューゴはため息をついた。

「すると、あっぱれな武勇に対して称号を授与されたことも、きみには結局なんの意味もなかったわけか」ラルフが訊いた。「中流階級の人生に戻るつもりかい？」

ヒューゴはふたたび渋面になった。

「中流意識を捨てたことは一度もなかった。上流の一員になりたいと望んだこともなかった。きみたち六人がいなければ、父が生涯そうだったように、わたしも貴族というものを軽蔑していただろう。クロスランズを購入したことで、いささか見栄っ張りに思われたかもしれないが、安らぎに包まれて暮らせる自分だけの場所が田舎にほしかった。それだけのことなんだ」

「そこはいつまでもきみのものだ」公爵が言った。「事業の重圧で押しつぶされそうなときは、静かな癒しの場になってくれるだろう」

「いまのわたしが悩んでいるのは、息子の件なんです」ヒューゴは言った。「正式な跡継ぎをもうけなくてはならない。そうでしょう？　跡継ぎをもうけるには妻を持たなくてはならない。今回の滞在が終わったら、なんとかしないと。覚悟を決めました。妻を見つけるしかない。本当はまっぴらだが。すまない、イモジェン。女性を毛嫌いしているわけではない。ただ、正直なところ、自分の人生に誰かを迎え入れる気にはなれないんだ。あるいは、自分の家のなかに」

「すると、ロマンスを求めているわけではないのだな、ヒューゴ」フラヴィアンが言った。「まことに賢明。色恋はまさに、あ、悪魔のしわざだ。疫病のごとく避けるべし」

フラヴィアンが戦争へ行くときに婚約していた令嬢は、彼がイベリア半島で負傷して帰国したとき、その傷跡を正視できなくて婚約を破棄してしまった。二カ月もたたないうちにほかの男と結婚した。フラヴィアンがかつて親友だと思っていた男と。

「誰か候補はいるのかね、ヒューゴ」公爵が尋ねた。

「いえ、べつに」ヒューゴはため息をついた。「女性の親戚が山ほどいますから、こちらからひと言頼めば、次々と縁談を持ってきてくれるでしょう。わたしのほうはろくに親戚づきあいもしてこなかったのに。ただ、強引に押しつけられそうな気がするんです。それだけは勘弁してもらいたい。じつはですね、このなかの誰かから助言をもらえることを期待して来ました。どうやって妻を見つければいいのか」

全員が黙りこんだ。

「きわめて簡単なことだ、ヒューゴ」ようやくラルフが言った。「頭も性格もよさそうな女を見かけたら、近づいて、自分はトレンサム卿という者で、おまけに大金持ちだと告げ、自分と結婚する気はないかと尋ねる。それから一歩下がって、相手が〝はい〟と答えようと焦るあまり舌をもつれさせるのを見守っていればいい」

誰もが笑いだした。

「そんな簡単なことなのか」ヒューゴは言った。「肩の荷が下りたぞ。明日さっそく浜辺に出かけて、天候が許せば、頭も性格もよさそうな女たちが通りかかるのを待つとしよう。ペンダリスを離れる前に、わたしの問題は解決しているだろう」

「おいおい、〝たち〟をつけるのはやめろ、ヒューゴ」ベンが言った。「複数形はだめだ。きみをめぐって争奪戦になってしまう。しかも、称号と財産以外にも争奪の的はたくさんある。浜辺へ出かけて、女を一人だけ見つけてこい。われわれはきみに協力するため、一日中浜辺に近づかないことにしよう。もちろん、ぼくにとっては簡単なことさ。なにしろ、脚が不自由だから、浜辺まで行くのはもともと無理だ」

「では、きみの幸せな未来も決まったことだから」公爵がそう言って立ちあがった。「きみは自分の部屋へ行って、旅の汚れを落とし、着替えをして、晩餐の時間までゆっくり休むといい。だが、この件については、明日からもっと真剣に相談するとしよう。たぶん、われわれのほうで具体的な方法を何か提案できるだろう。さて、ひと言だけ挨拶させてもらいたい。〈サバイバーズ・クラブ〉のメンバーを今年もまた迎えることができたのはじつに喜ばしい。わたしはこの瞬間を待ちこがれていた」

ヒューゴは外套を手にとって公爵と一緒に客間を出た。ふたたびペンダリス館を訪れ、世界でいちばん大切に思っている六人と再会できた魅惑的な安らぎと喜びを、しみじみ噛みしめながら。

窓ガラスを叩く雨の音までが、心地よさを高めてくれた。

1

レディ・ミュアことグウェンドレン・グレイスンは肩を丸め、マントをぴったりと身体に巻きつけた。風が強く、冷気が肌を刺す三月のある一日で、滞在中の村から坂を下りたところにある漁港に立っているため、寒さがいっそう身にしみた。いまは引潮、何隻もの漁船が濡れた砂地に竜骨を半分埋めて横たわり、ふたたび潮が満ちて海に浮かぶときが来るのを待っている。

そろそろ家に戻らなくては。家を出てから一時間以上になる。心の片隅では、暖炉の温もりと湯気の立つお茶の安らぎを恋しく思っていた。ただ、あいにくヴェラ・パーキンスンの家はグウェンの自宅ではなく、一カ月の予定で滞在している家に過ぎない。しかもヴェラと喧嘩したばかり。いや、ヴェラに喧嘩を吹っかけられて動揺してしまった。だから、まだ帰る気になれなかった。悪天候に耐えているほうがましだ。

左のほうへ歩いていくのは無理だった。岬に邪魔されて先へ進めない。しかし、右のほうは高い崖の下が砂利浜になっていて、遠くまで延びている。潮が満ちてきて浜辺が海中に沈んでしまうまで、まだ数時間あるだろう。

ドーセットシャーのニューベリー・アビーという屋敷内にある寡婦の住居が彼女の住まいで、そこも海辺にあるのだが、ふだんのグウェンは波打ち際を歩くのを避けている。浜は広すぎるし、崖は険しすぎる。海は永遠の彼方まで続いている。グウェンはもっと狭くて秩序ある世界のほうが好きだった。それならどうにか自分の思いどおりになる。例えば、手入れの行き届いた花壇のように。

しかし、今日のグウェンはしばらくヴェラから離れていたかった。そして、村からも、田舎の小道からも。村を歩けばヴェラの隣人たちに出くわして、愛想よく立ち話をしなくてはならないと思ってしまう。いまはとにかく一人になりたかった。砂利浜には人影がなく、遠くまで続き、その先で内陸のほうへカーブしていた。浜辺に下りてみた。

ところが、ほんの少し行っただけで、誰も浜辺を歩いていない理由がわかった。砂利の大半はとても古く、長い年月のあいだ波に洗われたために丸くすべすべになっているが、最近のものもけっこう交じっていて、そちらは大きくてごつごつしている。そんな砂利を踏んで歩くのは容易なことではない。たとえグウェンの脚が丈夫だったとしても大変だろう。ところが、じつを言うと八年前に落馬して右脚を骨折してしまい、完全な治癒は望めなかった。平坦な場所でも、つねに脚をひきずって歩いている。

しかし、ひきかえすつもりはなかった。足を置く場所に気をつけながら頑固に歩きつづけた。そもそも、急ぎの用事もないのだし。

憂鬱だった二週間のなかでも、今日は最悪の一日だった。一カ月の予定でこちらに出かけることは、衝動的に決めた。ヴェラから手紙が届き、数年前から病に臥せっていた夫が二カ月前に亡くなったとの悲しい知らせを受けたのだ。ヴェラは手紙のなかで、長年夫の看病を続けたあとの悲しみと疲労で倒れそうなのに、夫の一族も、実家のほうも、みな知らん顔だと愚痴をこぼしていた。〝夫を亡くして悲しくてたまらないわ。グウェン、しばらくこちらに来てくれない?〟

二人はロンドンの社交界にデビューしたとき、わずか二、三カ月のあわただしい日々のなかで友達になり、ヴェラがサー・ロジャー・パーキンスンの弟にあたるパーキンスン氏と、グウェンがミュア子爵とそれぞれ結婚したあとも、ときどき手紙のやりとりをしていた。ミュア子爵が亡くなったあと、ヴェラから長い同情の手紙が届いて、自分たち夫婦のところに泊まりに来て好きなだけ滞在するようにと勧めてくれた。夫も含めて周囲の人々から冷たくされているので、グウェンが来てくれれば大歓迎だというのだ。そのときは招待を断わったが、今回は多少の危惧を覚えつつも、ヴェラの懇願に応じることにした。夫を亡くしたあとの悲しみと疲労と孤独を、グウェン自身が身にしみて知っていたからだ。

ところが、その決断を一日目から後悔することになった。手紙の文面からも伝わってきたように、ヴェラは愚痴と不平のかたまりで、グウェンは彼女が病弱な夫の介護に何年も追われたあげく、つい最近夫を見送ったばかりであることを考慮して、優しく接しようとしたが、ほどなく、社交界デビュー以降の歳月がヴェラをひねくれた性格にし、いつも不機嫌な顔をしている女に変えてしまったことを知った。村の人々の大半がなるべくヴェラを避けようとしていた。友達と呼べるのは、よく似た性格の女性の一団だけだった。椅子にすわって彼女たちの会話を聞いていると、黒い穴に吸いこまれていき、呼吸するための空気まで奪われそうな気分にさせられる。彼女たちが知っているのは自分の人生と世界に不満を持つことだけで、恵まれた面があっても、そちらには目を向けようともしない。

そういう自分も彼女たちと同じく人を批判しているのだと気づいて、グウェンは愕然とした。悪意というのは怖いぐらいに伝染性の強いものだ。

けさのゴタゴタが起きる前からすでに、長期滞在などしなければよかったと後悔していた。二週間で充分だった。いまごろはもう帰途についていただろう。しかし、一カ月と約束した以上、一カ月滞在するしかない。しかしながら、けさはさすがのグウェンも冷静さを失いそうになった。

寡婦の住居で一緒に暮らしている母親から手紙が届き、そこにはシルヴィとレオにまつわる楽しい話がいくつか書かれていた。この二人はネヴィルとリリーの子供たちだ。ネヴィルはグウェンの兄で、称号はキルボーン伯爵、ニューベリー・アビーの本館を住まいとしている。グウェンはヴェラから微笑か笑い声をひきだしたくて、朝食の席でこの手紙を読みあげた。ところが、かわりに不機嫌な非難の言葉を延々とぶつけられることになった。基本的には次のような内容だった——あなたが何年か前にご主人を亡くしたときは、笑うことも、苦労を忘れることも簡単だったわよね。莫大な遺産のおかげで楽に暮らしていけるし、お兄さまもお母さまも実家に喜んで迎えてくださったし、そもそも、あなた自身がそれほど繊細な人じゃなかったもの。愛よりもお金と身分のために結婚した人だから、冷淡で邪険な態度をとったのも当然よね。社交界にデビューしたあの春、あなたが本当はどんな人なのか、誰だってちゃんと知ってたわ。このわたしが身分の低いパーキンスン氏と結婚したのは深く愛しあっていて、地位や財産など問題にしなかったことを、誰もがよく知っていたようにね。

ヴェラがようやく黙りこみ、ハンカチに顔を埋めて泣きじゃくるだけになったとき、グウェンは無言でこの友を見つめた。口を開くのがためらわれた。同じような非難を浴びせて、意地悪なヴェラと同じレベルまで自分を落とすことになりかねない。人間の屑になるつもりはなかった。だが、怒りで全身が震えそうだった。それに、深く傷ついていた。

「散歩に行ってくるわ、ヴェラ」ようやくそう言うと立ちあがり、椅子をうしろへ押しやった。「戻ってきたら、予定どおりあと二週間わたしに泊まってほしいか、それとも、これ以上ぐずぐずせずにニューベリーに帰ってほしいかを、はっきり言ってちょうだい」

帰るとなったら、郵便馬車か乗合馬車を使うしかないだろう。予定より早く馬車が必要になったことを兄のネヴィルに手紙で知らせたとしても、迎えの馬車が来るまでに一週間近くかかるに違いない。

ヴェラはさらにひどく泣きじゃくり、意地悪はやめてほしいと懇願したが、グウェンはとにかく家を出た。

ヴェラの家に二度と戻らずにすむなら、そんなうれしいことはない。遠い昔に短期間だけ親しくしていた友人のためにここまで出かけてきて、まる一カ月も滞在しようとするなんて、とんでもない間違いだった。

やがて、浜辺の幅が広くなった。ずっと遠くまで続いているように見える。やや先のほうで砂利が砂に変わっていて、そちらのほうが歩きやすそうだ。でも、あまり遠くまで行ってはならない。まだ引潮ではあるが、そろそろ満ちはじめているのが見てとれる。平坦な場所だと予想よりはるかに速く海水が押し寄せてくるはずだ。海辺で長年暮らしてきたので、それぐらいのことはわかる。いくらヴェラの家に帰るのがいやでも、いつまでも外にいるわけにはいかない。そろそろ帰らなくては。

すぐ近くの崖に裂け目があり、砂利の急坂をのぼればその先がまばらな草の生えたゆるやかな斜面になっていて、そのまま岬の上に出られそうだった。そこまで行けば、歩きにくい砂利浜を戻るかわりに、岬の上の道を通って村に帰ることができる。

弱い脚が少し疼《うず》きはじめていた。こんなに遠くまで来るなんて馬鹿だった。

しばらくじっと立ったまま、沖のほうから潮が満ちてくるのを眺めた。不意に、思いもよらぬものが襲いかかってきた。海の波ではなく、孤独という大波が。グウェンはそれに押し流されて、息もできず、抵抗する気力もなくしてしまった。

孤独？

孤独を感じたことはこれまで一度もなかった。結婚生活は苦難の連続だったが、ヴァーノンの死を悼む辛さが薄れたあとは、実家に戻り、静かで満ち足りた暮らしを送るようになった。再婚を焦ったことはなかった。と言っても、結婚に失望していたわけではない。兄は幸せな結婚をしている。親戚のローレンも。結婚で親戚どうしになったのだが、ニューベリー・アビーで一緒に育ったので、むしろ姉妹のような間柄だった。グウェンは未亡人として暮らし、誰かの娘、妹、義理の妹、おばという存在でいることに心から満足していた。ほかにも親戚や友人が無数にいる。寡婦の住居は居心地がいいし、少し歩けばニューベリー・アビーの本館があり、いつ行っても温かく迎えてもらえる。ハンプシャーに住むローレンとキットには頻繁に会いに行っているし、ほかの親戚のところもときどき訪ねている。毎年、春の一カ月か二カ月はロンドンに出て社交シーズンを楽しんでいる。

自分は恵まれた人生を送っているとずっと思っていた。

だったら、この突然の孤独感はどこから来たのだろう？　大波に襲われて膝の力が抜け、息もできないような気がするのはなぜ？　涙がこみあげて、辛くてたまらないのはなぜ？

孤独？

いいえ、孤独なんかじゃないわ。ヴェラの家に足止めされて落ちこんでいるだけ。ヴェラにあれこれ非難され、繊細さに欠けると言われて傷ついただけ。自分が惨めでたまらない。それだけのこと。自分を惨めに思ったことは一度もなかった。まあ、たまにはあったけど。そんなときは、急いで気持ちを切り替えようとした。人生は短いのだから、ふさぎこんでばかりはいられない。楽しめる材料はいつだってたくさんあった。

でも、孤独だなんて……。いつからわたしを待ち伏せして、飛びかかるときを待っていたの？　いまこの瞬間、自分の心のなかをのぞいてみると、怖くなるほど空虚だけど、わたしの人生もほんとはそれに劣らず空虚だったの？　広大で陰鬱なこの浜辺と同じぐらい空虚だったの？

ああ、浜辺なんて大嫌い。

グウェンは心のなかでつぶやくと、いま来たほうをふりかえり、次に、浜辺の先にある崖のあいだの急坂を見上げた。どちらにすればいい？　しばらく迷ってから、坂をのぼることにした。ひどく急ではなさそうだからきっと大丈夫、上まで行けば、村に戻る楽な道が見つかるだろう。

石の散乱する坂をのぼるのは、砂利浜を歩くのと同じぐらい大変だった。いや、もっと危険だった。高くのぼるにつれて、足の下で石が動いたり、ころがったりする。半分ほどのぼったところで、浜辺を戻ったほうがよかったと思ったが、ここからひきかえそうとすれば、坂をのぼるのに劣らず苦労するだろう。しかも、もう少し行けば草の生えた斜面になる。グウェンは頑固にのぼりつづけた。

次の瞬間、悲劇が襲いかかった。

頑丈そうな石に右足を乗せたのだが、ほかの石のあいだにゆるくはさまっていただけだったため、足を大きくすべらせて転倒し、膝を地面にぶつけて激痛が走った。両手を広げて斜面にしがみついた。とっさに感じたのは下の浜辺まで落ちずにすんだという安堵だけだった。そのあとで、足首に刺すような激痛を感じた。

おそるおそる左足で立ち、その横に右足を置こうとした。しかし、右足にわずかな体重をかけようとしたとたん、痛みに襲われた。いや、体重をかけなくてもかなりの痛みだった。「うう！」と大きなうめきを上げ、石に腰かけられるよう慎重に身体をねじって下の浜辺のほうを向いた。ここからだと、坂はさらに険しく見える。ああ、こんなところをのぼろうとするなんて、ほんとに馬鹿だった。

両膝を上げ、左足をなるべくしっかり地面につけてから、両手で右の足首を支えた。ゆっくり踏み出すと前屈みになってしまい、額が膝にもたれかかる格好になった。軽くくじいただけよ。自分に言い聞かせた。すぐに歩けるようになるわ。うろたえなくていいのよ。

しかし、右足をふたたび地面につけるまでもなく、気休めに過ぎないことがわかっていた。ひどくくじいたのだ。たぶん、思った以上にひどいだろう。歩くのはとうてい無理だ。

冷静さを失うまいと必死になったが、動揺するばかりだった。村までどうやって帰ればいいの？　わたしがここにいることは誰も知らない。下の浜辺にも、上の岬にも、人の姿はない。

落ち着こうとして何回か息を吸った。とりみだしたらおしまいだ。なんとかして切り抜けなくては。切り抜けてみせる。そうするしかない。

声が聞こえたのはそのときだった。近くで男性の声がした。落ち着いた声だった。

「拝見したところ、その足首はひどくくじいたか、骨折したかのどちらかですね。いずれにせよ、そこに体重をかけようとするのはきわめて無分別なことです」

グウェンはびくっとして顔を上げ、声の主を突き止めるべくあたりを見た。右のほうに男性の姿が見えた。坂のそばの険しい崖の途中に立っている。男性は石ころだらけの坂まで下りると、足をすべらせる危険などまったくないような足どりで近づいてきた。

巨人のような大男で、肩幅も胸も広く、たくましい腿をしていた。五枚重ねのケープつきの外套が巨体をさらに大きく見せている。怖くなるほどの大きさだ。帽子はかぶっていない。茶色の髪は頭皮すれすれまで短く刈りこんである。力強くきびしい顔立ちで、目は暗く獰猛な色を帯び、口は真一文字にきつく結ばれ、顎はこわばっている。表情のほうも顔立ちのきびしさを和らげる役には立っていなかった。渋い表情、いや、獰猛な表情と言うべきか。手袋をはめていない手はひどく大きい。

グウェンは恐ろしさのあまり、一瞬、足の痛みを忘れかけた。

この人がスタンブルック公爵に違いない。公爵にもその領地にもけっして近づかないようヴェラに注意されていたのに、公爵の所有地に入りこんでしまったんだわ。ヴェラの話だと、公爵は残忍な怪物で、何年も前に領地内の高い崖から奥さんを突き落として殺しておきながら、妻は飛びおり自殺だと主張したそうだ。〝そんな無残な死に方を選ぶ女がどこにいて？〟ヴェラは〝いるわけないでしょ〟と言いたげだった。〝公爵夫人という身分だったのよ。何不自由ない暮らしができたのよ〟

グウェンはそのとき、口に出すのは控えたものの、こう思ったものだった。〝たった一人の息子がポルトガルで銃弾を受けて戦死したばかりなら、死を選ぶこともあるでしょうね〟と。公爵夫人が亡くなるしばらく前に、現実にそういう悲劇が起きていた。しかし、ヴェラはつきあっている近隣の婦人たちと同じく、殺人という刺激的な説を信じることにした。裏づけとなる証拠を求められても、誰も答えられないというのに。

しかし、噂を聞いたときは疑わしいと思ったグウェンも、いまは確信が持てなくなっていた。この人はいかにも情け知らずの残忍なタイプに見える。人殺しだってできそうだ。

しかも、わたしはこの人の領地に入りこんでしまった。誰もいない土地に。逃げることもできない。


ヒューゴは朝食をすませると、ペンダリス館の下のほうに広がる砂浜に一人で下りていった。雨は夜のうちにやんでいた。散歩に出ると言ったらみんなにからかわれた。フラヴィアンから、かならず未来の花嫁を連れて帰るように、そうすれば全員がその女性に会ってきみの妻にふさわしいかどうかを判断してやる、と言われた。

みんなで彼をからかって浮かれていた。

ヒューゴはフラヴィアンに向かって、「くそ野郎。黙りやがれ」と言った。もっとも、イモジェンに聞こえるところで軍隊時代の乱暴な言葉を使ったため、あわてて謝罪する羽目になったけれど。

この浜辺は昔から、館の敷地のなかでも彼の大好きな場所だった。ここに来たばかりのころ、救いのない日々のなかで海だけが彼を癒してくれた。だから、あのころから、いつも一人で浜に下りていた。回復と療養に努める〈サバイバーズ・クラブ〉の七人のあいだには親しさと仲間意識が育っていたが、依存しあうことはけっしてなかった。彼らにとりついた魔物には各自が一人で向かいあい、追い払うしかなかったし、いまもそれは変わっていない。ペンダリス館の大きな魅力の一つは、充分なスペースのなかで全員がゆったり過ごせることだった。

ヒューゴも自分だけの傷から回復した。可能なかぎりではあったが。

自分の幸運を数えるとしたら、少なくとも両手の指が必要になるだろう。激戦のなかを生き延びた。夢にまで見た少佐に昇進し、最後の任務に成功した結果、称号という思いもよらぬ褒賞まで授与された。去年は莫大な遺産を、そして、経営の順調な会社を受け継いだ。おじ、おば、いとこなど、親戚がたくさんいて、長年のあいだ疎遠だったにもかかわらず、誰もが優しくしてくれる。もっとうれしいことに、コンスタンスがいる。母親違いの妹で現在一九歳。彼が戦争へ行ったときはまだ子供だったが、とてもなついてくれている。田舎には自分の屋敷があって、望みうるかぎりのプライバシーと安らぎを与えてくれる。〈サバイバーズ・クラブ〉の六人の仲間がいて、ときには自分自身より大切な存在に思われる。頑健な体格に恵まれている。健康状態は完璧だ。幸運を数えあげればきりがない。

しかし、自分の幸運を心のなかで数えるたびに、それが両刃の剣となった。多くの仲間が戦死するなかで、なぜ自分だけが運よく生き延びたのか。冷酷な野心が自分に個人的な成功と予想外の褒賞をもたらし、そのせいで多数の兵士を死なせてしまったのではないだろうか。カーステアズ中尉なら、躊躇《ちゅうちょ》なく〝そうだ〟と言うだろう。

浜辺を散歩する性格のよさそうな女性はどこにも見当たらなかった。それどころか、性格の悪そうな女性すらいなかった。屋敷に戻ったら、友人たちを喜ばせるために架空の女性を何人かこしらえ、出会いにまつわる話を作るしかないだろう。人魚を一人か二人加えてもいいかもしれない。だが、寒い一日で、強風でよけいに寒く感じられるにもかかわらず、急いで屋敷に戻る気にはなれなかった。

砂利の多い浜辺に戻り、遠い昔に崖が崩れて岬とその向こうに広がるペンダリス館の庭園へ通じる道ができている場所まで来ると、しばらく足を止め、風に短い髪をなぶられて耳たぶの感覚を奪われていくなかで、海原をじっと見つめた。帽子はかぶってこなかった。帽子を頭にのせている時間より、砂浜で追いかける時間のほうが長くなりそうだから、かぶっても意味がないと思ったのだ。

いつしか父親のことを考えていた。今日が一周忌、避けられないことだ。そう考えると同時に罪悪感に包まれた。子供のころから父親を崇拝していて、どこへでも、それこそ会社にまでついていった。彼が七歳のときに母親が婦人科の病気で亡くなり――具体的な病名は教えてもらえなかったが――それ以来、なおさら父親べったりの子になった。父親はヒューゴのことを愛情こめて、〝小さな右腕〟〝法定相続人〟と呼んでいた。ほかの人々は〝お父さんの影法師〟と呼んだ。ところが、やがて父親が再婚を決めたとき、当時一三歳でむずかしい思春期に差しかかっていたヒューゴは猛烈に反発した。やはりまだまだ子供だったため、父親が後妻をもらおうと考えたことだけでショックだった。母親はいつも一家の暮らしと幸福の中心にいるかけがえのない人だった。ヒューゴの苛立ちと反抗はひどくなり、早く一人前になって自立しようと決心した。

　いまふりかえってみれば、父親がわがままな若い美人と結婚し、まもなく女の子が生まれ、その子を溺愛したからといって、ヒューゴへの愛情が薄れたわけでも、母親の思い出を汚したわけでもなかったことが理解できる。しかし、思春期の少年というのは、世の中をつねに理性的な目で眺められるわけではない。そのいい証拠と言えるのが、コンスタンスが生まれた瞬間からヒューゴがこの妹を溺愛していたことだ。本来なら、憎悪や怒りをぶつけてもよかっただろうに。

　ヒューゴのような反抗期はこの年代の少年によく見られるもので、バランスを崩す要素がほかに何もなければ、周囲の者への迷惑を最小限にとどめてこの時期を脱することができただろう。ところが、ヒューゴが一八歳にもならないときに、まさにその要素が加わったため、バランスが崩れて修復不能になってしまった。

　そして、軍隊に入ろうと唐突に決心したのだった。誰の説得にも耳を貸そうとしなかった。性格的にそんな荒っぽい生き方には向いていない、と諭されてもだめだった。それどころか、よけい依怙地《いこじ》になり、軍隊で成功してみせるという決意を固くした。失望と悲しみに沈んだ父親も最後はついに、一人息子のために歩兵連隊の軍職を購入してくれたが、購入はこれ一回きりだとヒューゴに釘を刺した。今後は自分の力だけでやっていけ。昇進したいなら努力しろ。ほかの士官はたいてい金持ちの父親にもっと上の階級の軍職を買ってもらうが、おまえはあてにするな。特権意識に甘えて怠惰になりがちな上流階級を、ヒューゴの父親は昔から軽蔑していた。

ヒューゴは軍隊で昇進するために努力を続けた。自分の力だけでやっていくのはなかなか爽快だった。エネルギーと、決意と、熱意と、かならず頂点に立ってやるという強い野心を原動力として、自分の選んだ道を進んでいった。最大の勝利を手にし、それから一カ月もないうちに最大の屈辱に見舞われることがなかったなら、きっと頂点に立っていただろう。そして、ここペンダリス館にたどり着くことにはならなかっただろう。

こうしたなかで父親はつねに変わることなくヒューゴを愛してくれた。しかし、ヒューゴのほうは、自分の苦境はすべて父親のせいだと言わんばかりに、親に背を向けてしまった。いや、もしかしたら、親に合わせる顔がなかったのかもしれない。あるいは、どうしても家に戻りたくなかったのかもしれない。

家を捨てたヒューゴに父親は何を与えてくれただろう？　財産のほぼすべてを彼に遺してくれた。フィオーナかコンスタンスに全財産を遺すのが普通なのに。息子が会社を立派に経営し、時期が来れば、彼自身の息子に経営を譲るだろうと信じてくれていたのだ。また、コンスタンスが明るい幸せな未来を送れるよう、ヒューゴが心を砕くはずだと信じてくれていた。母親一人の手に委ねられたらコンスタンスに明るい未来はないことを、父親は見抜いていたに違いない。ヒューゴをコンスタンスの後見人に指名していた。

これまで怠惰な日々を送ってきたヒューゴだが、一年間の喪が明けて、その口実がなくなってしまった。

ヒューゴは坂の途中で立ち止まった。まだ屋敷に戻る気になれなかった。坂から脇へそれ、そばの崖を少しよじのぼると、やがて、何年か前に見つけた平らな岩棚に出た。この岩棚には風が当たらないし、ずっと西のほうの砂浜は岩に邪魔されて見えないが、向かい側の崖と、砂利浜と、その下の海を眺めることができる。荒涼たる景色だが、それなりの美しさがなくもない。二羽のカモメが甲高い声で何やら情報を交換しながら、彼の視界を横切って飛んでいった。

仲間のところへ戻る前にしばらくここで休んでいこう。岩棚から小石を何個か広い、そのなかの一個を、大きな弧を描くようにして下の浜辺へ投げた。下に落ちた音が聞こえ、一度だけバウンドするのが見えた。ところが、二個目の石を握ろうとしたとき、視野の端に色彩がちらついたため、彼の指が静止した。

砂利敷きの斜面の向こう側に見える崖は海のほうへ向かって湾曲している。満ち潮が届くのは、彼が腰を下ろしている崖よりそちらのほうが早い。突きでた崖の下に道があり、二キロほど離れた村へ続いているが、ひたひたと寄せてくる波に気づかない者にとっては危険なルートになりかねない。

砂利浜を誰かが歩いていた。赤いマントをはおった女。岬の向こうから姿を見せたばかりだ。まだかなり距離がある。ボンネットをかぶった頭をうつむけている。足元に神経を集中している様子だ。女は足を止めて海のほうを見つめた。潮が満ちてくるのはもう少し先なので、差し迫った危険はない。だが、村から歩いてきたのなら、早くひきかえしたほうがいい。あとは岬の頂上の道を行くしかないが、それだとペンダリス館の敷地に侵入することになる。

女が顔の向きを変え、ヒューゴの心を読んだかのように、岬の頂上へ続く砂利の急坂を眺めた。幸い、彼の姿には気づいていない。ヒューゴがいるこの場所は岩陰だし、身じろぎもせずにすわっているからだ。姿を見られるのはいやだった。女がもと来た道をひきかえしてくれるよう念じた。

ところが、女はひきかえさなかった。かわりに坂のほうにやってきて、マントとボンネットのつばを風にひるがえしながら少しずつのぼりはじめた。見たところ、小柄な女だ。若く見える。もっとも、顔が見えないため、どれぐらい若いかわからない。同じ理由から、美人なのか、不器量なのか、十人並みなのかもわからない。

このことを友人たちに知られたら、一週間は冷やかされるだろう。岩棚から飛びおり、砂利を踏んで大股で颯爽《さっそう》と女に近づき、自分には称号と莫大な財産の両方がそろっているから結婚してもらえないだろうか、と尋ねる自分の姿を想像した。

とくに愉快な想像でもないのにくすっと笑いたくなって、その衝動を抑えこみ、自分の存在に気づかれないようにしなくてはならなかった。

じっとすわったまま、女がいまからでもひきかえしてくれるよう念じた。見知らぬ侵入者に孤独なひとときを邪魔されたことが腹立たしかった。こんな経験は初めてだった。外部の者がここに入りこむことはめったにない。スタンブルック公爵はこの界隈に住む多くの者から恐れられている。公爵夫人が亡くなったときは、じっさいは崖から身を投げたのだが、やはりと言うべきか、公爵が突き落としたのだという噂が広がった。証拠など何もなくても、そういう噂はなかなか消えないものだ。公爵をさほど恐れていなかった者までが警戒しはじめた様子だった。冷静で折り目正しい公爵の態度も、疑惑を払拭する助けにはならなかった。

赤いマントの女はたぶんよそ者だろう。ドラゴンの巣に足を踏み入れたことには気づいていないのだろう。

こんな荒涼たる場所になぜ一人で出かけてきたのかと、ヒューゴはいぶかしく思った。坂をのぼろうとする女の足の下で砂利が崩れていく。ヒューゴが経験から知っているように、けっして楽にのぼれる坂ではない。無事に目の前を通っていきそうだ、こちらの姿を見られずにすみそうだ、と思ったそのとき、女が足を大きくすべらせた。ぶざまに倒れて膝と両手を地面にぶつけた。右脚がうしろへ伸びていた。ハーフブーツとマントの裾のあいだから、ほっそりした脚がちらっと見えた。

苦痛のうめきが聞こえた。

ヒューゴはそのままじっとしていた。自分の存在を知られたくなかった。ところがほどなくわかったのだが、女は足先か足首をひどく痛めていて、立ちあがって先へ進むのは無理なようだった。見ると、若い女だった。小柄でほっそりしている。ボンネットのつばの下からのぞく金色の巻き毛が風にあおられている。顔はまだ見えない。

沈黙を続けるのは礼儀知らずというものだ。

「拝見したところ」ヒューゴは声をかけた。「その足首はひどくくじいたか、骨折したかのどちらかですね。いずれにせよ、そこに体重をかけようとするのはきわめて無分別なことです」

女がびくっと顔を上げるあいだに、ヒューゴは石ころだらけの坂まで下りて女に近づいた。女の目が丸くなった。その目に浮かんでいたのは助けが来たという安堵ではなく、恐怖に近いものだった。大きな青い目で、乙女と呼べる年齢ではないにしても、まさに絶世の美女だ。たぶん、三三歳の自分と同年代だろう。

苛立ちを覚えた。人から怖がられるのはうんざりだった。なにしろ、怖がられることが多い。相手が男性の場合でも。しかし、とくに女性にその傾向が強い。

渋い顔は信頼をひきだすのにぴったりの表情ではないし、こういう荒涼たる風景のなかではなおさら不向きであることぐらい、ヒューゴ自身が気づいてもよさそうなものだが、残念ながらそうはならなかった。

仁王立ちのまま、渋い顔で女を見下ろした。

2

「まあ！」女は叫んだ。「どなた？　スタンブルック公爵さま？」

そうか、やはりこのあたりの人間ではなかったのだ。

「トレンサムという者です。村からここまで歩いてこられたのですか」

「ええ。岬を通って戻ろうと思いましたの。でも、砂利が思ったより大きくて、歩くのに苦労しました」

どこからどう見ても上流の女性だ。服の仕立ては上等で、値段も高そうだ。口調は洗練されている。物腰に育ちのよさが感じられる。

そんなことで反感を持つのはやめておこう。

「その足首を見せてもらったほうがよさそうだ」ヒューゴは言った。

「いえ、だめ……」女は怖そうにすくみあがった。「必要ありません、せっかくですけど、トレンサムさま。もともと足首が弱いんです。そのうち痛みがひいて、すぐまた歩けるようになります」

上流の女というのは気位ばかり高くて困ったものだ！　しかも、不都合な現実は否定しようとする。

「いずれにしろ、見せてもらいましょう」ヒューゴはしゃがみこみ、大きな片手を差しだした。女はその手に目を向け、両手を支えにして身体を倒し、唇を噛んだ。それ以上の反論はしなかった。

ヒューゴは女のブーツを自分の手にのせると、よけいな痛みが走らないよう気をつけて、反対の手で足首の様子を見てみた。骨折はしていないようだが、念入りに調べるためにハーフブーツを脱がせるのはためらわれた。万が一骨折していたら、このブーツが添木のかわりになる。ただ、足首がすでに腫れている。どこかに損傷を受けているのだ。今日は村まで歩いて戻るのも、それ以外の場所へ行くのも無理だ。たとえ誰かの腕で支えたとしても。

まずいことになった。

ヒューゴが女を見上げると、彼女はまだ唇を噛んでいた。顔が蒼白になり、こわばっている。痛みのせいだ。気恥ずかしさのせいもあるだろう。ヒューゴが彼女の脚を膝近くまでむきだしにしてしまったのだ。絹のストッキングが大きく裂け、すりむいた膝に血がにじんでいた。ヒューゴは外套のポケットに手を入れた。けさ、清潔な麻のハンカチを入れてきた。それを広げて斜めに三回折りたたみ、女の膝に巻いてから、膝頭の下でしっかり結んだ。それから、女のマントの裾を下ろして立ちあがった。

女の頬骨のあたりが赤く染まった。

彼女を見下ろして、ヒューゴは思った。なぜ浜辺でおとなしくしていなかったんだ？　なぜ坂をのぼるときにもっと注意しなかったんだ？　だが、ひとつだけ確かなことがあった。このまま置き去りにはできない。

「ペンダリス館まで来てもらうしかなさそうだ」ヒューゴは礼儀正しいとは言えない口調で告げた。「一刻も早く医者に足首を診てもらい、膝の傷をきちんと消毒して包帯を巻いてもらわなくては。わたしは医者ではないのでね」

「いえ、だめ」女は困惑の叫びを上げた。「ペンダリス館へは行けません。近いんですの？　気づきませんでした。近くへ行ってはだめだと言われていたのに。スタンブルック公爵をご存じなの？」

「公爵の屋敷に滞在しています」ヒューゴはぶっきらぼうに言った。「さてと、困難な方法をとるとしますか。あなたをひっぱりあげて片足で立たせ、腰を支えてあげるから、あなたは片足で飛び跳ねていくといい。ただし、警告しておくと、屋敷まではかなりの距離です。あるいは、簡単な方法をとって、わたしがあなたを抱いて運ぶこともできます」

「いえ、だめ！」女は前より強い声で叫び、身を縮めるようにして彼から顔を背けた。「わたし、すごく重いし、それに……」

「そうは思えませんね。あなたを落とさずに屋敷まで運ぶ自信は充分にあります。わたしの背中を永遠に痛めることもないはずです」

ヒューゴは身をかがめて片腕で彼女の肩を支え、反対の腕を膝の下にすべりこませてから、そのまま抱きあげた。彼女はあわててマントから片腕を出してヒューゴの首にまわした。しかし、見るからに動揺し、身構えている。しかも、かなり憤慨しているようだ。

もちろん、ヒューゴのほうから選択肢を提示したけれど、彼女が選ぶまで待とうとしなかった。まあ、はっきり言って、選択の余地はなかったのだが。よほど愚かな女でないかぎり、女性らしい品位を保ちたいがために彼の横で飛び跳ねるほうを選ぶ、などということはないはずだ。

彼女を抱いたまま、崩れやすい小石に気をつけながら、できるだけ注意して大股で坂をのぼっていった。

張りつめた声に冷たい傲慢さをにじませて、女が訊いた。「いつも自分の思いどおりにしないと気のすまない方なの、トレンサムさま？　犠牲者に選択肢を与えているように見せているときも？」

犠牲者？

「でも」質問に答える暇をヒューゴに与えようともせずに、彼女は続けた。「わたしはどちらも選ばなかったでしょう。自分の脚で家に帰るほうがいいわ」

「なんて愚かなことを」軽蔑の思いを隠そうともせずに、ヒューゴは言った。「足首をひどく痛めているというのに」

いい香りがした。多くの女性が全身に噴きつける香水のたぐいではない。香水はこちらの鼻腔と喉に襲いかかってきて、くしゃみと咳を誘発する。この人の香りはもしかしたら、何かきわめて高価な香料かもしれない。香りが全身を魅惑的に包んでいるが、こちらの鼻腔に襲いかかるようなことはない。着ているドレスは淡いベージュ色、最高級のウールで仕立てである。高価なウールだ。貧しさとは無縁の女。

ただ、注意散漫で愚かなだけだ。

しかし、貴婦人というのはメイドにかしずかれ、どこへ行くにもお目付け役がついてくるものではないだろうか。お供の連中はどこだ？　この女がちゃんとお供を連れていれば、こっちはよけいなことに巻きこまれずにすんだのに。

「この足首にはいつも悩まされています。だから、こういうことには慣れています。ふだんから脚が不自由なんです。何年も前に馬から落ちて骨折したのですが、うまく治らなかったの。ねえ、お願いだから下ろして。自分の脚で歩かせてください」

「ひどく腫れている。もし村から来たのなら、戻るのに一キロ以上歩かなくてはならない。飛び跳ねるにしても、這っていくにしても、どれだけ時間がかかるとお思いです？」

女は軽蔑に満ちた冷たい声で答えた。「それはわたしが心配すべきことで、トレンサムさま、あなたには関係ありません。でも、あなたは自分がつねに正しくて、ほかの者はつねに間違っているとお考えになるタイプのようね。少なくとも、ご自身ではそう思っていらっしゃる」

くそ、ふざけるな！　この女はわたしがサー・ガラハッド（アーサー王騎士団の騎士の一人）気どりで騎士道ごっこを楽しんでいるとでも思っているのか。

のぼり坂はさらに先まで続いていた。もっとも、石ころだらけのところはすでに通り過ぎ、いま歩いているのは、雑草がまばらに生えた堅い地面だった。ヒューゴは突然足を止めると、女を下ろして立たせ、一歩あとずさった。背中で手を組み、じっと彼女を見た。軍隊にいた当時、こういう表情で兵士を震えあがらせたことがよくあった。

楽しい場面になりそうだ。

「お礼を申しあげます」冷たい高慢な口調で女は言った。急に申しわけなさそうな表情を浮かべるだけの礼儀はわきまえていたが。「助けに駆けつけてくださって感謝しております。知らん顔をすることもできたでしょうに。お気づきと思いますが、わたしはあなたのお姿を目にしておりませんでした。レディ・ミュアと申します」

ああ、やはり身分の高い女だったのか。たぶん、こっちが平身低頭するものと思っているのだろう。

女は一歩あとずさり——地面にどさっと倒れてしまった。

ヒューゴは立ったまま彼女を見下ろして唇をすぼめた。恥をかかされてむっとしていることだろう。

女は膝立ちになり、両手を地面につけ、そして……笑いだした。とても楽しそうな明るい響きだった。ただし、最後は痛そうな小さなうめきに変わった。

「トレンサムさま、〝だから言ったじゃないですか〟とおっしゃってもいいのよ」

「だから言ったじゃないですか」ヒューゴは言った。貴婦人に逆らうのはよくないことだ。

「それと、わたしのことはトレンサム卿と呼んでください」

こんな小さな点を強調するのは愚かかもしれないが、ヒューゴはこの女に苛立っていた。女は身体を起こして地面にすわりこんだ。昨日の雨で地面はまだ湿っているだろう。いい気味だ。ヒューゴは顎にぐっと力を入れ、無愛想な目で彼女を見下ろした。

視線を上げた彼女がため息をついた。ふたたび蒼白になっている。足首が一〇〇〇匹の悪魔に襲われたかのように疼いているに違いない。そこに体重をかけようとしたせいで、悪魔の数が五〇〇〇匹に増えたかもしれない。

「しばらく前に選択肢を示してくださいましたわね」女の声からは高慢さがすっかり消えていた。ただ、さきほどの笑いがかすかに残っていた。「わたしは愚かな女ではありませんから、いえ、少なくとも愚かな女だと思われるのはいやですから、第二の方法を選ぶことにします。選ぶ権利を与えていただけるのなら。あなたには提案を撤回する権利が充分におありですが、ペンダリス館まで抱いて運んでくだるなら深く感謝いたします、トレンサム卿。お屋敷にお邪魔するなんてほんとに図々しいことですけど。そうだわ、お屋敷に着いたら馬車を貸していただけません？　そうすれば、邸内に入る必要もなく――」

ヒューゴは身をかがめてふたたび女を抱きあげた。向こうからきちんと詫びを入れてきたのだ。

大股で屋敷のほうへ向かった。会話をする気にはなれなかった。みんなからなんと言われるだろう、ペンダリス館に滞在するあいだどんな冷やかしに耐えなくてはならないだろう。そのことで頭がいっぱいだった。

「軍人でいらっしゃるのね。それとも、以前そうだったのかしら」何分かしてから、女が沈黙を破った。「合ってます？」

「何を根拠に？」女のほうへ視線を落とそうとせずに、ヒューゴは尋ねた。

「身のこなしがいかにも士官という感じですもの。それに、こわばった顎ときびしい目を見れば、命令することに慣れた方であることがわかります」

ヒューゴはちらっと彼女を見下ろした。返事はしなかった。

「ああ、ひどい恥をかくことになりそう」数分後、屋敷が近くなるころに女が言った。

ヒューゴはそっけなく答えた。「しかし、海岸の上の坂道に倒れたまま、風雨にさらされ、飛んできたカモメに目玉をつつかれるのを待っているよりはましだと思います」

不人情にも、女を置き去りにすればよかったと思った。もっとも、カモメに目玉をつつかれればいいとまでは思っていないが。

「そうね」女は眉をひそめた。「そんなふうに言われると、たしかにおっしゃるとおりだと思います」

「わたしもたまには正しいことを言うので」

やれやれ！　浜辺に出かけて性格のよさそうな結婚相手を見つけてくるよう、みんなにさんざんからかわれた。そしていま、ぴったりのタイミングで本物の貴婦人を連れて帰ろうとしている。しかも、すばらしい美女だ。

だが、たぶん独身ではないだろう。よく考えてみれば、独身でないのはほぼ確実だ。自己紹介のときにレディ・ミュアと名乗っていた。つまり、どこかに、たぶん一キロほど離れた村に、ミュア卿なる人物がいるということだ。それでもみんなの冷やかしから逃れることはできない。いや、よけい冷やかされるだけだろう。単細胞な男が早とちりをしたと言って非難されるに決まっている。

汚名をそそぐには、この先長くかかりそうだ。

足首の痛みのほうに気をとられていなかったら、グウェンはきっと、人生最大の恥ずかしさに襲われていたことだろう。それでもやはり、恥ずかしかった。

悪評の立っている男が所有する奇怪な屋敷へ招かれてもいないのに連れていかれるだけでなく、わたしを抱いて運んでいくのは、軽蔑の念を隠そうともしない不機嫌な見知らぬ大男。しかも、困ったことに、わたしはそんな彼を非難できる立場にはない。無礼な態度をとってしまった。愚かだった。

グウェンの身体はいま、男が砂利を踏んで近づいてきたときに見たたくましい筋肉に押しつけられていた。その男っぽい感触に狼狽させられた。彼の分厚い外套とグウェン自身のマントを通して向こうの体温が伝わってきた。コロンか髭剃り用の石鹸の香りも感じられた。かすかな魅惑の香りで、とても男性的だった。彼の息遣いが聞こえた。彼女を抱きかかえたせいで息切れしているわけではない。それどころか、羽根のように軽いものを抱いているみたいだ。

足首がひどく疼いていた。最初の痛みが消えればヴェラの家まで歩いて帰れると思いこもうとしても、もう無理だった。

それにしても、ずいぶん不機嫌な人。無口だし。軍人であることを認めもせず、否定もしない。それ以外の会話もいっさいしようとしない。いえ、公平に考えれば、わたしを運ぶことに集中していて会話どころじゃないんでしょうね。

困ったわ。これから長いあいだ、この場面が夢に出てきてうなされそう。

彼はペンダリス館の正面玄関へまっすぐ向かっていた。ずいぶん豪華な邸宅だ。グウェンがうすうす危惧していたとおり、邸内に入らずにすむよう馬車置場のほうへ連れていってほしいという彼女の頼みは完全に無視された。こうなったら、邸内へ運ばれたときに公爵が近くにいないことを願うのみだ。たぶん、召使いの誰かが馬車を用意して、ヴェラの家まで送ってくれるだろう。一頭立ての小さな馬車でもかまわない。

トレンサム卿は短い石段をのぼると、横向きになり、肘で玄関扉の片方を叩いた。すぐさま、いかにも執事という感じの、黒い服に身を包んだ謹厳実直そうな男の手でドアがあけられた。トレンサム卿が彼女を抱いたまま、黒と白のタイルが格子模様を作っている大きな正方形の玄関ホールに入っていくと、執事は無言で脇へどいた。

「負傷兵を連れてきたぞ、ランバート」冗談とはとても思えない口調で、トレンサム卿が言った。「客間まで運んでいく」

「いえ、だめ、お願いですから――」

「ジョーンズ先生に往診をお願いいたしましょうか」執事が言った。

しかし、トレンサム卿が返事をする暇も、あるいは、グウェンがさらに反論する暇もないうちに、ほかの誰かがやってきた。長身で、ほっそりしていて、すばらしくハンサムな金髪の紳士だった。人を嘲るような緑色の目、片方の眉を上げている。スタンブルック公爵だわ――グウェンはそう思って心が沈んだ。こんな屈辱的な形で公爵と対面することになろうとは夢にも思わなかった。

「ヒューゴ、親愛なる友よ」ゆったりした物憂げな声で、紳士は言った。「いったいどんな手を使ったんだ？　たいした男だ。浜辺でレディを見つけて、称号と財産は言うに及ばず、魅力までも駆使して、さっそく拉致してきたんだな。すばらしく感動的なシーンだ。ぼくが画家なら、三世代か四世代先のきみの子孫を喜ばせる絵を描くために、カンバスと絵筆のところへ、は、走ることだろう」

紳士はすでに眉を下げ、話しながら片眼鏡を目に当てていた。

グウェンは紳士をにらみつけた。冷ややかな威厳をかき集めて言った。

「わたしが足首をくじいたため、トレンサム卿がご親切にもここまで連れてきてくださいました。そちらさまのご厚意に必要以上に甘えるつもりはございません、公爵さま。わたしがお願いしたいのは何か乗物を貸していただくことだけです。そうすれば村に戻れますから。目下そちらに滞在しております。あのう、スタンブルック公爵さまでいらっしゃいますね？」

金髪の紳士は片眼鏡を下ろし、ふたたび片方の眉を上げた。

「わたしの身分を上げてくださったのですね。光栄です。だが、残念ながら、ぼくはスタンブルックではありません。どうしてもとおっしゃるなら、執事のランバートが小さな馬車を用意してくれるでしょうが、ヒューゴはどうやら、あなたを腕に抱いて二階へ、か、駆けあがり、息も切らさず客間に到着することで、抜きんでた腕力をあなたに印象づけたがっているようです」

「きみがスタンブルック公爵でなくてよかったよ、フラヴィアン」年配の紳士が玄関ホールの奥からやってきた。「きみはもてなしの基本をわきまえていないようだ。マダム、ヒューゴと有能なるわが執事の意見にわたしも全面的に賛成です。まずは客間へご案内して、ソファで足を休ませていただかなくては。そのあいだにわたしが医者を呼び、怪我の具合を診てもらうとしましょう。そうそう、わたしがスタンブルックです。お見知りおきを。少しでも楽になされるよう、誰をお呼びすればいいのか教えていただきたい。ご主人ですかな？」

ああ、どうしよう、ますます困ったことになっていく。玄関ホールの真ん中に暗い穴があいていれば、トレンサム卿を喜んで突き落としてやりたい。公爵はほぼグウェンの想像どおりの男性だった。長身、細身、エレガント。のみで削ったようなくっきりした端整な顔立ち、ダークな色合いの髪はこめかみのあたりが銀髪になっている。物腰は優雅だが、それと対照的にグレイの目は冷酷で、声も冷たい。もてなしがどうのと言っているが、客を最悪の乱入者みたいな気分にさせる人だ。

「いまは亡きミュア子爵がわたしの夫でした」グウェンは公爵に言った。「村に住むパーキンスン夫人のところに泊まっております」

「ああ」公爵は言った。「その方はたしか、最近ご主人を亡くされたばかりですね。長いあいだ病気で臥せっておられたとか。それはともかく、きみは二階へ行ってくれたまえ、ヒューゴ。あなたとのお話はあとでゆっくりさせていただきます、レディ・ミュア、足首の手当てがすんでから」

公爵の口調ときたら、迷惑千万と言わんばかりだった。いや、たぶん、激痛のせいで、こちらが公爵に苛立ちを覚えてしまうのだろう。わたしを丁重に迎え入れ、医者まで呼んでくれるというのに。

足首をくじいただけなのに、どうしてこんなに痛いの？　やはり、骨折しているのかもしれない。

トレンサム卿は向きを変え、優美な曲線を描いて二階へ続く広い階段のほうへ大股で向かった。いますぐ医者とヴェラの両方を呼びに行くようにと命じるスタンブルック公爵の声が聞こえてきた。片眼鏡の紳士――わざとらしくため息をつきながら軽い吃音交じりで話す紳士――がその役目を買って出たようだ。

客間には誰もいなかった。せめてもの救いだった。壁にワイン色の緞子《どんす》地を張った正方形の広い部屋で、金泥仕上げの重厚な額縁に入った肖像画が何枚もかけられ、精緻な彫刻を施された大理石の暖炉がドアと向かいあっている。天井には神話の場面が描かれ、その下の装飾帯も重厚な金泥仕上げだ。家具は優美で豪華。縦長の窓から見える芝生は生垣に囲まれているが、それでも、遠くの崖とその向こうの海を眺めることができる。暖炉で火がはぜ、室内が暖かいおかげで、外の景色の荒涼たる印象も和らいでいる。

グウェンは部屋のしつらえと外の景色を目にして、このような屋敷に招かれざる客として、そして、歓迎されざる客としてやってきたことをひどく惨めに感じた。しかし、ヴェラの家に戻るための馬車を貸してほしいと騒いだところで、いましばらくは無意味だと思われた。トレンサム卿が緞子張りのソファにグウェンを下ろし、クッションに手を伸ばして、くじいた足首の下に置こうとした。

「まあ」グウェンは叫んだ。「わたしのブーツでソファが汚れてしまうわ」

そんなことになったら、本当にもう耐えられない。

しかし、両足を床に下ろそうとしても、トレンサム卿が許してくれなかった。身をかがめてブーツを脱ぐことも許そうとしなかった。かわりに自分が脱がせると言い張った。命令口調ではなかったが、そんな大きな手と太い腕を払いのけることも、聞く耳を持たない相手に逆らうこともむずかしかった。

親切にしてもらったことはグウェンもしぶしぶながら認めたが、なぜこんなぶっきらぼうな態度をとらなくてはならないのかと思った。

トレンサム卿はまず左足のブーツの紐をほどいて苦もなく脱がせ、床に置いた。右足のブーツを脱がせるときははるかに時間をかけた。グウェンはボンネットのリボンをほどくと、頭からはずし、ソファの縁から落として、ふかふかの肘掛けに頭をのせた。目を閉じた。新たな激痛の波に襲われて、頭を肘掛けに強く押しつけ、目をきつく閉じた。トレンサム卿の手つきは驚くほど優しかったが、ブーツをそっと脱がせるのは大変だったし、いったん脱がせてしまうと、腫れた足を支えてくれるものがなくなった。彼がその足をクッションにのせてくれるのを感じた。

でも、痛みはときとして羞恥心を鈍らせるものよね——彼の手がスカートの下へ伸びて、さきほど膝に巻いたハンカチをはずし、次に破れたストッキングを下げて爪先からそっと脱がせてくれるのを感じながら、しばらくしてグウェンは思った。

温かな指が足首の腫れを探った。

「どこも折れてはいないようだ」トレンサム卿は言った。「ただ、断言はできない。医者が来るまで足を動かさないようにしてほしい。膝は軽くすりむいただけだから、二、三日で治るだろう」

目をあけたグウェンは、クッションにのせられたむきだしの爪先と脚を痛いほど意識した。トレンサム卿は背中で手を組み、ブーツの足を軽く開き、背筋をぴんと伸ばして立っていた。軍人が休めの姿勢をとっているという感じ。濃い色の目がグウェンの目を正面から見つめかえし、顎がこわばっている。

わたしがここにいるのが腹立たしいのね、とグウェンは思った。わたしだって必死に抵抗したのに。腹立たしく思われていることが腹立たしくなった。

「ほとんどのご婦人は痛みに耐えるのが苦手だ。だが、あなたはよく耐えている」

女性全般への侮辱だが、グウェン個人のことは褒めているわけだ。喜んでお礼を言わなきゃいけない？

「お忘れのようね。子供を産むのは女だということを。お産の痛みこそ最大の激痛であると一般に言われていますけど」

「あなたにもお子さんが？」

「いいえ」グウェンはふたたび目を閉じ、なんの理由もないのに話を続けた。いちばん身近な人々にすら、ほとんど打ち明けていないことについて。「一度だけ赤ちゃんができたけど、流産してしまったの。落馬して脚を折ったあとのことでした」

「おなかに子供がいるというのに、なぜ馬に乗ったりしたのです？」

いい質問だ。厚かましい質問ではあるが。

「生垣を次々と飛び越えていましたの。そのなかに、夫のヴァーノンもわたしもまだ飛んだことのない生垣が一つありました。夫の馬はみごとに飛越《ひえつ》しました。わたしは失敗し、馬から投げ落とされたのです」

短い沈黙があった。どうしてこの人にそんなことまで話したの？

「あなたの妊娠をご主人はご存じだったのですか」

とんでもなく立ち入った質問。でも、話を始めたのはわたしのほうだ。

「もちろんです。六カ月近くになっていました」

こんなことまで言ったら、この人はヴァーノンのことを何も知らないのに、頭から彼を軽蔑するだろう。詳しい説明をしようという気もないまま、こんなことまで話すなんて、わたしもずいぶん軽率な女。初めてこの人を目にして恐怖ですくみあがって以来、悪い印象ばかり与えてきたみたい。ええ、本当にそう。本当にすくみあがっていた。

「ご自身が望んだお子さんだったのですか」トレンサム卿が訊いた。

グウェンははっと目を開き、言葉もなく彼をにらみつけた。そんなことを訊くなんて、どういうつもり？

トレンサム卿の目はきびしかった。責めていた。非難していた。

でも、わたしはどんな反応を期待してたの？　いまのわたしの話からすれば、わたし自身とヴァーノンの両方が許しがたいほど無謀で無責任な人間だと思われても仕方がない。

いい加減に話題を変えなくては。

「階下にいらっしゃる金髪の紳士もペンダリス館のお客さまですの？　わたし、ハウスパーティの邪魔をしてしまったのかしら」

「あの男はポンソンビー子爵といいます。六人がこの屋敷に泊まっています。それから、スタンブルック公爵当人も。毎年、何週間か集まることになっているのです。戦争から帰還したわれわれのためにスタンブルックが屋敷を提供してくれ、おかげで、さまざまな傷を癒すことができました」

グウェンは彼をじっと見た。外から見たかぎりでは、長期の療養が必要だったと思われる傷跡は見当たらない。しかし、推測は当たっていた。やはり軍人だったのだ。

「みなさま、かつては士官でいらしたの？　それとも、いまも？」

「かつてそうでした。わたしとあと四人は最近の戦いに、スタンブルックは前の戦いに赴いたのです。スタンブルックの子息はナポレオン戦争で戦死しました」

ああ、そうだった。公爵夫人が崖から飛びおり自殺をする少し前のことだ。

「では、七人目の方は？」グウェンは訊いた。

「女性です。偵察任務についていた士官の未亡人で、夫は敵につかまったあと、拷問を受けて亡くなりました。最後に銃殺されたとき、夫人もその場にいたのです」

「まあ」グウェンは眉をひそめた。

困惑がさらに大きくなった。単純なハウスパーティの邪魔をするよりはるかに厄介なことになっている。それに、足首をくじいたのは、公爵と六人の客が耐えてきたに違いない苦しみに比べれば、恥ずかしくなるぐらい些細なことだ。

トレンサム卿は近くの椅子の背にかかっていたショールをとると、グウェンのそばに来て、傷ついた脚にかけてくれた。それと時を同じくして、ふたたび客間のドアが開き、お茶のトレイを持った女性が入ってきた。メイドではなく貴婦人だった。背が高く、とても姿勢がいい。濃い色の金髪をうしろでまとめてシニョンにしているが、地味と言ってもよさそうなその簡素なヘアスタイルが卵型の顔の完璧な骨格をひきたてている。くっきりと彫刻されたような頬骨、鼻筋の通った鼻、髪よりやや暗い色合いのまつげに縁どられた青緑色の目。唇はふっくらしている。美しい人だ。ただ、その顔は大理石の彫刻のようだ。微笑したことがないかに見えるが、それだけでなく、微笑したいのにできないという印象だ。大きな目に静けさを湛《たた》えている。不自然なほどに。

女性がソファに近づき、グウェンのそばのテーブルにトレイを置こうとしたが、トレンサム卿に横どりされた。

「わたしがやろう、イモジェン」

「見知らぬ男性と二人きりで部屋にいるのは礼儀に反するとお思いになるのではないかと、ジョージが気にしたものですから、レディ・ミュア」女性は言った。「たとえ、それがあなたを助けてこの屋敷まで運んでくれた男性であろうとも。わたくし、あなたの付き添い役を頼まれましたの」

彼女の声は冷淡というより冷静だった。

「この人はイモジェン、レディ・バークリーです」トレンサム卿が言った。「この人自身は、付き添い役もなしに六人の紳士とペンダリス館に滞在するのが礼儀に反することだとは、一度も思ったことがないようだが」

「六人の誰かに、あるいは、全員に、わたしの命を託すことができますもの」レディ・バークリーはそう言って、グウェンのほうへ礼儀正しく会釈をした。「いえ、すでに託したことがあるわ。戸惑ってらっしゃるお顔ね。どうぞお楽になさって。なぜまた足首を痛めるようなことに？」

彼女が三つのカップにお茶を注ぐあいだに、グウェンはこれまでのことを語った。では、ご主人が拷問を受けて殺されたとき、その場にいたというのがこの人なのね。この女性が来る日も来る日も四六時中耐えてきたに違いない苦悩は、グウェンにも想像がついた。悲劇を阻止するために自分にできることが何かあったのではないか、と延々と自問しつづけたに違いない。グウェンがヴァーノンの死のあとで自分に問いつづけてきたように。

「馬鹿なことをしてしまいました」グウェンはそう言って話を締めくくった。

「ほんとね」レディ・バークリーは言った。「でも、誰にでも起こりうることだわ。わたしたちもしじゅう浜辺へ出かけてますけど、あの坂はすごくのぼりにくいのよ。そのうえ、小石が崩れやすいし」

グウェンがトレンサム卿にちらっと目をやると、彼は濃い色の目をグウェンに据えたまま、黙ってお茶を飲んでいた。

とても魅力的な人――グウェンはそう思って自分でも驚き、相手のことを妙に意識した。そんなはずはないのに。大柄すぎて、優雅さや上品さに欠けている。髪は短すぎて、きびしい顔つきや顎のこわばった輪郭を和らげる役に立っていない。唇は一文字に固く結ばれ、官能的なところはまったくない。目はあまりにも暗くて鋭いため、女の心をとらえることはできそうにない。魅力や、ユーモアや、温かな人柄を示すものはどこにもない。

それでも……。

それでも、圧倒的な肉体の魅力が伝わってきた。もしくは、男性的な魅力が。

この人とベッドに入るのは、くらくらするほどの快感でしょうね。

そんな考えが浮かんだことに自分でも愕然とした。ヴァーノンが亡くなってから七年のあいだ、新たな恋や再婚については考えるのも避けてきた。また、結婚を前提としない交際などするつもりもなかった。

この男性に愚かにも予想外の魅力を感じているのは、この人と出会う直前に、浜辺で予想外の孤独を感じたことと何か関係しているのだろうか。

レディ・バークリーと会話をするあいだも、こうした奇妙な思いがグウェンの頭を駆けめぐっていた。しかし、会話にも、頭のなかの思いにも、なかなか集中できなかった。痛みというのは、脚を骨折したときの記憶にもあるとおり、負傷した部分だけにとどまることはけっしてなく、全身に疼きとなって広がり、ついには、どうすればいいのか自分でもわからなくなってしまう。

グウェンがお茶を飲みおえたのを見て、トレンサム卿が立ちあがり、お茶のトレイにのっていた麻のナプキンをとってサイドボードまで行った。酒のデカンターのあいだに冷たい水の入った水差しがあるのを、あらかじめ目にしていたに違いない。固く絞ったナプキンを手にして戻ってくると、グウェンの額に広げて片手で押さえた。グウェンはふたたびクッションに頭をのせて目を閉じた。

ひんやりした感触が、さらには彼の手の圧迫感までが、とても心地よかった。

無神経な野蛮人だと思ったけど、そんなことはなかったのね。

「わたし、雑談でこの人の気を紛らせてあげられればと思ってたのよ」レディ・バークリーが言った。「幽霊みたいに真っ青なんですもの、かわいそうに。でも、泣き言はけっして口にしない人なのね。感心したわ」

「ジョーンズのやつ、何をぐずぐずしてるんだ?」トレンサム卿が言った。

「大急ぎでこちらに向かっているはずよ。いつもそうですもの、ヒューゴ。それに、あれだけ腕のいい医者は世界中どこを探してもいないわよ」

「レディ・ミュアは同じ脚を前にも痛めている」トレンサム卿は言った。「さぞかし疼いていることだろう」

この人たちのやりとりときたら、わたしの存在を完全に無視している感じね——グウェンは思った。しかし、いまはそれを気にするどころではなかった。痛みからできるだけわが身を遠ざけておくほうが先だった。

それに、二人の声に温かみがあることに気づいた。好意を抱きあっているような感じ。それに、わたしのことを心から気にかけてくれているみたい。

それでもやはり、医者が早く来てくれるよう願った。診察がすめば、馬車でヴェラの家まで送ってほしいと、スタンブルック公爵にあらためて頼むことができる。

ああ、人の厚意にすがらなきゃいけないなんて、もううんざり。

3

医者を呼んできたフラヴィアンは、ついでにパーキンスン夫人も呼んできた。最初に客間に飛びこんできたのがその夫人だった。夫人はイモジェンとヒューゴのほうへ身をかがめてお辞儀をし、「公爵さまはなんてご親切なのでしょう。あなたがたお二人もなんてご親切なのでしょう。わたくしの大親友の事故をすぐにお知らせくださり、公爵さまの馬車でここに来るよう強く言ってくださったポンソンビー卿には、生涯にわたって感謝いたします。もっとも、必要となれば、わたくしはその一〇倍の距離だって喜んで歩いたでしょうけど」と言った。

さらに、二人に向かって断言した。

「大切なレディ・ミュアのためなら、一〇キロぐらいの道は――いえ、たとえ一五キロだろうと――歩きとおしますとも。公爵さまの土地に迷いこむなんて、レディ・ミュアも不注意なことをしたものですわ。高貴な貴族さまのお怒りを招くことは避けるよう、わたくしから強く念を押しておいたというのに。公爵さまがこの人をペンダリス館に迎え入れるのを拒絶なさったとしても、仕方がありませんわね。もっとも、この人がレディ・ミュアであることをお知りになれば、拒絶を躊躇なさったでしょうけど。わたくしが公爵家の馬車に乗せていただいたことについても、レディ・ミュアの身分に感謝しなくてはなりません。だって、そんな栄誉にあずかったのは初めてのことですもの。もっとも、わたくしの夫はサー・ロジャー・パーキンスンの弟で、そちらの三人の息子に次いで四人目の爵位継承者なんですのよ」

パーキンスン夫人はヒューゴとイモジェンを交互に見ながら延々としゃべりつづけたあとでようやく、両手を胸に押しあて、友のほうを向いた。

ヒューゴとイモジェンは無表情に視線を交わしたが、その視線が多くのことを語っていた。

フラヴィアンはドアを一歩入ったところに立ち、うんざりといった顔をしていた。

「グウェン！」夫人は叫んだ。「ああ、かわいそうなグウェン、いったいどうしてこんなことに？　一時間たってもあなたが散歩から戻ってこないから、もう心配で心配でたまらなかったわ。最悪の想像をしてしまい、気分が沈んでいたためにあなたを一人で行かせてしまった自分をひどく責めてたのよ。あなたが命にかかわる事故にあっていたら、わたしはどうすればよかったの？　あなたの大切なお兄さまであるキルボーン伯爵に、いったいどう申しあげればよかったの？　わたしをこんなにおろおろさせるなんて、ほんとに、ほんとにひどい人。わたしがそんなふうに思ったのは、もちろん、あなたを心から愛しているからよ」

「足首をくじいてしまったの。それだけのことよ、ヴェラ」レディ・ミュアは説明した。「ただ、困ったことに、少なくともしばらくは歩けそうにないの。でも、公爵さまのご厚意にこれ以上甘えるわけにはいかないわ。お医者さまが足首の具合を診て包帯で固定してくださったら、公爵さまの馬車をお借りして二人で村に戻ることにしましょう」

パーキンスン夫人はぎょっとした顔で友人を見つめ、両手を胸にさらに強く押しあてて、かすかな叫びを上げた。

「ここから出ていこうなんて、ぜったい考えないで。ああ、かわいそうなグウェン、そんな無謀な真似をしたら、脚にとりかえしのつかない損傷を与えることになるわ。以前の事故で、不運にも脚をひきずるようになったじゃない。敢えて言わせてもらうと、そのせいで、ミュア卿が亡くなったあと、あなたに求婚しようという紳士が一人も現われなかったのよ。脚が完全に不自由になってしまうような危険はぜったいに避けなきゃ。公爵さまだってきっとわたしと同じご意見で、足首がちゃんとよくなるまでここに滞在するよう、あなたにお勧めになるはずよ。わたしに見捨てられたらどうしようなんて心配はしないでね。毎日、ここまで歩いてきて、あなたの相手をしてあげる。世界でいちばん大切な友達ですもの。こちらのレディも、こちらの紳士も、ポンソンビー子爵と同じく、このお屋敷にとどまるようおっしゃるに決まっているわ」

彼女がイモジェンとヒューゴのほうへ交互に愛想のいい微笑を向けたので、フラヴィアンはふだんよりさらに物憂げな声で二人を紹介した。

パーキンスン夫人はたぶんレディ・ミュアと似たような年齢だろう、とヒューゴは推測した。だが、歳月は彼女にあまり親切ではなかったようだ。おそらく三〇歳を過ぎているだろうが、いまなお美貌を保っているレディ・ミュアに対して、かつては美女だったかもしれないパーキンスン夫人はその面影をすっかりなくしていた。また、体重が多すぎて、そのほとんどが贅肉となり、顎の下と胸とヒップのあたりについていた。茶色の髪はかつての若々しい艶を失っていた。

レディ・ミュアが何か言おうとして口を開いた。ペンダリス館にとどまるよう勧められたことに、ひどく困惑しているようだ。しかしながら、ふたたびドアがあいてスタンブルック公爵とジョーンズ医師が入ってきたため、何も言えなくなってしまった。ジョーンズ医師というのは、公爵が何年か前に、今回の六人と、滞在期間がもっと短かったほかの者たちのために屋敷を提供したとき、ロンドンから呼び寄せた医者だった。以来、この村にとどまって、医者代を払える金持ち連中はもちろんのこと、払えない貧しい人々も診察している。

「こちらがジョーンズ先生です、レディ・ミュア」公爵が言った。「きわめて腕のいい医者であることは、わたしが保証します。安心してこの先生に診てもらってください。イモジェン、すまないが、ここに残ってレディ・ミュアに付き添ってくれないか。あとの者は書斎へ移ることにする。パーキンスン夫人、そちらでお茶とケーキでもいかがですか。知らせを受けてすぐさま、フラヴィアンとジョーンズ先生と一緒に駆けつけてくださったことに、お礼を申しあげます」

「レディ・ミュアに付き添うべきなのは、わたくしのほうですわ」パーキンスン夫人はそう言いつつも、促されるままにドアのほうへ向かった。「でも、公爵さま、病弱な夫の介護に長年あたってきたため、わたくしの神経はぼろぼろになっていましたの。夫が亡くなったあと、神経衰弱で倒れる寸前までいったことについては、ジョーンズ先生が公爵さまに話してくださるでしょう。レディ・ミュアがわたくしの自宅に戻ったとしても、どうやって必要な看病をすればいいのか、わたくしにはわかりません。もちろん、ご想像どおり、戻ってきてくれるのを心から願ってはおりますけど。こんなことになってしまって、責任を感じていますのよ。けさ、あんなに沈みこんでいなければ、レディ・ミュアと一緒に散歩に出ていたでしょうし、わたくしがついていれば、ペンダリス館には近づかないようにできたはずです。レディ・ミュアがご領地に入りこんだことに、わたくしも腹を立てておりますの。もっとも、故意にやったことではなく、うっかり入りこんでしまったのでしょうけど」

公爵はこのときすでに客間のドアを閉め、パーキンスン夫人に腕を貸して階下へ向かっていた。ヒューゴとフラヴィアンがそのあとに続いた。

「レディ・ミュアがふたたび歩けるようになるまで、こちらにご滞在いただければ光栄です」公爵は言った。「それに、あなたがご主人の長い闘病生活のあいだ献身的に看病なさり、そのあと倒れる寸前までいかれたことは、ジョーンズ先生からすでに聞いております」

「まあ、お優しい先生ですこと」パーキンスン夫人は言った。「わたくし、もちろん、レディ・ミュアに会うために毎日こちらに伺うつもりでおります」

「そう伺って安心しました」公爵はそう言いながら、書斎のドアをあけるよう従僕にうなずいてみせた。「うちの馬車を自由にお使いいただいてけっこうですよ」

フラヴィアンとヒューゴが視線を交わし、フラヴィアンは片方の眉を上げた。〝チャンスのあるうちにこっそり逃げだそうか〟——彼の表情がそう言っているように見えた。

ヒューゴは唇をすぼめた。できればそうしたかった。しかし、公爵と客に続いて書斎に入り、フラヴィアンも肩をすくめてあとに続いた。

「ご親切に甘えるのは心苦しいかぎりですわ、公爵さま」パーキンスン夫人が言った。「でも、困っている友達を見捨てるようなことは、わたくしにはとてもできません。ですから、お屋敷まで毎日歩いてくることも厭いませんが、馬車を使うようにとのご親切なお言葉をお受けすることにいたします。公爵さまやお客さまたちにご迷惑をかけるようなことはけっしていたしません。わたくしが訪ねる相手はレディ・ミュアですもの。もちろん、毎日お茶をいただくつもりもございません」

ちょうどメイドが入ってきて、窓辺に置かれたオーク材の大きなデスクにトレイを置いているところだった。

ヒューゴは思った。パーキンスン夫人がレディ・ミュアとの友情を育んできたのは、意外でもなんでもない。なにしろ、レディ・ミュアは貴族の未亡人にして伯爵の妹という身分だし、パーキンスン夫人は上流階級にやたらと媚びへつらうタイプだ。レディ・ミュアがなぜ夫人と友達づきあいをしてきたかのほうが謎だった。ヒューゴの受けた印象では、レディ・ミュアはひどく傲慢でお高くとまった女だ。美女であることは否定しようがないが、それでも、こんな女に好感は持てない。ただ、地面に下ろしてほしいと頼まれて、こちらがその願いを聞き入れたとき、彼女は自分の苦境を前にして笑いだした。そのあとで、やはり抱いて運んでもらいたいと言った。しかし、信じがたい無謀な行動と夫の不注意のせいで流産してしまった過去を持つ女だ。こういう上流の女を自分はもっとも軽蔑している。ひどく自己中心的な女のようだ。それなのに、パーキンスン夫人と友達づきあいをしている。もしかしたら、崇拝と憧れを向けられるのが楽しいのかもしれない。

ジョージも気の毒に、会話の重荷を一人で背負わされている。なぜなら、この自分が陰気に黙りこくって立ったまま、崖の上の岩棚にのぼるのをやめて屋敷にまっすぐ戻ればよかったと悔やんでいるからだ。フラヴィアンは本棚の前に立って、本をぱらぱらめくりながら、軽蔑の表情を浮かべている。軽蔑を表現するのが抜きんでて上手な男だ。言葉にする必要すらない。

これではジョージが気の毒すぎる。

「レディ・ミュアとは長いおつきあいですか、ミセス・パーキンスン」ヒューゴは尋ねた。

「ええ、そうですのよ」パーキンスン夫人はティーカップと受け皿を下に置き、ふたたび両手を胸に押しあてた。「それはもう遠い昔からの友達ですの。娘時代にロンドンで一緒に社交界デビューをいたしましたの。同じ日に王妃陛下に拝謁し、そのあと、デビューを祝うおたがいの舞踏会に出て踊りましたの。光栄なことに、その年の結婚市場でもっとも華やかな二人の令嬢だ、とみなさまから言っていただけましたのよ。もっとも、わたくしに対しては単なるお世辞だったと思いますけど。とはいえ、わたくしに言い寄ってこられた方がずいぶんいらしたことは事実です。グウェンより多かったぐらい。ただ、グウェンはミュア卿をひと目見るなり、爵位と財産に惹かれて狙いをつけておりましたけどね。わたくしだってその気になれば、侯爵さまや、子爵さまや、おおぜいの男爵さまのどなたかと結婚できたでしょう。でも、パーキンスン氏と熱い恋に落ち、それ以来、爵位のある殿方との華やかな人生と、年に一〇〇〇ポンド以上もの収入を捨てたことについては、ただの一度も後悔したことがありません。人生においてロマンティックな愛ほど大切なものはありませんもの。たとえ、相手が男爵の弟に過ぎなくても」

ミュア卿はどういう事情で亡くなったのだろう――ヒューゴの思いはいつしかそちらへ向いていた。しかし質問するのは控えた。

医者が書斎に顔を出し、ヒューゴの推測どおり、患者は足首をひどくくじいているが、骨折箇所はなく、ひびも入っていないと述べた。ただ、少なくとも一週間は安静にする必要があり、脚に体重をかけるのは厳禁だという。

〈サバイバーズ・クラブ〉に新メンバーが加わることになった。ただし、臨時のメンバーだが。公爵はパーキンスン夫人の主張に負けて、これから何日かのあいだ、この屋敷に入りこむ機会を夫人に提供するしかなくなった。レディ・ミュアは屋敷にとどまることになった。

この決定を喜んでいるように見えるのは、一同のなかでパーキンスン夫人だけだった。ハンカチを目に当てて悲しげにため息をついたりしてはいたが。

ヒューゴは思った。自分が浜辺に出かけたりしなければ、無事に一日が過ぎていただろうに。ゆうべの冗談はきっと警告だったのだ。神はときどき、人間界の冗談に首を突っこみ、独自のひねりを加えて喜ぶことがある。

昔の骨折の治療がいい加減だったせいで、今回、足首をくじいたことが大きな負担になっています。客間で診察をおこなったジョーンズ医師はグウェンにこう説明したあとで、骨折の治療をした外科医に文句を言ってやりたい、ときびしい声で言った。少なくとも一週間は足を地面につけないことと、四六時中足先を上げておくことをグウェンに命じた。低いスツールでは不充分で、つねに心臓と同じ高さに上げておかなくてはならない。

どんな状況にあっても、そのような宣告を受けたら、気が滅入ってしまうだろう。たとえ自宅にいたとしても、一週間も身動きできないとなれば、いらいらするに決まっている。ヴェラの家で彼女とその友人たちに囲まれて、逃げだすこともできずにあと一週間過ごすことになったら、まるで煉獄《れんごく》に送られたような気分になるに違いない。だが、それすらも、いまのグウェンが直面している現実に比べれば天国のように思われた。スタンブルック公爵の客として、ペンダリス館に一週間——もしかしたらそれ以上——滞在しなくてはならない。戦争の傷を癒すためにここで長い期間を過ごした男性何人かと女性一人の再会を邪魔することになってしまった。この仲間はもちろん強い絆で結ばれている。外部の人間に割りこまれたことを、このうえなく迷惑に思っているだろう。見ず知らずの他人だし、負傷といっても足首をくじいただけのことだ。

ああ、まさに悪夢。

屈辱に見舞われ、足首が疼いた。家が恋しくなった。恋しくてたまらなかった。しかし、いちばん強い感情は怒りだった。浜辺がどんなに歩きにくいかに気づいてもなお歩きつづけた自分、あの危険な坂をのぼろうと決めた自分に怒りを覚えた。もともと足首が弱い。ふだんは自分の限界をわきまえていて、運動をするときはぜったい無理をしないようにしているのに。

だが、いちばん大きいのはヴェラへの怒りだった。腹立たしくてならなかった。泊まりに来てほしい、悲しみと孤独のなかにいる自分のそばにいてほしい、と友達に懇願して呼び寄せておきながら、その友達が軽い事故にあったというだけで、家に迎え入れるのを急に拒絶するレディがどこにいるだろう？　逆に温かく迎えるのが本当ではないだろうか。しかし、ヴェラがグウェンを自宅に迎えるのを渋ったのには、眉をひそめたくなるほど露骨で身勝手な理由があった。昨日までスタンブルック公爵を悪しざまに罵っていたというのに、今日、このペンダリス館に来る機会を与えられて、有頂天になっていた。しかも、公爵家の紋章つきの馬車に乗っているところを村のみんなに見せつけることができた。その楽しみをさらに延ばすことができる、これから一週間ほど毎日ペンダリス館を訪れることができる――そう気づいたので、グウェンの気持ちなどおかまいなしに、そのチャンスに飛びついたのだ。

グウェンは自分のために用意された客用寝室のベッドで横になり、屈辱と疼きと怒りに包まれていた。トレンサム卿が彼女をこの部屋まで運び、ベッドに寝かせ、ほとんど無言で立ち去った。何か持ってこようかと一応尋ねてはくれたが、表情も声も冷淡で、イエスという返事を期待していないのは明らかだった。

いいえ、いまの苦境の責任をペンダリス館の人たちに押しつけようなどという誘惑に屈してはならない。みんながわたしを迎えてくれ、とても親切にしてくれた。トレンサム卿は浜辺から屋敷までわたしを抱いて運んでくれた。ブーツを脱がせてくれたときは、驚くほど優しい手つきだった。痛みが我慢できないほどひどくなりかけたとき、冷たいナプキンを持ってきて、額にのせてくれた。

そんな人を嫌悪したら罰が当たる。

ただ、トレンサム卿の前に出ると、甘やかされたわがままで不機嫌な女学生のような気持ちになるのがいやなだけだった。

しばらくするとメイドがやってきて、おかげで気が紛れた。お茶のおかわりを運んできて、「奥さまの身のまわりのお品を詰めた旅行かばんが村から届きましたので、この寝室のとなりの化粧室に運んでおきました」と知らせてくれた。

メイドの介添えで顔と手を洗い、夜にふさわしいドレスに着替えることができた。メイドはグウェンの髪にブラシをかけ、結いなおしてくれた。それがすむと部屋を出ていったので、グウェンはこれからどうなることかと気を揉んだ。晩餐の時間になっても部屋から出ずにすむよう、メイドが食事を運んできてくれるよう、必死に願った。

しかしながら、その願いはほどなく打ち砕かれる運命だった。

ドアのノックに続いてトレンサム卿が姿を見せた。大柄で、身体にぴったり合わせて仕立てた夜会服に身を包み、ずいぶん立派に見える。また、獰猛な表情だった。いや、そんな言い方をしては気の毒だ。普通にしていても獰猛に見えるだけだ。獰猛な戦士という雰囲気。洗練された暮らしの優雅さなどくだらないと思っているように見える。

「階下に来る支度はできましたか」トレンサム卿が訊いた。

「あの、この部屋で安静にしていて、どなたにもご迷惑をかけずにすむなら、そのほうがうれしいのですが、トレンサム卿。ご面倒でなければ、こちらに食事のトレイを運ぶよう、頼んでいただけませんかしら」

グウェンは笑顔で彼を見上げた。

「それは面倒です。わたしはあなたを階下まで運ぶよう言いつかって来たのです」

グウェンの頬がカッと熱くなった。なんて失礼な人なの！　おまけに、ずいぶん無作法な返事。別の言い方はできなかったの？　〝あなたと食事をご一緒できるのを、誰も迷惑だなどとは思っておりません〟とか言ってくれてもいいのに。さらに、〝公爵も、泊まり客も、ご一緒できるのを楽しみにしているのです〟とでも言ってみたらどうなの？

笑顔ぐらい見せてくれてもいいのに。

トレンサム卿が大股でベッドに近づき、身をかがめて、グウェンを抱きあげた。

グウェンは彼の首に片腕をかけ、ドキッとするほど近い距離ではあったが、彼の顔をまっすぐに見た。相手が無作法でも、せめてわたしだけは礼儀を忘れないようにしなきゃ。

「再会のときは、みなさんで何をなさいますの？」礼儀正しく尋ねた。「戦争の思い出話？」

「くだらない」

いつもこういう無礼な人なの？　それとも、わたしに腹を立てるあまり、丁重な態度なんかとれないわけ？　だったら、ここに連れてきたりしないで、村まで運んでくれればよかったのに。力持ちの巨人なんだから、わたしの体重なんて問題じゃなかったはずよ。

「じゃ、戦争の話は努めて避けようとなさるの？」グウェンを抱いて階下へ向かうトレンサム卿に、彼女は尋ねた。

「われわれはここで苦悩しました。ここで傷を癒しました。ここでたがいに魂をさらけだしました。ここを去るのは、われわれが経験したなかでもっとも辛いことの一つでした。たぶん、生涯でもっとも辛いことだったでしょう。だが、人生にふたたび意味を見いだすために出ていかなくてはならなかった。しかし、年に一度、ここに戻ってきて、完全な自分をとりもどすことにしています。というか、完全だという幻想で自分を支えようとしているのです」

トレンサム卿にしては長い独白だった。しかし、話しているあいだ、グウェンに視線を向けようとしなかった。声に獰猛さと怒りがにじんでいた。グウェンはまたしても自己嫌悪に陥った。〝あなたはお嬢さま育ちのひ弱な女で、わたしと仲間が耐えてきた苦しみなど理解できるわけがない〟と言われているような気がした。あるいは、〝われわれの苦しみが終わることはけっしてなく、永遠に傷ついたまま生きていく運命なのだ〟と。

でも、わたしにはよく理解できる。

傷を癒すには、あらゆるものを治さなくてはならない。傷ついた者はそこでようやく完全な自分に戻ることができる。たしかにそうだと思う。でも、わたしの場合は、脚を骨折したあとの処置が不充分だった。骨がうまくつかなかった。もっとも、脚が完全によくなっても、完全な自分に戻ることはできなかっただろう。落馬のせいで、おなかの子まで失ってしまった。自分の手でわが子を殺したのも同然だ。しかも、あの事故のあと、ヴァーノンは以前と同じ人間ではなくなってしまった。でも、そこで疑問が生じる。同じ人間というのは、どういう人間のこと？

大きな苦しみを経験した者は、以後、弱さを抱いて生きていくようになる。かつては健全さと力強さに、そして無邪気さにあふれていた者が、ひどく傷つきやすくなる。

ええ、わたしにはよく理解できる。

トレンサム卿がグウェンを抱いて客間に入っていき、前と同じソファに下ろしてくれた。しかし、前と違って、室内は無人ではなかった。グウェンとトレンサム卿のほかに六人がいた。一人はスタンブルック公爵、もう一人はレディ・バークリー、三人目はポンソンビー子爵。この人はどんな傷を負ったのだろう、とグウェンはちらっと考えた。トレンサム卿が大柄で完璧な肉体を備えているように見えるのと同じく、ポンソンビー子爵もうっとりするほどハンサムで完璧な肉体を備えている。

ほかの紳士たちの一人については、どこが悪いかはっきりわかった。グウェンが部屋に入ったとき、腕に結びつけた二本の杖を使って立ちあがったのだ。杖のあいだで脚が不自然にねじれ、体重の大部分を腕で支えている様子だった。

「レディ・ミュア」暖炉の前の椅子から公爵が声をかけた。「おつきあいくださることにお礼を申しあげます。さぞかし気の重いことだっただろうとお察しします。この屋敷にあなたを客人としてお迎えすることができ、喜んでおります。もっとも、そうなるに至った事情については遺憾に思いますが。これから一週間のうちに、さらに親しくなれることを楽しみにしています。必要なことがあれば、遠慮などなさらぬように」

「恐れ入ります、公爵さま」グウェンは赤くなった。「ご親切に感謝いたします」

公爵の言葉はじつに丁重だったが、態度は堅苦しく、よそよそしくて冷淡だった。しかし、少なくとも礼儀はわきまえていた。トレンサム卿と違って、まさに本物の紳士だ。このうえなくエレガントな紳士でもあった。

「イモジェンには、あ、レディ・バークリーにはもう会われましたね。それから、ポンソンビー子爵フラヴィアンにも」公爵は話を続けながら部屋を横切ってグラスにワインを注ぎ、グウェンのところに持ってきてくれた。「サー・ベネディクト・ハーパーを紹介させてください」

公爵は脚の不自由な男性のほうを示した。その男性は長身で痩せ型、顔もほっそりしていて、鋭角的な目鼻立ちからすると、かつてはたぶん申し分なくハンサムだったのだろう。いまはそれが長年の苦悩と痛みを示す証拠となっていた。

「レディ・ミュア」

「サー・ベネディクト」グウェンは彼に軽く頭を下げた。

「それから、こちらはラルフ、ベリック伯爵です」公爵はそう言って、若い男のほうを示した。顔の片側を斜めに走る傷跡さえなければ、ハンサムと言えるだろう。男はグウェンに会釈をしたが、無言のままで、にこりともしなかった。

陰気な男がまた一人。

「初めまして」グウェンは言った。

「それから、こちらはヴィンセント、ダーリー子爵です」公爵が言った。

まだ若い男で、髪は金色の巻き毛。気さくな明るい笑みを浮かべ、グウェンが見たこともないほどつぶらできれいな青い目をしている。乙女の胸をときめかせる男性がようやく登場ね、とグウェンは思った。肉体にも、精神にも、傷跡らしきものは見受けられない。それに、とても若い。本当に戦争に行っていたのなら、きっと少年のような士官だったことだろう。

このグループに入ると場違いに見える。この若さと屈託のなさからすると、大きな苦悩を経験したとは思えない。

「初めまして」グウェンは言った。

「美しい女性にふさわしいお声ですね、レディ・ミュア。その声にぴったりの美女だと聞いています。お近づきになれて光栄です。イモジェンの話では、ここに来ることになってひどく困惑しておられるとか。でも、その必要はないのですよ。今日、ぼくたちがヒューゴを浜辺へ行かせたのは、あなたを見つけるためだったのですから。ヒューゴは与えられた任務にけっして失敗しないという評判の男で、今回も例外ではありませんでした。たぐいまれな美女を連れてきてくれたわけです」

グウェンは愕然としていた。ただし、彼の最後の言葉とはなんの関係もないことだった。それどころか、しばらくのあいだ、その言葉が意味することに気づいてさえいなかった。きれいな目をしているし、こちらにまっすぐ視線を向けているように見えるが、ダーリー卿が盲目であることに、グウェンも不意に気づいたのだった。

あらゆる負傷のなかでこれがいちばん残酷かもしれない。そう思った。視力を失うよりもつらいことなど、ほとんど想像できない。それなのに、この人は笑みを絶やさず、とても魅力的だ。でも、微笑は心からのものなの？　戦争が彼の人生にもたらした惨事を理解したいま、その明るい態度にグウェンはどこか落ち着かないものを感じていた。

「ヒューゴがガーゴイルを連れてきたとしても」ベリック伯爵が言った。「きみにはどうせ同じことだろう？」

「そうだな」ダーリー卿は伯爵がいるほうへ正確にその目を向けて、愛らしい笑みを浮かべた。「ぼくは気にしないと思うよ、ラルフ。その人が天使の魂を持っているなら」

「まさに名言だ、ラルフ」ポンソンビー子爵が言った。

そのときだった。ダーリー子爵からさきほど言われた言葉がグウェンの頭のなかでこだました。〝ぼくたちがヒューゴを浜辺へ行かせたのは、あなたを見つけるためだったのですから……たぐいまれな美女を連れてきてくれたわけです〟

「トレンサム卿がわたしを見つけるために？」グウェンは訊いた。「でも、わたしがあそこにいるなんて、おわかりになるはずがないわ。ふと思い立って散歩に出ただけなのに」

「おしゃべりを慎んでくれると助かるんだが、ヴィンセント」トレンサム卿が言った。

「手遅れだよ」ポンソンビー子爵は言った。「きみの秘密を打ち明けなくては、ヒューゴ。じつはね、レディ・ミュア、ヒューゴにはいろいろと理由がありまして、そのすべてが本人に言わせるとまっとうなものだそうですが、ともかく、今年中に結婚しようと決めたのです。唯一の、も、問題は花嫁選びですね。この男は過去二〇年間に英国軍が生みだしたなかで、間違いなく最高の兵士と言えます。だが、悲しいかな、洗練された、こ、恋人であり求婚者であるという評判は立っておりません。ゆうべ、ヒューゴが自分の置かれた立場をわれわれに説明し、華々しい恋愛を求めているわけではないと聡明にもつけくわえたので、われわれはこいつに、周囲を見まわして性格のいい女性を見つけだし、称号を持っていることと、とんでもない大金持ちであることを相手に説明し、結婚する気はないかと尋ねるよう助言したのです。ヒューゴは今日浜辺へ出かけてそのような女性を見つけてくることを承知しました。そして、あなたに来ていただいたわけです」

頬がこれ以上熱くなったら、きっと炎が噴きだしてしまう、とグウェンは思った。さきほどの困惑と怒りがよみがえり、さらに強くなった。トレンサム卿に目を向けると、こわばった表情でまっすぐに立っていて、休め《アット・イーズ》の姿勢をとった兵士のように見えたが、くつろい《アット・イーズ》でいる様子ではなかった。グウェンは顎をつんと上げ、目に怒りを浮かべた。

「では、トレンサム卿、あなたのご身分と財産についていまここでお話しくださいな。ご友人たちがいらっしゃる前で。そして、結婚の申込みをなさってください」

トレンサム卿はグウェンをまっすぐに見て沈黙を続けた。グウェンが本気で言ったわけではないのを知っているのだ。

「あのう……」ダーリー卿が青い目をふたたびグウェンに向けた。ただ、いまはその目に、声と同じく懸念がにじんでいた。「みんなを笑わせようと思って、あんなことを言ってしまいました。口から言葉が飛びだした瞬間、あなたにとっては許しがたい困惑の種であることに気づきました。ゆうべのことは、もちろんすべて冗談で、あなたが浜辺で足を痛められ、たまたまヒューゴがその場に居合わせて助けを申しでたのは、まったくの偶然です。どうか、ぼくを、そしてヒューゴのことを許してください。あなたの困惑に対して、ヒューゴにはなんの責任もありません。すべてぼくが悪いんです」

グウェンはダーリー卿に視線を移した。そして笑いだした。

「失礼。偶然と伺ったら、もうおかしくって」

本心からの言葉なのかどうか、グウェン自身にもわからなかった。

「ありがとうございます」若きダーリー卿はほっとした声になった。

「その方面の会話はそろそろ終わりにしようか」サー・ベネディクトが言った。「お住まいはどちらですか、レディ・ミュア。こちらにご滞在でないときは……ええと、いまはたしか、パーキンスン夫人のお宅にお泊まりでしたね？」

「ドーセットシャーのニューベリー・アビーです。いえ、正確には、その敷地内にある寡婦の住居で暮らしております。母親と二人で。兄と家族は本館のほうに住んでいます。キルボーン伯爵と申します」

「半島戦争のとき、少しだけ面識がありました」トレンサム卿が言った。「もっとも、当時のご身分は子爵だった。わたしの記憶が正しければ、偵察部隊がポルトガルの山中で奇襲攻撃にあい、子爵は瀕死の重傷を負って、船で本国へ送られたはずだ。では、回復なさったのですね」

「元気にしております」グウェンは言った。

「たしか、キルボーン伯爵の奥方ではなかったかな？」公爵が尋ねた。「長年行方がわからなかったポートフレイ公爵家の令嬢と判明した人は」

「はい。兄嫁のリリーです」

「ポートフレイとわたしは親しい友人でした。遠い昔、まだ若かったころに」スタンブルック公爵は言った。

「いまはわたしのおばと結婚しています。控えめに申しましても、わが一族の親戚関係はややこしくて」

公爵はうなずいた。

「レディ・ミュア、われわれと共にダイニング・ルームのテーブルにつくのはおやめになったほうがいいと思います。足をのせるスツールをご用意することもできますが、いささか心配です。今後一週間は足を高くしておくようにと、先生からきびしい指示が出ています。ですから、食事はこの部屋でおとりになってください。ご不便をおかけしなければよいのだが。ただ、あなたを見捨てるつもりはありませんからね。ヒューゴにお食事の相手をさせましょう。金持ち自慢や、贅沢をさせてあげるから結婚しようなどという誘いでヒューゴがあなたのお耳を汚すことはありませんから、どうぞご安心を」

グウェンの微笑がこわばった。

「さきほどの非礼は償いきれるものではありませんね」ダーリー卿が後悔のにじむ口調で言った。

公爵がレディ・バークリーに片腕を差しだし、二人で部屋を出ていった。あとの者もそれに続いた。サー・ベネディクト・ハーパーが杖を使っていないことにグウェンは気がついた。あれだけ頑丈な杖なら、彼の体重を受け止めてくれるだろうに。しかし、サー・ベネディクトは細心の注意を払って自分の脚でゆっくり歩き、杖は身体のバランスをとるために使っているだけだった。

晩餐のために出ていった人々の背後でドアが閉まったあと、客間の静寂が耐えがたいほど重くのしかかってきた。

みんなの冗談も、よりによって今日という日にわたしが浜辺へ出かけた偶然も、この人の責任ではないとグウェンは思った。この人に責任があるような気がしただけだ。とにかく、彼に腹を立てていた。ひどい恥をかかされたから。

トレンサム卿のほうもグウェンに腹を立てている様子だった。たぶん、ひどい恥をかかされたと思っているのだろう。

彼の視線はドアのほうを向いていて、まるで木のドアの向こうに仲間の姿が見え、自分もそこに加わりたいと思っているかのようだった。グウェン自身も、彼が出ていってくれることを強く望んでいた。

「サー・ベネディクトはいつの日か、杖なしで歩けるようになりますの?」何か言ったほうがいいと思い、グウェンは質問した。

トレンサム卿が唇をすぼめたので、一瞬、返事をする気がないのかと思った。

「ここの塀の外に広がる世界では」ドアに視線を向けたまま、ようやくトレンサム卿は言った。「誰もが声をそろえて無理だと言うでしょう。脚の切断を拒み、現実を受け入れて残りの生涯をベッドか車椅子で過ごすことを拒んだ彼を、誰もが愚かだと非難しました。だが、この屋敷にいる六人は、彼の回復にそれぞれ莫大な金を賭けることも厭わぬ者たちです。本人はいつか踊ってみせると誓っていて、それに対するわれわれの関心はただ一つ、パートナーは誰かということだけです」

あらあら——短い沈黙のあとで、グウェンは思った——会話を続けるのもひと苦労ね。

「浜辺で人を見かけることはけっこうありますの？」

トレンサム卿が向きを変えてグウェンを見た。

「ありません。あの浜へは何度も出かけていますが、この屋敷の関係者以外の姿を目にしたことは一度もなかったです。今日までは」

その声には非難の響きがあった。

「でしたら、あなたをからかった仲間の方たちに安心して宣言できたわけね。浜辺で女性を見つけて結婚を申しこむとおっしゃったんでしょ？」

「ええ」トレンサム卿はうなずいた。「言いました」

グウェンは彼に笑顔を向け、くすっと笑った。彼が視線を返した。何がおかしいのかと言いたげな顔だった。

「とても滑稽なんですもの。あなたが永遠にからかわれるに決まっているのはお気の毒ですけど。わたしは足首をくじいたせいで、少なくとも一週間はここから出られない。そして……」トレンサム卿があいかわらずにこりともしないので、グウェンはさらに続けた。「あなたとわたしはたぶん、わたしがようやくここを出ていく日が来るまで、おたがいにひどく気まずい思いで過ごさなくてはならないでしょうね」

「本気で殺すつもりはないが、ダーリー坊やの首を絞めてもいいのなら、この手で実行してやりたい」

グウェンはまた笑いだした。

そして、ふたたび沈黙が訪れた。

「トレンサム卿、無理して食事につきあってくださる必要はありませんのよ。あなたがペンダリス館にいらしたのは、スタンブルック公爵やお仲間の方々と楽しく過ごすためですもの。苦悩を抱えてここで長い日々を送ったのちに、みなさまのあいだにおそらく特別な絆が生まれたことでしょうが、その親しいおつきあいのなかにわたしが割りこんでしまったわけですね。どなたも本当に親切で、礼儀を尽くしてくださいますが、わたしはこちらで安静に過ごすしかないあいだ、できるだけご迷惑をかけないようにしようと心に決めております。どうぞわたしにお気を遣わずに、ダイニング・ルームのほうでみなさまと一緒に召しあがってください」

トレンサム卿は依然として背中で手を組んで立ち、グウェンを見下ろしていた。

「屋敷の主人に逆らえとおっしゃるのですか。それはできない。ここに残ります」

トレンサム卿。男爵から侯爵までのいずれかの身分だろう。でも、今日まで一度も聞いたことのない名前だ。そして、ポンソンビー子爵の言ったことが正しければ、この人はとんでもない大金持ちでもあるわけだ。そのくせ、礼儀の〝れ〟の字も知らない。

グウェンは彼に軽く頭を下げ、向こうが何か言うまでぜったい口を利くものかと決心した。

もっとも、それでは相手と同じ礼儀知らずになるだけだが、それならそれでかまわない。

しかし、沈黙に耐えられなくなる前にドアが開いて召使いが二人入ってきた。二人はソファの近くのテーブルまで行き、一人分の席を用意した。その召使いたちが出ていく暇もないうちに、べつの二人が料理でぎっしりのトレイを運んできた。片方のトレイはグウェンの膝の上に、もう一方はテーブルへ運ばれて、トレンサム卿の晩餐用に何皿もの料理が並べられた。

召使いたちは来たときと同じく、足音も立てずに出ていった。グウェンは自分のスープに視線を落とし、トレンサム卿がテーブルの席につくと同時にスプーンを手にした。

「お詫びします」トレンサム卿は言った。「罪がなさそうに思われた冗談でお心を乱してしまったことを。友達にからかわれるのと、赤の他人に侮辱されるのでは、違いますからね」

グウェンは驚いて彼を見た。

「大丈夫です。試練に負けはしませんから」

トレンサム卿は視線を返し、グウェンが微笑しているのを見て、そっけなくうなずくと、自分の食事にとりかかった。

このオックステール・スープの味から判断すると、スタンブルック公爵は腕のいい料理番を雇ってらっしゃるのね、とグウェンは思った。

「結婚相手をお探しですのね、トレンサム卿。どなたか心に決めた方は？」

「おりません。ただ、自分と同じタイプの人を望んでいます。現実的で有能な女性」

グウェンは彼のほうへ視線を上げた。〝自分と同じタイプの人〟

「わたしは上流の生まれではありません。称号は戦争中に授与されたものです。わたしがとった行動に対して。うちの父はたぶん、イングランドでもっとも裕福な人間の一人だったと言っていいでしょう。手広く事業をやっていました。ただ、上流の紳士ではなかったし、上流への仲間入りを望んでもいなかった。子供たちを上流社会に入れたいという野望もなかった。歯に衣着せずに言うなら、上流人士を怠け者として軽蔑していました。自分の子供たちには分相応の世界で生きてほしいと望んでいたのです。つねに父の願いを尊重してきたとは言えないわたしだが、結婚に関しては父とまったく同じ意見です。同じ階級の妻を見つけるのが、わたしにとっていちばんいいことだと思います」

なるほど、それで納得できたわ――グウェンは思った。

「あなたがおとりになった行動というのは？」空っぽになったスープ皿をどけ、ローストビーフと野菜の皿をひきよせながら、グウェンは尋ねた。

トレンサム卿は眉を上げて彼女を見つめかえした。

「よほどの大手柄だったのでしょうね。褒賞として称号を授与されるなんて」

トレンサム卿は肩をすくめた。

「決死隊を指揮したのです」

「決死隊？」グウェンのナイフとフォークが皿の上で止まった。「生きてお戻りになったの？」

「ごらんのように」

グウェンは驚きと称賛をこめて彼を見つめた。決死隊というのはたいてい全滅を覚悟で突撃し、たいてい玉砕する。称号を授与されたとなれば、トレンサム卿の率いる隊は玉砕せずにすんだわけだ。しかも、驚いたことに、上流階級の出身ではない。そのような士官はめったにいない。

「その話をするつもりはありません」肉にナイフを入れながら、トレンサム卿は言った。「永遠に」

グウェンはしばらく彼を見つめていたが、やがて、食事に戻った。褒賞を受けても癒されることがないなんて、よほど辛い思いをしたのね。そのときに重傷を負い、ここで長い療養生活を送ることになったのかしら。

それにしても、称号を重荷に感じているみたい。

「ご主人を亡くされてどれぐらいになるのですか」トレンサム卿が尋ねた。たぶん、意図的に話題を変えようとしたのだろう。

「七年になります」

「再婚は考えなかったのですか」

「一度も」グウェンはそう答えながら、浜辺で感じたあの奇妙な深い孤独を思いだしていた。

「ご主人を愛してらしたのですね」

「ええ」それは本当だ。いろいろあったが、ヴァーノンを愛していた。「ええ、愛していました」

「どうして亡くなられたのですか」

紳士ならそんな質問はしないだろう。

「転落死です。自宅の玄関ホールの上が回廊になっていて、その手すりから大理石の床の上に落ちたのです。頭を強打して即死でした」

真実をわずかに混ぜて答えてから、さきほどのトレンサム卿をまねて〝その話をするつもりはありません。永遠に〟と言っておけばよかったと思ったが、もう手遅れだった。トレンサム卿が料理を呑みこんだ。しかし、彼が口を開く前から、次に何を訊かれるかをグウェンは覚悟していた。

「どれぐらいあとのことですか。あなたが落馬して流産されてから」

ああ、答えるしかない。

「一年になるところでした。あとわずかで」

「あなたの結婚生活はやたらと事故につきまとわれていたのですね」

何も言わないでほしかった。というか、そういうことは言わないでほしかった。グウェンは料理がまだ半分ほど残っている皿に、小さくかちゃんと音を立ててナイフとフォークを置いた。

「失礼な方ね、トレンサム卿」

ああ、でもこれはわたし自身の責任。そもそも最初の質問からして失礼だった。そのときにはっきりそう言うべきだった。

「そのとおりです。紳士のとるべき態度ではない。そうですね？　あるいは、紳士でなくとも、貴婦人と話をするときは、そんな態度はとらないものだ。だが、何かを知りたくなると単刀直入に尋ねる癖がどうしても抜けないのです。それが礼儀に反する場合もあることを、いまようやく学びました」

グウェンは料理を食べおえて、皿をトレイの奥へ移し、プディングの皿をひきよせた。ワイングラスを手にして軽く飲んだ。トレイに戻し、ため息をついた。

「わたしの親兄弟はつねに、ヴァーノンとわたしが愛にあふれた結婚生活を送っていたのに事故と悲劇で幸せを奪われてしまったのだ、と頑なに信じようとしていました。あとの人々はわたしの結婚生活と夫の死にはけっして触れませんでしたが、わたしにはその人たちの考えや推測が聞こえてくるような気がしました。暴力と虐待に満ちた結婚生活だったのだ、と」

「事実、そうだったのですか」

グウェンは一瞬、目を閉じた。

「人生はときとして複雑すぎて、単純な質問に単純な答えを返せないことがあります。わたしは心から夫を愛していましたし、夫も愛してくれました。二人の愛はまさに至福だとよく思ったものです。でも……ときどき、ヴァーノンが二人の別々の人物のように見えることがありました。たいてい――そうね、どんなときでも――穏やかで、魅力的で、ウィットに富み、知的で、愛情にあふれ、ほかにもすばらしい点がたくさんあって、そんな彼をわたしはとても愛しく思っていました。でも、ときどき、いつもの夫とほぼ同じなのに、どこかが変化して……そう、異様な躁状態になることがありました。そんなとき、わたしはいつも思ったものでした。幸福と絶望はごく細い線に隔てられているに過ぎず、夫はその線を踏み越えてしまったのだ、と。困ったことに、躁状態から抜けだしても、穏やかな夫に戻ることはなく、いつも逆方向へ行ってしまうのです。その後は何日も、場合によっては数週間ぐらい、夫の気分はどん底まで沈みこんでしまいます。わたしが何を言っても、何をしても、夫を救いだすことはできません。でも、ある日、なんの前触れもなくいつもの夫に戻るのです。わたしは夫が病的にはしゃぎだした瞬間、それに気づくようになりました。その瞬間を恐れるようになりました。だって、危険な淵から夫を連れもどすのは至難の業ですもの。ただ、最後の一年間、夫の気分は暗い鬱状態のままでした。こんな話を聞いてもらったのは、トレンサム卿、あなたが初めてです。見ず知らずと言ってもいいような人の前でなぜこれまでの沈黙を破ったのか、自分でもよくわかりません」

とくに好きでもない男性に向かってこんな打ち明け話をしたことに、グウェンは心の一部で恐れおののき、また、一部では安堵していた。もちろん、話していないこともたくさんある。

「この場所のせいでしょう」トレンサム卿が言った。「ここは何年ものあいだ、心の重荷を降ろす場所となっていたのです。そのなかには、口にすることのできない、想像すらつかないものもありました。この屋敷には信頼があふれています。全員が信頼しあい、その信頼を裏切った者はこれまで一人もおりません。あなたが落馬したのは、ミュア卿が躁状態だったときの話ですか」

「あのころは、夫の無茶な気まぐれにつきあえば、鬱に陥った夫を救うことができるという信念にすがりついていました。あの日も一緒に遠乗りに出かけようと言われ、いくら抵抗しても耳を貸してもらえなかったのです。それで仕方なく馬に乗り、夫を追ってとにかく走りつづけました。夫が怪我でもしたら大変だと思ったのです。一緒にいれば夫を惨事から守れるなんてどうして考えたのか、自分でもよくわかりません」

「だが、怪我をしたのはご主人ではなかった」

いいえ、ヴァーノンもわたしと同じぐらいひどく傷ついた。でも、最大の犠牲者はわたしたちの赤ちゃんだった。

「ええ」グウェンはふたたびきつく目を閉じた。片手で握りしめたスプーンのことは忘れ去った。

「しかし、ご主人が亡くなられた夜、傷を負ったのはご主人だけだったのですね」

グウェンは目をあけて、彼のほうへ冷たい視線を向けた。どういうつもり？　わたしを尋問しようというの？

「いい加減にしてください。夫はわたしを虐待するような人ではなかったわ、トレンサム卿。わたしに手を上げることも、声を荒らげることも、わたしを蔑むことも、言葉の暴力をふるうこともなかった。異常な人ではなかった。精神病院には無縁の人。病床に臥せっていたわけでもない。ただ、それでもやはり病気だったのです。わたしのように日夜そばで暮らした者でなくては、理解できないでしょうね。でも、本当なのです。わたしは夫を愛していました。病めるときも健やかなるときも、死が二人を分かつまで夫を愛することを誓い、最期の瞬間まで愛しつづけました。でも、いくら誓っても、簡単なことではなかった。亡くなったあと、わたしは夫が哀れでなりませんでした。その一方で、結婚というものに骨の髄までうんざりしていました。一度だけの結婚で大きな喜びを得ましたが、同時に、耐えきれないほどの悲しみを抱えこむことになりました。夫と死別したあと、わたしが望んだのは安らぎでした。生涯、静かに暮らしたいと思いました。その望みが叶ってすでに七年、いまの暮らしに満足しています」

「あなたの気持ちを変える男性は現われなかったのですか」

昨日だったら、躊躇なく〝ええ〟と答えていただろう。けさだって、自分の人生が本当は空虚で孤独だなどとは思ってもいなかった。浜辺で経験したあの瞬間は、ヴェラとの口論と荒涼たる風景がもたらしたものに過ぎないのかもしれない。

「完璧な男性でなくては」グウェンは言った。「でも、完璧などというものはこの世に存在しませんわ。そうでしょう？　温厚で、快活で、一緒にいて楽しい人、大きな苦労を経験したことのない人でなくてはね。その人との関係は、和やかで、安定していて……それから、極端な浮き沈みのない穏やかなものであってほしいと思います」

ええ、そんな結婚なら居心地がいいでしょうね――そう思った自分にびっくりした。でも、こちらの望みにぴったりの男性がいるかどうかは疑問だった。それに、完璧と思われる男性がいて、その男性がグウェンとの結婚を望んだとしても、じっさいに結婚して一緒に暮らしてみないことには、相手の人柄を見定める方法はないし、相手の本性がわかったときには、別れたくてももう手遅れだ。

それに、こんな自分に幸せになる資格があるだろうか。

「情熱は不要ですか」トレンサム卿が尋ねた。「ベッドで巧みな男でなくてもいいのですか」

グウェンははっと彼のほうを向いた。ショックで自分の目が丸くなり、頬が熱く燃えるのを感じた。

「ずいぶん露骨な言い方をなさる人ね、トレンサム卿。もしくは、ひどく図々しいことをおっしゃる人。結婚の褥《しとね》での喜びに、あなたのおっしゃる〝情熱〟は必要ありません。おたがいに心地よく過ごせればいいのです。わたしが結婚相手を探すとすれば、心地よく過ごせる人を選ぶでしょう。あなただって現実的で有能な奥さまをお探しなら、情熱に重きを置く必要はありませんでしょ？」

グウェンはいつもの落ち着きをすっかり失い、ずいぶん軽率な物言いになっていた。

「現実的で有能なうえに色っぽい女性というのもいるものですよ」トレンサム卿が言った。

「わたしが結婚相手を選ぶとしたら、色っぽい女性であってほしい。結婚すれば、ほかの女性とつきあうことはもうできない。夫婦のベッド以外の場所に喜びを求めるのは褒められたことではない。そうでしょう？　妻をないがしろにすることになるし、子供たちにも示しがつかない。それに、中流階級のモラルというものがあるのです、レディ・ミュア。わたしは好色な男ですが、不倫は悪だと信じています」

グウェンはスプーンを皿に置いた。今度は音を立てないように気をつけた。それから頬に両手を当てて笑いだした。たしかにこの耳で聞いたとは思うけど、この人、いまほんとにそう言ったの？

「自信を持って断言できますけど、こんな奇妙な一日を送ったのは生まれて初めてよ、トレンサム卿。その奇妙さがいま最高潮に達して、欲望と中流階級のモラルに関する短い講演を拝聴することになってしまった」

「ええ、まあ……」トレンサム卿は椅子をうしろへ押して立ちあがった。「紳士階級ではない男の見ている前で足首をくじくと、そういう目にあうのですよ。さて、あなたの膝にのっているそのトレイをどけて、テーブルにわたしの皿と並べて置くとしましょう。食事はもうおすみですね？」

「ええ」グウェンが答えるあいだに、トレンサム卿はいまの言葉をすぐ実行に移し、それからふりむいて彼女を見下ろした。

「なぜまたパーキンスン夫人のところに泊まっておられるのです？　なぜあんな女性と友達

づきあいを？」

無礼な言葉遣いと質問に、グウェンは眉を上げた。

「ヴェラがご主人を亡くしたばかりで、悲しみと孤独のなかにいるからです。わたしは悲しみと孤独の両方をよく知っています。ずっと昔にヴェラと知りあいになり、それ以来、ときどき手紙のやりとりをしてきました。わたしは自由に動ける立場なので、こうして訪ねてきたわけです」

「ご自分でもおわかりのはずだ。あの女性はあなたに友情を抱いているのではなく、あなたの身分と、キルボーン伯爵の妹という立場に魅力を感じているだけだ。そして、これから毎日訪ねてくる気でいるのは、ここがペンダリス館で、スタンブルック公爵の本邸だから」

「トレンサム卿、ヴェラ・パーキンスンの孤独は本物よ。わたしが泊まりに来たことで、その孤独が二週間のあいだに少しでも軽くなったのなら、それだけでも来た甲斐があったというものです」

「上流階級の困ったところは、めったに本音を口にしないことだ。あの女性は疫病神なのに」

まあ、なんてことを。グウェンは自分がいまの最後の言葉を大喜びでずっと胸にしまっておくのではないかと心配になった。

「トレンサム卿、如才なさと心遣いを発揮して真実をぼかすのが優れたマナーとされることもありますのよ」

「あなたは人を叱責するときでも、その方法を用いるのですか」

「そう心がけております」

彼がもう一度腰を下ろしてくれればいいのにと思った。わたしが同じように立ったところで、彼のほうがはるかに背が高い。いまのままだと、まさに巨人だ。この人が決死隊を率いて突撃したとき、敵軍はその姿をひと目見るなり逃げだしたのだろう。そうだったとしても、少しも意外ではない。

「あなたはどこからどう見ても、わたしが妻にしたいタイプの女性ではない。そして、わたしはあなたが探し求める夫とはまったく別の世界にいる人間だ。だが、それにもかかわらず、あなたにキスしたいという強烈な衝動に駆られている」

なんですって？

しかし、困ったことに、いまの無礼きわまりない言葉に刺激されて、体内のすべての部分に生々しい欲望が湧きあがった。彼の巨体、短く刈りこんだ髪、無愛想で獰猛な表情、紳士のマナーをわきまえない態度にもかかわらず、彼の魅力に圧倒されそうだった。

「本来なら、自分を抑えるべきでしょうな。だが、浜辺で出会ったのがただの偶然とは思えない」

グウェンは口を閉じ、乱れた呼吸を整えようとした。こんな無礼なことを言われて黙っているわけにはいかない。

「ええ」はるか上のほうにある彼の目を見つめたグウェンの耳に、自分の声が聞こえた。

「おっしゃるとおりね。それに、思想家のなかには、偶然などというものは存在しないと主張する一派もいるそうです」

ほんとにキスするつもり？　わたしはキスに応じる気なの？　この七年間、誰からもキスされずに過ごしてきたわけではない。何人かの紳士の上品な抱擁には応じてきた。しかし、単なる好意以上のときめきを感じたことは一度もなかった。肉欲などどこにもなかった。少なくとも彼女自身には。

一瞬、結局はキスせずに終わるのかと思った。彼のこわばった姿勢はそのままだし、硬い表情もいっこうに変わらない。だが、やがて彼が身をかがめたので、両手を伸ばして彼の肩にかけた。まあ、ずいぶん広くてたくましい肩。でも、それはもう知っている。この人に抱いて運ばれたのだから……。

彼の唇がグウェンの唇に触れた。

グウェンは突然、熱い欲望に包みこまれた。

彼に乱暴に抱きしめられ、唇を押しつけられるものと思った。ほとばしる熱情を撃退しなくてはならないと思った。

彼がグウェンのウェストを両手で軽くはさんで、乳房の下に親指をあてがった。ただし、その指を上へ這わせようとはしなかった。やがて、彼の唇がグウェンの唇を軽くなでて、その感触を楽しみ、グウェンを焦らした。グウェンは手をすべらせて彼のたくましい首の両脇にあてがった。頬に彼の息を感じた。前に気づいた石鹸かコロンのかすかな香りに鼻をくすぐられた。うっとりするほど男らしい香り。

熱い欲望が静まった。だが、そのあとに湧きあがったのはもっと厄介なものだった。おざなりな抱擁ではなかったからだ。彼のことを痛いほど意識した。外見とは裏腹な優しさが意識された。もちろん、彼の手が足首の具合を確かめたときにも優しさを感じたが、あのときはそれを無視した。外見から受けた印象と矛盾するような気がしたからだ。

彼が顔を上げ、グウェンの目をじっと見つめた。まあ、いつもと同じ獰猛そうな目。グウェンは彼の目を見つめかえして眉を上げた。

「もしわたしが紳士なら、いまごろは、おろおろと謝罪の言葉を並べているでしょう」

「でも、前もって警告してくださったわ。わたしは拒否しなかった。今日はどちらにとってもひどく奇妙な日だったけど、もうじき一日が終わろうとしている。そうお思いになりません、トレンサム卿？　明日になったら、いまのことはすべて忘れて、もっと礼儀正しくふるまうことにしましょう」

トレンサム卿は背筋を伸ばして立ち、背中で両手を組んだ。彼が慣れ親しんでいる姿勢であることが、グウェンにもわかりはじめていた。

「それがいいでしょう」

幸い、それ以上のことを言う時間はなかった。ドアに軽くノックが響いて、召使いが二人、テーブルの上を片づけてトレイを下げるために入ってきた。そして、召使いの背後でドアが閉まると、すぐまた開いて、ダイニング・ルームをあとにした公爵と泊まり客たちが入ってきた。

レディ・バークリーとダーリー卿がグウェンのそばにすわって彼女を会話にひきこみ、トレンサム卿はその場を離れて、三人の紳士とカードゲームを始めた。

いまここで目がさめたら——グウェンは思った——きっと、今日の夢はこれまでに見たなかでいちばん奇怪な夢だと思うことだろう。でも、すべてがあまりに奇怪だったため、逆に、現実としか思えないような気もした。そもそも、夢のなかで味を感じることがあるだろうか。なぜかいまも、トレンサム卿の味が唇に残っている。同じ料理を食べ、同じワインを飲んだというのに。

5

ヒューゴがレディ・ミュアをベッドへ運んだあと、〈サバイバーズ・クラブ〉のメンバーは遅くまで起きていた。昼間は思い思いに過ごし、ときには全員で集まったり、小さなグループに分かれたり、あるいは一人になったりするが、夜になるとみんなで夜更かしして自分たちについて真剣に話しあうのが、このクラブの習慣になっていた。

この夜も例外ではなかった。まずはヴィンセントの謝罪とみんなの冷やかしの言葉で始まった。ヴィンセントは口の軽さを冷やかされ、ヒューゴは花嫁探しが順調に運んだことを冷やかされた。二人とも機嫌よく受け入れた。もちろん、和やかな雰囲気をこわさないためには、そうするしかなかった。

しかし、やがて全員が暗く沈みこんでいった。ジョージはいつも同じ夢にうなされている。崖から飛びおりようとする妻を思いとどまらせる言葉が見つかったと思ったその瞬間、妻が身をひるがえす。そのたびに大声で叫んで妻のほうへ手を伸ばし、冷たい汗をかいて目をさます。ラルフはクリスマスの季節にロンドンで夜会に顔を出し、戦死した三人の親友のうち一人の妹に会った。妹は彼を見て顔を輝かせ、兄と親しくしていた相手と思い出話をしたがった。そう、ラルフは彼女の兄の親しい友人だった。学校のころから四人は大の親友で、一八歳になるとみんなで軍隊に入った。ラルフはあとの三人が粉々に吹き飛ばされるのを目にした。それに続いて自分も死を覚悟で突撃したが、結局死ぬことはできなかった。この夜、ラルフはレモネードをとってきましょうと言ってミス・コートニーのそばを離れた。本当にとってくるつもりだった。だが、かわりにその屋敷を出て、次の朝ロンドンを離れた。なんの弁解も謝罪もせず、以来、彼女には会っていない。

翌朝、ヒューゴはゆうべのことでひどく困惑していた。いちばんの困惑があのキスだった。弁解のしようがない。女と見れば片っ端から口説くタイプではない。性生活を満喫してきたのは事実だが、この数年はあまり機会がなかった。一つには病気のため。そして、最近はトレンサム卿という称号が重荷になって、娼館に出入りするのをためらうようになったのだ。それに、いまは田舎暮らしなので、そうした誘惑から遠く離れている。一六歳のとき以来、素人の女性にキスをした記憶がない。いとこの誕生パーティでかくれんぼをしていたとき、いとこの同級生の一人とたまたま同じ掃除用具入れに隠れたのだ。

身分の高い女性にキスをしたことは一度もない。そうしたいという燃えるような思いを抱いたこともない。

レディ・ミュアにとくに好意を抱いたわけではない。美女ではあるが、無責任で、軽薄で、傲慢で、退屈しきった、わがままな貴族の女だ。もちろん、夫について語ったことが、彼女の人柄にある程度の深みを添えていた。結婚生活で苦労し、必死に耐えてきたのは間違いない。それに――ヒューゴもしぶしぶ認めたように――ユーモアのセンスがあるし、彼女の笑い声につられて周囲もつい笑顔になってしまう。

だが、そのどれをとっても、レディ・ミュアの膝から夕食のトレイをどけたあとでキスしたいという衝動に駆られたことの説明にはならない。あるいは、その衝動に負けたことの言い訳にもならない。

いったいどういうわけで、向こうはキスを許してくれたのだろう？　彼女の機嫌をとるようなことは何もしていないのに。それどころか、無愛想な態度しかとらなかった。上流の人間を前にするとつい無愛想になってしまう。〈サバイバーズ・クラブ〉の仲間だけは別だが。軍隊時代は士官仲間から排斥された。大多数がヒューゴを軽蔑し、見下し、なかには、金持ちの父親から軍職を購入してもらって士官という階級に割りこんできた彼に公然たる敵意を示す者もいた。その夫人たちは召使いを無視するのと同じく、彼のことを頭から無視していた。だが、べつに気にもならなかった。彼の望みは士官になることで、社交クラブのメンバーになることではなかった。戦場で手柄を立てるのが夢で、現実にそれをやってのけた。

ところが、ゆうべは貴婦人にキスしてしまった。結婚したら女遊びはやめるつもりだ、と彼が言うと、向こうが赤く染まった頰に両手を当てて笑いだしたという以外、なんの理由もないのに。そして、彼女が次のように言ったときも、その声にはまだ笑みが残っていた――〝自信を持って断言できるけど、こんな奇妙な一日を送ったのは生まれて初めてよ、トレンサム卿〟その奇妙さがいま最高潮に達して、欲望と中流階級のモラルに関する短い講演を拝聴することになってしまった〟

そうだ、そう言われたために、キスしたくなったのだ。

つくづく後悔した。衝動をしっかり抑えこんでおくべきだった。

レディ・ミュアの滞在中は、できるだけ彼女を避けるしかないだろう。ふたたび顔を合わせたら、ひどく気まずい思いをするに決まっている。

この決心をヒューゴは午餐がすむまで守りつづけた。外が雨だったので、午前中はイモジェンと温室で雑談をして過ごした。イモジェンが植物に水をやり、魔法のように生き生きさせて一段と魅力的な姿に変えているあいだに、ヒューゴは午前中の便で届いた母親違いの妹からの手紙を読んだ。妹のコンスタンスから週に少なくとも二回は手紙が届く。現在一九歳、快活な愛らしい娘で、好きな人を見つけて結婚することに憧れている。ところが、母親が独占欲の強い自分勝手な女で、ヒューゴがこの継母を知ってからずっと、虚弱体質で病気がちというのを理由に（本当に病気かどうかは不明だが）、周囲の者を意のままに動かしている。実の娘のコンスタンスなど、自宅に幽閉された囚人のようなもので、母親の世話ばかりさせられている。短時間ですむ用事があるとき以外、外に出ることはめったにない。友達はいないし、社交生活はないし、好きな人もいない。もっとも、ヒューゴに愚痴をこぼすようなことはない。手紙に書いてくるのは楽しいことばかりだ。ただし、内容がなくて薄っぺら。わざわざ書くようなことなど何もないからだ。

その点をなんとかするのがヒューゴの義務だった。その義務は愛から生まれたもの。妹の後見人であるという事実から生まれたもの。そして、妹を幸せにするために力を尽くすという父親への約束から生まれたものだ。

ヒューゴが結婚しようと決めた主な理由の一つがこの妹だった。中流階級の社交界にどうやってコンスタンスをデビューさせればいいのか、あるいは、結婚相手にふさわしい中流階級の男たちにどうやって妹をひきあわせればいいのか、ヒューゴにはまったくわからない。もし結婚したら……いや、結婚したあかつきには、生涯にわたる安楽な暮らしと幸福を与えてくれる男たちに妹を紹介する方法を、妻が教えてくれるだろう。

もちろん、結婚を決めた理由はほかにもある。禁欲生活には向いていないし、性への欲望が――それも、日常的な熱い性の営みを求める気持ちが――このところ苦しいぐらいに強くなり、それとは対照的なプライバシーと独立性を求める心と激しく争っていた。

三年前にペンダリス館をあとにしたとき、ヒューゴが何よりも望んだのは心安らぐ人生だった。軍職を売却してハンプシャーの田舎にある小さなコテージで暮らすようになった。野菜を育て、わずかな鶏を飼い、近所の雑用をひきうけて、その手間賃で暮らしはじめた。なにしろ、大柄で頑健だ。雑用係としてひっぱりだこで、とくに年配の人々からの依頼が多かった。自分の称号のことは内緒にしておいた。

幸せだった。ここに集まった六人の仲間から、きみはまだ火のついていない爆竹のようなもので、将来のどこかで爆発するに決まっている、それもたぶん思いがけないときに、と警告されていたにもかかわらず、とにかく、心安らぐ日々を送っていた。

去年、父親が亡くなったあと、コテージからそう遠くないところにあるクロスランズ・パークを購入し、以前より多少贅沢な暮らしを始めた。どういうわけか、称号のことがすでに知れ渡っていた。畑を広げて穀物を何種類か育て、鶏の数を増やし、羊と牛も飼うようになった。管理人を雇い、その管理人が農作業を手伝ってくれる作男を何人か雇い入れた。ただ、農作業の多くはヒューゴがその手で続けていた。怠惰な暮らしは性に合わない。近所の雑用もあいかわらずひきうけていた。ただ、手間賃はぜったいに受けとらなかった。庭園は荒れたままだし、ふだん使う部屋は三つだけなので屋敷のほかの部分は閉め切ったままだった。召使いの数もごくわずかだった。

一年間はそこで幸せに暮らした。満ち足りた日々だった。平穏な人生だった。冒険心などどこにもなかった。近隣の人々と仲良くしてはいたが、親しい仲間は一人もいなかった。それが彼の望んだ人生だった。

そして、いま、結婚によってすべてを変えようとしていた。それ以外に選択肢がないからだ。

妹の手紙はヒューゴの膝にのったまま、長いあいだ忘れられていた。イモジェンはまだ温室にいた。窓敷居の一つに腰かけて、膝をひきよせ、そこに本を立てかけていた。読書の最中だった。

イモジェンは彼の視線を感じて顔を上げ、それと同時に本を閉じた。

「午餐の時間だわ。そろそろ家に入る?」

ヒューゴは立ちあがって片手を差しだした。

ダイニング・ルームに行ってみて、レディ・ミュアが朝食の間にいることを知った。昼間はそちらのほうがくつろげるだろうとジョージが判断したのだ。けさは従僕がレディ・ミュアを抱いて階下へ運び、ジョージ自身とラルフが彼女と朝食を共にした。食事がすむと、レディ・ミュアは兄に手紙を書くため、便箋とペンとインクを所望した。いまはパーキンスン夫人が付き添っている。二、三時間前から来ているとのこと。

「レディ・ミュアも気の毒に」フラヴィアンが言った。「光り輝く鎧を着けた騎士のごとく救出に駆けつけたいところだが、たぶん、友達を家まで送ってほしいと、レディ・ミュアに、せ、説得されるだろうな。そのあとはどんな騎士だって尻尾を巻いて逃げだし、騎士道精神などくそくらえという気分になるだろう」

「手は打ってある」ジョージがフラヴィアンを安心させた。「あの夫人がやってくる前に、レディ・ミュアにそれとなく言っておいた。体力を消耗しているようだから、長時間友達の相手をして疲れるのを避けるために、今日の午後はゆっくり休息したほうがいい、と。レディ・ミュアはこちらの意図をきちんと汲んで、午餐がすんだら睡眠が必要になりそうですと答えた。あと四五分したら、玄関にわたしの馬車がまわされることになっている」

一時間後、雲が流れ去って太陽が輝くころ、ヒューゴはテラスに立って、岬伝いに長い散歩に出かけるか、それとも、怠け者になって敷地内の庭園を散策するにとどめておくかを決めようとしていた。怠け者になるほうを選び、一時間ほど一人で庭園を歩きまわった。凝った設計とは無縁の庭園だが、それでも、花園や、日陰の多い散歩道や、木々の点在する芝生があり、海から吹いてくる風をすべてさえぎってくれる窪地には東屋が造ってあった。その小さな東屋からは、並木に縁どられた小道がはるか遠くまで眺められ、突き当たりの石像まで見ることができる。

この景色を眺めているうちに、彼の自宅であるクロスランズ・パークの庭園が思いだされ、わびしい気持ちになった。正方形の広い庭園で殺風景、どうすれば魅力的にできるのか見当もつかない。小道と東屋と自然歩道を適当な場所に造るだけではだめだ。屋敷のほうも、動物がすべて逃げだしたあとの納屋のように見える。手を入れればすばらしくなるはずだ。購入を決めたとき、そう直感した。

しかし、屋敷を見たときにその美しさと機能的な設計に感動したものの、もともとの設計に命を吹きこむだけの創造の才が彼には欠けていた。自分にかわってすべてを計画してくれる人材を雇う必要がある。世の中にはそうした才能に恵まれた連中がいるし、自分にはその才能を買うだけの金がある。

一時間ほどしてから、屋敷のほうへゆっくり戻っていった。

レディ・ミュアは本当に昼寝中だろうか——玄関から屋敷に入りながら、ヒューゴは思った。それとも、うんざりする友達を追い払うためにジョージがほのめかした口実を喜んで利用しただけだろうか。もし彼女が昼寝をせずに朝食の間に一人ですわっているなら、話し相手としてジョージが誰かをつけているに決まっている。そういう心遣いにかけてはじつに行き届いた男だ。

ヒューゴがレディ・ミュアのそばへ行く必要はなかった。もちろん、行きたいとも思わなかった。二度と顔を合わせずにすめば万々歳だ。ならば、なぜ朝食の間の外で足を止め、ドアに耳を近づけたのか、彼自身にも説明のつかないことだった。

静寂。

二階で休んでいるか、この部屋で昼寝をしているかのどちらかだろう。いずれにしろ、書斎には自由に入れる。そちらでコンスタンスに手紙を書くつもりだった。それから、父親の（現在は彼のものだが）事業の経営を一任されている凄腕の人物、ウィリアム・リチャードソンにも。

ところが、書斎へ行くかわりに、ヒューゴの手がドアのノブのほうへ伸びた。なるべく音を立てないようにノブをまわし、ドアを少し押しひらいた。

レディ・ミュアの姿があった。寝椅子に横になっていた。窓の外の花園を眺められるよう、寝椅子の向きが変えてある。春の花が少し咲きはじめていて、緑の新芽や蕾《つぼみ》もたくさん見受けられる。クロスランズにあるヒューゴの花園とは大違いだ。ヒューゴも去年の夏は花園が自慢でたまらなかった。夏の花をあれこれ植えて、二、三カ月はみごとに咲き誇り、やがて……枯れてしまった。あとでわかったのだが、どれもみな一年草で、今年の夏はもう花をつけない運命だった。

これからいろいろなことを学ばなくてはならない。なにしろ、生まれ育ったのはロンドンだし、そのあとは戦争の日々だった。

レディ・ミュアはドアのあく音に気づかなかったか、眠っているかのどちらかだろう。彼のいる場所からでは、どちらとも判断がつかなかった。部屋に足を踏み入れ、あけたときに劣らず静かにドアを閉めてから、寝椅子のへりをまわって、彼女の姿を見下ろした。

レディ・ミュアは眠っていた。

ヒューゴは眉をひそめた。

レディ・ミュアの顔は青ざめ、表情がこわばっていた。

彼女が目をさます前に出ていかなくては。


グウェンはヴェラが帰ったあと、至福の静けさに包まれて眠りに落ちた。彼女の青ざめた顔を見て、耐えがたい痛みに襲われていることを察したスタンブルック公爵が説得して呑ませた薬のおかげでもあった。

朝のあいだ、トレンサム卿を一度も見かけなかった。心の底からほっとした。目がさめたとたん彼のキスが思いだされ、その記憶を払いのけることができなかったからだ。あの人ったら、どうしてキスする気になったの？　わたしに好意を持っている様子も、惹かれている様子もないのに。わたしはどうしてキスを受け入れたの？　抵抗する暇もなく唇を奪われたなんて主張することはもちろんできない。

いやな思いをしたと主張することもできない。

少しもいやじゃなかったもの。

わたしの心がひどく乱れているのは、たぶんその事実のせいね。

訪ねてきたヴェラとのひとときに何時間か耐えたあとでようやく、打ち合わせておいたとおり公爵自身が部屋にやってきて、明日の午前中にまた迎えの馬車を出すと約束してから、きわめて礼儀正しく、だが有無を言わせぬ態度で、待たせてある馬車までヴェラをエスコートした。

ヴェラは屋敷に来てもグウェンと二人きりで放っておかれることに、ねちねちと文句を言った。午餐の時間になって、二人分の食事が朝食の間に運ばれてくると、おいしい料理ではあったものの、ダイニング・ルームで屋敷の客たちと共に食事をするよう誘ってくれなかった公爵の無作法な態度を非難した。帰りの馬車が——こんな早い時間に——用意されたことに気を悪くした。グウェンに言った。

「こちらに着いたとき、公爵さまに申しあげておいたのよ。帰るときは、紳士のお一人が途中までエスコートしてくださるなら、喜んで歩くことにいたします、わざわざ馬車を用意していただくには及びません、って。こっちの心遣いを公爵さまは無視なさったのね。でも、自分の奥さんを殺すような人に何が期待できて？」

とろとろと眠りに落ちていきながら、グウェンは思った——ネヴィルがわたしの手紙を受けとったら、どうか、すぐに馬車をよこしてくれますように。ごく軽い捻挫だから旅行にはなんの差し支えもない、と手紙に書いておいた。

今日もトレンサム卿と顔を合わせることになるのだろうか。会わずにすめばと期待するのは虫がよすぎるだろうが、彼がそばに来ないでくれるよう、公爵が今夜の食事の相手にふたたび彼を選んだりしないでくれるよう、グウェンは心から願った。昨日は彼の前ではしたない真似をしてしまい、その困惑が来世まで続いても不思議はないような気がした。

眠りに落ちながら最後に考えたのが彼のことだった。そして、どれぐらい時間がたったのかわからないが、目ざめたときに最初に目にしたのが彼の姿だった。グウェンが横たわっている寝椅子から少し離れたところに立っていた。ブーツをはいた足を軽く開き、両手を背中で組んで、渋い顔をしていた。緑色の極上の布地で身体にぴったり合わせて仕立てた上着、淡い黄褐色のズボン、ぴかぴかに磨きあげたヘシアンブーツという装いにもかかわらず、やはり軍の士官にしか見えない。渋い顔でこちらを見下ろしている。これがふだんの表情なのだろう。

昼寝のために身を横たえていたグウェンは、自分が不利な立場に置かれたような気がした。

「仰向けで寝ると、たいていの人はいびきをかくものです」

予想外のことばかり言う人。

グウェンは眉を上げた。「で、わたしはそうじゃなかったの？」

「ええ、今回は。もっとも、口を軽くあけて寝ていました」

「あら……」

そこに立って、眠るわたしを見ていたなんて、図々しい人ね。そこには何かどぎまぎするほど親密なものがあった。

「今日は足首の具合はどうですか」トレンサム卿が尋ねた。

「よくなるかと思っていましたが、困ったことに、まだだめです。くじいただけなのにね。お騒がせして申しわけなく思っています。顔を合わせるたびにそれを話題にしたり、様子を尋ねたりなさる必要はありませんのよ。あるいは、わたしの相手をしなくてはとお思いになる必要も」

あるいは、眠っているわたしを見つめる必要も。

「新鮮な空気を吸ったほうがいい。顔色が悪い。青白い顔が貴婦人方の流行のようですが、青瓢箪《あおびょうたん》のような顔を望む心理がわたしには理解できません」

ご親切なこと！　わたしが青瓢箪のように見えるって、たったいま教えてくれたわけね。

「今日は肌寒い」トレンサム卿は言った。「だが、風がやみ、太陽が顔を出しています。花園でしばらく腰を下ろすのも楽しいかもしれません。よかったら、あなたのマントをとってきましょう」

グウェンが〝けっこうです〟と答えさえすればいい。彼は立ち去り、二度と近づいてこないだろう。

「この足でどうやってそこまで行けるというの？」グウェンはかわりにそう尋ね、舌を噛み切りたくなった。返事はわかりきっているのに。

「昨日のように強情を張りたいのなら、手と膝で這っていけばいい。あるいは、屈強な従僕を呼んでもいい。けさはその一人があなたを階下へ運んだようですね。あるいは、わたしが抱いていってもいい。馴れ馴れしすぎる態度は慎むと約束しますから」

グウェンは顔が赤くなるのを感じた。

「ゆうべのことでご自分を責めてらっしゃらなければいいけど、トレンサム卿。あのキスについては、どちらも責められるべきです。〝責められる〟というのが正しい表現だとすれば。でも、両方が望んだのなら、キスしていけない理由がどこにありまして？　おたがい、伴侶や婚約者のいる身ではありませんもの」

グウェンは無頓着を装おうとする努力が惨めに崩れていくのを感じた。

「では、手と膝で這っていくつもりはないと解釈していいのですね」

「ええ」

屈強な従僕のことはそれ以上話に出なかった。

トレンサム卿は向きを変え、何も言わずに大股で部屋を出ていった。たぶん、グウェンのマントをとりに行ったのだろう。

こんなことになるなんて最高ね――グウェンは皮肉っぽく思った。

しかし、新鮮な空気を吸うという誘惑には抵抗できなかった。

そして、トレンサム卿と一緒に過ごすという誘惑にも？

6

外は肌寒かった。しかし、太陽が照っているし、二人のまわりは桜草とクロッカスの花盛り。水仙まで咲きはじめている。春の花には濃淡さまざまな黄色が多いことに、グウェンはいま初めて気がついた。陰気な冬が終わっても夏のまばゆさにはまだ遠い季節に、少しだけ太陽の色を添えようという春の女神の心遣いだろうか。

「お花がきれいね」グウェンはかすかに潮の香の混じった新鮮な空気を吸いこんだ。「春はわたしの大好きな季節なの」

トレンサム卿が朝食の間の窓の下に置かれた木のベンチにグウェンを横たえると、赤いマントが心地よく彼女を覆った。トレンサム卿に言われて抱えてきた二個のクッションを彼が手にとり、一個を彼女の背中にあてがって木の肘掛けが食いこまないようにし、もう一個は右の足首の下へ慎重にすべりこませた。彼が持ってきた毛布をグウェンの脚の上に広げた。

「どうして好きなんです?」身を起こしながら尋ねた。

「バラより水仙のほうが好きなの。それに、春は新しさと希望に満ちているし」

トレンサム卿は近くに置かれた大きな壺の台座に腰を下ろし、広げた膝に両腕を垂らした。

くつろいだ姿勢だが、その目はグウェンを見据えていた。

「ご自分の人生にはどんな新しさをお望みです？　未来にはどんな希望を？」

「あなたの前では言葉を慎重に選ばなくてはならないようね、トレンサム卿。こちらが言ったことを、いちいち文字どおりにおとりになるんですもの」

「言葉になんの意味もないのなら、なぜ口に出すのですか」

もっともな質問だ。

「ええ、それもそうね。ちょっと考えさせて」

グウェンがまず考えたのは、朝食の間にやってきた彼から新鮮な空気を吸いに出かけようと誘われたのが少しも迷惑ではなかったことだった。自分に正直になるなら、この朝グウェンを階下へ運ぶために従僕がやってきたとき、がっかりしたことを認めなくてはならないだろう。また、午前中ずっとトレンサム卿が顔を見せてくれないことにもがっかりしていた。その一方、屋敷に滞在するあいだは彼と顔を合わせずにすむよう願っていた。意味のない言葉に関する彼の意見は正しい。その言葉が頭に浮かんだだけだとしても。

「新しいものは何も望んでないわ。それから、わたしの希望は満ち足りた平和な暮らしを続けることだけ」

トレンサム卿はグウェンをじっと見ていた。彼女に突き刺さり、魂にまで達するような視線だった。グウェンは本当のことを告げたつもりだったが、自信が揺らぐのを感じた。

「お気づきになったことがあります？」トレンサム卿に尋ねた。「一カ所にじっと立っているのは、ときとして、後戻りするのと何も変わりがないということに。だって、周囲の世界はどんどん前へ進み、自分だけが置き去りにされるんですもの」

あらあら、なんてことを……。そう言えば、ゆうべ、この人が話してくれた。この屋敷で何年もかけて心の重荷を降ろした、と。

「あなたも置き去りにされたのですか」

「一族の同世代の者のなかでは、わたしが最初に結婚しました。未亡人になったのもわたしが最初。じつを言うと、わたし一人だけなの。現在、兄は結婚し、いとこでわたしの大親友のローレンも結婚しています。ほかのいとこたちもみんな結婚しました。全員が子供を持ち、すでに人生の次の段階へ進んでいます。でも、わたしにはそのドアが閉ざされている。みんなから冷たくされたり、邪険にされたりするわけではないのよ。その逆です。みんな、泊まりに来るようにといつも言ってくれて、大喜びでわたしを迎えてくれるの。それはよくわかっています。ローレンとも、兄の奥さんのリリーとも、ほかのいとこたちとも、いまだにとても親しくしているわ。そして、大好きな母と暮らしている。とても恵まれていると思うわ」

この主張はグウェンの耳に虚しく響いた。

「七年間もご主人の喪に服しつづけるとは、いくらなんでも長すぎる。若い女性であればなおさらだ。いま、おいくつですか」

訊いてはならないことをかならず訊いてくる人だ。

「三二歳です」グウェンは答えた。「再婚しなくても、申し分のない人生を送ることはできましてよ」

「醜聞を巻きおこすことなく子供を持ちたいなら、そうはいきません。だったら、ぐずぐずしないほうが賢明というものです」

グウェンは眉を上げた。この人の無礼な物言いには限界がないの？　しかし、ほかの男からそんな質問をされたら、なんて無礼なと思うはずだが、彼の場合は違っていた。さほど無礼な印象はなかった。遠慮のない率直な人で、思ったままを口にしているだけだ。

「でも、子供はできないかもしれません。流産のときにお世話になったお医者さまには、もう無理だと言われました」

「骨折を治療したのと同じ医者？」

「ええ」

「ほかの医者の意見も聞いてみようとは思わなかったのですか」

グウェンは首を横にふった。

「とくに自分の子がほしいとも思いません。姪や甥がたくさんいますもの。ほんとに可愛い子たちで、わたしになついてくれています」

でも、やっぱりほしい。グウェンはいま初めて、自分がどんなに子供を持ちたがっているかを悟った。いなくてもいいと自分に言い聞かせてきたのに。この屋敷の何かに影響されたの？　この人の何かに影響されたの？

「お話を伺ったかぎりでは、その医者は最低のやぶ医者のようですね。そいつのせいで、あなたは生涯不自由な脚で過ごすことになり、同時に、流産の直後に妊娠の望みを砕かれてしまった。その分野に関する豊富な知識と経験を持つ専門医に診てもらうよう、その医者は助言してもくれなかった」

「何も知らないほうが幸せな場合もありますのよ、トレンサム卿」

トレンサム卿がついに彼女から視線をはずした。地面を見下ろし、大きなブーツの爪先で小道の砂利を平らにした。

なぜこの人にこんなに惹かれるの？　体格のせいかもしれない。きわだって大柄な人だけど、ぎこちないところはどこにも見受けられない。あらゆる部分がほかの部分と完璧に調和している。短く刈りこまれた髪でさえ、普通だったらこの人に備わった端整な要素まで打ち消してしまいそうだが、頭の形ときびしい表情によく合っている。手は優しさを秘めている。唇もそう……。

「何をなさっているの？」グウェンは彼に尋ねた。「ここ以外のところで、という意味ですけど。軍にはもういらっしゃらないんでしょ？」

「平和に暮らしています」トレンサム卿は彼女に視線を戻して答えた。「あなたと同じように。そして、満ち足りた日々を送っています。去年、父親が亡くなったあとで荘園館と土地を購入し、そこで一人暮らしを始めたのです。羊と牛と鶏を飼い、小さな農場と野菜畑と花園を持っています。どれも自分で世話をし、手を汚して働いています。爪のなかに土が入りこむこともある。近隣の人々は首をかしげています。なぜなら、わたしがトレンサム卿という身分だから。家族は困惑しています。なぜなら、いまのわたしは大きな貿易会社の経営者で、莫大な財産を持つ身だから。ロンドンで贅沢に暮らすこともできます。資産家の息子として育ちました。ただ、父の会社を継ぐ日のために、つねに仕事に全力を注ぎこむことを期待されていました。ところが、わたしは歩兵連隊の軍職を購入してほしいと父に頼みこみ、自分で選んだその道に全力を注ぎこんだのです。優秀な士官になり、やがて除隊しました。いまは平和に暮らしています。満ち足りた日々です」

トレンサム卿の口調には何かひっかかるものがあった。反感？　怒り？　防御？　この人は本当に幸せなの？　幸福と満足は同じものではないでしょう？

「そして、結婚によって満ち足りた日々が完成するわけね？」グウェンは彼に訊いた。

トレンサム卿は唇をすぼめた。

「セックスのない人生には向かない男なので」

わたしがそんな質問をしたせいだわ。グウェンは赤面しないよう努めた。

「わたしは父を失望させました。子供のころは父のあとばかりついてまわっていたのに。父はわたしを溺愛し、わたしは父を崇拝していました。父と同じようにビジネスの世界に入り、父が引退を決めたらわたしが事業を継ぐのだと父に期待され、わたし自身もそう思っていました。やがて、わたしの人生にとって避けがたい瞬間が訪れました。自分自身の人生を歩みたくなったのです。それなのに、未来に見えるのは、どんどん父に似ていく自分の姿です。

父を愛してはいたが、父のようにはなりたくなかった。落ち着きを失い、鬱々と過ごすようになりました。その一方で、身体が大きくなり、力がついてきた。母方の遺伝ですね。何かせずにはいられなくなった。何か身体を動かすことを。さほど罪のない放蕩にしばらく耽ってからまっとうな暮らしに戻るという生き方もあったでしょう。あのことさえなければ……い、いや、とにかく、そういう生き方は選ばなかった。かわりに、家を飛びだして二度と帰ろうとせず、父に悲痛な思いをさせることになりました。父は最後までわたしを愛し、誇りにしてくれたが、さぞ悲しかっただろうと思います。死の床にあった父に、わたしは事業を受け継ぎ、自分に能力があるならその事業を自分の息子に譲る、と約束しました。父が亡くなったあとで自分の小さなコテージに帰り、たまたま近くで売りに出ていたクロスランズ・パークを購入して、それまでの二年間と同じ暮らしを始めたのです。いくらか贅沢にはなりましたが。心のなかでは、この一年間を〝わが服喪の年〟と呼んでいました。だが、その一年も終わり、これ以上ぐずぐずできなくなりました。若いころに戻れるわけではない。もう三三歳です」

カモメの群れが騒々しく鳴きかわしながら近くを飛んでいったので、トレンサム卿もグウェンと同じく顔を上げた。

「わたしには母親違いの妹がいます」カモメの群れが見えなくなってから、トレンサム卿は言った。「コンスタンスという子です。母親と、つまり、わたしの継母と一緒にロンドンで暮らしています。あの子には外へ連れだしてくれる人間が必要です。友達と恋人が必要です。

夫が必要で、結婚を望んでいます。ところが、母親が病弱なふりをして、あの子を手放そうとしないのです。わたしには妹に対する責任があります。あの子の後見人ですから。しかし、独身のままだと、妹に何もしてやれません。やはり妻が必要です」

クッションをあてがっているにもかかわらず、ベンチの肘掛けがグウェンの背中に食いこんでいた。姿勢を変えようとして身をよじると、トレンサム卿があわてて立ちあがって背中のクッションを膨らませ、置きなおしてくれた。

「そろそろ家のなかに戻りたいですか」

「いいえ」グウェンは言った。「あなたが戻りたいとおっしゃらないかぎり」

トレンサム卿はそれには返事をしなかった。石の台座にふたたび腰を下ろした。

この人はどうして世捨て人の暮らしを選んだの？　トレンサム卿の人生から人が想像するのは、その正反対のことだと思うけど。

「ここに来る原因となった怪我をなさったのは、決死隊を率いて戦ったときだったのですか」グウェンは尋ねた。

トレンサム卿が燃えるような視線を向けてきたので、グウェンは彼とのあいだに距離を置こうとして、ベンチの背に斜めに身体を押しつけた。この人は昨日言っていた。〝その話をするつもりはありません、永遠に〟と。

じゃあ、わたしはどうして聞きだそうとするの？　ふだんなら、ここまでしつこく詮索するようなことはないのに。

るかもしれませんね」

「あの決死隊のときは、かすり傷一つ負わなかった。それ以外のどの戦いでも。あなたがわたしの頭のてっぺんから足の爪先まで調べたところで、一〇年近く軍隊にいたなどとは想像もできないだろう。もしかしたら、わたしのことを、テントのなかで縮こまり、流れ弾に当たる危険があるので外に出ようとせずに命令を下す――そういうタイプの士官だと推測なさるかもしれませんね」

では、この人の命はウェリントン公爵と同じように、何かの力で守られていたのね。ウェリントン公爵も、安全な場所にいてほしいと願う副官たちの必死の努力にもかかわらず、敵軍の射程内へ大胆不敵に馬を走らせたことがしばしばあったという。

「だったら、なぜ――」

「――わたしがここにいるのか？」彼女の言葉をさえぎって、トレンサム卿は言った。「いえ、わたしも傷を負ったのです、レディ・ミュア。ただ、目に見える傷ではなかった。心がこわれてしまった。いや、わたしの症状を表現するのに、そんな言い方は正確ではない。完全にこわれてしまえば、なんの問題もなかっただろう。こわれきっていないのが問題だった。腑抜けのようにはなれなかった。自分自身を殺したかった。大声でわめき散らすようになり、軍隊の語彙に比べても卑猥としか言えないような言葉を口にするようになった。とくに、優しくしてくれる人々を。そして、自分自身を殺したかった。周囲の者を残らず殺したかった。大声でわめき散らすようになり、軍隊の語彙に比べても卑猥としか言えないような言葉を口にするようになった。怒りが大きすぎて、鬱憤を晴らすための悪態がすぐ種切れになるほどだった」

トレンサム卿は自分の脚のあいだの地面にふたたび視線を落とした。グウェンに見えるのは彼の頭頂部だけになった。

「拘束衣を着せられて国に送り返された。怒りを沸点以上に押しあげるべく計算されたものが拘束衣のほかに何かあるとしても、わたしには見当もつかないし、知りたいとも思わない。ベドラムの精神病院がわたしのいるべき場所だと軍部は考えたかもしれないが、そちらへ送ろうとはしなかった。軍の連中は弱りはてていた。なにしろ、わたしは一種の有名人で、昇進し、祝ってもらい、国王陛下から称号を授与されたばかりだったから。いや、陛下ではなく、摂政皇太子殿下からと言うべきか。国王陛下の心もこわれていたからね。皮肉なものだ。父のところに帰るつもりはなかった。誰かがスタンブルック公爵の知りあいで、公爵が何人かの士官にこの屋敷を提供していることを知っていた。やがて、公爵がわたしと会い、ここに連れてきてくれた――拘束衣なしで。公爵も危険は覚悟のうえだった。わたし自身は人を殺すより自殺のほうを選んだだろうが、そんなことは公爵にはわからないからね。自殺しないでくれとわたしに頼んだ。命令するのではなく、頼んだのだ。奥方が自殺したことを打ち明けてくれた。自殺というのは、ある意味で、究極の利己的な行為と言っていいだろう。その場を目にしながら阻止できなかった者たちに、口にはできない永遠の苦しみを与えることになる。だから、わたしはこうして生きつづけている。それがせめてもの罪滅ぼしだ」

「何に対する罪滅ぼしなの？」グウェンは低い声で尋ねた。ある理由があって、彼が脚にかけてくれた毛布を胸にひきよせ、両手で押さえこんだ。

トレンサム卿が空虚な視線を上げた。グウェンがそばにいることを忘れていたようだ。やがて我に返った。

「三〇〇人近くを殺してしまった。それも味方の兵士を」

「殺した？」

「殺したというか、死なせてしまった。いずれにしろ、同じことだ。わたしの責任だ」

「話を聞かせて」低い声のまま、グウェンは言った。

トレンサム卿は地面に視線を戻した。深く息を吸ってゆっくり吐きだすのが、グウェンに聞こえた。

「女性に聞かせられる話ではない」だが、トレンサム卿はとにかく先を続けた。「わたしは兵士たちを率いて急斜面をのぼり、銃弾の降りそそぐなかへ入っていった。死を覚悟の突撃だった。途中で停止を余儀なくされた。半数が死亡、あとの半数は士気を失っていた。成功の見込みはなかった。部下の中尉がわたしに退却命令を出すよう頼んだ。退却しても、非難する者は誰もいないだろう。そのまま進むのは無意味な自殺行為だ。だが、われわれ全員、そのために志願したのであり、わたしはすごすごと退却するより、前進を続けて死ぬ覚悟だった。突撃命令を出し、ついてくる者がいるかどうか、ふりむいて確認することもせずに突進した。そして、作戦は成功した。生き延びた者はほとんどいなかったが、敵陣のあいだに突破口を作り、あとの軍勢がわれわれの脇を通ってなだれこんだ。生き残った一八名のうち、無傷ですんだのはわたし一人だった。戦闘のあとでさらに数名が亡くなった。だが、わたしは気にしなかった。任務をひきうけ、みごとに果たしたのだ。称賛と報償をふんだんに与えられた。わたし一人が。ああ、それと、部下の中尉が大尉に昇進した。あとの者はみな、生死にかかわらず、忘れ去られた。使い捨ての駒だった。生きているときは軽んじられ、死ねばすぐに忘れ去られる。わたしは気にしなかった。栄誉のなかで舞いあがっていた」

トレンサム卿はさっきブーツの爪先で平らにした砂利を乱した。

「舞いあがらないやつがどこにいる？　決死の突撃だった。自ら志願した者ばかりだ。全員が死を覚悟していた。わたしもそうだった。隊の先頭に立って突き進んだ」

グウェンは唇をなめた。どんな言葉をかければいいのかわからなかった。

「心がこわれる二日前に」ぞっとするほど暗い目でグウェンを見上げて、トレンサム卿は言った。「わたしは兵士二名を見舞いに行った。一人は昇進したばかりのあの中尉。内臓にひどい損傷を受けていて、おそらく助からないだろうとのことだった。息をするのも辛そうだった。それなのに、口のなかに必死に唾をためて、わたしに吐きかけた。もう一人は両脚を切断され、死を前にしていた。じわじわと死んでいく運命だった。わたしにはそれがわかっていた。本人にもわかっていた。男はわたしの手をつかみ、そして……唇をつけた。気にかけてもらい、見舞いに来てもらって感謝している、と言った。誇らしい気持ちになれた、喜んで死んでいける、と言った。ほかにも似たようなたわごとをあれこれ口にした。わたしは身をかがめてそいつの額にキスをしたかったが、まわりをうろついている連中にどう思われるか、あとで何を言われるか、気にかかった。だから、かわりに手を握りしめ、明日もまた来ると言った。約束どおり出かけていった。ところが、そいつは三〇分前に息をひきとっていた」

トレンサム卿はグウェンをじっと見た。

「さあ、これでわたしの恥さらしな過去がわかっただろう？　一カ月もしないうちに、わたしは偉大なる英雄から、わけのわからないことをわめき散らす人間に変わっていた。これであなたの質問にすべて答えられただろうか」

彼の目にきびしさが、彼の声に冷酷さがにじんでいた。

グウェンは思わず息を呑んだ。

「明らかに間違ったことをしたときに罪悪感を持つのは自然なことだし、さらには望ましいことだと言ってもいいでしょうね。なんらかの発言や行動によって、その間違いを償うこともできる。間違ったことをしたわけではないのに罪悪感を持つことのほうが、はるかに有害だわ。そして、もちろん、あなたは間違ったことなどしていない。あなたのしたことは正しかった。でも、わたしがその点を強調しても無駄でしょうね。数えきれないほどの人が同じことを言ったはずだから。ここに集まった仲間の方々もそう言った。でも、救いにはならない。そうでしょう？」

トレンサム卿が彼女の視線をとらえようとしたが、グウェンは目を伏せ、両手でしきりに毛布の乱れを直していた。

「お気持ちはよくわかります。でも、神経を病んだあなたを恥さらしとみなすのは、冷酷で情け容赦のない男らしさ優先の人々だけじゃないかしら。軍の司令官が兵士のことを気にかけるなんて、誰も思わないでしょうね。わたしから見れば、あなたが兵士を気にかけてらしたことのほうが――いまも気にかけてらっしゃることのほうが――はるかに称賛に値すると思います」

「司令官が敵をやっつけるより兵士の身の安全を優先させていては、勝利を得ることができなくなる」

「ええ」グウェンは同意した。「そうでしょうね。でも、あなただって兵士の安全を優先させたわけではない。そうでしょ？　自分の義務を果たした。そのあとでようやく悲しみに浸ることを自分に許した」

「あなたはわたしの臆病さを英雄的行為に変えようとしている」

「臆病？　とんでもない。兵士を率いて死を覚悟で突撃し、重傷を負った兵士たちを見舞う司令官が何人います？　しかも、死ぬとわかっている兵士を。また、上官を憎み、怒りをぶつけてくる兵士を」

「あなたをここに誘ったのは、新鮮な空気と花々を楽しむためだったのだが」

「どちらも楽しみました。ずっと気分がよくなったわ。足首も前ほど疼かなくなったし。いえ、もしかしたら、スタンブルック公爵に言われて呑んだ痛み止めがまだ効いているのかもしれません。今日の空気は少し冷たいけど爽やかね。家のことを思いだしたわ」

「ニューベリー・アビー？」

グウェンはうなずいた。

「ペンダリス館と同じように、海のすぐそばなの。屋敷の下のほうにわが家だけの浜辺があって、その向こうに高い崖がそびえているのよ。ここそっくり。でも、昨日海辺に出かけたことが自分でも意外なの。実家にいるときは、浜辺なんてめったに行かないのに」

「靴に砂が入るといやだから?」

「ええ、それもあります。でも、海が広すぎるせいもあるかしら。なんだか怖くなるの。理由はよくわからないけど。溺れるのを怖がっているわけじゃないのよ。それよりむしろ、海を見ていると、わたしたちがいくら慎重に人生を設計し、そのとおりに生きようとしても、自分の思いどおりにはならないことを悟らされるからかもしれない。あらゆることが思いがけない形で変わっていくし、あらゆることが怖くなるほど広大でしょ。人間ってほんとにちっぽけな存在だわ」

「そう考えると、ときとして気持ちが楽になる。周囲の事態に対処しきれなくなった自分を責めるとき、完璧な対処など無理なことだ、人生がわれわれに求めているのは、差しだされた事柄を片づけていくために最善を尽くすことだけだ、と悟らされる。もちろん、言うは易く、おこなうは難《かた》しだが。正直なところ、不可能な場合も多い。しかし、わたし自身は浜辺を散歩するといつも心が癒される」

グウェンはトレンサム卿に微笑し、彼に好意を抱きはじめている自分に驚いた。少なくとも、彼のことが昨日よりよく理解できる。

「新鮮な空気のおかげで、あなたの頬が赤くなってきた」トレンサム卿が言った。

「鼻もそうね。きっと」

「わたしは紳士らしくふるまうことにし、そのことに触れるのは避けてきた。目を向けるのさえ必死に我慢してきた」

その冗談がグウェンには意外で、楽しくなった。片手を上げて鼻を隠し、笑いだした。

トレンサム卿が立ちあがり、二人のあいだの距離を詰めた。グウェンのウェストのあたりで不格好な山を作っていた毛布をとり、脚の上にもとどおりに広げてから、身を起こして彼女を見下ろした。背中で手を組んでいた。グウェンは何か言おうとして言葉を探したが、見つからなかった。

「ご承知のように、わたしは貴族ではない」しばらく沈黙したあとで、トレンサム卿は言った。「貴族になりたいと思ったこともない。上流階級とつきあわねばならないときは、わたしを受け入れるも、拒絶するも、向こうの好きにすればいいと思っている。劣った人間だと思われても腹は立たない。自分がそうではないことを知っているから。違う世界で生きているだけのことだ」

グウェンは軽く首をかしげた。

「何をおっしゃりたいの、トレンサム卿」

「あなたに対して劣等感を持ってはいないということを。ただし、まったく違う世界の人間ではあるが。あなたに求婚したり、妻に迎えたりして、それによって社交界でのしあがろうなどという野心はまったくない」

昨日彼に感じた苛立ちが強烈によみがえった。

「あなたのために喜んでさしあげるわ。だって、わたしを妻にすれば失望なさるに決まってますもの」

「だが、あなたにどうしようもなく惹かれている」

「どうしようもなく？」

「だめだと言われれば我慢する。あなたがひと言そう言ってくれれば」

グウェンは口を開き、そしてまた閉じた。なぜこんなことに？　ほんの数分前には魂の奥底をさらけだしてくれた人なのに。いえ、もしかしたら、そのせいかもしれない。心に湧いた感情を何か別のものにすりかえるしかなかったのだろう。もっと柔らかで身近なものに。

「何を我慢なさるの？」眉をひそめてグウェンは訊いた。

「もう一度あなたにキスしたいという思いを。それが最小限の思いだ」

尋ねてはならないことを尋ねてしまった。

「では、最大限の思いは？」

「あなたをベッドに誘いたい」

二人の視線がからみあい、グウェンのなかに欲望が湧きあがり、息が止まりかけた。いやだわ、本当ならこの人の頬をひっぱたくべきなのに。もっとも、背が高すぎて、頬に手が届かないけど。とにかく、質問したのはわたしだ。この人はそれに答えただけ。突然、花園のなかが三月初めではなく七月のように思われた。

しの名前を口にしたんだった。

「グウェンドレン」トレンサム卿が言った。「それがあなたの名前ですか」

グウェンは驚いて彼を見た。そうだわ、昨日、この人に声が届くところで、ヴェラがわたしの名前を口にしたんだった。

「みんなからはグウェンと呼ばれています」

「グウェンドレン。完全無欠の美を備えた名前をなぜ縮めたりするのだろう？」

縮めずに呼んだ人はこれまで誰もいなかった。彼の口からその名前を聞いて不思議な気がした。親密な感じ。そんな馴れ馴れしい態度はきっぱりはねつけなきゃ。

この人はヒューゴ。ぴったりの名前だ。

突然、彼がそばに腰を下ろしたので、グウェンは彼のためにスペースを作ろうとして、ベンチの奥へ身を縮めた。彼が横向きになり、片手をベンチの背にかけた。

この人、もしかして……？　そうしたら、わたし……。

彼がうつむいてキスをした。唇を開いたままで。反射的にグウェンも唇を開き、二人のあいだに不意に熱いものが流れた。彼の舌がグウェンのなかに入ってきて、片方の腕が彼女を抱き、反対の腕がうなじを支えた。グウェンはマントのなかに入れていた手を、広くたくましい彼の胸に押しあてた。

ゆうべキスしたときと違って、ほんの一瞬ではなかった。しかし、とても優しいキスで、しばらくすると彼がグウェンの顔に唇をすべらせた。こめかみまで行ってから耳のほうへ下がり、グウェンは彼の息と舌を感じ、耳たぶを軽く噛まれるのを感じた。唇は顎へ移って、ふたたびグウェンの唇に戻った。

〝あなたをベッドに誘いたい〟

だ、だめ。図々しいわ。いえ、こんな感想では控えめすぎる。グウェンが彼の胸に両手を押しつけると、彼が顔を上げた。グウェンはひどく暗くて真剣な目をじっと見ている自分に気がついた。

この人にはどこか怖いものがある。少なくとも、誰もがそう思うはず……。

グウェンは何か言おうとして息を吸った。

「そこのお二人、お茶を飲みそこねるという重大な危機に瀕していますよ」陽気な声がしたので、二人はあわてて離れた。「しかも、料理番が焼いた今日のケーキはこれまでで最高だ。というか、そう聞いている。じつは、まだ食べてないんだ。その喜びをあとまわしにして、あなたたちを呼びにここまで来ることにしたのでね。ラルフが朝食の間へレディ・ミュアを迎えに行ったとき、あなたたち二人がここにいるのを窓から見たんだ」

現実には何も見ることができないのに、あの独特の視線を二人にじっと向けて、ダーリー卿が甘い笑みを浮かべた。

「礼を言う、ヴィンセント」トレンサム卿が言った。「すぐ行く」

彼が立ちあがって、たたんだ毛布を腕にかけるあいだに、グウェンは二個のクッションを手にした。次に彼が身をかがめてグウェンを抱きあげた。彼女を見ようとしなかったし、グウェンのほうも彼に視線を向けるのを控えた。グウェンを抱いた彼がダーリー卿のあとについて屋敷に入るまで、おたがいに何も言わなかった。

分別のないことをしてしまった、とグウェンは思った。これもまた控えめすぎる感想ね。しかも軽率だった。ベリック伯爵が窓からわたしたちの姿を見たという。厳密にはどんな姿を見たのかしら。

トレンサム卿がグウェンを抱いて客間に入ると、全員が礼儀正しく挨拶をよこした。グウェンやトレンサム卿に意味ありげな視線を向けた者は誰もいなかった。

7

その日の残りをヒューゴはいつも以上に黙りこくって不愛想に過ごした。ふと気づくと、仲間とレディ・ミュアの存在に理不尽にも腹を立てていた。レディ・ミュアがいなければ、仲間とゆったりくつろいで、雑談したり、笑ったり、からかったり、からかわれたり、カードゲームを楽しんだり、読書をしたり、椅子にすわって心地よい沈黙に浸ったり、とにかく、気の向くままに過ごすことができただろう。ペンダリス館では、予定を立てて行動することがほとんどない。

ほかのみんなはレディ・ミュアと過ごすのを喜んでいる様子だった。腹を立てているように見える者は一人もいない。それはたぶん、彼女が貴族で、みんなと同じ世界に属しているからだろう。楽々と会話の輪に加わっている。だが、自分が主導権をとろうという態度はまったく見せない。どんな話題にもついていける。人の話に耳を傾け、笑い、その場にぴったりの意見を述べ、ぴったりの質問ができる。みんなに好意を示し、みんなも彼女に好意を持ちはじめている。非の打ちどころのない貴婦人だ。

いや、ほかの者は誰も彼女に――二回も――キスしていないから、くつろいでいられるのかもしれない。

今夜はベンが晩餐の相手をすることになった。ベンも彼女も楽しそうだった。食後しばらくすると、レディ・ミュアは部屋に戻ると言った。

「痛むのですか、レディ・ミュア」ジョージが尋ねた。

「安静にしていれば、痛みはほとんどありません」レディ・ミュアは答えた。「でも、みなさま、久しぶりの再会でしょう。夜ごとに集まっておしゃべりをするのが、たぶんいちばん楽しい時間だろうと思います。わたしは部屋に戻ることにいたします」

よく気のつく人だ。如才がない。これもまた完璧な貴婦人の資質だ。

「いや、そんな必要はありません」ジョージが言った。

「くじいた足首は戦闘中の負傷と同等です」ベンが言った。「それに、新たなメンバーを加えていかないと、クラブというものは沈滞してしまいます。あなたにも参加していただきましょう、レディ・ミュア。せめて今年だけでも。名誉会員ということで」

レディ・ミュアは笑いだした。

「ありがとうございます。光栄ですわ。でも、じつを申しますと、痛みのほうは大丈夫ですが、気分がちょっとすぐれなくて。ベッドに横になったほうが楽だと思いますの」

「では、従僕を呼びましょう」ジョージが言ったが、すでにヒューゴが立ちあがっていた。

「必要ありません。わたしがレディ・ミュアを二階へお連れします」

ヒューゴがレディ・ミュアに腹を立てている最大の理由は、彼女に心を乱されたからだった。昨日のような反感はもう持っていない。だが、レディ・ミュアは別世界の人だ。美しくてエレガント、服装の趣味が良く、冷静沈着で、魅力的だ。貴婦人の資質を完璧に備えている。そして、彼の心を奪ってしまった。その事実がヒューゴを困惑させていた。これまでは貴婦人を前にしても、美貌に魅せられて誘惑を考えたことぐらいはあったが、本気で関係を持とうとしたことは一度もなかった。どんな美女であっても、別世界の女と関係を持つ気にはなれなかった。

自分は大馬鹿者なのか。

今日の午後は、〝ベッドに誘いたい〟とまで言ってしまった。ああ、記憶違いではありえない。

謝罪すべきかどうか迷った。だが、謝罪しても、花園での場面が生々しくよみがえってくるだけだ。いちばんいいのは、忘れてしまうか、または、少なくとも触れないようにすることだろう。

それに、女性に二回もキスしたことをどう謝罪すればいい？　一回だけなら、衝動に駆られてという弁解もできるだろう。二回となると、本気だと思われても、あるいは、自制心に欠ける男だと思われても仕方がない。

ヒューゴが階段をのぼりきるまで、二人とも沈黙したままだった。

「今夜はとても寡黙でいらっしゃるのね」ようやく、レディ・ミュアが言った。

「目下、あなたを運ぶのが大変で息切れしているので」

レディ・ミュアの部屋の外で足を止めると、彼女がドアのノブをまわした。ヒューゴは彼女を抱いたまま部屋に入り、ベッドに横たえた。たくさんある枕のうち二、三個を背中にあてがい、一個を右足の下に敷いた。身を起こし、背中で両手を組んだ。誰かの手ですでにろうそくがついていることに気づいた。

できれば、まわれ右をして、何も言わず、ふりむきもせずに部屋を出ていきたかったが、そんなことをしたら、馬鹿な男だとか、礼儀知らずの田舎者だとか思われるだろう。

「すみません」レディ・ミュアが言った。そのすぐあとに続けた。「申しわけないと思っています」

ヒューゴは眉を上げた。

「申しわけない？」

「毎年ここに集まるのを楽しみにしてらっしゃるはずだわ。でも、今夜のあなたは鬱々としてらした。原因はわたしだと結論するしかありませんわね。兄に手紙を出し、できるだけ早く馬車をよこしてほしいと頼みましたけど、迎えの馬車が到着するのに何日かかるでしょう。そのあいだ、あなたの邪魔にならないようにします。二人が真剣な関わりを持つのは、ありとあらゆる理由から問題外ですもの。両方にとって問題外。それに、わたし、軽薄な恋愛ごっこができるタイプじゃないの。あなたもたぶんそうでしょ？」

「早めに部屋に戻ることにしたのはわたしのせいだったのか」

「あなたはグループの一員。わたしが部屋に戻ったのは、そのグループのためよ。それに、本当に少し疲れているし。一日中何もせずにすわっていると、眠くなるの」

〝二人が真剣な関わりを持つのは、ありとあらゆる理由から問題外ですもの〟ヒューゴの心に浮かんだ理由は一つだけだった。彼女は貴族階級の人間。こちらは称号こそあるものの、もっと低い階級の人間。理由はそれしかない。彼女は自分を偽っている。その理由はとても重いものだ。彼女もさっき言ったように〝両方にとって〟重い。彼に必要なのは、夫と一緒に野菜畑のキャベツを収穫し、母羊の乳房に吸いつくことのできない子羊に乳を与え、卵を拾い集めるために、うるさく鳴いて羽をばたつかせる鶏を追い払うことのできる妻だ。中流階級の社交界になじんでいて、コンスタンスの結婚相手を見つけることのできる妻。

ヒューゴはぎこちなくお辞儀をした。何か言っても虚しいだけだ。

「おやすみなさい」そう言うと、レディ・ミュアの返事を待たずに部屋を出ていった。ドアを閉めた瞬間、ため息が聞こえたような気がした。

今夜は主としてヴィンセントの番だった。

ヴィンセントはこの朝、目がさめたときにパニックの発作に襲われ、一日中あがいていたという。発作を起こす回数は減ってきたが、毎回その激しさには変わりがない。

彼が初めてペンダリス館にやってきたときは、視力を完全に失っていたばかりか、聴力も半分以上落ちていた。至近距離で砲弾が破裂したための後遺症で、ぼろぼろの状態ではるかなイングランドに送り返されてきた。奇跡的にも脚の切断と死は免れることができた。屋敷に来たばかりのときはまだ荒れ狂うことが多く、落ち着かせてやれるのはジョージだけだった。ジョージはよく、この若者を腕に包みこんで抱き、ときには何時間も抱いたまま、彼が眠りに落ちるまで、赤ん坊をあやすように小声で歌ってやったものだ。ヴィンセントはそのとき一七歳だった。

聴力は戻ったが、視力のほうはだめだった。回復は永遠に望めなかった。ヴィンセントはかなり早い段階で覚悟を決め、驚くべき意志力と順応性を発揮して、以前と違う人生になじんでいった。ただ、希望を完全に捨てたわけではなく、心の奥底に押しこめているため、防御の姿勢が薄れたときに表面に浮かんでくる。それはたいてい睡眠中のことで、ヴィンセントは視力が戻ったと思いこんで目をさますのだが、何も見えないことを知って恐怖に駆られ、永遠に見えないのだと悟った瞬間、暗い地獄のどん底へ突き落とされてしまう。

「息ができなくなり、空気がなくなって死んでしまうような気がする。心の片隅で、抵抗はやめろ、慈悲深き贈物として死を受け入れろ、という声がする。だけど、生きたいという本能が何よりも強くて、ふたたび呼吸できるようになるんだ」

「なんとすばらしいことだ」ジョージが言った。「人生は無意味だなどと言う者もいるが、われわれの人生はやはり、自然が与えてくれた命が尽きるまで生きていく価値がある」

ジョージの言葉のあとに続いたいささか重い沈黙が、その哲学を受け入れるのはかならずしも簡単ではない、という事実を示していた。

「一部の物や人については、頭のなかで鮮明に描きだすことができる」ヴィンセントは言った。「でも、それ以外のものはだめなんだ。今日の朝、はっと気がついた――たった五〇〇〇回目だけどね――あなたたちの顔を一度も見たことがないし、今後も永遠に見られないんだって。そう思うたびに、最初のときと同じように心をえぐられる」

「ヒューゴの醜い顔のことを考えると」フラヴィアンが言った。「きみはとても幸運だ、ヴィンセント。われわれは毎日こいつの顔を見なきゃならないからな。そして、ぼくの顔について言うと……そうだな、もしきみが見たら絶望するだろう。いくらきみでも、ぼくほどハンサムではないからね」

ヴィンセントは笑いだし、ほかのみんなも笑顔になった。

ヒューゴはフラヴィアンが涙をこらえていることに気づいた。

イモジェンがヴィンセントの手を軽く叩いた。

「ねえ、ヒューゴ」ヴィンセントが言った。「お茶の時間にぼくが呼びに行ったとき、ほんとにレディ・ミュアにキスしてたの？　ぼくが花園のほうへ行っても話し声は聞こえなかったけど、二人とも間違いなくそこにいたってラルフが言うんだ。ラルフはたぶん、わざとぼくを迎えに行かせたんだと思う。レディ・ミュアが見られたと思っておろおろしなくてすむように」

「わたしがそんな質問に答えると思っているのなら」ヒューゴは言った。「きみは頭がどうかしている」

「それだけ聞けば充分だよ」眉を上下させて、ヴィンセントが言った。

「それから、ぼくの唇はしっかり閉じたままだからな」ラルフが言った。「朝食の間の窓からぼくが見たものについては肯定も否定もしない。ただ、大きな衝撃を受けたとだけ言っておこう」

「イモジェン」ジョージが言った。「怠け者ぞろいの男どもの要望に応えて、お茶を注いでくれるかね？」


翌朝、スタンブルック公爵がグウェンのために松葉杖を用意してくれた。この屋敷が病院として使われていた当時の備品だが、その後何年間も出番がなくて忘れられたままだったという。安全性は確認済みだと公爵はグウェンに保証した。彼が長さを測り、何センチか切り落とすよう召使いに命じた。紙やすりをかけさせ、磨かせた。おかげで、グウェンは範囲がかぎられてはいたものの、屋敷内を歩きまわれるようになった。

「ただし、約束していただきたい、レディ・ミュア」公爵は言った。「ジョーンズ医師の雷がわたしの頭に落ちる事態を招くようなことはしない、と。二四時間のうち一八時間は、邸内を駆けまわったり、階段をのぼりおりしたりするのを控えていただきたい。基本的には、足を休め、クッションにのせておく必要があります。しかし、今後は抱いて運んでくれる者を待たなくても、室内を歩きまわれるし、別の部屋へ行くこともできるのですよ」

「まあ、お礼を申しあげます。どんなに感謝しているか、公爵さまには想像もつかないでしようね」

グウェンは松葉杖に慣れるために朝食の間を少し歩いてみて、そのあとはいつものように寝椅子に身を横たえた。

行動範囲が大幅に広がったわけではないが、その日はいつもの閉塞感に悩まされずに過ごすことができた。前日と同じく、ヴェラがやってきて午前中の大半を彼女と過ごし、午餐のあとまで居すわった。

「わたしがスタンブルック公爵のお屋敷に親しく出入りできるようになったものだから、友達みんながすごく悔しがってるの」ヴェラは嬉々として報告した。「公爵家の紋章つきの馬車がうちの外に止まるのを何回も見ているのよ。友達みんなもわたしの栄誉のおこぼれにあずかって何かいい思いができれば、そういう幸運に恵まれない村の人たちにわたしの友達だってことが自慢できるでしょうけど、そうならなかったときは、嫉妬心から、わたしと絶交するでしょうね」ヴェラはまた、公爵が迎えの馬車に誰かを乗せて彼女の話し相手にしようという気遣いを示してくれないことと、今日もまた、公爵と客たちと共にダイニング・ルームで午餐の席につくよう誘ってはくれなかったことに文句をつけた。

「でもね、ヴェラ」グウェンは彼女に言って聞かせた。「公爵さまはたぶん、あなたの献身と思いやりに感銘を受けて、ダイニング・ルームであなたと同席できないわたしからあなたを奪い去ったら、きっとあなたが気を悪くするだろうとお考えなんだわ」

すぐひがんでしまうヴェラのご機嫌とりに、わたしったら、どうしてこんなに必死になるの？

「そりゃそうだけど」ヴェラはしぶしぶ言った。「あなたを元気づけたくて、一日の大半の時間を自分のために使うのをあきらめているんですもの。たかが食事のために公爵さまがわたしをあなたから離したりしたら、もちろん、気を悪くするわよ。でも、せめて、お誘いを断わる機会を与えてくれてもいいんじゃない？　公爵さまの料理番が午餐のお料理を三皿しか出してくれないことに、わたし、驚いてるのよ。少なくとも、この朝食の間では三種類だけ。ダイニング・ルームのほうではきっと、もっといろいろ出てるんでしょうね」

「でも、量がたっぷりだし、とてもおいしいわ」

ヴェラの訪問はグウェンにとって苛酷な試練だった。

スタンブルック公爵が玄関先で待つ馬車へヴェラを追い払ってくれたあと、グウェンは胸が軽く高鳴るのを感じた。昨日のようにトレンサム卿が入ってきたら？　昨日と同じようにいいお天気。二人きりのおしゃべりにはもう耐えられない。彼に惹かれるなんてだめ。彼がわたしに惹かれるのもだめ。キスを許すなんて馬鹿だった。向こうもキスを求めるなんてあんまりだ。

今日の午後は彼が入ってきても、眠っているふりをして、起きないようにしよう。彼は立ち去る以外になくなる。でも、今日は眠くないけど……。

いずれにしろ、そのような芝居をする必要はなくなった。ヴェラが帰ってしばらくすると、軽いノックの音がしてドアが開き、ポンソンビー子爵が顔をのぞかせた。

「いまから、し、書斎へ行こうと思うのですが」軽くつっかえながら、物憂げな声で子爵は言った。「ほかのみんなは日差しを浴びに外へ出ていますが、ぼくは返事を出していない手紙が山のようにたまっていて、その下に埋もれてしまうか、その奥で迷子になるか、とにかくそういう悲運に見舞われそうな深刻な危機に直面しているのです。面倒だが、ペンをとって、へ、返事を書かなくてはなりません。で、ふと思いついたんですが、新しい松葉杖の練習がてら、本を選びにいらしてはどうでしょう？」

「ぜひご一緒させてください」グウェンが答えると、ポンソンビー子爵はドアのところに立ったまま、松葉杖を突いて彼のほうにやってくる彼女の姿を見守った。

グウェンの足首はまだ腫れていて、さわると痛みが走る。靴をはくのも、体重をかけるのも、まだまだ無理だ。しかし、これまでに比べると、今日は痛みが薄れている。そして、膝のすり傷はもうかさぶたになっている。

ポンソンビー子爵は彼女の横について書斎まで行き、暖炉のそばに置かれたソファの向きを変えて、窓から射しこむ光がそこに当たるようにした。

「ここに残って読書をなさってもいいし、ぼくの苦闘をごらんになってもいいし、本を選んだあとで朝食の間にお戻りになってもいいですよ。なんでしたら、階段を駆け足でのぼりおりされてもいい。ぼくはあなたの見張り役ではないので。棚の上のほうにある本がご入用なら、ぼ、ぼくに言ってください」

そう言うと、子爵は窓のそばに置かれたオーク材の大きなデスクの向こうへまわった。

グウェンはつっかえがちな彼の口調について考えた。ほかの人々と違っている点はそこだけだ。もしかしたら、この人も肉体的な傷は負わずに戦争から戻ってきたが、トレンサム卿の表現を借りるなら〝心がこわれてしまった〟のかもしれない。士官にのしかかる精神的な重圧というものについて、グウェンはこれまで考えたこともなかった。自分が残念ながら想像力に欠けた人間であることを痛感した。

しばらく本を読んでいると、レディ・バークリーがグウェンを見つけ、温室へ植物を見に行こうと誘ってくれた。温室には籐椅子がいくつかあるから、そこに足をのせればいいという。二人は温室で腰を下ろして一時間ほど話しこんだ。そのあと、客間へお茶を飲みに行った。

その夜、グウェンの晩餐につきあってくれたのはレディ・バークリーだった。

グウェンはできることなら、レディ・バークリーの亡き夫のことを話題にして、辛い気持ちはよくわかると彼女に言ってあげたかった。グウェン自身の夫も悲劇的な状況で非業の死を遂げたため、グウェンは夫の死に対して罪の意識があり、その感情から解放されるときが果たして来るのかどうか疑問に思っている。もしかしたら、単なる感情ではすまないのかもしれない。現実に自分に罪があるのかもしれない。

しかし、何も言わないことにした。レディ・バークリーの態度からすると、そのような親密さを歓迎するとは思えなかった。いずれにしろ、夫の死と、その死をもたらした手すりからの転落をめぐる出来事について、グウェンは一度も人に話したことがない。おそらく死ぬまで話さないだろう。

その出来事について考えたことすらなかった。だが、ある意味では、そのことばかり考えてきたとも言える。

その夜、ピアノフォルテは弾けるかと尋ねられたグウェンは、一応弾けるがあまり上手ではないと答えた。上手でなくてもかまわないと言われた。ぜひ聴かせてほしいと説得されて、松葉杖で客間を横切り、ピアノフォルテの前にすわり、指がなめらかに動くかどうか心配ではあったが、とにかく弾いてみた。幸い、けっこう上手に演奏できた。それが終わると、ひきつづきダーリー卿のバイオリンの伴奏をするよう説得された。そのあと、グウェンはダーリー卿に連れられてハープのところへ行き、彼の説明に耳を傾けた。目で見ることはできないが、多数の弦を区別する方法を学んでいるところだという。

「そして、こいつが次に計画しているのはですね、レディ・ミュア」ベリック伯爵が言った。「弦が区別できるようになったら、ハープをじっさいに演奏することなんです」

「天よ、われらを守りたまえ」ポンソンビー子爵がつけくわえた。「ヴィンセントの目が見えていたときのほうが、はるかに、き、危険度が低かった。こいつが自由に操れる武器は剣と大砲だけだったからな。今度は刺繍を始めるなどと言って、われわれを怯えさせているんですよ、レディ・ミュア。刺繍針がどこに刺さるかわかったものではない。しかも、われわれ全員、絹の刺繍糸が喉に巻きついたときのぞっとする話を耳にしていますからね」

グウェンはみんなと一緒に笑った。ダーリー卿までが笑っていた。

それからまもなく、グウェンが自分の部屋に戻ろうとすると、松葉杖で階段をのぼってはだめだと言われた。グウェンを抱いて運ぶために従僕が呼ばれた。

トレンサム卿がその役を買って出ることはなかった。

朝からずっと彼の姿を見かけなかった。夜になっても、彼の声を聞くことはほとんどなかった。

自分のせいでペンダリス館での彼の日々が台無しにされたに違いないと思うと、グウェンはいたたまれない気持ちだった。兄のネヴィルが手紙を受けとったらすぐ馬車をよこしてくれるよう、願うしかなかった。

自分の部屋で一人になってから、ひどく落ちこんだ。疲れはなかった。まだかなり早い時刻だ。なんとなく落ち着かない気分だった。松葉杖のおかげで少しだけ自由を味わうことができたが、本物の自由ではない。早朝の長時間の散歩を楽しみにできるときが早く来るよう願った。もっといいのは、馬で颯爽と走れるようになることだ。

本を読む気分にはなれなかった。

ああ、どうしよう、トレンサム卿は怖いほど魅力的。今夜はずっと、全身のあらゆる神経が彼のことを意識していた。自分に徹底的に正直になるなら、お気に入りの杏色のイブニングドレスも彼のために選んだことを認めるしかない。ピアノフォルテを弾いたときも、少人数の聴衆のなかの彼だけを意識していた。室内のあらゆるところへ目を向けたが、彼のほうだけは避けた。みんなと話をするときはやたらと朗らかな声になり、些細なことばかり話題にした。彼が耳を傾けているのを知っていたからだ。笑い声はやけに大きく、わざとらしかった。社交の場で自意識過剰になるなんて、わたしにしては珍しいことだ。うわべはとても楽しんでいるように見せながら、今夜はあらゆる瞬間がいやでたまらなかった。初めての恋にぼうっとなった若い乙女のような振舞いをしてしまった。とても愚かな初めての恋。

トレンサム卿にぼうっとなるなんてありえない。わずか二回のキスと肉体への憧れだけでは、本物の愛とは呼べない。恋に落ちたとも言えない。いやだわ、わたしは大人の女のはずなのに。

こんな居心地の悪い夜は、これまでの人生にほとんどなかった。

いま、自分の部屋で一人になっても、どうにも落ち着かなかった。少なくとも肉体への憧れは消せないままだ。

あの人とベッドに入るのはどんな感じかしら――いつしかそんなことを考えていた。

その思いをふりはらい、書斎からとってきた本に手を伸ばした。いったん読みはじめれば、たぶん熱中できるだろう。

明日、何か奇跡が起きて、ネヴィルの馬車が来てくれればいいのに。早い時間に。

不意に、実家に帰りたいという思いで胸が痛くなった。

8

　この二日間は晴天で、春らしい陽気だったが、気温だけがまだ春になっていなかった。今日はその欠陥も大幅に修正された。空は真っ青で、太陽が輝き、大気は暖かく、さらには――海岸地帯の気象条件としてはまことに珍しいことだが――風もほとんどなかった。春というより、もう夏のようだった。

　ヒューゴは玄関の外に一人で立ち、午後から何をしようかと迷っていた。ジョージとラルフとフラヴィアンは乗馬に出かけた。つきあうのはやめた。馬にはもちろん乗れるが、彼の乗馬は遊びのためではない。イモジェンとヴィンセントは庭園へ散歩に出かけた。ヒューゴも誘われたが、とくに理由もないまま誘いを断わった。ベンは上の階にあるかつての勉強部屋へ行っている。週に何回か自分の肉体に懲罰を加えようとする彼のために、ジョージがその部屋を用意してくれたのだ。

　ベンはジョージに、あとでレディ・ミュアの部屋をのぞき、パーキンスン夫人が帰ったあと彼女が長時間一人で放っておかれることのないようにする、と約束した。

　ヒューゴはパーキンスン夫人を馬車までエスコートする役をひきうけ、たったいま見送ったところだった。パーキンスン夫人は媚びを含んだ目で彼を見上げ、作り笑いを浮かべて、「あなたのような方が馬車でとなりにすわってくだされば、その幸運なレディは怖がらずにすむでしょうね。少なくとも道中の危険については」と言った。騎士道精神を発揮して村まで送ってほしい、と暗に言っているわけだが、ヒューゴは気づかないふりをした。かわりに、御者席にすわった屈強な御者のほうへ彼女の注意を向けさせ、この地方で追いはぎが出たという噂は聞いたことがないと断言した。

この午後を一人で過ごそうと決めた以上、やはり、昔からお気に入りの場所だった浜辺へ出かけることにした。潮が満ちてきている。水の近くにいるのが好きだし、一人でいるのが好きだった。

ついさっき、レディ・ミュアの友達を馬車までエスコートするために朝食の間に入ったときには、彼女を見ないようにした。彼女のいるほうへ軽く頭を下げただけだった。とても控えめなキスを二回しただけで大の男が冷静でいられなくなってしまうとは、なんとも情けないことだ。たぶん、女も冷静ではいられなくなるのだろう。彼がレディ・ミュアの友達をエスコートして部屋を出るまで、向こうは沈黙したままだったし、ヒューゴのほうは、彼女を見なくとも、向こうもやはり視線をそらしていることが確信できた。

くそ、まったくくだらない。二人とも幼稚な子供みたいだ。

ヒューゴは向きを変えると、大股で屋敷のなかに戻った。朝食の間のドアをノックして開き、どうぞという返事も待たずに部屋に入った。レディ・ミュアが松葉杖で身体を支えて窓辺に立ち、外を眺めていた。というか、さっきまで眺めていたのだろう。いまはふりむいて彼に目を向け、両方の眉を上げていた。

「ヴェラは帰っていきました？」

「ええ」ヒューゴはレディ・ミュアに二、三歩近づいた。「足首の具合はどうです？」

「今日は腫れがかなりひきました。痛みも前に比べるとずいぶん薄れています。それでも、地面に足をつけることはできないし、やってみようとするのはたぶん賢明ではないでしょうね。ジョーンズ先生からとくにその点を注意されていますもの。不注意から捻挫をした自分に苛立ち、早く治りたくて焦っている自分に苛立っています。不機嫌な自分に苛立っています」

レディ・ミュアは不意に微笑した。

「いい天気ですよ」ヒューゴは言った。

「見ればわかりますわ」レディ・ミュアは窓の外へ視線を戻した。「本を持って花園へ行き、しばらく腰を下ろすことにしようかどうか、ここに立って考えていたんです。そこまでなら、人の手を借りなくても歩けますから」

「潮が満ちてくると、長い砂浜の一部がほかから切り離されて、人目につかない、絵のように美しい入江ができあがる。腰を下ろして物思いや空想にふけりたいとき、あるいは、たまに泳ぎたくなったとき、わたしはよくそこへ出かけたものだ。海岸線を二、三キロ先へ行ったところにあるが、そこもまだジョージの領地内です。外部の者が入りこむことはぜったいにない。今日の午後はそこへ行ってみようと思っていました」

本当のことを言うと、レディ・ミュアに声をかけるまで、入江のことなど考えてもいなかった。

「馬車で行けます」ヒューゴはつけくわえた。「しかも、そこの崖はあまり高くない。砂浜はとても歩きやすい。一緒に来ませんか」

レディ・ミュアは松葉杖を器用に使って彼のほうを向いた。本当に小柄な人だ、とヒューゴは思った。頭のてっぺんがこちらの肩に届くかどうかも疑問だ。断わるつもりだろう。そう思って、半ば安堵を覚えた。だいたい、なぜこんな誘いをかけたんだ？

「ええ、行ってみたいわ」レディ・ミュアは柔らかな声で言った。

「三〇分後でどうかな？」ヒューゴは提案した。「部屋に戻って出かける支度をなさりたいだろうから」

「一人で上まで行けます。松葉杖があるので」

しかし、ヒューゴは大股で進みでて、松葉杖をとりあげ、彼女を腕に抱いてから、階段のほうへ向かった。文句が飛んでくるのを覚悟したが、何も言われなかった。彼女がため息をついただけだった。

レディ・ミュアを連れて馬車で出かけることをベンに告げ、必要な品々――彼女がすわるための毛布、背中と足にあてがうクッション――をそろえ、途中で思いついて大判のタオルも加えてから、三〇分後に彼女を迎えにふたたび部屋まで行った。また、厩《うまや》と馬車置場へも行って、一頭立ての二輪馬車に馬をつなぎ、正面玄関へまわした。

いい考えとは言えないと思った。だが、約束してしまった。それに、きっと後悔すると思っていたのに、それほどでもなかった。うららかな日だ。太陽が輝き、大気に温もりが感じられるときは、誰かと一緒にいたくなる。もっとも、こんな軽薄なことを考えたのは初めてだ。なぜ曇りの日より晴れた日のほうが人を孤独にするのだろう?

レディ・ミュアを抱きかかえて階段を下り、馬車の座席にすわらせてから、彼もその横に乗りこんだ。手綱を握り、馬に出発の合図を送った。

二日前に彼女が言った。〝春はわたしの大好きな季節なの。新しさと希望に満ちているし〟今日はなぜか、その意味が理解できた。

じつにうららかな早春の一日で、まるで夏のようだった。ただ、名状しがたい光の具合だけが、夏にはまだ早い季節であることを告げていた。芝生や木の葉の緑には萌えいずる季節の瑞々しさがあふれていた。

生きる喜びが実感できる一日だった。

また、魅力的な男性と一緒に馬車に乗って戸外へ出かける以上にすばらしいことはない、と実感できる一日でもあった。グウェンは彼女自身にもよくわからない理由から、そして、足首が疼く辛さにもかかわらず、この午後は久しぶりに一〇歳ぐらい若返ったような気分だった。

そんなふうに感じてはいけないのに。でも、逆に、どうして感じてはいけないの？　わたしは未亡人、忠誠を誓うべき夫はいない。トレンサム卿は独身だし、少なくともいまのところ、婚約者もいない。二人で午後を過ごしてはいけない理由がどこにあるの？　誰を傷つける心配があるというの？

軽い恋愛ごっこを楽しむぐらい、いいじゃない。

もし日傘を持ってきていたら、頭の上で思いきりまわしたことだろう。そのかわりに、目に見えない鍵盤が腿にのっているつもりで陽気な旋律を弾き、それから両手を静かに膝で重ねた。

馬車は村のほうへ続く馬車道をしばらく走ったが、やがて、屋敷の裏手で方向を変えて狭い道に入り、崖と並行して走りはじめた。村の方向とは逆だった。片側にはパッチワークのような茶色や黄色や緑の畑と草地、反対側には手入れの行き届いたペンダリス館の庭園。庭園の向こうに、空よりも深みのある青に染まった海が見える。芽吹いたばかりの植物と、掘り返された土と、塩気を含んだ海風のかぐわしい香りが大気中に満ちている。

そして、トレンサム卿の石鹸かコロンの麝香《じゃこう》に似たかすかな香りも。

馬車の座席が狭いため、肩と腕がトレンサム卿にぶつからないようにするのは無理なことを、グウェンは悟った。ぴったりしたズボンに包まれたたくましい腿と、手綱を握った大きな手が、ことあるごとに意識された。

今日の彼はシルクハットをかぶっていた。帽子が髪をほとんど隠し、目のあたりに影を落としている。いつもほど猛々しい印象はなく、軍人らしさもあまり感じられない。これまでより魅力的に見える。

彼という存在に自分の身体が反応していることに、グウェンは戸惑っていた。ほかの男性には一度も感じたことのないものだ。ヴァーノンのときですら。初めてヴァーノンと会ったとき、まばゆいほどハンサムな人だと思い、彼の魅力にうっとりして、あっというまに恋に落ちた。結婚前の彼のキスが好きだったし、結婚後はベッドでのひとときを何度も楽しんだ。しかし、ヴァーノンに対しても、ほかのどんな男性に対しても、いまのように感じたことはなかった。

息もできない。

生き生きしたものがあふれてくる。

どんな小さなことでも五感で感じとれた。馬車で走りつづけるあいだ二人とも無言だったが、彼のほうもこちらを意識していることが感じとれた。最初のうち、何か言おうとしても言葉が浮かんでこなかった。やがて、何も言う必要はなく、黙っていてもかまわないことに気づいた。気詰まりな沈黙ではなかった。

二キロほど走ったところで道路が下り坂になり、長い坂を下りきったところでもっと狭い脇道に曲がって、海のほうへ向かった。やがてその脇道さえ姿を消し、馬車はでこぼこの草地をバウンドしながら低い崖の先端まで行った。

トレンサム卿が馬車を降り、馬を馬車からはずして近くの頑丈な灌木につないだ。自分たちがいないあいだ草を食べていられるよう、馬の動きまわれる範囲を広めにとってやった。

二日前にグウェンを庭へ連れて出たときと同じく、毛布を腕にかけて彼女にクッションをいくつか渡すと、彼女を抱きあげ、下の入江へおりていった。ジグザグの狭い小道をたどり、ゆるやかな砂利の斜面を横切って、平らに広がる金色の砂地に着いた。狭い砂浜の両側が岩場になっていて、沖へ向かって長く続いている。まさに、ひっそりとした小さな聖域だ。

「海岸線って、どこまで行っても驚きの連続ね」長い沈黙をようやく破って、グウェンは言った。「息を呑むほど美しい浜辺が長く延びているところもある。そして、ときにはこんなふうに、小さな楽園もある。どちらも同じようにきれいだわ」

返事はなかった。返事がもらえると思っていたの？

トレンサム卿はグウェンを抱いたまま、小さな浜辺の中央をどっしり占領している大きな岩のほうへ歩いていった。岩をまわって海側に出ると、グウェンを岩にもたれさせ、片足で立てるようにしておいて、砂の上に毛布を広げた。グウェンが抱えていたクッションを受けとり、下に落としてから、彼女に手を貸して毛布にすわらせた。クッションの一個を彼女の背中にあてがい、もう一個を膨らませて右足首の下に置き、さらに一個を折りたたんで膝の下に入れた。そのあいだずっと顔をしかめたままで、まるで、この作業に大きな集中力が必要とされるかのようだった。

この人、後悔してるの？　衝動的に誘ってくれただけ？

「ありがとう」グウェンは彼に微笑した。「優秀な世話係ね」

トレンサム卿はほんの一瞬彼女の目を見つめたかと思うと、立ちあがり、海のほうへ視線を向けた。

この入江には風がまったくないことに、グウェンは気がついた。そして、岩が太陽の熱を吸収している。夏の日のような雰囲気がよけいに強くなった。グウェンはマントのボタンをはずして肩からすべり落とした。その下はモスリンで仕立てた半袖のドレス一枚だが、大気の暖かさがむきだしの腕に心地よかった。

トレンサム卿はしばらくためらっていたが、やがて、グウェンの横に腰を下ろして岩にもたれた。片脚を前に伸ばし、反対の脚は折り曲げてブーツの爪先を毛布につけ、片腕で膝を抱えた。気を遣って自分の肩を彼女から何センチか離しているが、それでも彼の身体の熱がグウェンに伝わってきた。

「上手なんだね」いきなり、トレンサム卿が言った。

なんのことかと、グウェンは一瞬戸惑った。

「ピアノフォルテ？」彼のほうを向いた。シルクハットが前のほうへやや傾いていた。目がほとんど隠れてしまい、なんだかひどく魅力的に見える。「ありがとうございます。下手ではないと思うけど、本物の才能はないのよ。これ以上の称賛を求める気もないし。天才的ピアニストたちの演奏を何度も聴いてきたから、今後一〇年間にわたって毎日一〇時間ずつ練習したところで、その人たちの足元にも及ばないことはわかっているの」

「あなたはたぶん、何をやっても上手にこなせる人なんだろうな。貴族の女性というのははたいていそうだ。違いますか」

「あれこれ上手にこなせるけれど、道を究めることはほとんどなく、真の才能を発揮することはさらに少ない——そうおっしゃりたいの？」グウェンは笑った。「九割は真実だと思うわ、トレンサム卿。でも、着飾ること以外何もできない女よりはましよ」

「ふむ……」

グウェンは彼がさらに何か言うのを待った。

「楽しみとしては、どんなことを？」トレンサム卿は訊いた。

「楽しみ？」大人の女に対して使うには妙な言葉だ。「ごく普通のことをあれこれと。親戚を訪ねて、そこの子たちと遊ぶ。晩餐やお茶会やガーデンパーティや夜会に出る。ダンスをする。散歩や乗馬をする。それから……」

「乗馬？　事故にあったのに？」

「そうね……あれからかなり長いあいだ離れていたわ。でも、馬に乗るのは昔から大好きだったし、乗馬から離れると、貴族仲間との交際の機会が減るし、わたし個人の楽しみも減ってしまう。それに、何かをしたくても勇気がなくてできないなんていやだわ。自分を叱咤して、ようやく鞍にすわれるようになり、最近では、カタツムリより多少は速度を上げるよう、馬に合図を送ることもできるようになったのよ。いずれ近いうちに、ギャロップで走れるようになるでしょう。恐怖は抑えこむ必要があるということを悟ったの。恐怖を野放しにしておいたら、獰猛なけだものになってしまうわ」

トレンサム卿は目を細めて、満ちてくる潮を見つめていた。太陽が海面にまばゆく反射している。

「あなたのほうは、楽しみとしてどのようなことを?」グウェンは尋ねた。

トレンサム卿はしばらく考えこんだ。

「母親から乳をもらえない子羊や子牛に授乳してやる。農場の畑で働く。とくに、家の裏手にある野菜畑で。動物と植物の両方の世界で起きる生命の奇跡を見守り、なんらかの形で参加する。蒔いた種に土をかけて平らにならし、果たして芽が出るだろうかと心配した経験がありますか。二、三日たって、細い華奢な芽が土のなかから顔を出すと、今度は、このまま無事に成長する力はあるのだろうかと心配になる。そして、次に気がついたときには、立派なニンジンや、わたしの拳ぐらいの大きさのジャガイモや、両手でも抱えきれないほどのキャベツになっている」

グウェンはふたたび笑った。

「それがあなたの楽しみ?」

トレンサム卿が彼女のほうを向き、二人の目が合った。シルクハットのつばのせいで、彼の顔がとても暗く見えた。

「そう。命を奪うのではなく、育てるのは楽しいことだ。ここにほのぼのとした思いが生まれる」トレンサム卿は軽く握った拳で上着の左胸のところを叩いた。

この人は称号を持っている。大金持ちだ。それにもかかわらず、自分の農場で働き、自分の野菜畑で汗を流している。楽しいから。また、敵兵を殺し、味方の兵を死なせてきた軍隊での歳月に対して多少は償いができるから。

初めて出会ったときは、冷淡できびしい元士官だと思ったけど、じつはそうではなかった。この人は……一人の男。

そう思った瞬間、グウェンの身体にかすかな震えが走った。寒さのせいではなかった。

「どうやって奥さまを見つけるおつもり？」彼に尋ねた。

トレンサム卿は唇をすぼめ、また顔を背けてしまった。

「父の事業帝国を──いや、〝わたしの〟と言うべきかな──経営してくれている男に娘が一人います。父の葬儀のためにロンドンへ行ったとき、その娘さんに会いました。とても愛らしい人で、手広く事業をやっている裕福な男の妻となるのに必要なことをすべて習得し、両親と同じく縁談に乗り気で、しかも、とても若い」

「理想的なお相手のようね」

「ただ、わたしのことを死ぬほど怖がっている」

「お年は？」

「一九歳」

「怖がらなくてもいいように、何か気遣ってあげました？　例えば、笑顔を見せるとか。あるいは、せめて、渋い顔をしないよう気をつけるとか。獰猛な表情を浮かべないようにするとか」

トレンサム卿が彼女に視線を戻した。

「あちらはわたしと結婚したがっている。両親もそれを望んでいる。なぜ笑顔を見せねばならないのです？」

グウェンはくすっと笑った。

「その子が気の毒だわ。結婚なさるおつもり？」

「たぶん、しないでしょう。いや、ぜったいしないと思う。まだまだ色気が足りない。それに、ベッドのなかで向こうが怯えてあとずさったりすれば、わたしの欲望もあっというまに萎えてしまう」

まあ！　わざと狼狽させる気ね。グウェンは彼のきびしい目のなかにそれを読みとった。彼のほうはたぶん、嘲笑されていると思ったのだろう。

「だったら、その子は難を逃れることができるわけね。ご本人は気づいてなくても。あなたに必要なのは、もっと年上で、容易に怯えたりしなくて、あなたの愛の行為にすくみあがることのない女性だわ」

グウェンは彼の目を意識的に見つめながら言った。大きな努力が必要だったが。こんな会話をするのは生まれて初めての経験だ。

「ロンドンに親戚がたくさんいる」トレンサム卿が言った。「とても裕福な人たちだ。うちの一族はどうやら事業で成功を収める血筋らしい。もっとも、うちの父ほど成功した例はないが。その人たちがたぶん、わたしと同じ世界に住む花嫁候補を喜んで紹介してくれるだろう」

「あなたと同じ世界に住む人ということは、つまり中流階級の女性で、爪が土で汚れるのも厭わないタイプね」

「わたしの経験から言うと、レディ・ミュア」トレンサム卿はふたたび目を細めた。「中流階級の女性たちも貴婦人と同じく気位が高いものだ。いや、貴婦人以上かな。わたしには理解しがたいなんらかの理由から、貴婦人になりたいと熱望する女性がずいぶんいるようだ。わたしは結婚後に妻を働かせるつもりはない。本人がやりたいと望むなら話は別だが。わたしはかつて男たちに命令を下していた。いまさら女性に命令を下す気はない」

まあ……。もしかしたら、ちょっとロマンティックな気分になって、午後の時間をのんびり過ごせるかと期待していたのに、だめみたいね。

「ご気分を害してしまったみたい。謝ります。あなたに紹介してもらいたいと熱望する花嫁候補はいくらでもいるはずよ、トレンサム卿。称号があり、お金持ちで、英雄という評判の高い人ですもの。結婚相手としては最高だわ。それに、あなたが渋い顔でにらんでも平気な女性だっているかもしれない」

「あなたなども、まったく平気なようだ」

「ええ。でも、わたしに求婚なさるおつもりはないでしょう?」

この言葉が二人のあいだの宙にたゆたっているように思われた。グウェンは満ちてくる波の音、はるか頭上で鳴きかわすカモメの声、彼の真剣な視線を意識した。太陽の熱を意識した。

「そのとおり」トレンサム卿は急に立ちあがって岩にもたれ、腕組みをした。「そう、あなたに求婚するつもりはない、レディ・ミュア」


ヒューゴの望みは彼女とベッドを共にすることだけだった。

そして、レディ・ミュアも彼とベッドを共にすることを望んでいた。彼女の目に浮かんだ表情とこわばった身体の線がそう告げていた。もっとも、ヒューゴがその事実を突きつけたとしても、向こうは心のなかですら否定するだろうが。

事実を突きつける気はヒューゴにはなかった。

ある種の自衛本能が備わっていた。

ここに誘ったのはとんでもない間違いだった。そんなことは最初からわかっていた。出かける支度をするために彼女を抱いて朝食の間を出る前からわかっていた。

自衛本能を備えた人間のわりには、自滅的な傾向が強いようだ。

不可解な矛盾だ。

彼女のほうから沈黙を破ろうとはしなかった。彼のほうは破ることができなかった。何を言えばいいのかさっぱりわからなかった。

やがて、少なくとも行動に移せそうなことを一つだけ思いついた。おかげで彼女に声をかけることができた。

「泳ぎに行ってくる」

「えっ？」レディ・ミュアがいきなり首をまわし、彼を見上げた。呆然としていたが、やがてその顔に笑いが広がった。「凍えてしまうわ。まだ三月よ」

それでもいい。

ヒューゴはもたれていた岩から離れ、シルクハットを毛布の上に投げた。

「それに、着替えをお持ちじゃないでしょ」

「服を脱いで海に入るつもりです」

それを聞いて、レディ・ミュアの微笑が消え——そして、頬に炎の色が広がった。しかし、ヒューゴが右足を上げてヘシアンブーツを脱ごうとすると、ふたたび笑いだした。

「まあ。馬鹿なことはおやめなさい。いえ、やめなくていいわ。馬鹿なことをしたい誘惑に逆らえない人でしょうから。違う？ わたしのまわりを見ても、自尊心のある男性はみんなそうだわ。ねえ、ブーツと靴下だけ脱いで、波打ち際でぱしゃぱしゃなさったら？ わたしはここにすわって、羨望の目であなたを見ることにするわ」

ところが、ヒューゴはブーツと靴下を脱いでから、上着も脱ぎはじめた。従者の手を借りずに脱ごうとするのは大変だった。次にチョッキに移ると、彼女が唇をなめ、わずかに警戒の表情になった。

ヒューゴはネッククロスをほどき、山をなしはじめた衣服の上に放った。ズボンのウェストからシャツの裾をひっぱりだして頭から脱いだ。

服を着ていたときに比べたら、空気の冷たさが身にしみるはずなのに、いまは身体の奥が熱く燃えていた。いずれにしろ、いまさら考えなおそうにも手遅れだった。

「まあ、トレンサム卿ったら」レディ・ミュアはふたたび笑っていた。「わたしを赤面させないで」

ヒューゴは一瞬ためらった。しかし、ここまでやっておきながら足をぱしゃぱしゃさせるだけでは、あまりにもみっともない。それに、ズボンの裾が濡れたら、馬車で屋敷に帰るときに不快な思いをするだろう。

ほかに選択肢はない。

ズボンを脱いで下穿《ば》き一枚の姿で立った。しぶしぶながら、これは脱がないことにした。いままでは全裸で泳いだことしかないのだが。

彼女のほうを見ずに浜辺を大股で歩いた。

足先に、それから足首に、膝に、腿に達した水は、北極の氷床の下から流れてきたかのようだった。水に浸かる前からすでに呼吸が止まりそうだった。ただ、一つだけ救いがあった。不本意かつ不適切な興奮を完全に消し去ることができそうだ。

波の下へ身を躍らせ、衝撃で息が止まるかと思ったが、無事に呼吸していることがわかったので、沖へ向かって泳ぎはじめ、やがて白波の立つあたりを通り過ぎた。そこから浜辺と並行に向きを変え、力強く抜手を切って泳いでいくと、腕と脚の感覚が戻ってきて、呼吸の乱れも収まり、水は単に冷たく感じられるだけになった。方向転換して、いま来たコースを戻っていった。

最後に女を抱いてからどれぐらいになるかを思いだそうとした。はっきりした答えが浮かんでこないところを見ると、ずいぶん長い年月がたったようだ。

9

グウェンはしばらくのあいだ、足首のことを完全に忘れていた。膝を曲げて両腕で抱えこみ、足を毛布につけてすわっていた。

心臓が胸のなかで別の生き物になったような気がした。早鐘を打っていて、いまにも胸から飛びだださんばかりだ。グウェンにはそれを静めることも、呼吸を整えることもできない。半袖のドレスを着ているのに、三月というより七月のような気がした。

裸の男性を見たのは初めてだった。下穿き一枚の男性すら見たことがなかった。何年も結婚生活を送っていたというのに、考えてみたら妙なことだ。しかし、ヴァーノンはことのほか慎みを重んじるタイプだった。日中は妻にシャツ姿を見られることさえいやがった。夜になると、ナイトシャツとガウン姿で妻のもとにやってきた。

もちろん、子供のころは、夏になれば兄のネヴィルやいとこたちが下穿き一枚で泳ぐのを見たものだ。グウェンのほうも、シュミーズ姿をみんなに見られたものだ。しかし、そのころは、誰もがまだ幼い子供だった。

トレンサム卿が目の前で服を脱いだことに、グウェンは言うまでもなくショックを受けた。

それは……野蛮人のすることだ。紳士なら、相手の許可を求めずに上着を脱ぐことはありえないし、ほとんどの紳士は礼儀に反するという理由から、その許可さえ求めようとしないだろう。

しかし、彼が泳ぐ姿を見つめるうちに否応なく気づいたように、そのショックは淑女としての憤慨から生まれたものというより、全裸に近い姿を見たことへの反応だった。非の打ちどころのない裸体。堂々たるものだ。比較すべきもの、比較すべき人物をグウェンが知らないのは事実だが、これ以上の男性がいるとは思えなかった。肩幅が広く、胸板が厚い。ほっそりした腰、長くたくましい脚。じっと立った姿はみごとに彫刻された神のようだ。もっとも、そのような彫刻を見た経験はないのだが。動くと筋肉が波打って、戦いの神の像に命が吹きこまれたかのようだ。

膝の力が抜け、心臓がどきどきするほど魅力的な人だと思うのは、いけないことなの？まともに呼吸ができなくなるのも？　足首の痛みというようなありふれたことを忘れてしまうのも？

もう一度キスしてほしいと願うのはいけないことなの？　本心を言うなら、キス以上のものを望むのも？　貴婦人にふさわしくない生々しいものに……欲望に……駆られるのも？

彼が泳ぎに行って、わたしに注ぎこむつもりだったに違いないエネルギーを消耗させ、そのおかげで、わたしが肉体と感情の両方を落ち着かせる時間を手にできたのは、たぶんいいことなのだろう。いいえ、〝たぶん〟ではない。いいことに決まっている。

でも、彼があんなに楽々と、優美に、力強く泳ぎ、こんな遠くからでも彼の腕と肩と脚のたくましい筋肉が目につき、水と太陽のきらめきで肌が香油を塗ったように光っているのが見えるときに、波立つこの心をどうやって静めればいいの？　もちろん、目を背ければすむことだ。でも、あと二、三日でペンダリス館を去り、彼には二度と会えないというのに、どうしてそんなことができるだろう？

膝を抱いた手に力がこもり、涙をこらえるうちに、喉と鼻の奥がじーんと痛くなってきた。無理をした足首に鈍い痛みが走った。そちらに注意を集中して、ふたたび脚を伸ばした。膝と足の下に敷いたクッションを丁寧に置きなおした。海のほうは見ないようにした。いや、もっと正確に言うなら、海で泳いでいる裸の男のほうを。

彼の手足が凍傷を起こしたとしても、自業自得というもの。

わたしの前で肉体を見せびらかしている。孔雀のオスは豪華絢爛たる色彩にきらめく特大の羽を使ってメスをひきよせるという。あの人は下穿き一枚の肉体を使った。

服を脱いで海へ走ったのは頭を冷やすためだったの？　それとも、わたしの体温を急上昇させるため？

グウェンは背後の岩に頭をもたせかけたが、ボンネットが邪魔だったので、もどかしげにリボンをほどいて脇へ放り投げた。あらためて岩にもたれ、目を閉じた。太陽がまぶしい。まぶたの裏がオレンジ色に染まった。

あの人が泳いでいる理由なんかどうでもいい。あの人のことなんかどうでもいい。わたしがあの人のことをどう思おうと関係ない。二人でここに来たのはくつろぐため。美しい場所に身を置き、いつになくうららかな一日を思いきり楽しむため。

〝でも、わたしに求婚なさるおつもりはないでしょう？〟わたしはあの人にそう言った。質問したわけではないのに、あの人は律儀に答えた。〝そう、あなたに求婚するつもりはない、レディ・ミュア〟なぜかこの質問と答えによって、あとに続くすべてのものに火がついた。最初に質問したのはわたし。だから、これはわたしの責任だ。

わたしはいま三二歳。社交界にデビューしたばかりで見初められ、やがて結婚した。未亡人になってからの長い年月のあいだに、男性から言い寄られたこともあった。世間知らずの無垢な少女ではない。でも、急に、少女に戻ったような気がしている。これまでの経験では、トレンサム卿とのあいだに存在する強烈な欲望を理解する助けにならないからだ。一時の恋の相手としても、夫候補としても、わたしが惹かれそうなタイプとはまったく違う男性を、どうして理解できるだろう？　これが、思いもかけないこの新しい感情が、人々を情事に走らせてきたのだろうか。

あの人が海から上がってこないうちに安全な屋敷に戻らなくては――グウェンはそう思ったが、目をあけた瞬間、いまいる場所は屋敷から何キロも離れているし、右の足に体重をかけるのはまだ無理なことを思いだした。松葉杖も持っていない。しかも、もう手遅れだった。浜辺に向かって泳いできた彼が立ちあがり、浅瀬を渡り、浜に上がってきた。

全身から水が滴り落ち、近づくにつれて、小さな雫が太陽の光を受けてきらめいた。短い髪が頭に張りついている。下穿きが第二の皮膚のように身体にぴったりついている。グウェンは視線をそらそうとしなかった。

トレンサム卿はかがみこむと、持ってきたタオルをとって胸と肩と腕を拭き、それから顔を拭いた。グウェンを見下ろした。泳いでも気分は明るくならなかったようだ。渋い表情だ。獰猛な表情と言ってもいいだろう。

「さっき言ったね。羨望の目でわたしを見ることにする、と」

えっ、そんなこと言った？

「きゃあ、何をなさるの？」あわててグウェンは叫んだ。

彼がグウェンのほうに身をかがめて抱きあげたのだ。彼の皮膚は冷えきっていて、潮と男の匂いがした。とても……生々しい。下穿きの湿り気を身体の脇に感じたと思ったら、次の瞬間、さらに高く抱きあげられた。グウェンは彼の首に腕をまわした。

「やめて」

しかし、彼はふたたび大股で浜辺を歩いていた。さっき海に入ったときに比べると、水位が上がってきている。もうじき潮の変わり目が訪れるに違いない。

「浜辺に来る値打ちがどこにあるというのだ？　すわって見ているだけだなんて。だったら、家で本でも読んでいたほうがましだ」

「ああ、やめて」どんどん海に入っていく彼にグウェンは懇願した。むきだしの腕に波しぶきが冷たくかかった。「お願い、トレンサム卿、海に投げ落としたりしないで。着替えもないのよ。それに、海水はきっと北極みたいでしょう」

「そのとおり」トレンサム卿は言った。

グウェンはさらに強くしがみつき、彼の首に顔を押しつけて、思わず笑いだした。

「はしゃいでるみたいに思うかもしれないけど、ほんとは違うのよ。お願い。ねえ、やめて、ヒューゴ」

さらに高く抱きあげられていることにグウェンは気づいた。しかも、前より強く抱きしめられている。この人の策略？　これなら安心だと錯覚させるため？

「投げ落とすつもりはない」彼の声がグウェンの耳に低く響いた。「そんなひどい男ではない。だが、こうして海に入って、太陽の光が波の上にいくつもの色彩と影を作りだすのを眺め、波の音に耳を傾け、潮の香を嗅ぐほどすばらしいことはないんだよ」

グウェンが顔を上げると、トレンサム卿は彼女を抱いたままぐるっとまわり、彼女が首を伸ばしてはしゃいだ笑い声を上げるのを聞いてさらに二回まわった。海の上は涼しかった。でも、寒いというほどではない。いえ、彼の身体の熱のおかげかもしれない。海はもともとあまり好きなほうではない。しかし、いまは自分たちがきらきら光る広大な水の世界にいて、その世界はひたすら美しく、怖がる必要はどこにもないように思われた。男の温かな力強い腕のなかは安全そのものだった。この人はわたしを投げ落としたりしない。ぜったいに。

彼をヒューゴと呼んだことにいま気がついた。まあ、どうしよう。この人も気づいたかしら。

「グウェンドレン」まわるのをやめて、彼が言った。

気づいたのだ。

目が合った。数センチしか離れていない。しかし、彼の目に浮かんだ一途な光がグウェンには耐えられなかった。うつむいてふたたび彼の首に頬を寄せ、目を閉じた。この瞬間の切ない喜びを死ぬまでずっと覚えているかしら。いえ、そんなふうに思うのは愚かな幻想？

肉体の魅力に惹かれているだけではないのかもしれない。いま感じているのは肉欲だけではない。もちろん、それもあるけど。それ以外に……ああ、どうしよう。感情を表すぴったりの言葉がうまく見つかったためしがないのはなぜ？　もしかしたら、わたし、この人に恋をしてしまったのかも。でも、いまそのことを考えるのはやめておこう。いずれあらためて自分の気持ちを整理しよう。

そのとき、トレンサム卿がため息をついた。大きくはっきり聞こえるため息だった。

「あなたを軽蔑するだろうと思っていた。あるいは、少なくとも、あなたに苛立ちを感じるだろうと」

グウェンは返事をしようとして口を開いたが、また閉じた。いまは何も言いたくなかった。この瞬間を黙って楽しみたかった。頭を上げ、彼の頬にこめかみを押しあてた。二人で海の彼方を見つめながら、死ぬまでずっと忘れないだろうと思った。いつまでも、永遠に。

何分かすると、トレンサム卿は何も言わずに向きを変え、グウェンを抱いたまま水中を歩いて浜辺に上がり、毛布のところまで行き、そこにグウェンを下ろした。濡れた下穿きを脱いでからタオルをとり、彼女に背中を向けもせずにふたたび身体を拭いた。

グウェンは目をそらそうとしなかった。いや、たぶん、そらすことができなかったのだろう。衝撃を受けてもいなかった。

「断わってくれてかまわない」タオルを落としてグウェンを見下ろしながら、彼が言った。「その気がなければ、いますぐ断わるのがいちばんいいと思う。だが、あなたのなかに入る前なら、いつ断わってくれてもいい。力ずくで奪うようなことはしない」

まあ、いつもながら、単刀直入な言い方。

グウェンは自分が息を止めていたことに気づいた。ついにここまで来てしまったの？

愚かな質問だ。

一人で生きていけるだけの財産があるなら（いまのグウェンもそうだが）、未亡人というのは羨むべき身分だという意見の女性を、グウェンは何人も知っている。吹聴しさえしなければ、自由に愛人を作ってかまわない。社交界の一部には、それを当然と思っている人々もいる。

グウェンはそんな気を起こしたこともなかった。

これまでは。

誰に知られるというの？

わたしが知っている。ヒューゴも知っている。

誰が傷つくというの？

たぶん、わたしが。ヒューゴが傷つくことはないだろう。ほかの人も。わたしには夫も婚約者も愛人もいない。この人にも奥さんはいない。

あとで悔やむだろう。でも、どちらを選んでも悔やむのは同じこと。ここで断わったら、彼との親密なひとときはどんなだっただろうと永遠に考えつづけ、知らずに終わったことを永遠に後悔するだろう。ただ、断わらなければ、永遠に罪悪感に苛まれることだろう。

ええ、たぶん。

違うわ、たぶん。

こうした思いが入り乱れてグウェンの頭のなかを駆けめぐった。

「断わるつもりはないわ。ぜったい断わったりしません。男を焦らして喜ぶ趣味はないの」

こうして重大なことを決めてしまった。衝動的に。ろくに考えもせずに。頭で判断するのではなく、心のおもむくままに。人生経験と倫理観で判断するのではなく、衝動に突き動かされて。

彼がグウェンのそばに身をかがめて背中のクッションをはずし、グウェンの枕がわりにした。赤いマントを脇へ放り投げ、クッション二個を右脚の下に差しこんだ。長く太い指を彼女の髪にすべりこませ、顔を上向かせ、開いた唇を重ねてきた。彼の舌が深く入りこみ、ふたたび離れていった。

彼はグウェンの横に膝を突いてドレスを肩からはずすと、コルセットで豊かに盛りあがった胸の下までひきさげた。彼に見つめられて、グウェンは両手で胸を隠したいという愚かな衝動を必死にこらえた。しかし、胸を隠す役は彼が買って出て、片方の乳房に片手をかぶせ、反対の乳房に顔を近づけた。乳首を彼の口に含まれて吸われ、先端を舌でなでられて、グウェンは脇に下ろした左右の手を毛布の上で大きく広げた。彼が親指と人差し指で反対の乳首をつまんで押しつぶした。ただし、苦痛を感じさせない程度に。

耐えがたいほど生々しい疼きがグウェンの喉まで這いあがり、やがて下のほうへ移り、子宮を突き抜けて脚のあいだに広がった。グウェンは両手を上げて、片方を彼の手首に、もう一方をうなじにあてがった。彼の髪は濡れていて温かだった。

彼がふたたびキスをした。舌がグウェンの口の奥へ深く差しこまれるさまは男女の営みに似ていた。

それから数分のあいだにグウェンは痛感した。彼のほうが一〇倍も、いや、一〇〇倍も経験豊富であることを。グウェンが知っているのは唇を重ねることと、行為そのものだけだった。

ヒューゴはドレスを完全に脱がせはしなかったが、布地の下に隠れたコルセットを両手で正確に捜しあてて紐をほどき、彼には喜びとなり、彼女には甘い苦悶となる場所を見つけだした。指の太い大きな手には、グウェンがさきほど気づいたように、優しさが秘められている。しかし、優しいだけではない。女の官能を刺激する手だ。グウェンを楽器のように奏でることができ、現にいまも奏でている。上手なだけでなく、本物の才能があると思い、グウェンは苦笑した。

やがて、情熱と欲求が高まって、グウェンの身体がついに苦痛に近い旋律を奏ではじめると、ヒューゴは片方の手で彼女の中心部に触れた。モスリンのドレスと絹のシュミーズをかき分けて彼女を見つけ、指で巧みな愛撫に移った。襞《ひだ》を分け、さすり、焦らし、ときに軽くひっかいたりした。長く硬い指が一本、体内に入ってくると、グウェンの筋肉がそこにからみつき、濡れた音を両方が耳にし、肌で感じとった。指がひき抜かれ、次は二本に増えた。やがて、それもひき抜かれ、三本に増えた。グウェンの秘所がその指をとらえようとすると、指は身体の奥で調べを奏で、彼女を歓喜の淵へ誘《いざな》った。グウェンは彼の肩をきつくつかみ、指を食いこませた。それと同時にヒューゴが親指の腹で何かを始めた。何をされているのかよくわからないまま、彼の指と手で愛撫されている部分が痙攣しはじめ、グウェンはいつしか声を上げていた。

彼がのしかかってきて陽光をさえぎり、膝でグウェンの脚を大きく広げさせ、前腕で自分の体重を支えたまま、一途な目で彼女の目を見下ろした。

「あなたが望むなら、二人でこうして満足を得ることができる」こわばった声で言った。「断わりたいなら、まだ遅くはない」

貞操に似たものが無傷で残ることだろう。

「断わるつもりはないわ」グウェンは彼に言った。

そして、いま愛撫されたばかりの敏感な場所に彼を感じた。彼はグウェンを見つけだし、自分の位置を定めてから、強烈な勢いで押し入って、女のなかに彼自身を深く埋めた。

ゆっくり吸った息を止めていた自分に、グウェンは気がついた。とても大きい。でも、わたしに痛い思いをさせる人ではない。まったく逆だ。わたしがじっとり濡れて彼をなめらかに受け入れられるようにしてくれた。グウェンは息を吐き、緊張をほぐしてから、身体の奥の筋肉で彼を締めつけた。

うれしい。ええ、ほんとにうれしい。後悔はぜったいしない。

彼が待っていてくれることに気づいた。いまもグウェンの目を見つめている。ただ、いつもの一途な光が薄れて、物憂げにまぶたが伏せられ、生々しい欲望があらわになっている。これ以上待つ気はなさそうだ。なかに入る前からすでに、グウェンに極上の喜びを与えてくれた。今度は彼の番だ。彼が喜びをむさぼりはじめた。グウェンの肩に額がつくぐらいに頭を落とし、深く、すばやく、力強い律動をくりかえした。体重の半分はグウェンにかけ、あと半分はいまも自分の前腕で支えている。彼の荒い呼吸が聞こえた。

グウェンは毛布から脚を上げて彼の腿にからめた。右の足首にずきんと痛みが走ったが、気にしなかった。腰を浮かせて、さらに深く迎え入れる姿勢をとった。彼が退く瞬間の濡れた音を耳にし、ふたたび貫かれる瞬間の深い満足を味わった。いまの彼は自分の肉体の欲求を満たすことしか頭になく、グウェンのための愛撫でないことは彼女にもわかっていたが、新たな情熱の波が襲いかかり、彼女自身の快感も高まってきた。彼にすがりつき、彼と同じリズムで秘部を収縮させ、ヒップを律動的にくねらせた。

グウェンは経験豊かなほうではなかった。いや、信じられないことだが、ほとんど経験がないと言ってもよかった。彼とのこの行為はまさに本能に導かれたものだった。

しかし、もちろん、彼の快感に水を差すようなことはしなかった。ヒューゴは衰えを知らぬ精力で律動を続けていたが、やがて不意に彼女のなかで静止し、全身の筋肉をこわばらせ、汗に濡れた熱い身体でさらなる高みへのぼりつめようとした。彼のものが熱くほとばしるのを感じた瞬間、耳元で彼が低くささやいた。

「グウェンドレン」そう言うなり、全身の力を抜き、けっして軽いとは言えない体重をグウェンに預けた。

グウェンの背中の下にはマットレスなどなく、砂の上に毛布が敷いてあるだけだった。砂がこんなに硬くて弾力性に乏しいなんて、誰が想像しただろう？　しかし、グウェンは気にしなかった。

まったく気にならなかった。

たぶん、そのうち気になるだろう。きっと、もうじき。

でも、いまではない。いまはまだ大丈夫。

一分か二分ほどしてから、ヒューゴが何やらつぶやき、グウェンから離れて傍らに横になった。片腕で目を覆って、片方の膝を立てた。

「すまない。あなたを押しつぶしていたに違いない」

グウェンは頭を軽くかしげて彼の肩にもたせかけた。汗ってこんなにいい匂いのするものだったの？　ドレスを胸の上までひきあげ、スカートで脚を隠そうかと思ったが、そういう身づくろいはしないことにした。

夢と現《うつつ》のあいだのゆったりした世界へ漂っていった。太陽が二人に暖かく降りそそいでいた。ふたたびカモメが鳴きかわしている。永遠に呼びあうのだろう。悲しみに満ちた鋭い声。波の音も聞こえる。心臓の鼓動と同じように揺るぎなく、永遠に続く波音。

自分が後悔するとは思えなかった。

でも、きっと後悔する。

永遠にくりかえされる人生のサイクル。正反対のものが生みだすバランス。

ヒューゴが起きあがり、グウェンに言葉もかけずに海までの短い距離を歩いていったとき、グウェンは夢と現の境から覚醒した。少し先まで行った彼がかがんで身体を洗った。

汗を洗い流しているの？

わたしの痕跡を洗い流しているの？

グウェンは身を起こすと、ドレスの下に手を入れてコルセットの紐をどうにか結んでから、服装の乱れを整えた。マントをはおり、襟元のボタンを留めた。急に少し寒くなった。

二人はほぼ無言のまま、馬車で屋敷への帰途についた。

結ばれたひとときはすばらしかった。とろけそうだった。長く禁欲生活を続けていたヒューゴにとってはなおさらすばらしかった。

だが、それでもやはり間違っている。

とんでもなく控えめな表現だ。貴婦人と寝たときは、どうするのが礼儀にかなったことだろう？　妊娠させた危険が大きいときは？

礼を言って貴婦人のもとを去る？

何も言わずにすませる？

詫びる？

結婚を申しこむ？

彼女と結婚する気はなかった。結婚とはベッドを共にすることではない。それがすべてではない。結婚生活では、ベッドを共にする以外のこともそれに劣らず重要だ。グウェンドレンとの結婚など考えられない。それに、公平に言うなら、どちらも結婚は考えていない。

ふと思った。彼女は結婚の申込みを待っているのだろうか。

申しこんだら、受けてくれるだろうか。

ヒューゴが推測するに、どちらの答えもきっとノーだろう。だったら、申しこんでも安全だし、申しこむことで自分は正しい側に立ち、良心をなだめることもできる。

姑息な考え。

何も言わないことにした。

「足首の具合はどうかな？」

愚か者。おまえは会話の天才だ。

「時間はかかりそうだけど、着実によくなっているわ。二度と無謀な真似はしないよう、気をつけなきゃね」

数日前にもっと気をつけてくれていれば、彼女はこちらの存在に気づくことなく岩棚のそばを無事に通り過ぎ、自分はそれきり彼女のことを忘れ去っていただろう。彼女は違う人生を歩むことになっただろう。この自分も。

そして、父親が亡くならなければ——腹立ちのなかで思った——いまも支えてもらえただろう。

「兄上は急いで馬車をよこしてくださるだろうか」ヒューゴは尋ねた。

そのとき不意に思った。ニューベリー・アビーまで送らせてもらうと言えばよかった。そうすれば、彼女のペンダリス館滞在を二、三日短縮できたのに。

いや。くだらない思いつきだ。

「手紙を受けとってすぐ兄が馬車を出してくれれば——きっとそうしてくれたと思うけど——明後日には着くでしょう。あるいは、その翌日にはかならず」

「ご自宅に戻り、家族のもとで回復に専念すれば、あなたもさぞ安心だろう」

「ええ、そうね」

二人の口調ときたら、おたがいになんの感情も持っていない礼儀正しい赤の他人のようだった。

「復活祭のあとはロンドンへ?」ヒューゴは尋ねた。「社交シーズンに合わせて?」

「ええ、たぶん。そのころには足首も治っているでしょう。あなたは? やはりロンドンへいらっしゃるの？」

「その予定だ。生まれ育ったところだし。父の家がある。いまはわたしの家だが。妹がそこに住んでいる」

「そちらで奥さまをお探しになるのね」

「ああ」

やれやれ！　あれからまだ一時間もたっていないが、入江の浜辺で深い仲になったのは現実だったのだろうか。

ヒューゴは深く息を吸った。

「グウェンドレン」

「お願い」彼女がさえぎった。「何も言わないで。あれはあれでよかったのよ。とてもすてきだった。あら、つまらない言葉を選んだものね。〝すてき〟をはるかに超えていたわ。でも、感想を述べたり、謝罪したり、正当化したりするようなことじゃないわ。あれはあれでよかったのよ。わたしは後悔してないし、あなたにもしてほしくない。あの場かぎりのことにしておきましょう」

「子供ができていたら？」ヒューゴは尋ねた。

彼女がはっとふりむき、ヒューゴを見た。ひどく動揺している。ヒューゴは前方の道路に視線を据え、馬車の前を駆けていく馬の耳のあいだをじっと見ていた。彼女もやはりそれを心配していた？　なんといっても、失うものが大きいのは女のほうだ。

「いいえ」彼女が言った。「わたしは子供ができないの」

「やぶ医者の意見だ」

「子供はできてないわ」彼女は頑固に言った。かすかな狼狽がにじんでいた。

ヒューゴはちらっと彼女に目を向けた。

「もしできていたら、すぐ手紙で知らせてほしい」

ロンドンの住所を教えた。

彼女は返事をせず、前方をじっと見ているだけだった。

乗馬に出かけたジョージとラルフとフラヴィアンは、ずいぶん遠くまで行っていたに違いない。馬車が屋敷に近づくと、ちょうど三人が厩から出てくるところだった。全員がふりむいて、やってくる馬車を見つめた。

「入江へ行ってたんだ」馬を止めながら、ヒューゴは言った。「満潮のときがいちばんきれいだから」

「新鮮な空気が爽やかでしたわ」レディ・ミュアが言った。「小さな入江はひっそりしていて、とても暖かでした」

やれやれ、ヒューゴ自身の耳にすら、共謀者のせりふのように響いた。二人そろってやたらと罪のない言葉を並べ立てるさまは、重い罪を白状しているのも同然だ。

ラルフが言った。「今日の客間での会話はおそらく、悲惨な災難の予言で盛りあがることだろう。今日のすばらしい天候を楽しんだ罰として、きっと災難が待っているはずだ」

フラヴィアンが言った。「明日は雪に決まっている。ついでに、強い北風も。そして、このような稀に見る好天を楽しもうと考えるような愚かなことは、みんな、二度としなくなるだろう」

全員が笑った。

「松葉杖をお持ちではないのですね、レディ・ミュア」ジョージが尋ねた。

「崖の小道や砂利や砂の多い場所では、松葉杖はあまり役に立たない」ヒューゴは言った。「馬車を玄関につけて、レディ・ミュアを抱いて入ることにする」

「では、行ってくれ」ジョージが言って、鋭い視線をヒューゴに向けた。ごまかされてはいないのだ。また、フラヴィアンがごまかされたとすれば、まさに奇跡だ。ついでに言っておくと、ラルフも然り。「みんなが帰ってきたのをイモジェンが見ていて、すでにお茶の支度をしていることだろう」

ヒューゴは屋敷へ向かって歩きだした。無言のレディ・ミュアを腕に抱いて。

10

翌日も太陽が明るく輝いていた。ただ、ヴェラが来る前に朝食の間の窓辺に立ったグウェンの目に、今日は木の枝がそよいでいるのが見えた。風が強そうだ。早朝の乗馬から戻ったスタンブルック公爵の話では、昨日よりやや肌寒いとのことだった。

ヴェラは屋敷に到着すると、この時期にこんな好天が続いたら今年は夏らしい季節が望めそうもないという意見に友達全員が賛成している、と暗い声で報告した。

「いいこと、こんな早い時期にいいお天気が続くなんて自然じゃないわ。わたしは浮かれて出かけるようなことはやめようって固く決心しているの。いずれ雨になって寒さが戻るに決まってるから、そのときに暗く落ちこむことになるでしょ。あなたもよく知ってるように、グウェン、落ちこむのはわたしの性に合わないのよ。今日はあなたを元気づけに来たの。でも、五分前にわたしが着いたとき、執事以外には誰も出迎えてくれなかった。文句を言うつもりはないけど、サー・ロジャー・パーキンスンの義理の妹を無視するなんて、公爵さまも礼儀知らずだと思うわ。でも、期待するほうが間違っているわね」

「たぶん、あなたの馬車の到着が公爵さまの予想より早かったのよ」グウェンは言った。

「でも、迎えの馬車を出すことはお忘れにならなかったんだし、それがいちばん大事なことでしょ。馬車がなければ、あなたは長い距離を歩くことになるもの。あら、二人分のコーヒーとビスケットのトレイが運ばれてきたわ。訪ねてくれて本当にありがとう、ヴェラ。とっても優しい人ね」

「だって」従僕が置いたばかりのトレイにのっているビスケットの皿をじっと見ながら、ヴェラは言った。「あなたもよく知ってるように、わたしは友達を見捨てるような人間じゃないもの。ところで、昨日はレーズンビスケットだったのに、わたしたち、やっぱり軽んじられているみたい。今日はただのオートミールビスケットよ」

「でも、来る日も来る日も同じものばかり出されたら、きっとうんざりしてしまうわ。ねえ、コーヒーを注いでもらえないかしら、ヴェラ」

三時間ほどしてから、ヴェラは、軽い捻挫ぐらいでまだ昼寝が必要だなんていう人は、すぐに落ちこんでしまうタイプよ、と言ったものの、ようやく家に帰っていった。

グウェンにはもちろん、昼寝など必要なかった。ゆうべ睡眠をとりすぎた。というか、少なくともベッドに横になっている時間が長すぎた。臆病な逃げ道をとることに決め、晩餐の時刻にいつもの従僕がやってきてグウェンを客間へ運ぼうとしたときに、言い訳をした。〝遠出をして疲れたので、今夜は部屋で過ごすことをお許しください〟と、公爵への伝言を頼んだのだった。

眠ることはできた。しかし、たびたび目がさめて、しばらく寝つけないまま、浜辺での出来事を思いかえしたり、屋敷に戻る馬車のなかでヒューゴが何か言いかけたときに自分がさえぎろうとしなかったら、どんな話になったのだろうと考えたりした。

〝グウェンドレン〟、深く息を吸ってから、彼は言った。

それをグウェンがさえぎった。

いったい何を言うつもりだったのかと、永遠に考えつづけることだろう。でも、さえぎるしかなかった。心が千々に乱れていて、それ以上のことには対処しきれなかった。とにかく、一人の時間がほしかった。

客間でみんなとお茶を飲んだあと、彼が部屋まで抱いて運んでくれて以来、一度も顔を合わせていない。あのとき、彼はひと言も口を利かなかった。グウェンも同じだった。彼はベッドにグウェンを横たえ、一歩下がって、暗い色をしたあの一途な目で彼女を見てから、ぎこちなく頭を下げて部屋を出ていき、背後のドアを静かに閉めた。

グウェンは本を開いたが、数分もすると、とても読めそうにないとあきらめた。同じ文章を少なくとも一〇回は目で追っているのに、意味がまったくつかめなかった。

今日は足首の腫れが完全にひいたようで、痛みもほとんど消えていた。ところが、さきほどヴェラがいるあいだに往診に来てくれたジョーンズ医師は、またしてもグウェンの足首に包帯を巻き、もうしばらく足に体重をかけないよう気をつけて、焦らず回復に専念するようにと言った。

焦るなと言われても、なかなかできないことだ。

明日にでもニューベリーから馬車が到着するかもしれない。遅くとも明後日にはきっと到着する。どちらにしても、永遠に待たされる気分だった。本当はいますぐここを出たい。

無理に読書するのはあきらめて、膝の上に本を伏せた。クッションに頭をもたせかけ、目を閉じた。一人で外を歩きまわれればいいのに。

自分がいま感じているのが彼への恋心でないのなら、いったいどんな言葉でその思いを表せばいいのか、グウェンにはわからなかった。単純な肉欲ではないし、あの入江で経験したことを思いかえしているだけではない。相手に魅力を感じているだけではない。単純な好意を大きく超えている。ああ、わたしは恋をしている。なんて愚かなの！

うぶな少女でもないのに。ロマンスに憧れる年ごろではない。この恋にすがりついたり追い求めたりしても、恋に破れて傷つくだけだ。いずれにしろ、追い求めるのは無理。離れ離れになってしまうんだもの。わたしはもうじきここを去る。春が来れば、わたしもあの人もロンドンへ行く予定だけど、顔を合わせることはたぶんないだろう。おたがいに住む世界が違う。愛人関係を続ける気はない。彼のほうも同じ気持ちのはず。そして、結婚は問題外だということで二人の意見は一致した。

ああ、どうしてネヴィルの馬車が今日到着してくれないの？

そんなことを考えていたとき、朝食の間に軽いノックが響いて、ドアが静かにあいた。怯えつつ――そして、期待しつつ？――ふりむくと、スタンブルック公爵が立っていた。

落胆なんかしてないわ。自分にそう言い聞かせて、公爵に笑顔を向けた。

「ああ、もう起きてらしたんですね」公爵はドアを大きく開いた。「お客さまをお連れしました、レディ・ミュア。今回はパーキンスン夫人ではありません」

公爵が一歩脇へどくと、別の紳士が大股でその横を通り抜け、部屋に入ってきた。

グウェンはソファの上ではっと身体を起こした。

「ネヴィル！」

「グウェン」

目の錯覚ではない。間違いなく兄だった。心配そうに顔を曇らせ、急いで部屋を横切ってグウェンのところに来ると、身をかがめて思いきり強く抱きしめた。

「わたしがちょっとよそ見をした隙に、いったい何をしでかしたんだ？」

「些細な事故だったの」お返しに兄にしっかり抱きついて、グウェンは言った。「ただ、足首をひねってしまい、いまも体重をかけることができないの。自分の愚かさがいやになるわ。それに、ペテン師になったような気分。だって、軽い捻挫なのに、多くの方にとんでもないご迷惑をおかけしてしまったんですもの。でも、なんてすてきな驚きでしょう。馬車が着くのは早くて明日ぐらいだと思っていたのに。しかも、お兄さまが来てくださるなんて予想もしなかった。ああ、リリーと子供たちがかわいそう。わたしのせいで、何日かお兄さまと離れ離れなんですもの。わたし、みんなに恨まれそうだわ。でも、ああ、家を出てから一カ月じゃなくて、一年もたったような気分よ」

兄はソファの端に腰を下ろしてグウェンの手を握りしめた。胸が痛くなるほどなつかしい顔だった。

「こちらに来ることを勧めてくれたのはリリーだったんだ。いや、命令と言うべきかな。いったんこうと思いこんだら、リリー以上の暴君はほかにいないからね。こう言ったんだ。〝デヴォン州とコーンウォール州には獰猛な追いはぎがうようよしていて、馬車の旅にあなたが付き添っていなかったら、グウェンの宝石と血が奪いとられてしまうわ。かならずしもその順番ではないと思うけど。でも、あなたが付き添っていれば、追いはぎはみんな尻尾を巻いて逃げだすに決まってる〟と」

ネヴィルはグウェンににっこり笑ってみせた。

「優しいリリー」グウェンは言った。

「しかし、なぜパーキンスン夫人のところに泊まっていなかったんだ？」

「いろいろと事情があったの」グウェンはしかめっ面になった。「でも、ネヴィル、スタンブルック公爵がとても親切に歓待してくださったのよ。お屋敷に滞在中のお客さまたちも」

「お役に立てて何よりです」ネヴィルが見上げると、公爵はそう答えた。「うちの家政婦に部屋を用意させますから、キルボーン伯爵、レディ・ミュアと一緒に客間へ早めのお茶にいらしてください。レディ・ミュアには松葉杖があります」

ネヴィルは片手を上げて相手の言葉をさえぎった。「ご親切に感謝いたします、スタンブルック公爵。だが、午後もまだ早い時刻ですし、馬車を走らせるには申し分のない天候です。馬車の座席に足を上げて旅をする元気がグウェンにあるなら、荷造りを終えたかばんが階下に運ばれてきたらすぐ、出発したいと思っております。ひどいご迷惑をおかけすることにならなければ」

「なんなりとご希望のままに」公爵はそう言って、ネヴィルのほうへ軽く会釈をし、問いかけるようにグウェンを見た。

「旅行着に着替えれば、すぐに出発できます」グウェンは二人にきっぱりと言った。

トレンサム卿はどこにいるの？

それから一時間もしないうちに着替えをすませ、ふたたび階下に運ばれたときも、グウェンは心のなかで同じことを問いつづけていた。従僕がグウェンを玄関ホールまで運び下ろすと、レディ・バークリーが松葉杖を用意して待っていた。スタンブルック公爵と泊まり客も全員集まり、ネヴィルと話をしていた。グウェンはみんなと和やかに握手を交わして別れの挨拶をした。

でも、トレンサム卿はどこにいるの？

その思いがレディ・バークリーの耳に届いたかのようだった。

「ヒューゴなら、午餐のあとでヴィンセントとわたしと一緒に岬まで散歩に出たのよ。でも、帰ろうとしたら、浜辺のほうへ下りていったわ。そこで何時間も過ごしてからじゃないと帰ってこないことが多いの」

泊まり客全員がグウェンのほうを見た。

「じゃ、もうお目にかかれませんわね」グウェンは言った。「残念です。とてもお世話になったので、直接お礼を申しあげたかったのに。別れの挨拶とお礼の言葉を伝えていただけますか、レディ・バークリー」

二度と会えない。

たぶん、永遠に。

泣き崩れそうになった。しかし、周囲の人々に礼儀正しく微笑して、玄関扉のほうを向いた。

レディ・バークリーが返事をする暇もないうちに、トレンサム卿本人がドアのところに現われた。あいかわらずの巨漢で、息を切らし、頬を紅潮させ、獰猛な目をしている。みんなをざっと見渡し、それから、グウェンをじっと見た。

「ご出発ですか」と訊いた。

グウェンの心に安堵があふれた。その一方で、彼がもうしばらく外にいてくれればよかったのにと思った。

よくある矛盾。

「兄が迎えに来てくれましたの。キルボーン伯爵と申します。ネヴィル、こちらはトレンサム卿よ。足をくじいたわたしを見つけて、ここまで運んでくださった方」

男性二人がおたがいを見た。昔ながらの男どうしのやり方で、相手の器を見定めようとしている。

「トレンサム卿」ネヴィルが言った。「グウェンの手紙にあなたのお名前が出てきました。

聞き覚えのある名前だと思っておりましたが、いまこうしてお目にかかって、その理由がわかりました。イームズ大尉だったのですね。バダホスで決死隊を率いて戦った方だ。お目にかかれて光栄です。そして、本当にお世話になりました。妹にとても親切にしてくださったのですね」

ネヴィルが右手を差しだすと、トレンサム卿はその手をとった。

グウェンはきっぱりした態度でスタンブルック公爵のほうを向いた。

「公爵さまは親切心と礼節の鑑でいらっしゃいます。わたしの感謝はとうてい言葉で表せるものではございません」

「われわれのクラブは名誉会員を失おうとしている」公爵は独特の堅苦しい微笑を浮かべた。「あなたがいらっしゃらないと寂しくなります、レディ・ミュア。今年じゅうにロンドンのほうでお目にかかれるかもしれませんね。わたしもしばらくロンドンへ出る予定です」

やがて、みんなのあいだで別れの言葉が交わされ、あとは出発するだけとなった。わずか一時間ほど前まで、グウェンはこの瞬間を待ちこがれていた。ところが、いまは気持ちが重く沈み、心の底から焦がれている人に目を向ける勇気が出てこない。

ネヴィルが彼女に一歩近づいた。馬車まで抱いていこうというのだろう。グウェンは近くに控えていた従僕のほうを向いて松葉杖を渡した。

ところが、ネヴィルよりトレンサム卿の動きのほうが機敏で、断わりもせずにグウェンを抱きあげた。

「あなたをここに運んできたのはわたしです。ですから、ここをあとにされるときもわたしが運びましょう」

そう言うと、大股で玄関ドアを通り抜け、半分走るようにして外階段を下りた。ネヴィルやほかの人々をずいぶんひきはなした。

「これでお別れだね」トレンサム卿は言った。

「ええ」

わたしが言いたかったことは星の数ほどある。なのに、いまは一つも浮かんでこない。でも、それでいいのね。本当に言うべきことは何もない。

馬車の扉があいていた。トレンサム卿はグウェンを抱いたまま馬車に上半身を入れ、馬のほうを向いた座席に注意深くすわらせた。向かいの座席からクッションを一つとると、平らにして置き、グウェンの足をそこにのせた。そのあとで顔を上げ、グウェンの目を見つめた。彼自身の目は暗く、熱い炎が燃えていた。唇を真一文字に結んでいる。顎はいつも以上にこわばっていて、まるで花崗岩《かこう》の彫刻だ。いささか危険な筋金入りの陸軍士官に戻ったように見える。

「道中、お気をつけて」そう言うと、馬車のなかから首を出し、背筋をまっすぐに伸ばした。

「ありがとう」グウェンは言った。

微笑した。彼の微笑はなかった。

昨日のいまごろは浜辺で愛を交わしていた。この人は裸体で。わたしもそれに近い姿で。

ネヴィルが馬車に乗りこんでグウェンのとなりにすわると、扉が閉まり、馬車が動きだした。

グウェンは窓から身を乗りだして手をふった。公爵と泊まり客の全員が見送りに出ていた。トレンサム卿もいたが、背中で手を組み、まったくの無表情で、仲間からやや離れて立っていた。

「おまえが恐怖で死んでしまわなかったのが不思議だよ、グウェン」ネヴィルがそう言ってくすっと笑った。「バダホスの城壁を崩したのは、たぶん、イームズ大尉のあの顔だと思うよ。その功績に対してどんなに褒美をもらっても当然だ。あれだけ手柄を立てた士官は、全軍のどこを探してもイームズ大尉以外にいない。誰もが口をそろえてそう言っている。大尉自身もその手柄を誇りに思っていることだろう」

ああ、ヒューゴ。

「そうね」グウェンはクッションに頭をもたせかけ、目を閉じた。「ネヴィル、迎えに来てくれてとってもうれしい。感激だわ」

これではその直後に涙が頬を伝った理由の説明にはならない。すすり泣きをこらえきれずにグウェンがしゃくりあげると、ネヴィルが肩を抱いてあやしてくれ、上着のポケットから大判の麻のハンカチをとりだした。

「かわいそうに。さぞ辛い思いをしたことだろう。だが、すぐ家に連れて帰ってあげるからね。母上が至れり尽くせりの世話をしてくださることだろう。リリーも母上を手伝ってくれるに決まっている。それに、おまえが出かけた瞬間から、年かさの子供たちが、グウェンおばちゃまはどこへ行ったの、いつ帰ってくるの、とうるさかった。わたしがおまえを連れて帰ってくるとわかって、大喜びで送りだしてくれた。もちろん、赤ん坊は知らん顔だったが。リリーさえそばにいれば、あの子は大満足さ。賢い子だ。そうそう、誤解されるといけないから言っておくが、おまえが帰ってくることになって、わたしも大いに喜んでいる」

兄が笑顔でグウェンを見下ろした。

グウェンはまたしてもしゃくりあげ、涙に濡れた目で兄に笑いかけた。

「それに、もうじき山のような用事に追われて、足首のことを考えている暇などなくなるぞ。復活祭には一族が押しかけてくる予定だ。覚えているね？」

「もちろんよ」グウェンは答えた。だが、じつを言うと、しばらく前からすっかり忘れていた。ネヴィルとリリーのあいだに生まれたばかりのレディ・フィービ・ワイアットが洗礼を受けることになっていて、それを祝うために一族の者が大挙してニューベリー・アビーにやってくるのだ。ローレン、ジョゼフというグウェンの大好きな身内二人も含まれている。

ああ、家に帰れるのはほんとにうれしい。慣れ親しんだ世界と、愛する人々と、愛してくれる人々のところに戻れる。

グウェンは顔の向きを変えて、馬車の窓から景色を眺めた。

〝道中、お気をつけて〟あの人はそう言った。

わたしったら何を期待していたの？　恋する男の嘆きの言葉？　トレンサム卿から？

「村に寄りましょう」グウェンは言った。「ヴェラにお別れを言っていかなきゃ」

ペンダリス館をあとにしたヒューゴはそのままロンドンへ向かった。本当はクロスランズの屋敷に戻り、しばらく静かに暮らしたかった。生まれたばかりの子羊や子牛を眺め、荘園の管理人と春の農作業について相談し、去年より上手に花園を造る計画を立て、そして……傷をなめて過ごしたかった。

傷ついていた。

しかし、クロスランズ・パークへ直行すれば、口実を見つけてそこに腰を据え、〈サバイバーズ・クラブ〉の仲間から咎《とが》められたように、本当に世捨て人になってしまいそうだ。友人たちから〝きみはもともとそういう暮らしには向いていない。まだ火のついていない爆竹のようなもので、いつか爆発するに決まっている〟と言われても、これまでのような一人暮らしが楽しめるのなら、世捨て人になるのも悪くない。

ただ、ほかにも責任を負っている場合は、世捨て人の暮らしも、農作業と園芸に嬉々として没頭する暮らしも、いささか不都合と言えるだろう。父親が亡くなって一年以上になるが、ヒューゴはそのあいだ、会社の経営を一任されているウィリアム・リチャードソンからの詳細な報告書にざっと目を通していただけだ。ヒューゴの父は細心の注意を払ってリチャードソンに経営を託し、全面的に信頼していた。しかし、死を前にした数時間のあいだに父がヒューゴに語ったように、リチャードソンはあくまでも雇われ経営者、先を読む力はない。ヒユーゴは報告書のいくつかの部分に何度か目を留めて、変更を加えたい、新たな方向を示したい、自分も経営に加わりたい、という渇望を感じたものだった。しかし、その渇望を頑固に抑えこんできた。経営に加わるのはいやだった。

だが、いつまでも拒みつづけることはできなかった。

それに、コンスタンスが日一日と大人になりつつあった。もちろん、一九歳はまだ充分に若い。いくらコンスタンスが手紙のなかで〝もうお婆さんよ〟と嘆いていても。しかし、二〇歳までに結婚しないと売れ残りになってしまうと思いこんでいる娘がたくさんいることも、ヒューゴは知っている。だが、そのことを抜きにしても、一八歳、一九歳という年ごろの娘たちなら、外に出て同年代の若い仲間と楽しく遊ぶべきだ。周囲を見まわしてすてきな相手を探し、交際して、自分で将来を決めるべきだ。

継母のフィオーナは、自分は病弱だからコンスタンスをどこへも連れていってやれない、ほかの誰かにコンスタンスを奪われては困る、と言っている。娘がそばにいてくれなかったら、わたしはどうすればいいの?

この継母ほど身勝手な人間はいない。継母に立ち向かえるのはヒューゴだけだ。今回ふたたび立ち向かわなくてはならない。なぜなら、自分がコンスタンスの後見人だから。

クロスランズ・パークへ向かいたいという思いを抑えて、まっすぐロンドンへ向かった。その時期が来たのだ。

心を鬼にしようと決めた。

コンスタンスはヒューゴに会えて大喜びだった。彼の来訪が告げられると、大きな歓声を上げて母親の部屋から飛びだし、兄の腕に飛びこんだ。

「ヒューゴ！　ああ、ヒューゴ。来てくれたのね。やっと。連絡もくれずに。ひどいわ。ゆっくりしていける？　お願い、そうだと言って。ヒューゴ。ああ、ヒューゴ」

ヒューゴは妹を固く抱きしめ、愛情と疚《やま》しさの両方を感じた。コンスタンスは若くて、ほっそりしていて、金髪で、愛らしく、生気に満ちた緑色の目をしている。母親と瓜二つで、謹厳実直だった父親が知りあってわずか二週間で一八歳も年下の帽子屋の店員と再婚するなどという、いつもの父親らしくないことをした理由が、ヒューゴにも理解できるような気がした。

「ゆっくりしていくとも。この春はこちらに来ると約束しただろう？　すばらしく元気そうだね、コニー」

ヒューゴは腕をいっぱいに伸ばして妹を見下ろした。妹の目はきらめき、頰はバラ色だ。ただ、もっと太陽を浴びる必要がある。その点は自分の力でなんとかしてやろうと決めた。

継母も彼に会えて喜んでいる様子だった。もっとも、ヒューゴがフィオーナを継母だと思ったことはあまりない。自分と五歳しか違わない。父が再婚したとき、ヒューゴはすでに大柄な少年だった。フィオーナよりはるかに大柄だった。フィオーナはヒューゴをちやほやし、愛情を注ぎ、彼を誇りにし、父親に彼のことを褒め称えた——だが、最後はとうとう彼を家から追いだす結果になった。フィオーナさえいなければ、ヒューゴが軍職の購入を父に頼みこむことはなかっただろう。子供のころから、兵隊に憧れたことは一度もなかった。不思議なものだ。自分の人生はどれほど違ったものになっていただろう？

それは彼の人生にいくつも存在する〝もし、〜なら〟の一つだった。

フィオーナは彼のほうへ片手を差しだした。その手にハンカチが握りしめられている。物憂げな儚《はかな》い美貌はいまも衰えていなかった。コンスタンスと同じぐらいほっそりしている。白髪はまったくないし、顔のしわもない。ただ、顔色が不健康に青白い。本当に具合が悪いのかもしれないし、病弱だと思いこんで家から出ようとせず、ほとんど身体を動かさないせいかもしれない。昔から病気がちだった。それを利用してヒューゴの父親の注意を惹こうとした。しかし、そんな策略を用いる必要はたぶんなかっただろう。父親は最後までフィオーナを熱愛していた。妻の性格を知って悲しい思いをしていたのは事実だが。

「ヒューゴ！」彼は継母の手の上に身をかがめ、その手を唇に持っていった。「帰ってきてくれたのね。お父さんもさぞお喜びでしょう。あなたにわたしのことを託したいと思ってらしたから。そして、コンスタンスのことも」

「フィオーナ」ヒューゴは彼女の手を放して一歩下がった。「この一年間、わたしがいなくても、あなたに不自由をかけるようなことはなかったはずです。不自由だったとおっしゃるなら、誰かに責任をとらせなくては」

「まあ、まるで専制君主ね」フィオーナは弱々しく微笑した。「昔から、あなたのそういうところが好きだったわ。話し相手がいなくて寂しかったのよ、ヒューゴ。わたしたち二人とも話し相手がいなかったの。そうよね、コンスタンス」

「でも、こうして帰ってきてくれた」コンスタンスが幸せそうに言って、彼の腕に自分の腕を通した。「しかも、ゆっくり滞在してくれる。ねえ、いとこたちに会いに連れていってくれる？　それとも、うちに招待してくれる？　それから、わたしを連れて――」

「コンスタンス」母親が悲しげに言った。

ヒューゴはソファにすわり、妹を横にすわらせてから、小さな柔らかい手に自分の手を重ねた。

ロンドンの家に戻って二週間近くが過ぎた。親戚をこの家に招くのはやめることにした。フィオーナの健康状態を気遣ったのだ。しかし、自分が一人ぼっちにされてしまうと継母から文句を言われつつ、コンスタンスを連れて親戚を訪問した。すぐにわかったことがあった。親戚のほとんどが社交的なタイプで、中流階級の世界に知りあいがたくさんいる。ヒューゴに会えて全員が喜び、コンスタンスに会えたことも同じように喜んでくれた。若いいとこのなかにはコンスタンスと同年代の者が何人かいた。誰もが喜んでコンスタンスと一緒に出かけると言った。すぐ友達ができるだろう。数日以内に、もしくは数週間以内に、崇拝者がたくさん集まってくるだろう。夏の終わりまでに結婚できるはずだ。

いまのコンスタンスに必要なのは、無給のコンパニオン（令嬢や貴婦人の付き添いをつとめる女性）みたいに家庭に縛りつけられなくてすむよう、母親にはっきり意見のできる人物だった。つまり、ヒューゴだ。この様子なら、ヒューゴも無理に結婚しなくてすむ。とにかく、コンスタンスのために結婚する必要はなくなる。それに、もう一つの理由のためにも結婚を急ごうという気にもなれなかった。しばらくのあいだロンドンに滞在する予定だ。欲求は結婚以外の方法で満たすことができる。

そう考えると少々気が滅入ったが、結婚も同じく気の滅入ることだ。

ところが、母親違いの妹への義務を果たすのは、結局のところ、思ったほど楽なことではなかった。なぜなら、コンスタンスは自分の幸せについて自分なりの意見を持っていて、いとこたちのことは大好きだし、みんなを訪問するのも楽しいが、その世界だけを動きまわっていても夢を叶えることはできないからだった。

「お兄さんには称号があるでしょ、ヒューゴ」ある朝、フィオーナが起きてくる前にハイドパークを二人で散歩していたとき、コンスタンスが言った。「しかも、英雄よ。お父さんには入れなかった上流社会も、お兄さんなら入ることができる。お兄さんがロンドンに来てるってわかれば、みんな、招待状を送ってくるに決まってる。メイフェアの大邸宅の一つで貴族社会の舞踏会に出られたら、どんなにすてきかしら。そこでダンスをするのよ。想像できる？」

ヒューゴは横目で妹を見た。そんな想像などしたくもなかった。

「いとこたちがおまえを連れ歩いてくれれば、われわれと同じ世界から崇拝者が山のように出てくるだろう。そうならない理由がどこにある、コニー？　こんなに美人だからな」

コンスタンスは笑顔で兄を見上げ、それから鼻にしわを寄せた。

「でも、退屈な人ばかりなのよ、ヒューゴ。みんな、まじめすぎるの」

「いとこたちのことかい？　立派に成功しているじゃないか」

「成功した退屈な人って、いとことしては好感が持てるけど、周囲の人たちもきっと同じタイプだわ。そんな人と結婚するなんて、ちっともすてきじゃないでしょ。わたし、退屈な人とは結婚したくないの。あるいは、成功した人とも。そういう人と結婚すると、生真面目に暮らさなきゃいけないもの。わたしが望むのは……ええと、刺激的な人生。冒険。それっていけないこと？」

いけなくはない。ヒューゴは心のなかでため息をついた。女の子というのは、働いて一家を支え、生活費を渡してくれる平凡な相手と結婚するよりも、まずは王子さまとの結婚を夢に見るものだ。コンスタンスとほかの少女たちとの違いは、夢を実現する方法をコンスタンスは知っていることだ。もしくは、少なくとも、王子さまに近づく方法を。

「それで、上流階級の紳士と結婚すれば、刺激と冒険に加えて世間の尊敬と幸福まで手にできるというのかい？」

コンスタンスは笑顔で兄を見上げた。

「女の子なんだから、夢ぐらい見てもいいでしょ。そして、お兄さんの役目は、とんでもない放蕩者が財産目当てでわたしと駆け落ちしようとするのを防ぐこと」

「そいつの頭にそんな考えがちらっと浮かびでもしたら、鼻も、顔の残りの部分もぶっつぶしてやる」

コンスタンスは楽しげに笑い、彼もつられて笑いだした。

「お兄さんならきっと、上流階級の男の人を何人も知ってるでしょ。称号のある人も。招待状を手に入れることはできる？　ええ、できるに決まってる。貴族の舞踏会に連れてってくれたら、お兄さんのこと、永遠に大好きになる。あ、もちろん、それとは関係なしに大好きよ。招待状のこと、なんとかしてくれる？」

断固たる態度をとるとしよう。

「よし、なんとかしよう」

コンスタンスはいきなり立ち止まり、歓声を上げて、ヒューゴの首に両腕を巻きつけた。この場面を見ているのが木々と露に濡れた草だけで幸いだった。

「ええ、そうよね。お兄さんはなんでもできる。ああ、ありがとう、ありがとう。お兄さんが帰ってきてくれれば、何もかもうまくいくと思ってた。愛してる、愛してるわ」

「欲得ずくの愛情だな」ヒューゴはぼやきながら、コンスタンスの背中を軽く叩いた。断固たる態度をとらないことにしたら、自分の口からどんな言葉が出たことだろうと考えた。

しかし、たったいま何を約束してしまったのだ？　というか、約束に近いことを言ってしまったのか。二人で散歩を続けながら、ヒューゴは冷や汗が噴きでるのを感じた。

結婚という憂鬱な事柄に心がひきもどされた。少し手をまわせば、招待状はたぶん手に入るだろう。そこでコンスタンスを連れて舞踏会に出かけ、何人かの紳士がダンスを申しこんでくるのを期待すればいい。居心地の悪い思いをしつつも、どうにか一夜を乗り切ることができるだろう。だが、一度きりの舞踏会で妹が満足するだろうか。もっと舞踏会に出たいと言いだすのではないだろうか。ダンス以上の興味を示す相手が妹の前に現われたらどうすればいい? ヒューゴにできるのは相手の顔を殴りつけることだけだが、それは賢明ではない。分別のあることではない。

妻がいれば、すべてうまくとりはからってくれるだろう。

ただし、中流階級の女ではだめだ。

とはいえ、社交界でのしあがりたいという夢などまだ持っていない妹のために、上流の女と結婚する気にはなれない。

いや、本当にそうだろうか。

頭が痛くなってきた。頭痛の経験がないわけではない。しかし、今回は特別だった。散歩のあいだ、コンスタンスが横で幸せそうにしゃべるのを黙って聞いていた。着ていくものがないという言葉が漠然と耳に入った。

それから二週間、ヒューゴは朝の郵便が届くのをもどかしい思いで待ち、目当ての手紙が郵便物の束に紛れてしまったとでもいうように、二回ずつ目を通した。

それが見つかるのを恐れ、見つからないと、そのたびに失望した。

浜辺で愛を交わしたあと、ヒューゴは彼女に何も言わなかった。その翌日は不器用な男子生徒のように彼女を避けつづけ、別れを告げる機会まで逃してしまうところだった。じっさいに別れの挨拶をしたときは、〝道中、お気をつけて〟などと、平凡なことしか言えなかった。

入江から屋敷に戻る馬車のなかで、彼が何か言おうとしたのは事実だが、彼女に止められ、〝とてもすてきだった。でも、あの場かぎりのことにしておきましょう〟と言い含められた。

本気で言ったのだろうか。あのときはそう思った。だが、女性が――それも上流の女性が――性の交わりに果たしてそこまで無頓着になれるだろうか。男ならなれる。だが、女性は？　彼女の言葉を額面どおりに受けとったのは間違いだったのだろうか。

子供ができたのに、何も知らせてこないとしたら？

毎日用事に追われ、人にも会わなければならないのに、なぜ昼も夜も彼女のことが頭を離れないのだろう？　忙しいのは事実だ。毎日何時間もリチャードソンと過ごして、会社経営のことがよくわかってきたし、さまざまなアイディアが浮かんで興奮すら覚えている。しかし、心の奥にいつも彼女がいる。ときには、それほど奥でないところに。

グウェンドレン。

彼女と結婚しようなんて愚の骨頂だ。

だが、そんな愚行は彼女が許さないはずだ。たとえ結婚を申しこんだところで、向こうが拒むに決まっている。はっきり言われた。あの場かぎりのことにしておきましょう、と。

だが、本気だったのだろうか。

女のことがもっと理解できればいいのにと思う。よく知られているように、女が口にする言葉の半分は本心ではない。

しかし、その言葉はどちらの半分に入るのだろう？

自分はまったく愚か者だ。

復活祭が近づいていた。例年に比べると、今年は時期が遅い。復活祭が終われば、社交シーズンに合わせて彼女がロンドンにやってくる。

そんなに長く待つのはいやだ。

手紙は来ない。だが、もし……。

愚か者になろう。もともと愚かな人間だ。

「ちょっと田舎に用ができた」ヒューゴはある朝、食事の席で言った。

コンスタンスはトーストを置き、困惑の表情で兄を見つめた。フィオーナはまだベッドのなかだった。

「ほんの二、三日だ。長くても一週間以内に戻ってくる。それに、社交シーズンが始まるのは復活祭が終わってからだ。それまでは、舞踏会もそれ以外のパーティも開かれない」

コンスタンスは少しだけ明るい表情になった。

「じゃ、連れてってくれるのね」と尋ねた。「舞踏会へ」

「約束する」ヒューゴは無謀にもそう答えた。

正午にはドーセットシャーへ向けて出発していた。もっと厳密に言うなら、ドーセットシャーのニューベリー・アビーへ向けて。

11

ヒューゴがアッパー・ニューベリーの村に到着したのは荒れ模様の陰気な午後の半ばで、村の宿屋に部屋をとった。宿が必要になるかどうかは、自分でもわからなかった。暗くなる前に、ニューベリーからできるだけ遠ざかってほっと息をつく可能性も大いにある。しかし、ニューベリー・アビーに泊めてもらうのを期待していたように思われるのだけは避けたかった。

いまにも雨になるのではないかと心配しつつ、アビーまで歩いた。だが、なかなか降りださず、おかげで濡れずにすんだ。庭園の門を通り抜けてしばらく行くと、右の木立のあいだに寡婦の住居らしきものが見えてきた。かなり大きな建物で、単なる住居というより小さめの荘園館のようだ。ヒューゴはしばらく躊躇し、まずそちらへ行くべきかどうかを決めようとした。そこに彼女が住んでいる。しかし、紳士らしい考え方をすることにした。紳士なら、彼女の兄と話をするために、まず本館のほうへ行くだろう。もちろん、そんな礼儀は必要ない。彼女は三二歳。しかし、上流の人々は、必要か否かに関係なく礼儀作法を重んじるものだ。

アビーに到着してほどなく、ヒューゴはその決心を後悔することになった。ペンダリス館と同じく壮麗で堂々たる大邸宅だが、親しい友の一人が所有する屋敷ではないため、よそよそしい感じだった。田舎の屋敷にありがちなわざとらしいやり方だ。執事に名前を告げると、執事は主人が在宅かどうかを確かめるために二階へ行った。

それほど待たされずにすんだ。執事が戻ってきて、〝ご案内します〟とヒューゴに言い、二人は階段をのぼって客間と思われる部屋まで行った。

そこは――なんたることか！――人であふれかえっていた。レディ・ミュアの姿はどこにもない。だが、尻尾を巻いて逃げだそうにも、もう手遅れだった。キルボーン伯爵がヒューゴを迎えるためにドアのところで待っていて、笑顔で片手を差しだした。傍らに小柄な美女がいた。彼女も笑顔だった。

「トレンサム」キルボーンが言って、心のこもった握手を交わした。「お訪ねいただき恐縮です。コーンウォールから家に戻られる途中ですね？」

ヒューゴは誤解を正すのをやめた。

「ちょっとこちらに寄って、レディ・ミュアが事故から完全に回復されたかどうか確かめようと思いまして」

「すっかりよくなりました」キルボーンは言った。「現に、散歩に出かけています。早く戻ってこないとずぶ濡れになってしまう。家内を紹介しましょう。リリー、こちらはトレンサム卿、コーンウォールでグウェンを助けてくれた人だ」

「トレンサム卿」リリー・キルボーンが言って、彼のほうへ握手の手を差しだした。「ネヴィルのほうからお噂はつねづね。ですから、あなたを褒めちぎって困惑させるのはやめておきますね。でも、お知りあいになれて光栄です。さあ、お入りになって。うちの一族に会ってください。復活祭と、生まれたばかりの赤ちゃんの洗礼式のために、みんなが集まってくれましたの」

そして、二人はヒューゴを連れて部屋をまわり、誰もがほしがるトロフィーのように彼を見せびらかし、コーンウォールの人気《ひとけ》のない浜辺の上のほうで足首をくじいて動けなくなっていた妹を助けてくれた人だと紹介した。そして、決死隊を率いてバダホスを攻撃した有名な英雄であることも。

ヒューゴは恥ずかしさのあまり、喜んで死にたい気分だった。そんな矛盾に満ちたことができるというなら。先代キルボーン伯爵の未亡人に紹介されると、未亡人は優しい笑みを浮かべ、娘を助けてもらった礼を言った。それから、ポートフレイ公爵夫妻に紹介された――かつてこの公爵と友人だった、とジョージが言っていなかっただろうか――そして、アンベリー公爵夫妻にも紹介された。それから、その嫡男であるアッティングズバラ侯爵とその夫人に。アンベリー公爵の娘であるサットン伯爵夫人とその夫に。レイヴンズバーグ子爵夫妻と、スターン子爵夫妻と、その他一人か二人に。ここに集まった人々のなかに、称号を持たない者は一人もいなかった。

気立てのいい人ばかりだった。男性はみな、心のこもった握手をし、女性はみな、レディ・ミュアが窮地に陥ったときに無人の浜辺に彼が居合わせたことを喜んでいた。誰もが笑みを浮かべて優雅に会釈をし、ここまでの旅はどうだったかと尋ね、ここ何日か続いている悪天候について意見を述べ、噂の英雄に会えてどんなにうれしいかと語った。彼に会いたいとみんなが待っていたのに、バダホスで大手柄を立てたあと、この世界から消えてしまったように見えたというのだ。

ヒューゴは会釈をし、両手を背中で組んで、図々しくもここに押しかけたのは大きな間違いだったことを痛感した。自分は英雄だ、たぶん。ここにいる人々から見れば。そして、称号を持っている。だが、空虚なものだ。戦場での武勲に対して与えられたものに過ぎず、生まれや血筋とは無関係であることを誰もが知っているのだから。そして、自分がここに来たのは、一族の一人の女性に対して、自分と婚姻の絆を結ぶことを考えてもらえないかと提案するためだった。

いちばんいいのはこれ以上ぐずぐずせずに暇を告げることだと思った。彼女が戻ってくるのを待つ必要はない。コーンウォールから来たのだとみんなが思っている。ペンダリス館から自宅に戻る途中で、レディ・ミュアの捻挫がよくなったかどうかを尋ねるため、儀礼的に寄り道をしたのだ、と。すっかり治ったことがわかったのだから、いますぐ辞去しても、レディ・ミュアを待たずに帰るのは変だと思われずにすむだろう。

それとも、変だと思われるだろうか。

いや、こっちの知ったことか。この連中の考えを気にする必要がどこにある?

ヒューゴは客間の窓からそれほど離れていない場所で話をしていた。というより、誰かの話を聞いていた――人々の名前はもうほとんど忘れている――そのとき、キルボーン伯爵夫人が近くで叫んだ。

「帰ってきたわ！　しかも、雨になってる。ひどい雨。ああ、かわいそうなグウェン。きっとずぶ濡れね。急いで迎えに出て、グウェンをわたしの化粧室へ連れてって、乾かしてあげることにするわ」

そう言うと、急いで出ていった。ヒューゴ自身も含めた何人かの客が土砂降りの雨のほうへ目を向けると、下の芝生をレディ・ミュアが歩きにくそうに斜めに横切ろうとしているところだった。不自由な歩き方が目立っている。風を受けてマントがはためき、雨にぐっしょり濡れているように見える。大きな傘を両手で握りしめ、斜めに傾け、雨からできるだけ身を守ろうとしている。

ヒューゴはゆっくり息を吸った。

キルボーンがそばに来て、優しく笑った。

「グウェンも災難だな」

「お差し支えなければ」ヒューゴは静かに言った。「二人だけで話がしたいのですが、キルボーン」

この言葉で自らの退路を断ってしまった――ヒューゴは思った。

グウェンのくじいた足首はすっかりよくなったが、落ちこんだ心のほうはだめだった。最初のうちは、また自分の足で歩けるようになれば人生はすべて正常に戻る、と自分に言い聞かせていた。歩けないあいだは、読書、刺繍、タティングレース、手紙を書くといった大好きなことがあれこれできても、一日の大半をソファでじっと過ごすのが死にそうに退屈だった。母という話し相手までいるというのに。リリーとネヴィルが毎日顔を見せてくれた。二人一緒のこともあれば、別々のこともあった。赤ん坊も含めて、子供たちもよく一緒に来た。近隣の人々も顔を見せてくれた。

やがて、自分で歩けるようになっても、気分のほうは沈んだままだったので、復活祭に一族が集合すればすべてよくなる、と自分に言い聞かせた。ローレンがやってくる。おばのエリザベスも、ジョゼフも……ああ、みんなが集まる。じりじりしながら、みんなが来るのを待ちつづけた。

だが、いまも憂鬱を払いのけることができず、これ以上納得のいく説明はつけられなくなっていた。もうなんの不自由もなく歩けるし、二日前からみんながアビーに集まっている。悪天候が続いて、太陽がどういうものだったか思いだせるか、などとおたがいに質問しはじめていても、仲のいい親戚がたくさんいて、邸内でできる遊びがどっさりあった。

グウェンはみんなと一緒にいても、以前と違って楽しい気分になれないため、戸惑っていた。誰もがカップルで来ている。もちろん、母は別だけど。そして、わたし自身も。なんて惨めな響きだろう。好きで独身を通しているのに。二五歳で夫を亡くした女が生涯未亡人の暮らしを続けるなどとは、誰も思っていない。再婚のチャンスはわたしにも無数にあった。ヒューゴのことは誰にも話していない。

母にも、リリーにも——そして、ローレンにも。じつは、妊娠していないとわかった日に、ローレンに長い手紙を書いた。恋に落ちてしまい、いくら忘れようとしてもいまだに忘れられないという事実も含めて、このいとこにすべてを打ち明けようとした。彼と関係を持ち、悲劇的な結果になっていなかったことがわかったばかりだという、誰にも言えないようなことまでも。しかし、その手紙を破り捨て、別の手紙を書いた。ローレンに会ってから直接話すことにした。じきに会えるのだから。

しかし、ローレンと再会しても、まだ何も打ち明けていなかった。何か話があるようだとローレンのほうが察して、打ち解けた長いおしゃべりができるよう、二人きりになる機会を何度か作ってくれた。二人は昔からの親友どうしで、なんでも話せる仲だった。だが、そのたびにグウェンがはぐらかすので、ローレンは心配そうな表情を浮かべていた。

グウェンは午後から一人で散歩に出た。母と一緒にアビーのほうへ顔を出して一日ゆっくりするかわりに、散歩に出ることにしたのだ。あとでアビーへ行くと言ってある。雨雲が垂れこめ、強い風が吹き、いまにも雨になりそうな空模様だが、グウェンが声をかければ、アビーに集まった親戚の誰もが散歩につきあってくれただろう。みんなでにぎやかに出かけていたかもしれない。

グウェンが一人きりの散歩を選んだことに、ローレンは傷つくだろう。ジョゼフは軽く眉をひそめ、少々戸惑った表情を浮かべるだろう。じつを言うと、このところ、リリーも、ネヴィルも、母親も、そんな表情でグウェンを見ていた。

社交的で陽気で快活な面がときたま影を潜めてしまうのは、いつものグウェンらしくないことだった。家に戻って以来、少なくとも陽気な態度だけは失うまいと努めてきた。しかし、どうしてもだめだった。

子供ができていないことがわかった日、グウェンは泣いた。なんと愚かな反応だろう。安堵のあまり、天にも昇る心地になるのが本当だろうに。安堵したのは事実だ。ただ、天にも昇る心地にはなれなかった。何はさておき、妊娠できない身体であることをさらに思い知らされただけだった。

グウェンはときどき――いや、しばしば――本当なら八歳近くになっているはずの失ったわが子の姿を想像しようとする。でも、わが子は実在しない。そんな想像をしても、悲しみと罪悪感で惨めになるだけだ。

全身を包みこむこの深い倦怠感から、いつになったら解放されるのだろう？　グウェンは自分にひどく苛立っていた。気をつけないと、愚痴ばかりこぼす女になってしまい、友達も愚痴っぽいタイプばかりになってしまう。

いまグウェンが歩いているのは人目につかない森の小道で、庭園の縁に沿って続き、その少し先で崖と平行になってやがて急斜面に変わり、そこを下りていくと、緑豊かな谷と砂浜へ通じる石橋がある。昔からこの小道が好きだった。寡婦の住居からじかに小道に出ることができ、低い木々の枝が垂れて崖と海を隠している。静かで、いかにも田舎っぽい雰囲気だ。今日はそうひどくぬかるんではいなかった。だが、歩きやすくはないし、また雨になろうものなら――いや、また雨になったときは――ぬかるみに変わってしまう。

復活祭が終わってみんなでロンドンへ移り、社交シーズンの無数の催しが始まれば、気分も晴れるだろう。

ヒューゴもロンドンに来るはず。

妻を見つけるために――同じ世界に住む人を。

グウェンは心のなかでひそかに決めていた。自分に求婚しようという紳士がいたら、今年は真剣に考えよう、と。毎年、そんな紳士が何人か現われる。ようやく再婚を考える気になった。親切で気立てのいい人を見つけよう。ただし、知性と分別も備えた人であってほしい。若い男性より年配のほうがいいかもしれない。例えば、わたしと同じように伴侶を亡くし、刺激的な生活よりも、静かな相手との安らぎに満ちた暮らしを求めている人。わたしも情熱を求める気はない。つい最近、熱い思いに胸を焦がした。あんな思いは二度としたくない。あまりに生々しく、あまりに苦痛だった。

来年のいまごろは、たぶん再婚しているだろう。ひょっとしたら、その再婚で……いえ、だめ。またしても恐ろしい絶望に陥りそうなことは考えないようにしよう。それから、妊娠の可能性について専門的見地から意見を述べてくれる医者に診断を仰ぐのもやめておこう。ノーと言われたら、わずかに残った希望までが永遠に打ち砕かれてしまう。また、イエスと言われても、何も起きなかった場合を考えて、さらに深い失望を覚悟しなくてはならない。自分の子供がいなくても、人生を送ることはできる。もちろんだ。現に、いまもそうしている。

小道の突き当たりまで行き、谷へ続く急斜面のてっぺんに立った。コーンウォールから戻って以来、これほど遠くまで歩いたのは初めてだった。

この谷には、崖の上からシダに囲まれた深い滝壺へ向かって流れおちる滝があり、絵のような景観が楽しめるが、グウェンがそこまで下りていくことはめったになかった。グウェンの祖父が祖母のために滝壺のそばに小さなコテージを建て、そこでスケッチをするのが祖母の楽しみだった。グウェンは今日も谷に下りるのをやめにした。雨にならなくてもやめていただろう。ところが、急に降りだした。しかも、今日の午前中や昨日のような小雨ではなく、どしゃ降りで、傘があっても雨から身を守る役には立ちそうもなかった。

向きを変えて家のほうへ急ごうとした。しかし、寡婦の住居はずいぶん離れている。足首を痛めているのに、雨ですべりやすい小道を遠くまで急ぐのは賢明でないことを悟った。小道の片側に広がる傾斜した芝地を斜めに突っ切れば、アビーのほうがずっと近い。それに、どうせあとでアビーのほうへ行く予定だったのだ。

すぐに決断して、うつむいたまま、ドレスとマントが雨と泥に濡れるのを防ごうと、無駄な努力ではあるが片手で裾を持ちあげた。せめて身体の一部だけでも濡れずにすむようにと、反対の手で斜めに傘を傾けて、芝地をのぼりはじめた。傘が風にさらわれては大変なので、屋敷に着く前に、両手で傘の柄を握りしめるしかなくなった。

ようやく着いたときはもうびしょ濡れで、息を切らしていた。

客間の窓からリリーが見ていたに違いない。グウェンを出迎えるため、すでに一階の玄関ホールに下り、従僕がドアを大きくあけて待っていた。

「グウェン！」リリーが叫んだ。「溺れかけた人みたいよ、かわいそうに。わたしの化粧室に来て、タオルで拭きましょうね。何かすてきな服を貸してあげる。みんな客間にいるのよ。それから、お客さまが一人」

どういう客なのか、グウェンは尋ねもしなかった。近所の誰かだろうと思った。しかし、ほっとした思いでリリーのあとから階段をのぼった。こんな姿で客間に顔を出すわけにはいかない。

ところが、踊り場まで行ったとき、客間のドアが開いてネヴィルが出てきた。グウェンは泣き笑いのような顔を兄に見せたが、次の瞬間、凍りついた。背後に別の男が姿を現わし、その巨体で入口をふさいだのだ。暗い色の目がグウェンの目を凝視していた。

まあ、なんてこと。お客さまってこの人だったのね。

「レディ・ミュア」トレンサム卿がグウェンに視線を据えたまま、頭を下げた。獰猛かつ不機嫌な表情で、コイルばねのように緊張がみなぎっていた。

いったい何しにここへ？

「まあ」グウェンは間の抜けた返事をした。「わたしったら、溺れかけたネズミみたいに見えるでしょ」

彼の視線がグウェンの頭から爪先まで移り、ふたたび頭のほうへ戻った。

「たしかに」とうなずいた。「だが、あなたが先におっしゃらなければ、わたしもそこまで言うほど礼儀知らずではなかったでしょう」

あいかわらず、単刀直入にものを言う人。

リリーが冗談に合わせて笑ってくれた。グウェンは相手をじっと見て唇をなめただけだった。身体のなかで濡れずにすんでいるのはそこだけだった。

ああ、信じられない、ヒューゴがここにいるなんて。ニューベリーに。

「グウェンを上の階へ連れていって、タオルで拭いて着替えをしてもらおうと思ったの」リリーが言った。「ひどい風邪をひく前に」

「ぜひそうしてくれ」ネヴィルが言った。「トレンサム卿は待っていてくださる。大丈夫だ」

「お待ちします」ヒューゴが言い、グウェンは階段のほうへ自分をひっぱっていこうとするリリーの手の力に負けた。

この人、いったい何しにここへ？

グウェンはリリーが貸してくれた水色のウールのドレスに着替えた。丈がやや長いが、それ以外は身体にぴったりだった。髪が湿っていつも以上にカールしていたが、結うのが無理なほどではなかった。下の階の客間に顔を出すために身支度をしながら、息苦しくなり、めまいに襲われそうな気がした。

　トレンサム卿がここに来た理由はリリーが知っていた。コーンウォールから自宅に帰る途中、それほどまわり道にはならないので、ニューベリー・アビーに寄ってグウェンが災難からすっかり立ち直ったかどうかを見に寄ったのだという。

「ほんとに親切な方ね」びしょ濡れになったグウェンの衣類を手にとり、化粧室のドアのそばにまとめて置きながら、リリーは言った。「しかも、お目にかかれるなんてすごく光栄だわ。ようやくあの方に会えて、誰もが喜んでいるのよ。期待に背かない方だわ。そうでしょ？　すごく大柄で、そして……きびしい感じ。まさに英雄ね」

　気の毒なヒューゴ。グウェンは思った。どんなに居心地の悪い思いをしているだろう。うちの一族が集まっているなんて、夢にも思っていなかったでしょうね、気の毒に。全員が貴族。彼と同じ世界の人間は一人もいない。

　それにしても、どうしてここに？　これまでずっとペンダリス館にいたとは思えない。でも、推測しても無駄なだけ。いずれわかるだろう。

「それに、もしかしたら」二人で化粧室を出るときに、リリーが言った。「まわり道をなさったのは、あなたに気があるからかもしれない。少しも意外なことじゃないわ。でしょう？　そして、あなたのほうも気があるとしても、意外ではないわ。きびしい感じの人だけど、それだけじゃなくて……ええと、どう言えばいいかしら。豪快？　そうね、豪快な人」

「まあ、やめて、リリー」階段を下りながらグウェンは言った。「あなたって、ときどき、妄想が先走ってしまうのね」

リリーは笑った。「残念だわ。あなたに再婚するつもりのないことが。それとも、する気になった？」

グウェンは返事をしなかった。胃がこわばっていた。

二人が客間に入っていくと、不意にしんと静まりかえった。ネヴィルがむずかしい顔で窓辺に立っていた。ほかのみんなもそろっていた。ヒューゴの姿だけがなかった。

リリーも彼がいないことに気づいた。

「あら、トレンサム卿はお帰りになったの？　でも、わたしたち、できるだけ急いだのよ。かわいそうなグウェンが肌までずぶ濡れだったんですもの」

帰った？　わたしの足首の具合を尋ねるために、はるばるやってきたのに？

「書斎にいる」ネヴィルが言った。「たったいま、そこに残してきた。グウェンと二人だけで話がしたいそうだ」

静寂がさらに強まったように思われた。

「ずいぶん思いがけないことね」母親が静寂を破った。「トレンサム卿はどう見ても、あなたがお相手にと考えるような殿方ではないのに。でも、結婚の申込みにいらしたのは確かだわ」

「わたしに言わせれば、許しがたい無礼な振舞いだわ、グウェン」サットン伯爵夫人ウィルマが言った。「あなたがコーンウォールに滞在していたとき、とても力になってくれたとしても。すばらしい英雄的行為に対して与えられた称号と称賛のせいで自惚れてしまい、身の程知らずの行動に出ることにしたんでしょうね」

ウィルマは昔から、グウェンが好きになれるいとこではなかった。ジョゼフの妹だというのが、ときどき信じられなくなる。

「おまえのかわりに返事をする権利は、わたしにはないと思ったんだ。すまない、グウェン」ネヴィルが言った。「おまえもう三二歳だ。ただ、結婚の申込みはウィルマが言うほど無礼なことだとは思えない。トレンサムには称号があり、それにふさわしい財産もある。また、もちろん、偉大な英雄でもある。近年の戦争においては、たぶん、もっとも偉大な英雄だろう。当人がその気になれば、社交界の寵児になることもできる。さきほどトレンサムに会ったときのわれわれの反応が何よりの証拠だ。彼が名声やお世辞を求めようとせず、この午後うちの一族に紹介されて少々居心地が悪そうにしていたのは、あっぱれと言うべきだろう。だが、結婚の申込みをしにここまで来たのは、おまえにしてみればいささか迷惑なことだと思う。わたしのほうですぐさま追い返せなくて悪かった。だが、一応言ってはおいたのだよ。妹はこの七年間、亡くなったミュアのことをずっと思いつづけてきたから、そちらの望む返事をよこすことはまずないだろう、と」

「きみがグウェンのかわりに返事をしようとしなくてよかったよ、ネヴィル」アッティングズバラ侯爵ジョゼフが言って、グウェンに微笑してみせた。「女性はそうされるのをいやがるからね。わたしもクローディアのおかげで、女性にも自分の意見を言う能力が充分にあることを思い知らされた」

クローディアというのは彼の妻のことだ。

ウィルマが言った。「グウェンが意見を言う相手が紳士階級であれば、わたしだってなんの文句もないわ」

「まあまあ、ウィルマ」ローレンが言った。「わたしから見れば、トレンサム卿は完璧な紳士だと思うけど」

「トレンサム卿もお気の毒に。いまごろ、書斎の絨毯に根を生やしてらっしゃるわよ」リリーが言った。「あるいは、絨毯をすり減らして小道をお作りになってるかも。グウェンを書斎へ送りだして、直接話をしてもらったほうがいいわ。行ってらっしゃい、グウェン」

「そうさせてもらうわ」グウェンは言った。「でも、心配しないでね、お母さま。ネヴィルも。あとのみなさんも。身分の低い無骨な兵士と結婚する気はありませんから。たとえ、その兵士が英雄であっても」

自分の声に苦々しさが混じっていることがグウェン自身にも驚きだった。

グウェンのおばにあたるポートフレイ公爵夫人が彼女に笑顔を向け、クローディアがグウェンにきっぱりとうなずいてみせただけで、返事は誰からもなかった。母親は膝に置いた自分の両手を見下ろしていた。ネヴィルはかすかな非難の表情になっていた。リリーは困惑の様子だ。ローレンは表情を押し殺していた。

グウェンは客間を出ると、裾を踏んでころんだりしないようドレスの裾を慎重に持ちあげて階段を下りた。

ヒューゴと顔を合わせたときに自分がどう反応するのか、グウェン自身にもわかりかねた。彼がやってきた理由はすでにわかった。でも、なぜ？　結婚は無理だと、二人でずっと言ってきたのに。

なぜ気が変わったの？

もちろん、断わるつもりだった。男に恋をして、さらには、その男と愛を交わすのは、結婚とはまったく別のことだ。結婚には、単に恋をして愛を交わすよりはるかに多くのことが必要とされる。

書斎のドアをあけようとして待っていた従僕に、グウェンはうなずいてみせた。

ニューベリー・アビーへ向かうあいだ、ヒューゴは一キロごとに、いったい何を考えているのだと自問した。一キロごとに、恥をかく前にひきかえせと自分を説得しようとした。

だが、もし子供ができていたら?

頑固に旅を続けた。

12

やはり恥をかくことになった。客間で一五分ほど、耐えがたいほど居心地の悪い時間を過ごすことになった。そのあと、書斎でキルボーンを相手に、同じぐらい居心地の悪い話し合いのひとときを持った。

キルボーンはきわめて礼儀正しく、好意的と言ってもいいほどだった。しかし、こんなところまで押しかけてきて、レディ・ミュアほどの身分の女が結婚の申込みに喜んで耳を傾けてくれると期待しているのなら、この男は頭がどうかしている、と思っているのは明らかだった。やや戸惑い気味の表情で、妹にはその気はないだろうと答えただけだった。次のように説明した。「妹は最初の夫を深く愛していたため、夫が亡くなったときは周囲も慰めようがなかった。再婚はぜったいしないと誓い、心変わりをする様子は一度も見せたことがない。

もし妹に断わられても、そちらのせいだとは思わないでほしい」キルボーンはこのとき、もう少しで〝妹は断わるだろうが〟と言うところだった。唇がすでにその形になっていたが、あわてて修正し、かわりに〝もし妹に断わられても〟にした。

ヒューゴはいまも書斎にいた――一人きりで。キルボーンはすでに二階の客間に戻っていた。妹が客間に顔を出したらすぐに書斎へ行かせる、と約束して。

だが、グウェンは下りてこないかもしれない。かわりに兄のキルボーンをよこすかもしれない。人生最悪の屈辱に直面することになるかもしれない。

それも自業自得というものだ。自分はいったいここで何をしているのだ？

目的を達するのに役立ちそうなことは何もしなかった。そう思いかえして苦い顔になった。さきほど顔を合わせたときに彼女が言ったのは、〝溺れかけたネズミみたいに見えるでしょ〟だけだった。そして、自分は、愛想のいい洗練された紳士であるべき自分は、その言葉に同意した。それでもなおすばらしく魅力的だ、と言い添えればよかったのに、そこまで気がまわらなかったし、いまとなってはもう遅すぎる。

溺れかけたネズミ。求婚しようという相手の女性にそんなことで同意するとは、なんともまあ立派なことだ。

書斎のドアは二度と開かないのではないか、屋敷が自分の肩の上に崩れ落ちてくるのを恐れて筋肉一つ動かせないまま、書斎の絨毯に根を生やして生涯を終える運命ではないか、と思った。動けることを自分に証明したくて、わざと肩をすくめ、足を動かしてみた。

やがて、まさか開くとは思っていなかったドアが開き、彼女が入ってきた。目に見えない手が向こう側からドアを閉めたが、彼女はそこにもたれかかった。手をうしろへやっているのは、たぶん、ドアの取っ手を握りしめているのだろう。恐怖を感じたらすぐ逃げられるよう準備しているのかもしれない。

ヒューゴは渋面になった。

リリーから借りたというドレスは彼女には大きすぎた。爪先まで完全に隠れていて、ウェストとヒップのあたりがややゆるい。しかし、色はよく似合っているし、シンプルなデザインも似合っている。ほっそりと完璧な身体の線をひきたてている。金色の髪がいつも以上にカールしている。ボンネットをかぶり、芝生の斜面を駆けてきたときに傘をしっかり差していたにもかかわらず、湿気を含んだためにそうなったのだ。頰を紅潮させ、青い目を大きくし、唇をわずかに開いていた。

ヒューゴは愚かな男子生徒のように、背中で両手の指を組みあわせ、おまけに親指まで重ねていた。

「来ました」と言った。

なんてことを！　年間最優秀雄弁家賞というのがあれば、うっかり受賞しかねない。

グウェンは黙ったままだった。無理もない。

ヒューゴは咳払いをした。

「手紙をくれなかったね」

たでしょ」


「ええ」

ヒューゴは待った。

「ええ」彼女がふたたび言った。「書く必要がなかったから。心配しなくていいと申しあげたでしょ」

妙なことだが、ヒューゴはがっかりした。

「よかった」そっけなくうなずいた。

静寂が広がった。静寂がときとして、それ自身の重みを持つ物体のように感じられるのはなぜだろう？　もっとも、本当の静寂ではない。窓ガラスを叩く雨の音が聞こえる。

「わたしには一九歳になる妹がいる。社交生活というものをまったく経験していない。父親が存命中は、親戚を訪問するさいにその子を連れていったものだが、以後はほとんど家にこもって母親の世話をしている。母親が病弱でコンスタンスをそばに置いておきたがるからだ。現在はわたしが後見人になっている。あ、妹の後見人という意味だ。そして、妹には家族から離れた世界での社交生活が必要だ」

「そうでしたわね」グウェンは言った。「ペンダリス館でそんな話を伺ったわ。それが同じ世界の女性との結婚を望んでいらっしゃる理由の一つね。現実的で有能な女性がいい。たしか、そうおっしゃったわ」

「ところが――コンスタンスのやつ――同じ世界の相手に会うだけでは満足できないと言いだした。満足してくれれば、すべてうまくいくのだが。親戚の連中が妹を連れてまわり、理想の花婿候補を次々と紹介してくれるだろう。そうなれば、わたしも結婚せずにすむ。とにかく、そういう理由で結婚する必要はなくなる」

「でも——？」グウェンは問いかけるように言った。

「妹は一度でいいから貴族の舞踏会に出たいと言っている。わたしの称号の力でその願いが叶うと信じている。叶えてやろうとわたしは妹に約束してしまった」

「あなたはトレンサム卿。そして、バダホスの英雄。もちろん、叶えてあげられますとも。伝手はいくらでもおありでしょ」

「全員が男性だ」ヒューゴはかすかに顔をしかめた。「舞踏会に一度出ただけでは妹が満足しなかったら？　初めての舞踏会に出たあと、ほかのところへも招待されたら？　交際を申しこまれたら？」

「その可能性は充分にあるでしょう。お父さまは大金持ちだったとおっしゃったわね。妹さんは美人かしら」

「そう」ヒューゴは唇をなめた。「わたしには妻が必要だ。上流社会の暮らしになじんだ女性。貴婦人が」

ふたたび短い沈黙が広がり、ヒューゴはどう話を進めるかを前もって稽古しておくべきだったと後悔した。自分のやり方が完全に間違っているような気がした。しかし、最初からやり直すには遅すぎる。前進あるのみだ。

「レディ・ミュア」組んだ指を痛くなるぐらい強く握りしめて、ヒューゴは言った。「わたし結婚してくれませんか」

前方の陣地を偵察しないまま前進すれば、惨事を招きかねない。ヒューゴは経験からそれを知っていた。ここで口にした言葉のすべてが、本のページに印刷されているかのように眼前に浮かんできた。いかにひどい失言だったか、痛いほどよくわかった。

そして、たとえ想像上のそのページがなくとも、彼女の顔があった。

初めて出会った日、彼女が足首をくじいたあのときと同じ表情だった。

冷ややかな高慢さ。

「せっかくですが、トレンサム卿」グウェンは言った。「お断わりいたします」

うん、そうか。やっぱりな。

こちらがどんな言葉で求婚しようと、彼女は拒絶したことだろう。だが、わたしもここまで台無しにしなくてもよかったのに。

グウェンをじっと見つめた。無意識のうちに顎に力が入り、渋面がひどくなった。

「当然だ。断わられると思っていた」

彼女がヒューゴを見つめた。高慢な表情が徐々に和らぎ、困惑に変わっていった。

「妹さんが貴族の舞踏会に出たがっているというだけの理由から、わたしがあなたの求婚に応じると本気で思っていらしたの？」

「いや」

「だったら、なぜここに？」

〝子供ができていることを期待していたから〟

しかし、厳密に言えば、それは真実ではない。期待してはいなかった。

〝あなたを忘れることができないから〟

プライドが邪魔をして、そんなことは言えなかった。

〝二人で性の喜びに溺れたから〟

違う。事実ではあるが、ここに来た理由ではない。とにかく、唯一の理由ではない。

では、なぜここに来たのか。ここに来た理由ではない。

では、なぜここに来たのか。自分の問いに答えられないことがヒューゴを狼狽させた。

「ほかに理由はないんでしょ？」長い沈黙のあとで、グウェンが柔らかく尋ねた。

ヒューゴは組んでいた指をほどいて腕を脇に下ろした。痺《しび》れたあとのチクチクする痛みを消そうとして、今度は指を曲げた。

「あなたと関係を持った」

「でも、不都合な結果にはならなかったわ」グウェンは言った。「あなたが無理強いしたわけではない。わたしが進んで同意したの。とても……すてきだった。でも、それだけよ、ヒューゴ。もう忘れたことだわ」

ヒューゴと呼んでくれた。彼は目を細めてグウェンを見つめた。

「あのとき、あなたはこう言った。〝すてき〟をはるかに超えていた、と」

グウェンの頬が赤く染まった。

「覚えていないわ。でも、たぶん、おっしゃるとおりなのでしょうね」

忘れられるわけがない。この人は自分の性の技巧に自惚れなど持っていないが、わたしは未亡人になってすでに七年、禁欲の人生を送ってきた。たとえこの人が下手だったとしても、ぜったいに忘れようがない。

でも、もうどうでもいいこと。そうでしょ？　この人が足元の床に這いつくばって涙を流し、下手な詩を暗唱したとしても、わたしには結婚するつもりがないのだから。わたしはレディ・ミュア、この人は成り上がり者。わたしは最初の結婚で不幸な経験をしたから、再婚するときはくれぐれも慎重にならなくてはいけない。この人にはいろいろと問題がある。見ただけでよくわかる。大柄で、不器用で、見栄えがしない。あら、少し誇張してしまったかもしれない。でも、それほどの誇張ではない。

ヒューゴが唐突にお辞儀をした。

「お礼を言います。話を聞いてくれて。これ以上おひきとめはしません」

そこでグウェンは部屋を出ようとした。しかし、ドアのノブに手をかけたところで立ち止まった。

「トレンサム卿」ふりむかずに言った。「こちらにいらした理由は、妹さんのことだけでしたの？」

いちばんいいのは何も答えないことだ。もしくは、嘘をつくか。一刻も早くこの茶番を終わらせるべきだ。そうすれば、新鮮な大気に満ちた戸外に戻り、ふたたび傷をなめることができる。

なのに、彼は結局、正直に答えてしまった。

「いいえ」

グウェンはどうすれば楽に呼吸ができるのかわからない自分に腹が立ち、落ちこんでいた。侮辱された気がして悲しかった。書斎から、屋敷から逃げだしたくてたまらなかった。長すぎるドレスと痛めた足首で雨のなかを走って寡婦の住居に戻りたかった。

しかし、寡婦の住居まで行っても、充分に離れたとは言えない。世界の果てまで行っても、たぶんだめだろう。

グウェンが書斎に入っていったとき、彼はいかにもきびしい陰気な陸軍士官という雰囲気だった。しぶしぶここにいる冷酷無情な赤の他人のようだった。よく晴れた日の午後、彼と愛を交わしたことが、グウェンにはどうにも信じられなかった。

彼女の肉体も、理性も、それを信じられなくなっていた。

感情だけは別だった。

〝来ました〟と彼が言った。まるで、わたしがずっと彼を待ち、会いたいと思いつづけ、恋い焦がれていたかのように。わたしに大きな恩を施しているかのように。

そして次の段階へ。この人は求婚に訪れた理由を隠そうともしなかった。わたしの力で彼の大切な妹を貴族社会に紹介し、高貴な血筋の結婚相手を見つけてほしいというのだ。わたしに子供ができていることを願っていたに違いない。そうすれば、話が簡単に進むもの。

〝これ以上おひきとめはしません〟と書斎から出ていくよう彼に言われたあと——このわたしがネヴィルの書斎から追いだされるなんて——ドアに手をかけたまま立ち止まった。あと一歩で自由になり、愚かで悲惨な失恋の痛みに遭遇することになる。彼への好意は消え去った。彼との思い出は永遠に汚されたままだろう。

そのとき、ふと頭に浮かんだことがあった。

妹が貴族の舞踏会の招待状をほしがっているため、〝あなたはわたしと結婚しなくてはならない〟と言うつもりでここまでやってきたなんて考えられない。あまりにも馬鹿げている。

この人はのちのち、いまの場面と自分が口にした言葉を思いかえして、すくみあがるに決まっている。言うべきことを練習してきたとしても、わたしが書斎に入ったとたん、言葉のすべてが頭から消えてしまったのだろう。軍隊ふうの堅苦しい態度と、こわばった顎と、渋面の奥に、困惑と不安が隠れているのだろう。

このニューベリーまで来るには、並々ならぬ勇気が必要だったことだろう。

もちろん、わたしの推測は完全にはずれているかもしれない。

「トレンサム卿」グウェンは顔の前のドアに向かって尋ねた。「こちらにいらした理由は、妹さんのことだけでしたの？」

「いいえ」彼の返事を聞いて、グウェンはドアのノブをつかんだ手をゆるめ、目を大きく開き、ゆっくり息を吸いこんでふりむいた。

彼の様子は前と同じだった。どちらかと言えば、渋面がさらにひどくなっていた。危険な人物に見えた。しかし、そうでないことをグウェンは知っている。危険人物ではない。もっとも、生きている者も死んだ者も含めて、彼女と意見を異にする男たちが何百人もいるだろうが。

「あなたと関係を持ったから」

ヒューゴはさっきもそう言った。そのあと、グウェンがそれをすてきだと思ったか、すてきをはるかに超えていると思ったかという議論になり、話がそれてしまった。

「だから、わたしと結婚する義務があるというわけ？」

「そうだ」ヒューゴはじっと彼女を見た。

「中流階級の倫理観からおっしゃってるの？」グウェンは訊いた。「でも、ほかの女性たちとも関係をお持ちになったでしょ。ペンダリス館にいたとき、ご自分でそう認めてらしたわ。その人たちにも結婚を申しこまなくてはとお思いになったの？」

「それは事情が違う」

「どういうこと？」

「その女性たちとの関係はビジネス取引だった。こちらが金を渡し、向こうが肉体を提供する」

そ、そうなの……。グウェンは一瞬、めまいに襲われた。兄と男性のいとこたちがこのやりとりに耳を傾けていたら、それぞれ四〇回ぐらい心臓発作を起こしただろう。

「わたしにお金を渡していれば、あなたは求婚という義務に縛られずにすんだわけ？」

「くだらん」

グウェンはため息をつき、暖炉のほうへ目をやった。火は燃えているが、石炭をくべる必要があった。軽く身を震わせた。肩にかけるショールを貸してくれるよう、リリーに頼めばよかった。

「寒そうだね」ヒューゴが言い、彼もまた暖炉を見てから、炉床に大股で近づき、石炭バケツのほうへ身をかがめた。

彼がせっせと石炭をくべているあいだに、グウェンは部屋を横切って、火の近くに置かれた革椅子の端に腰かけた。ヒューゴは暖炉のやや端のほうに立つと、そちらに背を向けて、グウェンを見下ろした。

「結婚への強い衝動に駆られたことは一度もなかった。ペンダリス館で何年か過ごしたあとは、なおさら考えなくなった。一人になりたかった。一人でいる必要があった。結婚しなくてはという結論にしぶしぶ達したのは、この一年ぐらいのことだ。わたしと同じ世界の女。わたしの基本的欲求を満たすことのできる女、家庭を切り盛りし、農場と庭仕事をそれなりに手伝ってくれる女。コンスタンスの結婚相手がちゃんと見つかるまでわたしの力になってくれる女。わたしとの暮らしにうまく溶けこみ、強引に押し入ってくることのない女。わたしも相手の私生活に押し入るつもりはない。一緒にいて楽な相手」

「でも、ベッドでは色っぽい相手」グウェンは言った。ちらっと彼を見上げてから、火のほうへ視線を戻した。

「それもある」ヒューゴはうなずいた。「男はみな、精力的で満足できる性生活を望むものだ。わたしが外の世界より結婚生活にそれを求めていることを詫びるつもりはない」

グウェンは眉を上げた。ええ、わたしが言いだしたことよね。

「あなたに初めて会ったときから、ベッドを共にしたいと思っていた。プライドばかり高い人で、浜辺からあなたを抱いて運ぼうとしても下ろしてくれと執拗に言うものだから、いらいらさせられてばかりだったのに。ご主人との乗馬の件と不幸な結果について聞かされたあとは、あなたへの軽蔑が芽生えるものと思っていた。しかし、人は誰しも不本意な行動に走り、それをいつまでも深く後悔するものだ。誰もが苦悩している。わたしはあなたがほしいと思い、あの入江へ誘った。だが、結婚は論外だった。両方の意見が一致していた。わたしはあなたの人生にけっして溶けこめないし、あなたもわたしの人生には溶けこめない」

「でも、その決心が変わったのね。ここまでいらした」

「子供ができていることを多少期待していた。いや、厳密に言うと、期待はしていなかったとしても、少なくともその方向で考えるようにしていた。心の準備をするために。そして、あなたから手紙がなかったので、わたしに黙って婚外子を産むつもりではないかと心配になった。わたしはわが子のことを何も知らずに終わってしまう。そう思うと、いてもたってもいられなかった。ただ、それでも、ここに来ることはなかっただろう。わたしとの結婚を頑なに拒んで婚外子の存在までも隠そうとするのなら、わたしがここに来て子供のことを尋ねたところで、何も教えてもらえなかっただろう。ところが、そのとき、コンスタンスからあの子の夢を聞かされた。若い子の夢は貴重なものだ。幼い夢だというだけで、愚かで非現実的なものとして芽を摘んでしまってはならない。現実を見据えた冷笑的な生き方のほうが利口だなどという無神経な信念から、無垢なものをつぶしてしまうのは間違っている」

〝あなたはそういう経験をしてきたの？〟

グウェンはこの問いかけを声にはしなかった。

「中流階級出身の妻では、わたしの力になれない」ヒューゴは言った。

「でも、わたしならなれると？」

ヒューゴは躊躇した。

「なれる」と答えた。

「でも、わたしとの結婚を望んでいるのは、それだけが理由じゃないでしょ？」

ヒューゴはふたたび躊躇した。

「ああ。あなたと関係を持った。未婚の母になる危険のなかにあなたを置いた。結婚したい相手がほかに誰もいない――とにかく、いまのところは。われわれの婚礼の床には熱い喜びがあるだろう。どちらの側にとっても」

「それ以外のすべての点で気が合わなくてもかまわないの？」グウェンは言った。

またしても躊躇。

「とにかく試してみてはどうだろうと思った」

グウェンはふたたび顔を上げ、彼の視線を受け止めた。

「ああ、ヒューゴ。絵筆を一度も持ったことのない人が試しに絵を描いてみることはあるわよ。あるいは、高所恐怖症の人が険しい崖をのぼってみることもある。おいしそうに見えないと思いつつ、食べたことのないお料理を試食することもある。気に入れば続けていけばいい。気に入らなければ、一回でやめてほかの何かに挑戦すればいい。でも、結婚は試しにやってみるものじゃないのよ。いったん結婚したら、もう抜けだせないのよ」

「あなたの言うとおりなのだろう。すでに結婚の経験があるのだから。では、失礼するとしよう、マダム。雨でずぶ濡れになり、早春より夏のためにデザインされたドレスでここに立っておられたせいで、風邪などひかなければいいのだが」

ヒューゴはこわばったお辞儀をした。

この人ったら、わたしをマダムと呼んだ。わたしはヒューゴと呼んでいたのに。

「でも、求愛だったら、試してみることもできるでしょうね」グウェンはそう言うと、ふたたび下を向いた。目を閉じた。馬鹿なことを言ってしまった。ほんとに馬鹿。でも、この人はたぶん、このままわたしの人生から出ていくだろう。

そうはならなかった。ヒューゴは身体を起こした。その場から動こうとしなかった。静寂が広がり、グウェンはその静寂のなかで、いっこうに弱まらない雨の音を聞きとった。

「求愛?」ヒューゴが言った。

「妹さんに力を貸すことはできるわ」グウェンは目を開き、膝に重ねた手の甲をしげしげと見た。「妹さんが美人で、礼儀作法を心得ていて――きっとそうね――そして、お金持ちだったら、貴族社会に受け入れてもらえるでしょう。最高ランクの方々とのおつきあいまでは無理としても。わたしが社交界での後見役になれば、ちゃんと受け入れてもらえるわ」

「その役をひきうけてくれるのか。妹に会ったこともないのに」

「まずお会いしなくてはならないでしょうけど。もちろん」

ふたたび静寂が広がった。

「妹さんと気が合えば、後見役をひきうけることにします」グウェンは彼に視線を戻した。「でも、ミス・イームズがどこの誰なのか、その兄が誰なのか、すぐに知れ渡るでしょうね。ご自分がどんなに有名かを知って、たぶんびっくりなさると思うわ、トレンサム卿。軍隊の士官が戦功に対して称号を授与されるなんて、そうあることじゃないでしょ。上流階級の出身でない士官の場合はとくに。そして、ミス・イームズがどこの誰なのか、あなたが誰なのか、後見役を務めているのが誰なのかを人々が知れば、今年の初めにわたしたちがコーンウォールで出会ったという噂が広がるのに長くはかからないでしょう。なんの根拠もなくても、世間はあれこれ取沙汰するものよ」

「あなたをゴシップの材料にするわけにはいかない」

「あら、ゴシップじゃないわ、トレンサム卿。〝推測〟よ。社交シーズンのあいだ、貴族たちにとって何よりも楽しいのは、縁結びをすることとか、少なくとも、誰が誰に言い寄ってどんな結果になる可能性が高いかを推測することなの。あなたがわたしに求婚中だという噂がじきに広がるわ」

「そして、わたしは図々しい悪党だと言われる。手近な木から吊るしてやるべきだ、と」

グウェンは微笑した。

「もちろん、憤慨する人々はいるでしょう。図々しいあなたに。それを煽《あお》っているわたしに。そして、ロマンスにうっとりする人々もいるでしょう。賭けが始まるわね」

ヒューゴの顎と目の両方がこわばった。

「本当にわたしと結婚する気がおありなら、いまから始まる社交シーズンのあいだに求愛してください、トレンサム卿。機会はいくらでもあります。もちろん、妹さんがわたしを気に入り、わたしも妹さんが気に入ったら」

「そうすれば結婚してくれるのか」ヒューゴはしかめっ面で尋ねた。

「たぶん、無理でしょう。でも、結婚の申込みは求愛期間を経たあとでおこなうものよ。前じゃないわ。さあ、わたしに求愛して、あなたのほうに心を変えるおつもりがないなら、わたしの心が変わるよう説得してください」

「いったいどうやってやればいいんだ？　求愛の〝き〟の字も知らないのに」

グウェンは微笑した。心から楽しいと思えたのは久しぶりのことだった。

「あなたももう三〇代でしょ。そろそろ知っておくほうがいいわ」

さっきまでの彼が顎をこわばらせていたのなら、いまはまさに花崗岩の顎になっていた。

グウェンをじっと見つめたままだった。

やがて、ふたたびお辞儀をした。

「ロンドンにお着きになったあとで連絡をくだされば、妹を連れて伺います」

「楽しみにしておりますわ」

そのあと、ヒューゴは大股で部屋を出ていき、背後のドアを閉めた。

グウェンはすわったまま、膝の上で両手をきつく握りしめて、暖炉の火を見つめていた。

わたしったら、なんてことをしてしまったの？

しかし、後悔していない自分に気がついた。きっと楽しいだろう……若い女の子を貴族社会にデビューさせるのは。その子が貴族の生まれでないのならとくに。わたしの社交シーズンを明るくし、どちらかというと退屈だったこれまでのシーズンとは違ったものにしてくれるだろう。しつこくつきまとって離れない憂鬱を追い払ってくれるだろう。やりがいがありそうだ。

そして、ヒューゴが求愛してくれる。

たぶん。

ああ、こちらはとんでもない間違い。

しかし、グウェンの心臓は興奮にとてもよく似た何かで弾んでいた。そして、期待で。長い、長い歳月ののちに初めて、彼女は生きる喜びを噛みしめた。

13

一〇分後、書斎に残ったグウェンのところにローレンがやってきた。ドアをそっと閉めて、グウェンのそばの椅子にすわった。

「トレンサム卿が土砂降りの雨のなかを大股で屋敷から歩き去る姿が見えたわ。あなたが二階に戻ってくるのを、みんなで待ったけど、あなたは戻ってこなかった。お断わりしたんでしょ、グウェン」

「もちろんよ」膝の上で指を広げて、グウェンは答えた。「みんなもそう予想してたんじゃない？　そして、それを望んでいたのでは？」

短い沈黙があった。

「グウェン、ちゃんとこっちを見て」ローレンが言った。

グウェンは彼女を見上げた。

「ごめんなさい。ええ、お断わりしたわ」

ローレンはグウェンの目を探った。

「それだけじゃないでしょ。あなたがこのところ沈んだ様子だったのは、あの方が理由だったのね」

「沈んでなんかいなかったわ」グウェンは反論した。しかし、ローレンにじっと見つめられただけだった。「いえ、たぶん沈んでたのね。人生が素通りしていくのを実感するようになったの。三二歳、独身でいるのが快適ではない世界で独身を通している。とにかく、女性にとっては快適じゃないわ。今年はロンドンで夫探しをしようと思っていたの。もしくは、少なくとも、わたしに興味を示してくれる方とのご縁を考えてみようと。一族のみんなが喜んでくれると思わない？」

「全員そろって喜ぶに決まってるでしょ」ローレンは言った。「でも、どうしてその決心のせいで、話をする気力もないほど沈んでしまうの？」

ローレンったら、やっぱり傷ついたみたいね。グウェンはため息をついた。

「コーンウォールにいたとき、わたし、トレンサム卿に恋をしてしまったの。ねえ、それが聞きたかったんでしょ？　わたしは……彼に恋をした。そして、わずか一〇日ほど前に、トレンサム卿の子供を宿していなかったことを知り、大きな安堵を覚えると同時にひどく悲しくなった。そして……ああ、ローレン、どうすればいいの？　あの方を頭のなかから追いだすことができない。あるいは、心のなかから」

ローレンは無言の驚きのなかでグウェンを見つめていた。

「もしかしたら、赤ちゃんができてたかもしれないの？」

「ううん、違うの」グウェンは言った。「八年前の流産のあとで、妊娠はもう望めないってお医者さまに言われたわ。それに、コーンウォールでは一度だけだった。でも、あなたが本当に訊きたいのはそれじゃないわね。本当に訊きたいことの答えはイエスよ。彼と寝たわ」

ローレンは椅子の上で身を乗りだして手を伸ばし、指先でグウェンの手の甲に触れた。前後にそっとさすってから、椅子のほうへ戻った。

「話して」と言った。「何もかも話して。最初のところから始めて、最後まで話してちょうだい。求婚をはねつけた理由も教えて」

「社交シーズンのあいだに求愛してほしいと言っておいたわ。あらためて結婚を申しこまれたときに、わたしがイエスと答えるかどうかは保証できないけど。ひどい女でしょ？」

ローレンはため息をつき、それから笑いだした。

「最後から始めるのって、いかにもグウェンらしいわね。最初のところから始めてよ」

グウェンも笑いだした。

「ああ、ローレン。何年ものあいだ愛を拒みつづけてきたわたしが、どうしてこんな絶望的な恋をすることになったの？」

「わたしがキットと初めて出会ったとき、精神状態はどん底だったし、キットはハイドパークで人目もかまわず上半身裸になって労働者三人と喧嘩の最中だったし、彼が口にした言葉にわたしは唖然とさせられたけど、それでも彼に恋をしてしまったのよ。それを考えたら、グウェン、どうしてあなたがトレンサム卿に恋をせずにいられるというの？」

「でも、絶望的な恋だわ」グウェンは言った。「あの方の親しいお友達の何人かは貴族だけど、彼自身は上流階級に我慢がならないみたい。貴族は軽薄な怠け者ばかりだと思っている。自分が中流階級出身であることを誇りにしている。誇りにするのも当然よね。わたしたち貴族には本質的にすぐれた点なんてないもの。そうでしょ？　でも、わたし、自分が実業家の妻になれるかどうか自信がないの。お金持ちだし、事業は順調にいっているようだけど。それと、彼の魂のなかには闇がある。そんな闇に寄り添って生きていくことは、もう二度としたくないの」

「ほんとに？」ローレンは柔らかな口調で言った。

グウェンはふたたび自分の手に視線を落とし、黙りこんだ。

「もう何も言わない」ローレンは言った。「あなたが最初のところから始めて、すべてを話してくれるまで」

グウェンはローレンにすべてを話した。

妹を貴族の舞踏会へ行かせたいばかりに結婚を申しこんだという印象を与えたせいで、彼が求婚に失敗したのがなんとも滑稽だったため、おかしなことに、最後は二人で笑いころげてしまった。

ローレンが涙を拭きながら言った。「あなた、その妹さんを舞踏会へ連れていくつもりなのね？」

「ええ」

「わたしがいまもキットに夢中でよかった。そうでなければ、わたし自身がトレンサム卿にちょっと恋をしてしまったかも」

「そろそろ上の客間に戻りましょうか」グウェンはそう言って立ちあがった。「わたしが出ていったあと、みんながさぞいろいろな意見を述べたことでしょうね。例えば、ウィルマなんかが」

「そうなの」ローレンもグウェンのあとから書斎を出た。「ウィルマってああいう人だから。どこの家庭にも背負うべき十字架があるものね」

二人はまたしても笑いだし、ローレンがグウェンの腕に自分の腕を通した。

手紙が届いたのは二週間以上たってからだった。

永遠にも等しい二週間だった。

ヒューゴは事業経営に没頭していた。そして、何事も中途半端にできない性分であることを痛感した。少年時代は空いた時間のすべてを父親のそばで過ごして、事業に関することを可能なかぎり学び、自分自身の思いつきを提案し、その一部を父が実行に移してくれた。また、軍隊に入ってからは、将軍に——たぶん全軍で最年少の将軍に——なるというゴールに到達するため、たゆみない努力を続けた。心がこわれてしまわなければ、実現していたかもしれない。

いまの彼は会社のオーナーで、経営にのめりこんでいる。ただ、心の一部はクロスランズ・パークに戻りたがっている。あそこではそれまでとまったく違う人生を送ることができた。仕事に追われることも、野心が重くのしかかってくることもない人生を。

ヒューゴはほぼ毎日のようにコンスタンスを連れて、散歩や、馬車のドライブや、買物や、図書館へ出かけていた。親戚まわりも続けた。ある晩、いとこの家で開かれたパーティに妹を連れていくと、たちまち二人が交際を申しこんできた。どちらも気立てのいい立派な青年だったが、コンスタンスは帰り道に、一人は平凡な退屈男だし、もう一人は自慢好きな退屈男だと酷評した。二人との交際にコンスタンスが興味を示さなくて幸いだった。なにしろ、パーティのあいだじゅう、ヒューゴは二人の顔にパンチを見舞ってやりたくて指をむずむずさせていたのだから。

ニューベリー・アビーを訪ねたことも、どういう結果になったかも、妹には黙っていた。希望を持たせたところで、グウェンが手紙をくれなかったら、妹を落胆させるだけだ。そんなことにはしたくなかった。だが、彼女が約束を守ってくれなかったときは、当然ながら、彼が自分の約束を実現させなくてはならない。貴族の舞踏会へ連れていくと妹に約束したのだ。

自分を敵視しなかった元士官のなかに、目下ロンドンに来ている人が何人かいるに違いない。それに、ジョージもうじきロンドンへ出る予定だと言っていた。フラヴィアンとラルフも春になればやってくる。招待状を手に入れる方法が何かあるはずだ。社交シーズンの舞踏会としての人気がいまひとつで、主催者側の女主人が、参加を望む者がいれば煙突掃除の少年以外は誰でも受け入れるようなたぐいのものに過ぎなくても。

この二週間のあいだ、フィオーナとはできるだけ距離を置くようにしていた。しじゅう家に一人で残されることがフィオーナは不服そうだったが、娘と先妻の息子と一緒に出かけることは拒んだ。実家とのつきあいも遠い昔に断ち切っていた。もっとも、ヒューゴも知っているように、父の援助のおかげで、フィオーナの両親と弟と妹は赤貧の暮らしから抜けだすことができた。父は一家のために小さな家を購入し、下の階に食料雑貨店を開いてやった。一家は店をうまく切り盛りして、そこそこの暮らしをしている。ところが、フィオーナは実家と関わりを持とうとしなかった。ヒューゴ側の親戚とのつきあいも拒んでいる。みんなが自分を見下し、軽蔑の目で見ていると主張するのだ。しかし、それを裏づけるものをヒューゴは一度も見たことがない。

いまのフィオーナは家に閉じこもり、自分は病弱だと思いこんで暮らしている。本当に具合の悪いときもあるのかもしれない。そのあたりを判断するのは不可能だ。

コンスタンスの前ではヒューゴに愛想よくするのだが、たまに二人だけになると哀れな声で訴えてくる。わたしは孤独で、周囲から見捨てられ、あなたに嫌われている、と言い張るのだ。若くて美人だったころは、そんなことはなかったのに。あのころのあなたはわたしを嫌ってなかったでしょ。

いや、嫌っていた。

ただ、あのころのヒューゴは少年だった。学業優秀で事業にも才能を示していたが、私的な事柄に関してはまだまだ世間知らずで不器用だった。大金持ちで、働き者で、妻を熱愛し、長時間仕事に追われている年上の夫にフィオーナは不満を募らせ、大人になってきた義理の息子に目をつけて誘惑するようになった。ヒューゴが一八歳の誕生日を迎える直前には、あと一歩で成功するところだった。父親が留守にしていた夜のことで、フィオーナは居間の二人用ソファにヒューゴと並んですわり、片手で彼の胸をなでながら、彼が聞く気にもなれないような話をしていた。そして、その手を下へすべらせ、ぎりぎりのところまで行った。ヒューゴのものが完全に硬くなると、フィオーナは低く笑い、布地の上からその膨らみを片手で包みこんだ。

それから一分もしないうちに、ヒューゴは二階の自室に飛びこみ、自分の手で興奮の処理をすると同時に泣いていた。翌朝、早い時間に父親のオフィスへ行き、歩兵連隊の軍職を購入してほしいと頼みこんだ。何があろうと決心は変わらない、軍隊に入るのが生まれたときからの夢だった、その夢を抑えきれなくなった、ときっぱり言った。父親は購入を拒んだが、ヒューゴはそれなら自分で応募して入隊すると言った。

父親の心を傷つけてしまった。それどころか、彼自身も傷ついていた。

すでに世間知らずの不器用な少年ではなくなっていた。

「たしかに、孤独なことだろう、フィオーナ」ヒューゴは言った。「父が亡くなって一年以上になる。見捨てられたような気持ちになるのももっともだ。父が死んでしまったのだから。だが、一年間の喪が明けたんだ。むずかしいことかもしれないが、そろそろ世間に出たほうがいい。あなたはまだ若い。美貌も衰えていない。金持ちだ。家にこもって自己憐憫に浸り、錠剤と気付け薬だけを友として暮らすこともできるし、新たな人生を始めることもできる」

フィオーナは声を忍ばせて泣くだけで、涙を拭こうとも、顔を両手に埋めようともしなかった。

「無情な人ね、ヒューゴ。昔はそんな子じゃなかったのに。わたしを愛してくれたじゃない。お父さまに知られて家から追いだされるまでは」

「わたしは自分の意志で家を出たんだ」ヒューゴは冷酷に言った。「あなたを愛したことなど一度もなかった。あなたはわたしの継母、いまもそれは変わらない。父の奥さんだ。その立場を守ってくれていれば、あなたに好意を持てたかもしれない。だが、あなたはそうしなかった」

まわれ右をして部屋を出た。

父との結婚のあと、フィオーナが夫の愛情に満足していれば、自分の人生はどれほど違うものになっていただろう。しかし、そんなことを考えても、あるいは、もう一つの人生を想像してみても、なんにもならない。もっと不幸になっていたかもしれない。あるいは、もっと幸福になっていたかもしれない。だが、その人生は存在しない。自分がじっさいに送った人生ではない。

人生は多数の選択から成り立っていて、いかに小さな選択であろうとも、そのすべてが残りの生涯を大きく変えていく。

手紙が届いたのは、ヒューゴがドーセットシャーからロンドンに戻って二週間と少したったころだった。

こう書いてあった――わたくしは目下、グローヴナー広場のキルボーン邸に滞在しております。二日後の午後二時にトレンサム卿とミス・イームズにお越しいただければ光栄に存じます。

ヒューゴは愚かにも、裏側に何も書かれていないことを確かめるため、便箋を裏返してみた。堅苦しい連絡のみの手紙で、個人的なことはいっさい書かれていなかった。

何を期待していたんだ？　消えることなき情熱の告白？

求愛するようにと彼女に言われた。

落ち着いて考えてみる必要がある。こちらから彼女に求愛するのだ。成功する保証はない。春のあいだ精魂を傾けて努力し、やがて片膝を折ってひざまずき、みごとに咲いた一輪の真っ赤なバラと求婚の美辞麗句を差しだしても、拒絶されるかもしれない。

今度もまた。

恥をかくためだけに、そこまでのエネルギーを傾ける覚悟が自分にあるだろうか。本気で彼女との結婚を望んでいるのだろうか。結婚と人生には、ベッドの秘めごと以外に多くのことがある。そして、彼女自身も指摘したように、試しに結婚するなどということはできない。結婚するかしないかのどちらかだ。どちらを選んだとしても、その結果を背負って生きていくしかない。

それはたぶん……いや、ここはひとつ用心深くふるまって、求愛などしないほうがいいに決まっている。結婚の申込みもすべきではない。しかし、自分が用心深くふるまったことがこれまでにあっただろうか。失敗するのを恐れて挑戦をやめたことがあっただろうか。失敗の可能性を考えたことがあっただろうか。

彼女との結婚はやめたほうがいい。たとえ、向こうがチャンスをくれるとしても。春のあいだに彼女がコンスタンスの力になって舞踏会に連れていってくれ、何かの奇跡によって妹が幸福と安全を与えてくれる相手に出会えたなら、自分はグウェンドレンとも、ほかの誰とも結婚しなくてよくなる。夏になったら、すっきりした心で田舎の自宅に戻ることができる。部屋を三つしか使っていない大邸宅と、広々とした殺風景な庭園と、気楽な一人暮らしが待っている。

ただ、父との約束がある。その時期が来たら、自分自身の息子に事業を譲り渡すという約束が。その息子を想像の産物以上のものにしようと思ったら、結婚しなくてはならない。

ああああっ！

コンスタンスが朝食の席にやってきた。兄の頬にキスをし、おはようと言ってから、自分の席にすわった。

ヒューゴは開いたままの手紙を自分の皿の横に置いた。

「友人から連絡があった。その女性はロンドンに着いたばかりで、訪ねてきてほしいと言っている。おまえを連れて」

「女性？」コンスタンスはママレードを塗っていたトーストから顔を上げ、兄にいたずらっぽい笑みを見せた。

「レディ・ミュアといって、キルボーン伯爵の妹さんだ。今年の早い時期に、わたしがコーンウォールへ行っていたときに知りあった。いま、グローヴナー広場のキルボーン邸に来ているそうだ」

コンスタンスは目を皿のように丸くして兄を見つめていた。

「レディ・ミュア？　グローヴナー広場？　で、わたしに来るようにって？　お兄さんと一緒に？」

「そう書いてある」ヒューゴは手紙をとって妹に渡した。

コンスタンスは手紙を読んだ。トーストを食べるのも忘れ、口を軽く開き、目にはいまも驚きが浮かんでいる。もう一度手紙を読んだ。そして、兄を見上げた。

「わあ、ヒューゴ」ささやきに近い声で、コンスタンスは言った。「わあ、ヒューゴ」

行きたいのだろうとヒューゴは推測した。


グウェンがトレンサム卿とその妹を招いた日の午後、ローレンもキルボーン邸に来ていた。同席させてほしいと頼みこんだのだ。グウェンの母親とリリーも家にいた。ポートフレイ公爵夫人エリザベスを訪問するから一緒に行こうと二人に誘われて、グウェンは客が来る予定であることを正直に話すしかなくなった。客の名前を伏せておくわけにはいかなかった。

誰かに同席してもらうなら、できればローレン一人のほうがはるかに楽だっただろう。それから、リリーにもいてほしかった。グウェンがトレンサム卿を拒絶し、彼がそれ以上何も言わずに去ったことを聞いて、リリーは滑稽なほど落胆したのだ。トレンサム卿のことを英雄であるだけでなくロマンスの主人公のように思いこみ、彼がグウェンをさらっていくことを期待しているらしい。

グウェンの母親はいぶかしげな表情を浮かべ、誰が訪ねてくるのかを知ると、いささか心配そうな顔になった。それにひきかえリリーのほうは好奇の目を輝かせたが、意見を言うのは控えた。

「二人をお呼びしたのは一応の礼儀からなのよ、お母さま」グウェンは説明した。「コーンウォールのヴェラの家に泊まっていたとき、トレンサム卿に助けていただいたんですもの。トレンサム卿がいらっしゃらなければ、悲惨なことになりかねなかったのよ」

約束の時刻が近づくと、四人は客間で椅子にすわり、外の明るい陽光に目を向けていた。グウェンは考えこんだ——二人は本当に来てくれるの？　わたしは二人に来てほしいと思っているの？

二人がやってきた。ほぼ二時きっかりに。

「トレンサム卿とミス・イームズがおみえになりました」執事が告げ、二人が客間に入ってきた。

ミス・イームズは、兄とはまったく違うタイプだった。背は中ぐらいだが、とてもほっそりしている。金髪、バラ色の頬、淡い色合いの緑色の目。いまはその目を皿のように丸くしている。かわいそうに。貴婦人一人に会うつもりで来たのに、四人もいるとなれば、ずいぶんショックだったに違いない。兄にぴったりくっついている。兄に腕を強くつかまれていなかったら、その陰に隠れてしまっていただろう。

グウェンはしぶしぶヒューゴに目を向けた。いつものように洗練された装いだ。だが、やはり、獰猛で野蛮な戦士が紳士の仮装をしているようにしか見えない。それに、渋い顔というより、獰猛な表情だった。グウェン一人と個人的に会うのではないことを知って、妹と同じくショックを受けたに違いない。

でも――グウェンは思った――貴族とのつきあいを望むのなら、貴族社会の複数の相手と、そして、称号を持つ複数の相手と室内で顔を合わせることに慣れてくれなくては。でも、もちろん、ニューベリー・アビーでそういう経験をしたはずね。

グウェンの心臓がそわそわと飛び跳ねた。

「ミス・イームズ」と言って立ちあがり、進みでた。「おいでいただけてうれしいわ。レディ・ミュアです」

「初めまして」少女は兄の腕から自分の腕を抜くと、大きな目をグウェンから離すことなく、深々と膝を折ってお辞儀をした。

「こちらはわたしの母、先代キルボーン伯爵の未亡人よ」グウェンは言った。「それから、当代の伯爵夫人、わたしの兄嫁にあたる人なの。それから、レディ・レイヴンズバーグ、わたしのいとこです。トレンサム卿、三人にはすでに会っておいでですね」

少女がふたたび膝を折ってお辞儀をし、トレンサム卿はぎこちなく頭を下げた。

「さあ、おすわりになって」グウェンは言った。「すぐにお茶を運ばせます」

トレンサム卿はソファに腰を下ろし、すぐ横に妹がすわった。肩から腰まで兄にぴったりくっつけた。頬が鮮やかなピンクに染まっている。グウェンは思った。これが幼い子供だったら、兄の袖に顔を隠してしまったでしょうね。

きわだった美少女とまではいかなくとも、まずまず愛らしい子だ。着ているものも上等だ。華やかさに欠けるけれど。

グウェンは少女に笑顔を見せた。

「ミス・イームズ、お兄さまがロンドンにいらして、あなたもお幸せね」

「はい」少女は言った。そこで沈黙してしまったので、会話を続けるのは大変かもしれないとグウェンは心配になった。どうすれば自分から何も言おうとしない子の力になれるの？

しかし、少女は完全に黙りこんだわけではなかった。「兄は偉大な英雄なんです。去年亡くなった父は誇りではちきれそうでした。わたしもそうでした。でも、それだけじゃなくて、わたしはずっと兄を崇拝してきました。とても幼かったころ、兄が戦争へ行ってしまったときは、三日も泣きつづけたんですって。それ以来、帰ってきてほしいとずっと思いつづけてきました。そして、いまやっと帰ってきてくれました。少なくとも夏まではロンドンにいてくれるそうです」

鈴をふるような声だった。ちょっとおどおどしているが、この状況を考えれば仕方がないだろう。しかし、言葉が少女の顔を輝かせ、グウェンが最初に思ったよりずっと愛らしい印象になった。少女はやがてグウェンから視線をはずし、崇拝に満ちた目で兄を見た。

兄も可愛くてたまらないという様子で視線を返した。

「幸せなお気持ちはほんとによくわかるわ、ミス・イームズ」ローレンが言った。「でもね、戦争に行ってしまい、あとに残った思慮分別のある女たちを心配させるのが、男というものなのよ」

全員が笑い、こわばっていた雰囲気がいくぶん和らいだ。グウェンの母親はイームズ夫人の具合を尋ね、リリーは少女に、すべての女が戦争を避けて家に残る思慮分別を備えているとはかぎらない、自分は進軍につき従う家族の一人として成長し、イングランドに来る前はイベリア半島で何年か過ごしたこともある、と言った。

「わたしにとって、イングランドは異国だったわ。生まれた国だというのに」

単に質問するかわりに自分のことを語るというのは、リリーらしい心遣いだった。おかげで少女の緊張がほぐれてきたのが、グウェンにも見てとれた。

お茶のトレイが運ばれてきて、リリーがお茶を注ぎはじめた。

これは単なる儀礼的な訪問じゃないのよ——グウェンは自分に言い聞かせた。母とリリーはそう思っているに違いないが。ローレンと視線を交わした。

「ミス・イームズ」グウェンは言った。「社交シーズンになったら貴族の舞踏会に出席するのがあなたの夢だそうね」

少女の目がふたたび丸くなり、頬を赤らめた。

「ええ、そうなんです。兄ならたぶん……あの、〝卿〟って肩書きもあることだし。でも、わたしが愚かだったんです。社交シーズンが終わる前になんとかしようって兄が約束してくれて、約束はかならず守る兄ですけど、でも……」

少女は話すのをやめ、詫びるような目を兄にちらっと向けた。

じゃあ、妹さんにはまだ話してなかったのね――グウェンは思った。たぶん、わたしが約束を守るとは思えなくて、妹さんをがっかりさせないようにしたんだわ。

「ミス・イームズ」ローレンが言った。「来週の週末に、夫の両親とわたしたち夫婦の主催で、レッドフィールド邸で舞踏会を開くことになってるのよ。社交シーズンが始まったばかりだから、多くの人が押しかけてくると思うの。ものすごい混雑になって、わたしはきっと得意満面でしょうね。あなたにもトレンサム卿と一緒に来ていただければうれしいわ」

少女は口をぽかんと開き、次に、歯の鳴る音が聞こえそうなほどの勢いで閉じた。

優しいローレン。事前に相談したことではなかった。グウェンのほうは、最初はとりあえずこぢんまりした舞踏会に連れていくつもりでいた。でも、大混雑のほうがいいかもしれない――ローレンが開く舞踏会なら混みあうに決まっている。すごい人数になるだろうから、かえって人目を意識せずにすむ。

客間に入ってきてから初めてトレンサム卿が発言した。「なんとご親切なことでしょう。しかし、お言葉に甘えていいものかどうか――」

「わたしが後見役になりますから、ぜひ行きましょう、ミス・イームズ」グウェンはそう言いながらトレンサム卿を見た。「ただし、もちろん、エスコートはお兄さまにしていただくのよ。若いお嬢さんには、お兄さま一人だけじゃなくて女性の後見役も必要だから、わたしが喜んでその役をおひきうけするわ」

母親が黙りこんでしまったことに、グウェンは気がついた。

「まあ」ミス・イームズが言った。両手を膝の上できつく握りあわせて関節が白くなっているのが、グウェンにも見てとれた。「そこまでしてくださるんですか。わたしのために？」

「ええ、そのつもりよ」グウェンは言った。「楽しそうだわ」

楽しそう？

〝楽しみとしては、どんなことを？〟あの入江でトレンサム卿からそう訊かれた。大人の女に対して使うには妙な言葉だ、とグウェンは思ったものだった。

「ねえ、お兄さん」少女は兄のほうを向き、嘆願するように尋ねた。「行ってもいい？」

彼の手が伸びて、妹の膝に置かれた両手を包みこんだ。

「おまえが行きたいのなら、コニー。とにかく、試してみてはどうだろう」

〝試してみてはどうだろうと思った〟ニューベリー・アビーで結婚を申しこんだあと、彼はこの言葉を口にした。いま、二人の視線がちらっと合い、グウェンは彼も同じことを思いだしているのを知った。

「ありがとう」少女はまず兄を、それからローレンを、それからグウェンを見た。「ああ、ほんとにありがとう。でも、着ていくものがないわ」

「これからなんとかしよう」トレンサム卿が言った。

「わたしもないのよ」グウェンは笑った。「もちろん、厳密に言えば、なくはないけど。あなたもそうでしょ、ミス・イームズ。でも、新しい春、新しい社交シーズンですもの。最新流行の新しい衣装をそろえて、それで社交界のみんなをあっと驚かせなくては。一緒に探しに出かけましょうか。明日の午前中はいかが？」

「ねえ」少女は懇願の目でふたたび兄を見た。「行ってもいい？　お兄さんから去年もらったお小遣い、全部とってあるのよ」

「行っておいで」トレンサム卿は言った。「請求書はもちろん、わたしのほうにまわしなさい」グウェンのほうを見た。「すべておまかせします、レディ・ミュア。この子が舞踏会に出るのに必要なものをそろえてやってください」

「ほかの舞踏会用の衣装も？」グウェンは訊いた。「一度きりの舞踏会では、妹さんもわたしも満足できませんもの。それだけは確かよ」

「すべておまかせします」トレンサム卿はもう一度言って、彼女の視線を受け止めた。

彼女は微笑を返した。ああ、今年の社交シーズンには、早くもこれまでと大きく違うものが感じられる。この街で過ごした歳月のなかでいま初めて、生きる喜びを、楽観主義と希望が胸にあふれるのを感じた。でも、何に対する希望？　グウェンにはわからなかったし、いまこの瞬間は、とくに気にもならなかった。コンスタンス・イームズに好感を持った。この子のことがもっとわかってくれれば、さらに好感が持てるだろうと思った。

お茶を飲みおえたとたん、トレンサム卿が暇を告げるために席を立ち、妹もあわてて立ちあがった。トレンサム卿は客間を出る前にグウェンを驚かせた。ドアのところでふりむいて、声を低くしようともせずに、彼女に話しかけたのだ。

「今日はうららかな一日で、風もほとんどありません。あとで、わたしと一緒に馬車で公園へ出かけませんか」

まあ……。グウェンは背後にいる母親とリリーとローレンを強く意識した。ミス・イームズが目を輝かせてグウェンを見上げた。

「ありがとうございます、トレンサム卿」グウェンは言った。「すてきなひとときになりそうですわね」

そして、二人は部屋を出た。二人の背後でドアが閉まった。

「グウェン」短い沈黙ののちに母親が言った。「そこまでする必要はないのに。あなたは妹さんにとても親切にしてあげている。でも、お兄さんに好意を示す姿を世間に見せなくてはならないの？　ほんの二、三週間前に求婚されてお断わりしたばかりでしょ」

「でも、独特のすばらしい魅力を備えた方ですわ、お義母《かあ》さま」リリーが笑いながら言った。

「ローレンもそう思わない？」

「そうね……風格のある方」ローレンは言った。「それから、グウェンに結婚を断わられても、考えなおす気はないみたい。愚かな頑固者なのか、いつまでも愛を捧げるタイプなのか。

どちらなのかは歳月が教えてくれるでしょう」そう言いながら、彼女も笑いだした。

「お母さま」グウェンは言った。「わたしはこの午後、トレンサム卿をミス・イームズと一緒にここにお招きしました。妹さんが貴族社会の催しに出るときに、わたしが後見役を務めると約束しました。それぞれの催しにふさわしい最新流行の装いができるよう、わたしが協力することにしました。馬車で公園へ出かけようとトレンサム卿に誘われて、わたしがそれに応じたのがそんなに驚くようなことでしょうか」

母親は眉をひそめ、首を軽くふりながら、グウェンをじっと見つめた。

リリーとローレンはしきりと意味ありげな視線を交わしていた。

14

なんの飾りもない地味な旅行用の馬車と、農作業に必要な荷馬車以外に、ヒューゴは馬車というものを持ったことがなく、旅行用馬車のほうはたいてい、クロスランズ・パークの馬車置場に何週間もしまったまま、風に当てるために外へ出すこともなかった。徒歩で出かけるにはやや遠すぎる場合も、馬があればたいてい用が足りた。

しかし、先週、二輪馬車を購入した。なんと競走用のもので、スプリングの効いた高い座席がついていて、車輪は黄色く塗装されている。おそろいの栗毛の馬二頭も購入し、遊び人の伊達男になったような気がした。そのうち、ステッキを飾りにしてロンドンの歩道を気どって歩きまわり、子山羊革《キッド》の手袋をはめた手の甲に嗅ぎ煙草をのせて上品に吸いこみ、宝石つきの片眼鏡で貴婦人たちを見るようになりそうだ。

しかし、二、三週間前からロンドンに来ていたフラヴィアンは、ヒューゴが目をつけたおとなしいタイプの馬車より、黄色い車輪の二輪馬車のほうがはるかにしゃれているし、二頭の栗毛はヒューゴの好みに合いそうなほかの馬よりずっとすばらしい、と強く言った。色も姿もみごとにそろっている。そんな馬はほかに一頭もいない。

「ひ、人目をひきたいなら、これにしろ」タッターソールの馬市場の中庭に二人で立って、フラヴィアンは言った。「人目をひく気がないなら、花嫁を見つけるためにロンドンに出てきた意味がないではないか。どうせなら、思いきり派手に人目をひかないと。この美しい馬を駆って街を走れば、花嫁候補の一〇人ぐらいはすぐ集まってくる」

「そうしたら馬車を止め、自分に称号と財産があることを説明し、誰か結婚してくれないかと頼めばいいんだな？」ヒューゴはそう言いながら、色と姿がそろっているというだけで値段がほかの馬の倍もする二頭を買ったりしたら、父親にどう思われるだろうと考えこんだ。

「おいおい」フラヴィアンは芝居がかったしぐさで身震いしてみせた。「自分をもっと大事にしてくれ。女性というのは、興味さえあれば、そういう事実は自力で探りだすものだ。かならず探りだすはずだから、心配しなくていい。そうした才能にかけては、女性たちは卓越している」

「では、通りを馬車で走り、女性たちが攻撃してくるのを待てばいいのだな」

「きっと、〝攻撃〟というイメージよりはるかに洗練された方法がとられるだろう」フラヴィアンは言った。「だが、答えはイエスだ、ヒューゴ。われわれの手できみを洗練された紳士にしてやろう。あの栗毛、ほかの誰かに奪われる前に買うつもりはないのかい？」

ヒューゴは二頭を購入した。

おかげで、レディ・ミュアを単なる公園の散歩に誘うかわりに、馬車で出かけようと提案することができたのだった。

馬車の高い座席にすわって世間にその姿をさらすと、やはりきわめつきの馬鹿男になった気分だった。そして、注目の的になっていることを知って困惑した。地味な旅行用の馬車でコンスタンスと一緒にグローヴナー広場の屋敷を去ったあと二時間もしないうちに、ふたたび屋敷へ向かい、何台ものしゃれた馬車とすれ違ったが、どの馬車よりも多くの憧れの視線を集め、一度などは称賛の口笛まで飛んできた。唯一の救いは、レースに出せば優勝だとフラヴィアンが感嘆の声を上げたにもかかわらず、二頭とも御しやすいことだった。

レディ・ミュアは支度をすませていた。ヒューゴが玄関にノッカーを打ちつける必要もないほどだった。馬車を降りた瞬間、玄関扉が開いて彼女が出てきた。自分も着るものがないとさきほどコンスタンスに言っていたのは、しらじらしい嘘だったようだ。薄緑のドレスとそろいのマント、麦わらのボンネットで、まばゆいほどの美しさだった。ボンネットは桜草と緑の葉に飾られている。本物ではないだろうとヒューゴは思った。

レディ・ミュアは誰の手も借りずに一人で屋敷の石段を下りると、歩道を横切り、高い座席に乗るのに手を貸そうとして片手を差しだしたヒューゴのほうにやってきた。彼女がふたたび足をひきずっていることにヒューゴは気づいた。じっさい、気づかずにいるほうが無理だった。わずかにひきずる程度ではなかった。

「ありがとう」レディ・ミュアは手袋をはめた手を彼の手に預けて微笑し、座席にのぼった。不格好によじのぼるという感じではなかった。

ヒューゴも続いて馬車に乗り、両手で手綱を握った。

なぜこんなことをしているのか、自分でもわからなかった。はっきり言って、彼女は好みのタイプではない。結婚を申しこんだが断わられた。もちろん、それは向こうの自由だし、求婚するさいに自分がどんな言い方をしたかを正確に思いかえしてみれば、断わられたのも驚くにはあたらない。しかし、彼女のほうはそれで終わりにしようとしなかった。コンスタンスの力になることを承知し、さらには、求愛するよう求めてきた。社交シーズンの終わりにあらためて結婚を申しこまれたときに色よい返事をするかどうかは保証できない、という条件つきで。

小鳥に粒餌を投げてやるようなものだ。犬に骨を投げてやるようなものだ。

ところが、なんの必要もないのに、こんなことをしている。彼女といとこのレディ・レイヴンズバーグのおかげで、コンスタンスが貴族社会にデビューらしきものをすることがすんなり決まり、コンスタンスはもう有頂天だ。だから、こうしてレディ・ミュアを誘う必要はなかったのだ。いま走らせているやけに贅沢で派手な馬車を買う必要もなかったはずだ。彼女を乗せたくて買ったのだろうか。この問いに対する答えを、ヒューゴはあまり深く考えたくなかった。

そうこうするあいだに、二輪馬車の座席がひどく狭く、本当は一人用の設計と言ってもいいぐらいで、大柄な者が乗ればとくに窮屈だということに気づき、落ち着かない気分になった。彼女は温かくて柔らかく、女そのものだった。もちろん、コーンウォールのあの浜辺でもそうだった。そして、今日もあの高価そうな香水をつけている。

「ずいぶんしゃれた二輪馬車ですこと、トレンサム卿」彼女が言った。「新しくお求めになったの？」

「そうです」ヒューゴは答えながら馬を巧みに操り、野菜をどっさり積んだ大きな荷馬車の横をまわった。荷馬車にのっているのは、大半があまり新鮮ではなさそうなキャベツだった。

それからほどなく、馬車で公園に入った。上流人士の集まる一帯へ向かうべきだろうと思った。ただ、これまで一度も経験したことがない。午後になると貴族連中が集まって、高価な衣装をおたがいに見せびらかしたり、ゴシップを交わしたりする。ひょっとすると、たまには事実の切れ端を述べることもあるかもしれない。

「トレンサム卿、グローヴナー広場を出てからあなたが口になさった言葉は二つだけよ。それも、こちらがイエスかノーかを求める質問をして、あなたから無理やりひきだしただけ。おまけに、不機嫌なお顔だし」

まっすぐ前を向いたまま、ヒューゴは言った。「あなたはたぶん、こうして馬車に乗っているより、家まで送ってもらうほうがいいとお思いだろうな」

誘ったりしなければよかった、と後悔していた。つい衝動的に誘ってしまった。二輪馬車を購入したのは、こういう機会を考えてのことではあったが。ああ、もう泥沼だ。背の立たないところで泳いでいるうちに溺れかけたような気分だった。

レディ・ミュアが彼のほうを向いた。じっと見ている。前を向いたままのヒューゴにもそれが感じとれた。

「そんなことは思っていません。妹さんは喜んでらっしゃるかしら、トレンサム卿」

「天にも昇る心地のようです。ただ、それが妹のためにいいことなのかどうか、わたしにはよくわからない。これから何が待ち受けているのか、妹は理解していない。本人は理解しているつもりだが、じつは違う。妹はけっして、あの世界の仲間には、あなたがたの仲間にはなれない」

「もしそうだとしても、妹さんがそれを早めに悟れば、なんの害もないわ。人生の歩みを進め、慣れ親しんだ世界で幸せを見つけることができるはず。でも、あなたの予想がはずれることもあるのよ。階級は違っても、同じ人間ですもの」

「ときどき、それも疑問に思うことがある」

「でも、あなたのいちばん親しいお友達の何人かは、わたしと同じ階級の方たちでしょ。そして、あなたもその方々にとっていちばん親しいお友達の一人なんだし」

「それは場合が違う」ヒューゴは言った。

しかし、会話をさらに続ける時間はなかった。人でにぎわう一角に出たため、楕円形の広い場所をゆっくり進んでいく馬車の列に強引に割りこまなくてはならなかった。ほとんどの馬車が幌を上げ、馬車に乗った人々が顔見知りに挨拶したり、言葉を交わしたりできるようになっていた。馬にまたがった人々がそのあいだを縫って進み、彼らもやはり頻繁に止まって、社交のための挨拶を交わしている。その横を散策する人々もいる。馬に踏みつけられないよう、ほどほどの距離を空けつつ、おたがいに見たり見られたり、挨拶したりされたりできる程度のところを歩いている。

　レディ・ミュアは誰とでも知りあいだった。二輪馬車の横で歩みを止めた者すべてに笑顔を見せ、手をふり、言葉を交わしていた。ごく短時間のやりとりのときはヒューゴの紹介を省略した。たまに紹介することもあり、ヒューゴは好奇心でいっぱいの探るような視線を向けられるのを感じた。

　ヒューゴも無意識のうちにそっけなく会釈を返していた。相手の名前を覚えることはけっしてなく、顔もすぐに忘れてしまうだろう。コンスタンスのことさえなければ、こんなことは二度とするものかと心に誓って自分を慰めていただろう。だが、コンスタンスとの約束があるし、レディ・レイヴンズバーグが来週開く予定の舞踏会に招待され、出席の返事をしてしまった。

　いまとなっては抜けられない。

　だが、レディ・ミュアへの求愛はもうやめよう。自分は誰の操り人形でもない。じつを言うと、ゆうべも親戚の家へ夕食に招かれたばかりだった。客は彼のほかに一人だけ、未亡人だった母親を最近亡くしたばかりのまだまだ若い年代の女性で、兄弟姉妹が結婚したあとも家に残って母親の世話をしていたという。自分と同年代だろうとヒューゴは推測した。感じがよくて、分別があり、顔立ちはどちらかといえば平凡なほうだが、曲線美豊かなスタイルが魅力的だった。和やかに会話をして、自宅まで送っていった。親戚はもちろん、縁談の相手にと思っているのだ。しかし、ヒューゴの気持ちとしては、考えてみてもいいという程度だった。というか、少なくとも、考えてみるべきだと思った。

こうしたことをぼんやり考えていたとき、いきなり現在に心をひきもどされた。馬に乗った紳士が二人、二輪馬車の横で歩みを止めた。近いほうの紳士を見ると、ヒューゴの知らない相手だった。驚くほどのことではない。知人などいないのだから。

もう一人のほうがレディ・ミュアに話しかけていた。

「グウェン、なつかしいな！」大きく叫んだその声にヒューゴはうんざりするほど聞き覚えがあり、たちまち吐きそうになった。

「ジェイスン」レディ・ミュアは言った。

今日のグレイスン中佐は軍服姿ではなかったが、あいかわらず冷酷な感じのハンサムな男で、傲慢そうなところも以前と同じだった。ヒューゴが心底嫌っていた士官の一人だ。グレイスンはヒューゴの軍隊生活を初日から最後の日まで地獄に変え、しかも、盛大にそれをやってのける権力を持っていた。年功と武勇によってヒューゴがかちとれるはずだった昇進を、グレイスンに二回も邪魔された。グレイスンの目が光っているかぎり、出世の梯子はのぼれそうになく、しかも、彼の目はつねに貴族的な鼻の上のほうから軽蔑をこめてヒューゴに据えられていた。

いま、その目がヒューゴに向いた。

「バダホスの英雄」ひどい嘲りのこもった言葉だった。「トレンサム卿ではないか。グウェン、自分のしていることがわかっているのかね？　まさか、こんな詐欺師と出かけることを承知したわけではあるまいな？」

「あら、ジェイスン」顎をこわばらせたヒューゴがグレイスンをにらみかえすそばで、レディ・ミュアが言った。「トレンサム卿をご存じなの？　じゃ、トレンサム卿は本当にバダホスで突撃に大成功を収めた決死隊の指揮をとってらしたわけね？　トレンサム卿とお会いになったことはありましまして、サー・アイザック？　サー・アイザック・バートレットをご紹介するわね、トレンサム卿」

レディ・ミュアが言っているのは、馬に乗ったもう一人の男性のことだった。ヒューゴはそちらへ視線を移し、頭を軽く下げた。

「サー・バートレット」と挨拶した。

「きみが街に来ていたとは知らなかったよ、グウェン」グレイスンが言った。「そのうちご機嫌伺いに出かけるとしよう……キルボーン邸だね？」

「ええ」レディ・ミュアは言った。

「キルボーンのやつ、きみに甘すぎるようだな。実家の家長が何もしないとなると、亡き夫の側の家長からきみに助言と指示を与える必要がある」

そう言うと、会釈をして馬で去っていった。サー・アイザック・バートレットは二人に笑顔を見せ、レディ・ミュアのほうへ帽子を傾けてから、あとを追った。

憎んでも虚しいだけだ――二輪馬車を進めながら、ヒューゴはそう思うことにした。軍隊の出来事は遠い昔のこと、いまさら蒸し返す必要はない。しかし、ふつふつとたぎる憎悪を抑えこむだけで精一杯だったため、あたりを一周してレディ・ミュアが多数の知人に明るく挨拶するあいだ、彼女の様子に気を配る余裕がなかった。みんながたいてい何周かしているのを見て、もう一周したほうがいいかどうか尋ねようとしてレディ・ミュアのほうを向いたとき、彼女の顔がこわばって真っ青なのに気づいて驚いた。唇まで真っ青だ。

「家に連れて帰って」レディ・ミュアが言った。

ヒューゴはすぐさま二輪馬車で人込みから離れた。

「気分がすぐれないのかな」

「ほんの少し……めまいが。お茶をいただけば元気になるわ」

ヒューゴは向きを変えて、ふたたび彼女を見た。彼女がグレイスンと交わした言葉が頭のなかにこだました。いや、正確に言うなら、グレイスンが彼女に向けた言葉が。

「グレイスン中佐のせいで何かいやな思いを？」おそらく、現在の階級はもっと上だろう。

「ミュア子爵のこと？」

ヒューゴは理解できなくて眉をひそめた。

「いまはあの人がミュア子爵なの。わたしの夫のいとこで、相続人だったから」

そうだったのか。世間は狭い。だが、これであの男が彼女に向けた最後の言葉の説明がついた。

「あの男にいやな思いをさせられたのかな？」

「あの人がヴァーノンを殺したの。あの人とわたしの二人で」

レディ・ミュアはそう言うと、二輪馬車が通りへ出ていくあいだ、彼から顔を背けたままだった。ヒューゴの目に入るのは、ボンネットのつばと桜草と緑の葉だけになった。

彼女はそれきり彼のほうを向こうとせず、何も言おうとしなかった。説明はいっさいなかった。

どんな言葉をかければいいのか、ヒューゴには思いつけなかった。

信じられないことに、ジェイスンが、つまり現在のミュア子爵が称号を継いで以来、もしくは、少なくともヴァーノンの葬儀以来、グウェンが彼と顔を合わせたことは一度もなかった。

いや、驚くことではないのかもしれない。子爵となっても、ジェイスンには軍人生活から離れる気がなかった。将軍の地位にまでのぼりつめた。軍においてはかなりの権力者だろう。たぶん、国外にいるほうが多く、国内でもたいていロンドンから遠く離れた土地で過ごしているのだろう。ロンドンに来ることがあったとしても、グウェンとは滞在時期がずれていたに違いない。グウェンはジェイスンと顔を合わせることを恐れて毎年息を潜めていたが、いまはもうそんなこともなくなっている。

ジェイスンはヴァーノンより二歳年上で、容貌と身分以外のあらゆる点で年下のいとこよりすぐれていた。ジェイスンのほうが体格がよく、力があり、学校の成績も優秀、運動も得意、友達に人気があり、強引な性格だった。軍隊に入ってからは、長期休暇のたびに大半をヴァーノンの屋敷で過ごしていた。相続財産に目を光らせておかないとな――いつもそう言って大声で笑うのだった。冗談だと言いたげに。そのたびに、ヴァーノンも心から楽しそうに笑っていた。

ヴァーノンはジェイスンが大好きだったし、ジェイスンも彼を大切にしている様子だった。ヴァーノンが沈みこんでいるのを見ると、明るく冗談を言って鬱状態から救いだそうとし、称号に恥じない生き方をしてくれ、もっと男らしくふるまってくれ、美人の妻のためにもっといい夫になってくれ、と説教したものだった。グウェンにも無遠慮に冗談ばかり言って、早く跡継ぎの長男を産み、ついでに次男も産んでほしい、そうすれば自分は気楽に軍人生活に集中できるから、と言っていた。自分で冗談を言っては大声で笑い、ヴァーノンも一緒になって笑っていた。ジェイスンがグウェンの肩に腕をまわして抱き寄せたことが一度か二度あったが、それ以上露骨に言い寄ろうとしたことはなかった。いずれにせよ、グウェンはいつも嫌悪ですくみあがったものだ。グウェンが落馬したとき、真っ先に駆け寄ってきたのはジェイスンだった。ジェイスンはそのときヴァーノン夫妻と一緒にいて、グウェンのうしろを馬で走っていた。グウェンが生垣を飛び越えた瞬間、すぐうしろにいて、まるで自分の念力でグウェンの馬を無事に飛越させようとしているかのようだった。

ヴァーノンが死んだとき、ジェイスンは身も世もなく泣き崩れ、葬儀の席でもふたたび号泣した。

そのどれだけが本心で、どれだけが芝居なのか、グウェンにはどうにも判断できなかった。

彼がヴァーノンを愛しているのか憎んでいるのか、称号がほしくてたまらないのか無関心なのか、グウェンの流産を悲しんでいるのか喜んでいるのかも、どうしてもわからなかった。

もちろん、ジェイスンが文字どおりの意味でヴァーノンを殺したのではない。グウェンがヴァーノンを殺していないのと同じように。

グウェンは昔からジェイスンを毛嫌いしていて、そのことに罪悪感を覚えていた。嫌われて当然のことをジェイスンは何もしていないのだから。理由もなく嫌うのはひどすぎるかもしれない。いとこに死なれて人目もはばからず泣くような軍人がどこにいるだろう？　ヴァーノンの数少ない身内の一人で、ヴァーノンを大切にしてくれたのはジェイスンだけだった。ヴァーノンの父親は若くして亡くなり、母親もあまり長生きできなかった。ヴァーノンは一四歳で爵位を継ぐと、成年に達するまで、有能ではあるが人間味のない後見人二名の管理下に置かれた。兄弟も姉妹もいなかった。

七年後のいま、こうしてジェイスンと再会した。向こうはキルボーン邸を訪ねるという脅迫めいた言葉をよこした。図々しくも、ネヴィルがグウェンに甘すぎる、亡き夫の側の家長として自分がグウェンに助言しなくてはならない、などと言いだした。まるで、グウェンの実家の家長みたいな言い方だ。昔から嫌いだったジェイスンのことがよけい嫌いになった。

内心、腹が立ってならなかったが、家の者には何も言わないことにした。

トレンサム卿が訪ねてきた日の翌朝、今度はグウェンのほうから彼の家を訪問し、病弱な母親に紹介された。娘と驚くほどよく似た母親だった。グウェンは娘のミス・イームズを連れて贔屓の仕立屋へ出かけた。

買物には時間がかかって疲れたが、気分がうんと明るくなった。グウェンは昔から買物が好きだったし、これから訪れるさまざまな機会に備えて、愛らしい少女の装いを頭のてっぺんから爪先までそろえるのは、予想どおり楽しいことだった。好きなだけお金を使ってもいいという許可が少女の兄から出ているとなれば、とくに。

ジェイスンがキルボーン邸を訪ねてきたとき、グウェンは外出中だったおかげで、彼に会わずにすんだ。グウェンの母親とリリーもクローディアを訪問中だったので、ジェイスンには会っていない。ちなみに、クローディアというのはジョゼフの妻で、二人目の子供ができ、妊娠初期のつわりに苦しんでいる。しかし、ネヴィルだけはキルボーン邸にいた。

「ジェイスンのやつ、一族の家長としておまえに責任を感じる、というようなことを言っていた」遅い午餐の席についたところで、ネヴィルがグウェンに言った。「わたしは素知らぬ顔をして、やつに視線を据え、どこの一族のことかと尋ねた。グウェン、気を悪くしないでほしいんだが、ヴァーノンが亡くなったあと、グレイスン家の連中はおまえの面倒をみようともしなかった。そうだろう？」

「ジェイスンはたぶん、グレイスン家の者が——たとえそれがグレイスン家の未亡人に過ぎなくても、かつて陸軍士官だった男とハイドパークで一緒にいるところを人に見られたりしたら、一族の名誉が傷つけられるとでも思ったんでしょうね。その士官はめざましい戦功を立てて、国王陛下から称号を授与された人なんだけど」

「こんなことをほのめかしてたぞ」ネヴィルは言った。「イームズ大尉は――トレンサムのことをやつがそう呼んでいたのだが――英雄だという評判で、国王陛下がとくにそう信じこまされているが、それはたぶん違う、と。だが、わたしは詳しい説明を求めなかった。すまない、グウェン。求めるべきだっただろうか。ヴァーノンのいとこで相続人だったという男について、おまえの口からは何も聞いたことがない。おまえはその男を信頼し、助言を求めてもいいと思っていたのかね？」

「いいえ。それに、ジェイスンを信頼したことは一度もないわ。とくに理由はないけど。わたしが何年も前に成年に達していて、いまは従順に仕えるべき夫のいない身であることを、お兄さまからジェイスンに言ってくださっていればいいんだけど。自分の友達とエスコート役を選ぶことぐらい、わたしは一人でちゃんとできるってことも」

「わたしがジェイスンに言ったこととほぼ同じだな」ネヴィルは言った。「片眼鏡を使いたい気分にさせられたが、それでは気どりすぎだと判断した。ニューベリーでトレンサムの求婚を断わったことを、おまえは後悔していないのかね？」

「ええ」グウェンは食事の手を止めて兄を見た。母親が同席していなくてよかったと思った。「でも、あの方の妹さんを貴族社会に紹介する役目をひきうけたから、しばらくのあいだお会いすることになるでしょう。いい方だと思うわ。非難なさる？」

ネヴィルはテーブルに肘を突き、両手の指を口の前で尖塔のように合わせた。

「トレンサムが上流階級ではないから？　いや、非難はしない。わたしはウィルマとは違う。

おまえの判断力を信用している。わたしが半島でリリーと結婚したことはおまえも覚えているね。あのときは軍曹の娘だと思いこんでいた。リリーを愛していたし、じつは公爵家の娘だったことがのちにわかったときも愛していた。身分が大きく変わっても、リリーへの気持ちにはなんの変わりもなかった。ただ、トレンサムは……どうも暗すぎる」

「そうね。でも、暗い顔は仮面で、その陰に隠れているのがいちばん楽みたいよ」

グウェンは微笑し、その件にはそれ以上触れなかった。

ジェイスンがキルボーン邸を訪ねてくることは二度となかった。

15

　フィオーナは原因不明の不調に見舞われて、暗い部屋でベッドにこもって過ごしていた。元気づけることができるのは娘のコンスタンスだけだった。フィオーナに頼まれてヒューゴが往診を頼んだかかりつけの医者は、不調の原因を突き止めることができず、ただ、患者は繊細な体質なので、人生に大きな変化が訪れたときは庇護する必要がある、と言うだけだった。医者の見立てによると、一年と少し前に夫が急逝したあと、いまだに健康をとりもどしていないという。

　コンスタンスは自分の時間を喜んで母親の看護に注ぎこむ気でいた。それは自分を犠牲にするということだ、とヒューゴは思った。

　継母に会うため、部屋まで行った。

「フィオーナ」ベッドのそばの椅子に腰を下ろした。ここ二、三日、妹が何かにつけてすわっている椅子だ。「具合がよくないと聞いて心配している。あなたの実家の人たちも心配している。心配でたまらない様子だ」

　フィオーナは目を開き、枕の上でヒューゴのほうへ顔を向けた。

「昨日、あちらの店を訪ねてみた。商売繁盛で、みんな、幸せに暮らしている。わたしを大歓迎してくれた。一家の幸せに一つだけ影を落としているのは、あなたに会えず、あなたがどうしているかわからないことだ。お母さんも、妹さんも、弟さんの妻も、あなたを訪ねて一緒に過ごし、健康と明るさをとりもどす手伝いができればとてもうれしいと言っている」

明るさをとりもどすことがフィオーナにできるのかどうか、ヒューゴにはわからなかった。ふと浮かんだ思いに胸が痛んだ。父親にも責任があるような気がしたのだ。大金持ちの男から求婚され、断わるのはもったいないという思いから、本当の幸福を求める気持ちをフィオーナが捨ててしまったのではないだろうか。

フィオーナは充血した虚ろな目でヒューゴを見つめた。

「商売人のくせに！」

「店を繁盛させている幸せな商売人だ。おかげで一家は楽に暮らしていて、そこには、あなたの二人の甥も、つまり、弟さんの子供も含まれている。妹さんは弁護士と婚約中だ。相手の親はかなりの資産を持つ紳士で、その次男だ。実家の人たちは成功を収めたのだよ、フィオーナ。そして、あなたを愛している。コンスタンスに会いたがっている」

フィオーナは身体を覆ったシーツをひっぱった。

「わたしがあなたのお父さんと結婚しなかったら、そして、お父さんがちょっとした財産をドブに捨てるような真似をしなかったら、そんな暮らしはできなかったはずだわ」

「その点は実家の人たちもよくわかっていて、あなたに対しても、父に対しても、ひたすら感謝している。だが、〝ドブに捨てる〟というのは、金が無駄になる場合にしか使わない言葉だ。父はあそこがあなたの実家だから、そして、あなたを熱愛していたから、経済的援助をおこない、実家の人たちはその金を賢く立派に運用した。追加の金をねだるようなことはしなかった。必要なかったからだ。実家のお母さんに来てもらうといい。〝あの子はいまも昔のようにうっとりするほど美人でしょうか〟とお母さんに訊かれたので、わたしは正直に、〝美人ですよ。でも、健康をとりもどせばもっと美人になるでしょう〟と答えておいた」

フィオーナはふたたびヒューゴから顔を背けた。

「いまはあなたが家長ですものね、ヒューゴ」苦々しい口調で言った。「母をここに呼ぼうとあなたが決めれば、わたしに止める権利はないわ」

ヒューゴはさらに何か言おうとして口を開いたが、すぐまた閉じてしまった。フィオーナはたぶん、承諾すれば自分の立場がないと思っているのだろう。だから、ヒューゴの肩に責任を押しつけたのだ。まあ、いいか、広い肩だから。

「薬の時間だ」ヒューゴはそう言って立ちあがった。「コンスタンスを呼んでこよう」

ため息をついて部屋を出ながら思った。人はみな、自分自身の悪魔と闘わなくてはならない。もしくは、闘いを避けなくてはならない。結局のところ、それが人生なのかもしれない。人生とはたぶん、自分自身の悪魔にどれだけうまく対処し、己の道をとぼとぼと進む人々にどれだけの同情を向けられるかを示すための試験なのかもしれない。かつて誰かが言ったように——いや、聖書の一節だっただろうか——ほかの誰かの目にあるおが屑は簡単に見えるのに、自分の目のなかにある丸太には気づかないものだ。

「お母さんが薬を呑む時間だよ」ヒューゴはコンスタンスに言った。今日の妹は顔色が悪く、やつれた感じで、目に生気がない。ヒューゴは妹の肩に片腕をまわした。「お母さんのお母さんを、つまり、おまえのおばあさんをこの家に呼び、お母さんに会ってもらおうと思う。明日にでも。早く会わせてあげたい。それはそれとして、おまえはレディ・レイヴンズバーグの舞踏会にちゃんと出るんだぞ。レディ・ミュアが誘ってくださって、おまえが出てみたいと思う催しがほかにもあれば、なんでもいいから顔を出してごらん。おまえ自身の幸せをつかむチャンスなんだから。わたしはおまえを幸せにすると約束した。簡単に約束を破るような人間ではない」

コンスタンスの目はすでに輝いていた。

「わたしのおばあさん?」

「おばあさんがいることも知らなかったのか」ヒューゴは妹をさらに強く抱き寄せた。

しかし、彼の心の一部はつねによそにあった。

グレイスンはどんな方法でレディ・ミュアの夫を殺したのだろう?

レディ・ミュアはどんな方法で?

三日前に馬車でハイドパークへ出かけて以来、その問いが閉じこめられた蜂のように頭のなかでうなりを上げていた。

文字どおりの意味だったのだろうか。いや、そんなわけはない。彼女が冷酷に人を殺せるような人間でないことは、この自分がよく知っている。しかし、冗談で言ったのでもなさそうだ。そんなことを冗談にする者はいない。

だったら、どういうつもりで、夫を殺したなどと言ったのだろう？　また、夫の死に責任を感じているのはなぜだろう？

また、なぜ〝あの人とわたしの二人で〟などと言ったのだろう？　グレイスンが人殺しのできるやつだということには、なんの異論もないのだが。

答えがほしいなら、いつもの方法で手に入れるしかない。質問するしかない。

レイヴンズバーグ家の舞踏会の夜は、まだまだ先のことだとヒューゴが楽観的に考えようとしていたにもかかわらず、否応なしにやってきた。舞踏会が忍び寄ってくる感覚は、血みどろの大規模な戦闘の始まりを予知するのに似ていなくもなかった。ただ、戦闘の場合は、少なくとも交戦を心待ちにする部分があるし、いったん戦いが始まればほかのことはすべて忘れ、恐怖すら感じなくなるものだ。

貴族社会の舞踏会のほうは、会場に足を踏み入れたとたん、恐怖で全身が麻痺してしまいそうな不吉な予感があった。

行かずにすませるという方法もある。レディ・ミュアがコンスタンスの後見役をひきうけてくれたことだし、はっきり言って、自分がいなくてもなんの不都合もない。ただ、自分に頼みこまれてコンスタンスの力になってくれたレディ・ミュアに対し、それは失礼というものだ。コンスタンスだってがっかりするだろう。この自分が舞踏会に連れていくと約束したのだから。

まともに踊れれば、まだ楽なのだが。もちろん、音楽におおざっぱに合わせて跳ねまわることはできる。この二、三年、田舎で何度かパーティに出たが、恥をかいたことは一度もなかった。ワルツは別として……。しかし、社交シーズンに、ロンドンで、貴族の舞踏会に出て踊る？　この三重苦を思って、ヒューゴの心は恐怖でいっぱいになった。ふたたび決死隊を率いて突撃したほうがまだましだと思った。

ヒューゴが妹をエスコートして、舞踏会が開かれるハノーヴァー広場のレッドフィールド邸へ出かけることになっていた。レディ・ミュアとはそちらで落ちあう約束だ。ヒューゴは念入りに身支度を整え――舞踏会のために衣装を新調したのはコンスタンスだけではなかった――フィオーナ、その母親、妹と一緒に、階下の居間でコンスタンスを待った。母親と妹は昨日初めて訪ねてきてくれた。フィオーナの寝室での再会には、ヒューゴは同席しなかった。しかし、二人は帰りがけに、〝明日の夜もう一度お邪魔して、あなたとコンスタンスが舞踏会へ出かけているあいだ、フィオーナの話し相手になりましょう〟とヒューゴに言ってくれた。

フィオーナは一週間ぶりに一階に下りて、ぐったりした様子で黙りこんだまま、暖炉のそばに腰を下ろした。実家の母親はバラ色の頬をしたふっくらと穏やかな人で、フィオーナの横にすわり、娘の力のない手の片方をとって軽くなでていた。フィオーナの妹は一二歳年下で、二人の向かいに腰を下ろして家から持ってきたかぎ針編みをしていた。姉よりも母親のほうに似ているが、まだ若いだけにほっそりと美しい。

これからいいつきあいができそうだ、とヒューゴは思った。

「コンスタンスとヒューゴが出かけたら、お母さんが台所へ行ってスープをこしらえてあげるわ」ヒューゴが居間に入っていくと、フィオーナの母親が言っていた。「病人を元気にするのに、熱々のおいしいスープに勝るものはないのよ。おやまあ！」

ヒューゴの姿に気づいたのだ。

ヒューゴは話し相手になったが、ほんの数分のあいだだった。コンスタンスが生まれて初めての舞踏会に遅刻する危険を冒すはずはない。妹は文字どおり、興奮で破裂しそうな勢いで居間に飛びこんでくると、ドアを一歩入ったところで立ち止まった。頬を紅潮させ、照れくさそうに下唇を噛んだ。

「おやまあ！」祖母がふたたび言った。

コンスタンスは婚礼を控えた娘のごとく、今夜の衣装を誰にも見せようとしなかったし、どんな衣装なのかも内緒にしていた。頭から爪先まで白一色だった。髪は金色、けっして地味な装いではない。ランプの光を受けて全身がきらきら輝いていた。ヒューゴは着るものに詳しくないし、とくに女性の服となると完全に無知だが、ドレスが二層になっているのはわかった。内側は絹のような感じ、外側はレースのような感じ。ウエストラインが高く、襟ぐりが大きく、若さと愛らしさにあふれた完璧な装いだ。白い靴、白い手袋、銀色の扇子、カールした髪に白いリボンが編みこんである。

「絵のようにきれいだよ、コニー」ヒューゴは独創性に欠ける感想を述べた。

コンスタンスは兄のほうを向いてにっこり笑った。祖母が涙にむせび、大きな木綿のハンカチを目に当てた。

「ああ、若いころのお母さんにそっくりだわ、コンスタンス。まるでお姫さまみたい。そう思わないかい、ヒルダ」

フィオーナの妹はそう言われて、かぎ針編みを膝に置いてから笑顔で同意した。

「コンスタンス」フィオーナが青白い手をコンスタンスのほうへ差しだした。「おまえのお父さんが生きてれば、中流の出身であることを忘れないようにと助言するでしょうね。お母さんからの助言は、〝幸せになれそうなことはなんでも試してみなさい〟ってこと」

フィオーナの口からこんな言葉が出るとは感動的だった。コンスタンスは母親の手をとり、自分の頰に持っていった。

「出かけてもかまわない？」と尋ねた。

「おばあちゃんがスープを作ってくれるんですって」フィオーナは言った。「昔からいつも世界でいちばんおいしいスープを作ってくれたのよ」

数分後、ヒューゴと妹は旅行用馬車に乗ってハノーヴァー広場へ向かっていた。

「ねえ」コンスタンスは手袋に包まれた片手を兄の手にすべりこませた。「お兄さんって、どっしりした岩のような人ね。わたし、すごく怯えてるから、向こうに着いたら歯のがちがち鳴る音がオーケストラの演奏を消してしまって、みんなからいやな顔をされて、レディ・レイヴンズバーグから舞踏会を台無しにしたと言って叱られるかもしれない。もちろん、お兄さんは怯えるわけないわよね。トレンサム卿ですもの。わたしのおじいさんとおばあさんはお店をやってる。ねえ、おばあさんって優しい人だと思わない？　それに、ヒルダおばさんはおしゃべりするとき、目がきらきら輝くの。わたし、あのおばさんが好き。ほかにも、おじいさんと、おじさんと、おばさんと、いとこたちに会わなきゃね。それから、ヒルダおばさんの婚約者のクレーンさんにも。わたしにはお母さんとお兄さんとお父さんの一族だけじゃなくて、そっちにも親戚がたくさんいるんだわ。お店をやってる普通の人たちだけど。でも、そんなの関係ないわよね。お父さんがいつも言ってたわ。〝交差点の掃除をする最下層の人間も含めて、どんな男も自分のことを恥じてはならない〟って。ついでに言うなら、どんな女もね。わたし、いつもお父さんに言ったのよ――〝あるいは、どんな女も〟ってつけくわえなきゃって。すると、お父さんは笑いながら、そうつけくわえてくれた。おばあさんに会えて、お母さん、うれしそうだと思わない？　元気になってきたみたい。ねえ、どう思う――あら、わたしったらべらべらしゃべってばかり。いつもはこんなにおしゃべりじゃないのに。でも、怖くてたまらないの」

ヒューゴは妹の手を握りしめ、どっしりした岩のようになることに集中した。わたしの本心を妹が察してくれればいいのに！

できることなら、まばゆく照明されたハノーヴァー広場の大邸宅の玄関に馬車をつけてそのまま邸内に姿を消し、身を隠すことのできる薄暗い一隅を見つけたかったが、そういうわけにはいかなかった。馬車が列をなしているため、順番を待たなくてはならなかった。やっと順番がまわってくると、豪華なお仕着せをまとった従僕に馬車の扉をあけてもらい、歩道の端から屋敷の石段まで続く赤い絨毯の上を歩かなくてはならなかった。

ようやく邸内に入ると、そこは大きな枝つき燭台の光にまばゆく照らされた、天井の高い広々とした玄関ホールで、豪華な装いの紳士淑女が談笑していた。あたりを見まわしたヒューゴは、驚くほどのことではないが、顔見知りが誰もいないことを知った。しかし、少なくともグレイスンの姿はなかった。

「さて、二階へ行こうか、コニー」黙りこんだ妹に声をかけた。その声は彼自身の耳にも、戦列を組むよう部下の兵士たちに命じるイームズ大尉の声そのままに響いた。

しかし、舞踏室へ続くと思われる幅広の階段も、玄関ホールに劣らず厄介だった。まばゆく照明され、談笑する人々で混雑していた。ヒューゴがまもなく気づいたのだが、この人々は出迎えの列の前を通るために、名前を告げてもらう順番を待っているのだった。

やれやれ、まいったな。決死隊を二隊率いて突撃するほうがまだましだ。

「あと少しだからね」ヒューゴはおどけた口調で言って、必死にすがりついている妹の冷たい手を軽く叩いた。

「ヒューゴ」妹がささやいた。「わたし、ここに来たのね。ほんとに来たのね」

そこでヒューゴは妹を見下ろし、彼女が本当に感じているのは興奮とあふれる幸せであることを知った。それなのに、この自分は、逃走しようなどという恥ずべきことを考えていたのだ。

「そう、おまえの言うとおりだよ」ヒューゴは妹に笑いかけた。

やがて二人が階段の上にたどり着くと、スタンブルック公爵家の執事を連想させる格式ばった態度の執事が、耳を近づけて二人の名前を聞きとり、大きな声で朗々と告げた。

「トレンサム卿とミス・イームズ」

出迎えの列に並んでいたのは四人だった。レイヴンズバーグ子爵夫妻。この夫妻にはニューベリー・アビーの客間で会っている。そして、レッドフィールド伯爵夫妻。こちらがレイヴンズバーグの両親に違いない。ヒューゴは頭を下げた。コンスタンスは膝を折ってお辞儀をした。挨拶と社交辞令が交わされた。レディ・レイヴンズバーグがコンスタンスのドレスに称賛の目を向け、なんと、ウィンクまでしてくれた。ヒューゴの装いには値踏みするような視線を向けただけで、ウィンクは省略だった。すべてが驚くほど簡単に進んだ。だが、貴族階級というのは、こうした場を和ませることが大の得意だ。軽いおしゃべりをする方法を心得ている。ヒューゴにとっては世界でもっとも困難なことだ。

二人は舞踏室に入っていった。ヒューゴの目にいろいろなものが飛びこんできた。広い舞踏室、頭上のシャンデリアと周囲の壁の燭台で燃えている何百本ものろうそく、華やかに飾られた花々、光り輝く木の床、鏡と柱、装いに贅を凝らし、豪華な宝石をいくつも着けた社交界の美女たち。コンスタンスにとっては、そうした印象は一瞬だけのものではなかった。

妹の感激の声がヒューゴの耳に届き、上下左右を見まわす姿が目に入った。生まれて初めての舞踏会で、生まれて初めての舞踏室を前にして、どれだけ見ても見飽きないという様子だった。

しかし、ヒューゴのほうはまもなく、ごく小さな光景に心を奪われた。レディ・ミュアが二人を出迎えにやってきたのだ。

今夜もまた、彼女は春の淡い緑色をまとっていた。ドレスの生地が——絹？ サテン？——ろうそくの光を受けてきらめいている。身体の曲線にまとわりついて豊かな胸をあらわにし、美しい脚の線をどきっとするほど強調している。左右の脚の長さが違っていようと問題ではない。手袋と靴は渋い金色。金の鎖に小粒のダイヤというシンプルなペンダントを首にかけ、髪の下からのぞく耳たぶには金とダイヤがきらめいていた。片方の手首から象牙の扇子が下がっていた。

まさに美と魅力の化身だ——そして、高嶺の花だ。先日はよくもまあ図々しく、こちらから結婚の申込みなどできたものだ。だが、かつて一度だけ、極上の美しさを備えたあの肉体を自分のものにしたことがある。そして、彼女は彼の求婚をはねつけたあとで、求愛という手順を踏むよう求めてきた。

自分にその勇気があるだろうか。それを望んでいるだろうか。自分はいったい何回ぐらい、心にそう問いかけてきただろう？

レディ・ミュアが笑いかけていた——彼の妹に。

「ミス・イームズ――コンスタンス。なんて可愛いんでしょう。ねえ、あなたがすべての曲を踊って、おまけに、ダンスを申しこんでくる相手を追い払わなきゃならないとしても、わたしは少しも驚かないわ。幸い、今夜は誰かがデビューするための舞踏会ではないから、あなた以外のお嬢さまに注目が集まることもなさそうよ。さあ、いらっしゃい」そう言って、コンスタンスのために腕を差しだした。

コンスタンスがその腕に自分の腕を通したあとで、レディ・ミュアはヒューゴにちらっと視線を向けた。彼女の頬が赤く染まるのを見て、ヒューゴは満足を覚えた。こちらにまったく関心がないわけではなさそうだ。

「トレンサム卿、ほかのお客さまたちと歓談なさってもいいし、ご希望でしたら、カードルームにこもっていらしてもいいのよ。妹さんはわたしが責任もってお預かりします」

体よく追い払われたわけだ。歓談。単純な行動。だが、誰と歓談すればいい？　いや、ここで狼狽するのは見苦しい。カードルームがどうとか言っていた。そちらへ行って身を隠すとしよう。しかし、その前に、コンスタンスが貴族の舞踏会で最初の曲を踊る姿を見ておきたい。レディ・ミュアがコンスタンスのために一曲目を踊れるよう手配し、立派な相手を選んでくれているはずだ。

レディ・ミュアがコンスタンスを連れて人の群れに入っていく前に、ヒューゴのほうから声をかけた。

「レディ・ミュア、今夜はあなたもダンスをされますよね。一曲踊っていただけないでしょうか」

脚が悪くてもダンスはする。ペンダリス館で彼女がそう言っていた。

「ありがとうございます」レディ・ミュアは言った。その声が弾んでいるのに気づいて、ヒューゴは興味を覚えた。「四曲目がワルツなの。夜食の前に予定されています」

まずい。ワルツか。一年半ほど前のパーティのとき、牧師夫人とその他何人かの村の女性が、彼にワルツのステップを教えるという途方もない仕事にとりかかった。みんなに大笑いされ、冷やかされ、ほかの者も一人残らず集まってきた。パーティの最後には、薬屋のおかみさんとちゃんと踊れるまでになり、大喝采を受け、さらに爆笑された。相手の爪先を一度も踏みつけなかった、というのが彼に向けられた最高の褒め言葉だった。

生涯二度とワルツは踊らない。自分にそう誓った。

「では、喜んで」ヒューゴは言った。「踊っていただけるのなら」

レディ・ミュアはうなずいて、一瞬、彼の視線を受け止め、それからコンスタンスを連れて離れていった。

これでやっと人目をひどく気にする自意識過剰の状態から解放された、貴族の舞踏会で険悪な渋面を浮かべることもしなくてすむだろう――ヒューゴがそう思ったとき、キルボーン伯爵とアッティングズバラ侯爵が彼のところにやってきて、貴族階級の特技である軽いおしゃべりを始めた。ほかの男たちも入れ代わり立ち代わりやってきて、紹介されたり、二度目の紹介をされたりした。何人かはニューベリー・アビーの客間で会った人々だった。やがて、ヒューゴはラルフの姿を目にした。

なんと、顔見知りがいたぞ。

コンスタンスは幸福に顔を輝かせて最初の曲を踊っていた。相手は生姜色の髪をした気立てのよさそうな若い紳士で、そばかすが目立っている。若い女の子はこの顔をハンサムだと思うかもしれないし、思わないかもしれない。コンスタンスに微笑みかけ、何やらしゃべりながら、活発なカントリーダンスの複雑なステップを物慣れた様子で巧みにこなしている。

レディ・ミュアは親戚の誰かと踊っていた。ダンスのときは、不自由な脚もそれほど目立たない。

二人の目が合い、しばらく視線が静止した。

ヒューゴは息を止めた。心臓のドクドクいう音が耳に響いた。

16

グウェンは最初の二曲をいとこたちと踊った。のびやかな気分で軽く言葉を交わしながら、コンスタンス・イームズの様子を見守ることができた。しかし、コンスタンスのことを心配する必要はなさそうだった。可憐で快活な子なので、ほかになんの強みがなくとも、応じきれないほど多くの相手からダンスを申しこまれていただろう。だが、現実には多くの強みを持っていた。レディ・ミュアが後見役だし、兄はトレンサム卿、あの有名なバダホスの英雄だ。何人かのあいだでそんなささやきが交わされたあと、あっというまに舞踏室全体に噂が広まった。グウェンが推測するに、最初にささやいたのはたぶん自分の一族だろう。そして、おそらくもっとも大事なこととして、ミス・イームズは熱烈な求婚を受けている貴族社会のいかなる女相続人よりも裕福だ、と噂されていた。

今夜のグウェンに残された仕事は、コンスタンスと踊ろうと競いあう紳士たちをふるいにかけて、図々しい放蕩者や財産狙いの連中にコンスタンスがのぼせあがったりしないよう目を光らせておく程度のことだった。一曲目のコンスタンスの相手はサー・ジェイムズ・グラティンの末息子のアラン・グラティン、二曲目の相手はコーダー子爵の甥にあたるデイヴィッド・リグビー、三曲目の相手はマシュー・エヴァリーといって、称号はないけれど、広大な家屋敷と財産を持つ古くからの名家の跡取り息子だった。三人とも申し分のない立派な青年紳士だ。〈サバイバーズ・クラブ〉のメンバーの一人であるベリック伯爵は、夜食の前のダンスをコンスタンスにあらかじめ申しこんでいた。〈オールマックス〉の女性会員の誰かから許可をもらわないかぎり、コンスタンスがワルツを踊れないことは承知のうえで。しかし、ワルツと夜食のあいだ、ベリック伯爵と一緒にいる姿を人々に見られるのは、少女にとってけっして悪いことではない。

グウェンの三曲目の相手はマーロック卿だった。二、三年前から親しくしている男性で、去年はヴォクソール・ガーデンズでキスを許したりした。二人でにこやかな笑みを交わし、彼がグウェンの美貌を称賛した。

「知りあいのレディのなかで年々若返っていくのはあなただけです。わたしはそのうちきっと、ゆりかごの赤ん坊を誘拐した罪に問われるでしょう」

「あらあら、困ったこと」グウェンが笑うあいだに、ダンスのパターンに従って二人はほんのしばらく離れることになった。

去年、キスのあとでマーロック卿から結婚を申しこまれた。グウェンは躊躇なく断わり、彼のほうは怒りもせずに拒絶を受け入れた。明日の朝になったら、きっと大いに安堵なさるでしょう、とグウェンが言うと、くすっと笑ったほどだった。

マーロック卿が本当に安堵したのかどうか、グウェンはいまごろ気になってきた。自分に求愛するようトレンサム卿に言ってあるが、それがなければ、マーロック卿の気をひいてもう一度求婚まで持っていこうとしたかもしれない。トレンサム卿にあんなことを言わなければよかったと後悔した。マーロック卿のことをよく知っているわけではないが、よき夫になるのは間違いない。育ちがよくて、性格もよく、温厚で、そして――複雑なところがない。人に言えない秘密が何かあるとしても、グウェンはいっさい知らない。もっとも、本当のところはわからないけれど。

それはともかく、いまはトレンサム卿に求愛するよう言ってある。交際相手を二人も抱えこんで自分の人生をややこしくする気など、グウェンにはまったくない。

最初の曲が始まって一〇分ほどたつと、トレンサム卿は舞踏室を出ていった。彼をずっと目で追っていたわけではないが、出ていったことはその瞬間にわかった。戻ってくるだろうかと心配になった。いいえ、戻ってくるに決まっている。わたしにダンスを申しこんだのだから。それに、妹さんを見守っていたいだろうし。

トレンサム卿が戻ってきた。当然だ。しかも、四曲目が始まるぎりぎりまで待たずに、三曲目が終わるとすぐグウェンのところにやってきた。ただし、彼女のことは完璧に無視して妹と話を始めた。妹のほうは、舞踏会のこれまでの様子を余すところなく兄に報告したくてうずうずしていた。話をするあいだ、興奮が全身にあふれていた。上流社会のアンニュイな態度というのを、この子は何も知らない――グウェンは思った。いいことだ。学校を終えて田舎から出てきたばかりの女の子が初々しい純白のドレスに身を包み、また舞踏会なの、また踊らなきゃいけないのと言いたげに、うんざりした退屈そうな顔をするぐらい馬鹿なことはない。

ベリック伯爵がやってきた。ミス・イームズは彼の顔の傷に目を留めた。

「伯爵さまは士官だったんでしょ？」ミス・イームズが尋ねた。「半島で兄と出会われたの？」

「残念ながら違うんだ、ミス・イームズ。ただ、兄上のことは知っていた。イームズ大尉のことを、つまり、のちのトレンサム卿少佐のことを知らない者は、上は将軍から下は入隊したばかりの兵士に至るまで、同盟軍にはただの一人もいなかった。全員がトレンサム卿のようになりたいと望み、しかも誰一人なれなかった。あれほど謙虚な人物でなかったら、みんなから大いに妬まれていただろう。ぼくがトレンサム卿と出会ったのはペンダリス館だ。二人とも戦争で受けた傷を癒そうとしていたときだ。ぼくがトレンサム卿の前で委縮して無言で立ちつくしていたら、そんなに固くならないでほしいと言われた。妹が一人いると言っていた。そのことを聞いたのは間違いない。ところが、困ったやつで、その妹がわが国最高の美女の一人だという事実を伏せていた」

ミス・イームズにとっては最高にうれしい褒め言葉だった。崇拝の目でしばらく兄を見上げ、それから――頰を赤らめて――ベリック伯爵を見た。こんなに純粋でいられるっていいわねえ――グウェンは思った。ベリック伯爵はお世辞を言うときも軽薄にならず、優しい印象を与える人。それどころか、親戚のおじさんみたいな雰囲気だわ。まだ二〇代半ばのはずなのに。

きっと、スペインかポルトガルの戦場に若さを置き去りにしてきたのね。一同のなかでトレンサム卿だけが黙りこくっていて、グウェンのほうにはまだ一度も目を向けようとしなかった。彼への理解が深まっていなかったら、グウェンはおそらく憤慨していただろう。うわべは渋い不機嫌な表情だが——妹を見るときだけは愛情あふれる目になるが、いまもやはり渋い不機嫌な顔をしている——社交の場では自分にまったく自信が持てない人なのだ。とにかく、貴族社会の催しの場では。自分は中流階級で、それを誇りにしている——本当はそう言いたいのだろう。たしかにそうかもしれない。いや、たぶんそうだ。でも、貴族社会に恐れをなしているのも事実だ。

このわたしにも。

無意識のうちに記憶がよみがえった。ペンダリスのあの入江で、当人は意識していない優美な姿で彼が海から上がってきた。全裸に近い肉体から水が滴り落ち、下穿きが尻と腿に張りついていた。そして、わたしを抱いて海に入ったあとで下穿きを脱ぎ捨てた。あのときの彼はわたしを恐れてはいなかった。

ワルツを踊るために、何組ものカップルが舞踏室のフロアに集まっていた。ベリック伯爵がコンスタンスにお辞儀をして、片手を差しだした。

「レモネードとすわり心地のいいソファを探しに出かけて、そこにすわってダンスを見物することにしようか」そう提案した。「もっとも、ぼくの目には、踊っていない誰かさんの姿しか映らないだろうけど」

「いやあね」コンスタンスは笑いながら言うと、ベリック伯爵の手に自分の手を重ねた。

グウェンは茶菓が用意された部屋へ向かう二人を見守り、そのまま待った。期待で胸がときめき、息苦しくなりそうだった。

「わたしは生まれてから一度しかワルツを踊ったことがない」歩き去る妹の姿をじっと見たまま、トレンサム卿が唐突に言った。「パートナーの爪先を踏みつぶすようなことはなかったし、パートナーが優美にステップを踏もうとするのとは反対の方向へ飛び跳ねていくこともなかった。だが、わたしの踊りはそのパーティに出ていた全員の笑いを誘い、大喝采を受ける結果となった」

まあ、大変。グウェンは笑いだし、扇子を開いた。

「その方たち、あなたのことがきっと大好きだったのね」

トレンサム卿がえっと言いたげにグウェンを見て、理解できない様子で顔をしかめた。

「礼儀をわきまえた人々が誰かのことを笑ったり大喝采を送ったりするのは、自分たちの愛情が相手に伝わり、相手も一緒に笑ってくれることがわかっているからよ。あなたも笑ったの？」

トレンサム卿はあいかわらず渋い顔だった。

「たぶん笑ったと思う。そう、笑ったに違いない。ほかにどうすればいい？」

グウェンは扇子で顔をあおぎ、彼への恋心がさらに深まるのを感じた。わたしもこの人が踊るところを見たかった。

「だから、いまは不安でいっぱいなのね」

「下に目をやれば、わたしの膝が震えてぶつかりあっているのがあなたにも見えると思う。部屋がこんなに騒々しくなかったら、ぶつかりあう音も聞こえるはずだ」

グウェンはまたしても笑いだした。

「三曲続けて思いきり踊ったから、いまはまだ足首の痛みはないけど、用心して少し休んでおかないと、あとで痛くなるに決まってる。わたし、ベリック伯爵を信用するわ。あなたはどう？」

「あの男になら、わたしの命を託すこともできる。そして、妹の命と貞操も」

「フレンチドアの外がバルコニーになってるのよ。そして、バルコニーの下にはきれいな庭があるの。今夜はそんなに寒くないから、二人で少し歩きません？」

「大好きなダンスをする喜びをあなたから奪うことになると思うが」

そのとおりよ。

「あなたと散策するほうが、ほかの誰かとワルツを踊るより楽しいわ、トレンサム卿」

不用意なことを言ってしまった。そんなつもりはなかった。わたしには恋をもてあそぶ趣味はない。そんな経験は一度もない。単純な真実を口にしただけ。でも、いくら単純な真実でも、心にしまっておくのがいちばんいい場合もある。

トレンサム卿が腕を差しだしたので、グウェンはそこに自分の手を通した。彼はグウェンを連れてフロアを横切ると、誰もいないバルコニーに出て、急な階段を下り、同じく誰もいない庭まで行った。庭は真っ暗ではなかった。木々の枝で色とりどりの小さなランタンが揺れ、低めの四角い生垣に縁どられた花壇のあいだを縫うように伸びる砂利敷きの小道を照らしていた。

上の舞踏室から、軽快なワルツの旋律が流れてきた。

「お礼を申しあげなくては」トレンサム卿が堅苦しい口調で言った。「コンスタンスのために尽力してもらったことに。妹にとっては、おそらく生涯で最高に幸せな夜になるだろう」

「でもね、わたし自身のためでもあったのよ。妹さんの後見役を務めるのがすごく楽しかったの。それに、あなたのお金をずいぶん使ってしまった」

「わたしの父の金だ。つまり、あの子の父親の金だ。しかし、近い将来、あの子が今夜の幸せと同じぐらい大きな不幸を味わうことになりはしないか、とわたしは心配している。舞踏会やその他の催しにこれ以上招待されることはなさそうだし、今夜一緒に踊った紳士たちとふたたび踊ることもあるまい。あの子の母は自宅にこもり、今夜は実家の母親と妹が付き添っている。実家の人々は小さな食料雑貨店を経営して、つつましく暮らしている。中流階級にも属していない人たちだ」

「でも、バダホスの英雄として有名なトレンサム卿というお兄さまがいるわ」

彼が暗がりでグウェンに顔を向けた。

「舞踏室があなたの名声でざわめいていたことに、お気づきではなかったようね。ひと目でいいからあなたを見たいと、人々が何年も待ちこがれていて、そこに突然あなたが現われた。世の中には階級の垣根を飛び越えてしまうものがいくつかあるけど、これもその一つでしょうね。あなたは伝説的と言ってもいい英雄で、コンスタンスはその妹さんなのよ」

「そんなくだらん意見を聞いたのは生まれて初めてだ。そう言えば、ニューベリー・アビーの客間でも同じことがあったな」

「あなたは田舎へ、子羊とキャベツのもとへ逃げ帰りたい気分でしょうね。でも、逃げることはできないのよ。だって、妹さんの幸せを考えなきゃいけないから。あなたにとっては、ご自身の幸せより妹さんの幸せのほうがはるかに大切だから」

「誰がそんなことを？」トレンサム卿が顔をしかめて尋ねた。

「あなたの態度に出てますもの。言葉にしなくてもわかるわ。でも、ときどき、あなたの言葉にも出そうになっていたけど」

「くそ。くそったれが」

グウェンは微笑して、悪態をついたことへの謝罪を待った。だが、謝罪はなかった。

「それに、あなたの名声は別にして、ミス・イームズは大金持ちだという噂まで流れている。しとやかな愛らしいお嬢さんで、ちゃんとした後見役がついているとなれば、どこへ行っても注目の的よ。しかも、莫大な持参金つきですもの。花嫁候補としては最高ね」

トレンサム卿はため息をついた。

庭の向こう端を見ると、オークの老木の下に木製のベンチが置かれていた。花壇をはさんで、明るく照明された屋敷と向かいあっている。二人はベンチに並んで腰かけ、しばらくのあいだ、ふたたび黙りこんだ。自分から沈黙を破るのはやめようとグウェンは決めた。

「あなたに求愛するようにという指示だったたな」いきなりトレンサム卿が言った。

グウェンは彼のほうを見たが、彼の顔は暗がりに隠れていた。

「指示じゃないわ。その気があるならどうぞって言っただけ。でも、わたしが求愛にこころよく応じるかどうかの保証はないのよ」

「その気があるのかどうか、自分でもよくわからない」

まあ。あいかわらずの単刀直入な言い方。本当なら、ここでほっとすべきね。しかし、グウェンは心が重く沈むのを感じた。

「人を殺した女性に求愛したいとは思わない。もし、あなたが本当に殺したのなら。もっとも、わたしにそれを嫌悪する資格があるかどうかはわからないが。わたし自身、大量殺人鬼という非難を浴びて当然の男だからね。それに、妹をあなたに預けたのだし」

そうね……。ロマンスも、社交シーズンの舞踏会の浮かれ気分にふさわしい軽いおしゃべりも、もうあきらめよう。

トレンサム卿はそれ以上何も言わなかった。ふたたび、二人のあいだに沈黙が流れた。今度はグウェンが沈黙を破ることにした。

「この手でヴァーノンを殺したわけじゃないわ。ジェイスンも彼を殺してはいない。でも、二人で殺したも同然なの。とにかく、わたしたち二人が夫を死へ追いやったのよ。ううん、わたしが追いやったの。生涯、罪の意識に苦しむことになるでしょうね。やっぱりわたしに求愛なさらないほうがいいわ、トレンサム卿。ご自身の罪悪感だけでも重すぎるでしょ。わたしの分まで背負いこんで魂を暗くする必要はないのよ。わたしたちに必要なのは、そうした重さをとりのぞいてくれる人だわ」

「あなたのためにそれができる者はどこにもいない。そんな期待を抱いて結婚してはならない。二週間もしないうちにだめになるに決まっている」

グウェンは息を呑み、膝の上で扇子をなでた。遠くのフレンチドアの奥に、踊る人々の影が見えた。音楽と笑い声が聞こえてくる。なんの悩みもない人々。

いいえ、無知な考えだ。どんな人生にも悩みはある。

「あのとき、ジェイスンが泊まりに来てたの。休暇中はたいていそうだった」グウェンは語りはじめた。「ヴァーノンは楽しみにしてたけど、わたしはいやでたまらなかった。ジェイスンのことが大嫌いだったから。理由は自分でも説明できないのよ。ジェイスンは夫をすごく大事にして、気にかけてるようだった。ただ、最後にやりすぎてしまった。ヴァーノンは例によってひどい鬱状態で、ある夜、早めにベッドに入ることにしたの。先に寝ると言ってダイニング・ルームのテーブルを離れ、ジェイスンとわたしがあとに残された。そのままダイニング・ルームでゆっくりするかわりに、なぜ広間へ移って二人で話を始めたのか、いまでは思いだせないけど、とにかくわたしたちは広間にいたの」

床も壁も大理石で、冷たくて、堅固で、音がよく反響し、純粋に建築学的な意味で美しい広間だった。

「ジェイスンはヴァーノンをどこかの施設へ預けるべきだという意見だった。彼の知っている施設があって、そこなら行き届いた介護が受けられるし、専門の人にきびしく鍛錬してもらえば、ヴァーノンも気持ちを切り替え、まだ生まれてもいなかった子供を死なせた悲しみから立ち直れるはずだ、と言いだした。さらにこうも言ったわ――ヴァーノンは昔から精神的に弱いところがあったが、鍛錬すれば強くなれるだろう。そのあいだ、ぼくが長めの休暇をとって荘園の管理にあたる。そうすれば、ヴァーノンはなんの心配もせずに、心の傷を癒して強い人間になることに専念できる。軍隊に入ればもっと強くなれただろうが、それは問題外だった。なにしろ、一四歳で爵位を継いだ身だから。それでもやはり、後見人たちはヴァーノンを甘やかすべきではなかった、と」

グウェンは膝の上で扇子を広げたが、暗いため、扇子に描かれた優美な花々は見えなかった。

「わたしはジェイスンに言ってやったわ――夫を施設に入れるような真似は誰にもさせない。病弱ではあるけど、心を病んでるわけじゃないのよ。鍛錬の必要なんてないわ。きびしい鍛錬だろうと、専門家による鍛錬だろうと。それから、強い人間になる必要もない。病弱で繊細な人だから、わたしの介護でもっと明るい人にしてあげたい。どうしてもよくならなかったら、それはそれで仕方がないわ、って」

グウェンは扇子をパチッと閉じた。

「ところが、ヴァーノンはまだベッドに入っていなかった。照明のない回廊に立って上からわたしたちを見下ろし、話を残らず聞いてたの。ヴァーノンがいることにわたしたちがようやく気づいたのは、彼の声が聞こえたときだった。そのときの言葉はいまもすべて覚えてるわ。〝なんてことだ。ぼくは心を病んでなんかいない、ジェイスン。ぼくの頭がどうかしているとは思わないでくれ〟って。ジェイスンはヴァーノンを見上げて〝どうかしてるんだよ〟と露骨に言った。すると、ヴァーノンは次にわたしを見て、〝ぼくは病弱なんかじゃない、グウェン。繊細でもない。そんなふうに思わないでくれ。介護やご機嫌とりが必要だとは思わないでくれ〟と言った。わたしはそのとき、ヴァーノンを殺してしまったんだわ」

扇子がグウェンの膝で震えていた。震えているのは自分の手だと気がついた。大きくて温かな安定した手がグウェンの両手を包んでくれた。

「わたしは彼に言った。〝あとにして、ヴァーノン。疲れてるの。疲れて死にそうなの〟って。そして、向きを変えて書斎へ行こうとした。一人になりたかった。ジェイスンの提案にショックを受け、ヴァーノンが立ち聞きしていたことがさらにショックだったから。危機的状況だというのはわかってたけど、それに対処する気力がなかった。書斎のドアのノブに手をかけたとき、ヴァーノンに名前を呼ばれた。ああ、あの声ににじんだ苦悩、裏切りを責める響き。それがたった一つの言葉に、わたしの名前にこめられていた。ふりむいてヴァーノンのほうを見た瞬間、彼が手すりから身を躍らせた。だから、最初から最後まで見てしまった。一秒ほどのことだったと思うけど、永遠にも感じられたわ。ジェイスンが止めようとするみたいに彼のほうへ両手を上げてた。でも、もちろん無理よね。わたしが口を開く前に、あるいは、ジェイスンが動く前に、ヴァーノンは死んでいた。わたしは悲鳴を上げる暇もなかった」

長い沈黙が流れた。グウェンは眉をひそめて思いだしていた。これまで思いだすのを拒んできたことを。あの光景には何か不可解なものが、何か……普通でないものがあった。いったい何なのか、あのときのグウェンには解明できなかった。いまもやはり解明できない。

「あなたが殺したのではない」トレンサム卿が言った。「それはあなた自身にもよくわかっているはずだ。ご主人が鬱状態だったとしても、手すりから飛びおりたのは自ら決断したことだ。グレイスンが殺したのでもない。ただ、あなたが罪悪感に苛まれ、今後もそれが続くことは理解できる。よくわかる」

牧師による祝祷のような不思議な響きだった。

「そうね。罪もないのに罪悪感に苛まれるのは、罪を犯して罪悪感を抱くよりも辛いということを、あなたは誰よりもよく理解している。罪を償うことができないんですものね」

「かつてスタンブルックがわたしに言った。自殺は利己的な行為の最たるものだと。なぜなら、それは生者の世界に置き去りにした特定の相手への懇願だからだ。相手はその懇願に永遠に応えることができない。あなたの場合も、多くの点でスタンブルックに似ている。夫の希望に沿うべく努力するという、休むことも許されない苛酷な役割に、あなたはほんの一瞬対処できなくなり、その一瞬の失態をご主人が永遠に責めつづけることになった」

「悪いのはヴァーノンだとおっしゃるの？」

「いや、そうではない。ご主人が病弱で、鬱状態から簡単に脱するのは無理だったというあなたの言葉を、わたしは信じる。グレイスンは可能だと思っていたようだが。きびしい鍛錬などもってのほかだ。また、ご主人にすべてを捧げていたというあなたの言葉も信じる。エネルギーが枯渇してしまったあなたは、ほんの一瞬、少しだけ時間がほしいと思った。考えるための時間、ふたたびご主人に尽くすための力をとりもどす時間が。あなたがこの七年、再婚を考えなかったのも無理からぬことだ」

グウェンは自分の片手がいつのまにか彼の手に包まれていたことを知った。二人の指がからみあっていた。自分の手が小さく見えた。不思議に安心できた。

「名前を呼んで」ささやきに近い声で言った。

「グウェンドレンと？」トレンサム卿が言った。「グウェンドレン」

グウェンは目を閉じた。

「たびたび、わたしを呼ぶ声が聞こえるの。ヴァーノンの声が、何度も、何度も。グウェン、グウェン、グウェンって」

「グウェンドレン」トレンサム卿はふたたび言った。「いまの話をほかの誰かにしたことは？」

「ないわ。わたしがこんな打ち明け話をしたのは屋敷のせいだなんて、今回は言えないわね。ここはペンダリス館じゃないんですもの。相手があなただから打ち明ける気になったんだわ」

「本能的にわかっていたのだろう。この人なら理解してくれる、非難することも、罪悪感を〝くだらない〟のひと言で片づけることもないだろう、と。あなたが世界でほかの誰よりも信頼している相手は誰かな？」

あなたよ。グウェンはそう言いそうになった。でも、それは違う。母？　ネヴィル？　リリー？　ローレン？

「ローレンよ」

「やはり苦労してきた人？」トレンサム卿が訊いた。

「ええ、わたしが知っている誰よりも。わたしたちと一緒に育ったの。お母さまがわたしのおじと結婚して、新婚旅行に出かけたきり戻ってこなかったから。ローレンの父方の一族は知らん顔だったし、母方のおじいさまもローレンをひきとろうとしなかった。ローレンはネヴィルと結婚するつもりで大きくなり、兄のことを心から愛していた。でも、兄は戦地でリリーとひそかに結婚したの。結婚の翌日、敵の奇襲攻撃を受け、リリーが殺されたと思いこんだために、帰国後も兄はリリーのことを誰にも言わなかった。やがて、ローレンと結婚することになった。式を挙げるのはニューベリーの教会で、教会のなかは招待客でぎっしりだった。ローレンが教会の通路をネヴィルのほうへ向かって歩きだし、永遠の幸せを手にしようとしたそのとき、リリーが現われたの。物乞いのような姿だった。ローレンの夢も、安心感も、自尊心も、すべて打ち砕かれてしまった。キットにめぐりあえたのはまさに奇跡だった。ええ、ローレンはとても苦労してきたのよ」

「だったら、ローレンこそぴったりの相手だ。彼女に打ち明けるといい」

「あのう……何があったかを?」グウェンは眉をひそめた。

「すべてを。罪悪感は消えないだろう。永遠にあなたにつきまとうだろう。だが、人に打ち明け、その人の愛情をすなおに受け入れることで、とても心が軽くなるはずだ。秘密がくすぶりつづけて耐えがたいほどの重荷になるのを避けたいなら、捌《は》け口が必要だ」

「ローレンに重荷を負わせるのはいやだわ」

「向こうは重荷とは思わないだろう」トレンサム卿は彼女の手を包んだ指に力をこめた。

「円満な結婚生活が悲劇に見舞われた——あなたはローレンがそう想像しているのだと思いこんでいる。だが、もしかしたら、ほかの人々と同じように、あなたのことを虐待の犠牲者だと信じているかもしれない。たしかにあなたは犠牲者だった。だが、虐待されていたわけではない。真実を知れば、ローレンは安堵するだろう。彼女が世間の冷たい目にさらされていたとき、おそらくあなたが慰めてあげただろうが、今度は向こうがあなたを慰める番だ」

「〈サバイバーズ・クラブ〉」グウェンは低くつぶやいた。「そこで学んだのね」

「おたがいに教えあった。人はみな、愛を必要としている。無条件の深い愛情を。罪悪感という重荷を背負い、自分はなんの価値もない人間だと思いこんでいる者でさえ。だが、いいかね、世の中は価値のない人間ばかりだ。わたしは信心深い男ではないが、宗教はそのためにあるのだと思う。価値などなくても、誰だって人に愛される資格はある」

グウェンは遠くの舞踏室のほうへ視線を上げた。信じられないことに、みんな、いまもワルツを踊っていた。ワルツはまだ終わっていない。

「ほんとにごめんなさい。社交の場なのに。あなたに楽しんでもらうはずだったのに。だって、喜んでここにいらしたわけではないし、妹さんのことがなければ、来る必要などなかったわけですもの。本当なら、わたしがあなたの緊張をほぐし、笑わせてあげなきゃいけないのにね。本当なら――」

グウェンは急に黙りこんだ。トレンサム卿の腕が彼女の肩を抱き、さっきまでグウェンの手を握っていた手がうなじにゆるくまわされ、彼女の顎がトレンサム卿の親指と人差し指に支えられた。トレンサム卿が彼女の顎を持ちあげて自分のほうを向かせた。

グウェンには彼の顔がよく見えなかった。

「あなたはときどき、ひどく愚かなことを言う。貴族の家に生まれたせいだな」

そう言うと、トレンサム卿はキスをした。温かな唇を開いて、しっかりと彼女の唇に重ねた。舌がグウェンの口に入りこんだ。グウェンは彼の手首を握りしめ、自分からもキスを返した。

一瞬の抱擁ではなかった。淫らな感じはなく、熱いキスとも言いがたかった。しかし、グウェンは全身全霊で何かを感じていた。肉体的なものではあるが、それだけにとどまらず、そしてそこに……自分たちがいた。彼がキスをしているのはわたしがグウェンドレンだから、そして、彼がありのままのわたしに好意を持ってくれたから。わたしがキスしているのは彼がヒユーゴだから、そして、彼に好意を持っているから。

キスを終えた彼がグウェンの顎から手をはずし、膝に置かれた彼女の手をふたたび握りしめたので、グウェンは彼の肩に頭をもたせかけた。その瞬間、こみあげてきた涙で喉の奥がつんと痛くなるのを感じた。

この人はいつからわたしの太陽と月になったの？　もちろん、この人と愛しあってるわけではない。恋にふりまわされてはだめ。でも、泣きそうなのは恋のせいかもしれない。

そして、心の重荷を下ろしたために、泣きそうになっているのかもしれない。

この人はいつからこんなに聡明で、寛大で、穏やかな人になったの？

さんざん苦しんだあとで？

苦しみってそういうものなの？　苦しんだ者はそんなふうに成長できるの？

彼が唇の場所を変えて、グウェンのこめかみに、頬にキスをした。

「泣かないで」とささやいた。「ダンスが終わりに近づいているようだ。ほら、見てごらん。バルコニーにカップルが出てきて、階段のてっぺんをうろついている。そろそろ入ったほうがいい。わたしがコンスタンスやベリックと一緒に夜食の席につけるように。いや、わたしたちが」

グウェンは顔を上げ、親指の付け根で頬の涙を拭ってから立ちあがった。

「これから決めなくてはならない」腕に手をかけたグウェンに、トレンサム卿は言った。

「あなたに求愛する気があるかどうかを。決めたら知らせる。脚の悪い女性に求愛できるのかどうか、わたしには自信がない」

　二人はすでに木陰から出ていた。グウェンが驚いて見上げると、ランタンの光が彼の顔を照らしていた。

　トレンサム卿のほうはグウェンを見ていなかった。しかし、その目に何かがきらめいていた。ひょっとしたら、それは微笑だったかもしれない。

17

ヒューゴがうんざりしたのは、レディ・ミュアの言ったとおりだったからだ。舞踏室は有名人の彼が来ているという噂でたしかにざわめいていた。夜食のあいだに一〇人以上の男性が握手を求めてきたし、四方八方から会釈をされ、羽飾りを揺らした貴婦人に挨拶され、憧れの視線を向けられた。どうにも落ち着かず、最後はとうとう、どこへも視線を向けずに自分の皿だけを見つめることとなった。さらし者になっている気分で、居心地が悪かった。その夜の残りは暗がりから暗がりへ逃げながら過ごしたが、それもあまり役に立たないようだった。しかも、コンスタンスが最後のダンスの最後の旋律が消えるまで踊りつづけていたため、早めに帰ることもできなかった。

そして、けさはまさに郵便物の洪水だった。大部分が社交界の催しへの招待状だ。ガーデンパーティ、個人宅での音楽界、夜会、ヴェネツィアふうの朝食会（なんのことやら……）、音楽の夕べ（音楽会とどう違うのか）。ヴェネツィアふうの朝食会は午後からとなっているが、どうして午後に始まるものを朝食会と呼べるのだろう？　言葉の矛盾ではないだろうか。それとも、貴族連中は社交シーズンのあいだ、いつも昼まで寝ているということだろうか。

それなら理解できなくもない。なにしろ、みんな、夜を徹して浮かれ騒いでいる。ヒューゴ宛ての招待状のほぼすべてにコンスタンスの名前も書かれていた。つまり、無視することも、きっぱりと断わりの返事を出すこともむずかしいわけだ。

コンスタンスだけに届いた招待状も何通かあり、花束も三つ届いていた。ラルフから。エヴァリー家の跡取り息子から。そして、カードの署名がやたらと派手な飾り文字なので名前が判読できない誰かから。

ヒューゴは会社の経営を任せているウィリアム・リチャードソンのところで午前中を過ごすことにし、フィオーナと、祖母と、祖母が連れてきた幼い少年二人のもとにコンスタンスを残していった。不思議なことに、フィオーナは腕白少年の相手をしても、質問攻めにあっても、それほど疲れた様子ではなく、コンスタンスのほうは、新しいいとことしゃべったり遊んだりできて大喜びだった。午後からは、ゆうべ踊った相手の一人、グレゴリー・ハインドと馬車でハイドパークへ出かける予定だという。けたたましく笑う若者で、何を見てもおもしろがるタイプだ。だが、レディ・ミュアのきびしい吟味に合格したのだし、コンスタンスも彼が気に入ったようだ。また、ハインドの妹とその婚約者も同行することになっている。だから、心配することは何もない。

ヒューゴは会社の仕事に没頭し、そして、田舎の暮らしを恋しく思った。

レディ・ミュアに求愛したいのかどうか、自分でもよくわからなかった。脚が悪い。誰が見てもわかる。しかし、彼女にそう言ったときのことを思いだして低く笑ったとき、リチャードソンに怪訝な目で見られ、次に相槌がわりの笑い声を向けられた。リチャードソンはどうやら、自分が何かの冗談を聞き逃したに違いないと思いこみ、そうでないふりをしようと決めたのだろう。

それにしても、彼女に求愛したいのかどうか、やはりわからなかった。自分はレディ・ミュアにふさわしくない。彼女に必要なのは、大切にし、甘やかし、笑わせてくれる相手だ。同じ世界に住む相手だ。そして、自分に必要なのは……いや、本当に誰か必要だろうか。必要なのは息子を産んでくれる人。亡くなった父親を安心させるために。必要なのはセックスの相手。だが、息子を作るのは先でもいいし、セックスは結婚以外の場所でも事足りる。

そう思うと気が滅入った。グウェンドレンは、レディ・ミュアは、自分には必要ない。ただ、ゆうべ、彼女の魂の奥底に潜む暗黒の部分を見せられ、不思議なことだが、贈物をもらったような気がした。そして、キスに応えてくれた。まるで……そう、まるで、彼を大切に思っているかのように。そして、不自由な脚のことを言ったら、頭をのけぞらせて心から楽しそうに笑った。また、ペンダリスの入江で身体を重ねたときは、こころよく受け入れてくれた。そう、たしかにそうだった。娼婦しか抱いたことのなかった自分は、彼女に娼婦の技巧などなかったにもかかわらず、それまでとの違いを知った。

求められ、大切にされ、愛された。

愛された？

いや、それはたぶん言いすぎだろう。

だが、ヒューゴはさらに多くを求めていた。彼女を？　自分が求めているのは彼女？　それとも、身体の関係？　関係を続けること？

それとも、自分が求めているのは愛？

しかし、思いにふける時間が長くなりすぎたことに気づき、きっぱりした態度で仕事に注意を戻した。

午後になると、グローヴナー広場のキルボーン邸の玄関扉にノッカーを打ちつけ、応対に出た執事に、レディ・ミュアが在宅かどうか、会ってもらえるかどうかを尋ねた。たぶん留守だろうと思っていた。誰もが徒歩や馬や馬車で公園へ出かける時間帯だし、雲一つない晴天とまではいかないが、けっこううららかな一日だった。ヒューゴが家を出るのと時を同じくして、ハインドがコンスタンスを馬車に乗せて走り去った。コンスタンスに何か言われて、けたたましい笑い声を上げながら。ヒューゴがこの時間にキルボーン邸を訪ねることにしたのは、これが理由だったのかもしれない。レディ・ミュアは留守だろうという自信があったから。

自分自身のことを理解できる日が来れば、それこそ、最高の奇跡と言うべきだろう。

ところが、レディ・ミュアは在宅していて、会うことを承諾したのみならず、彼女自身が執事の前に立って階段を下りてきた。顔色が悪く、沈んだ表情で、少し腫れぼったい目をしていた。

「書斎のほうへどうぞ。ネヴィルとリリーは出かけていて、母は部屋で休んでいます」

ヒューゴは彼女のあとから書斎に入り、ドアを閉めた。

「何かあったのか？」

レディ・ミュアはヒューゴのほうをふりむき、かすかな笑みを浮かべた。

「いいえ、べつに。ローレンのところへ行っていて、さっき戻ったばかりなの」

彼女の顔がゆがみ、両手に顔を埋めた。

「ごめんなさい」

「わたしが正しかったかな？」

「ええ」手を下ろして、レディ・ミュアは言った。落ち着いた表情に戻っていた。「あなたが正しかったわ。二人で馬鹿みたいに泣きどおしだったのよ。こんなに長いあいだ、自分のなかだけに苦悩を封じこめてたなんて、ほんとに愚かな人ねって言われたわ」

「いや、愚かではない。そこは彼女が間違っている。人は自分が腐った卵になったように感じると、誰しも殻が割れないように努めるものだ。相手のためを思って」

「じゃ、わたしは腐った卵なのね」レディ・ミュアは震える声で笑った。「妹さんは今日も楽しくやってらっしゃる？　明日の朝、お訪ねしようと思ってるのよ」

「ハインドとその妹に誘われて、馬車で出かけていった。わが家の居間は、見た目も、香りも、花園のようだ。コンスタンス宛ての招待状が五通届いている。それに加えて、わたし宛ての招待状に妹の名前も併記されたものが一三通。そう、妹は楽しくやっている」

「でも、あなたはあまり楽しくなさそうね。さあ、とにかくすわってちょうだい、ヒューゴ。

あなたを見上げていたら、首の筋を違えてしまうわ」

ヒューゴが二人掛けのソファにすわるあいだに、レディ・ミュアは向かいの古びた革椅子に腰を下ろした。

「招待状を集めて焚火ができたらどんなに楽しいだろう。だが、妹のことを考えてやらなくてはならない。どの招待を受ければいいのか、助言してほしくてお邪魔した」

「それね？」レディ・ミュアは彼が手にした手紙の束のほうへうなずきを送った。

「そう」ヒューゴは手紙の束を差しだした。「コンスタンスの分が上に。わたしの分は下のほうだ。どれに出ればいいのだろう。いくつかあるとしたら。わたしが妹に約束したのは、舞踏会に一度連れていくということだけだった。あの子によけいな期待を持たせるのは気が進まない」

「同じ世界に住む相手でなきゃ妹さんは幸せになれない。そう思ってらっしゃるの？」招待状の束を受けとって膝に置きながら、レディ・ミュアは言った。

「そういうわけではない」ヒューゴは顎がこわばるのを感じた。からかわれている。「いや、たぶんそうだな」

レディ・ミュアは何分かかけて招待状の一つ一つに目を通した。そんな彼女を見ていて、ヒューゴは苛立ちを覚えた。そばまで行って、ペンダリス館で充分な口実があった時期にそうしていたように、彼女を両腕で抱きあげ、このソファに戻って自分の膝にのせたくてたまらなかった。彼女はいまも顔色が悪い。しかし、自分はお守り役ではない。安らぎだのなんだのを与える役目ではない。見れば背筋もぴしっと伸びているし。いや、その言い方は少々ずれている。背筋を伸ばしてはいるが、全体にゆったりと優美な姿勢だ。ただし、椅子にもたれてはいない。首のラインは白鳥のようだ。頭のてっぺんから美しく爪が磨かれた指先まで、そして、上品な靴をはいた足に至るまで、貴婦人そのものだ。

だが、ヒューゴは彼女のなかに何かもっと激しいものを求めている。

「わたしのところにも、だいたい同じ招待状が来てるわね。どれに応じるか、どれを断わるかを、わたしから指図するわけにはいかないわ、トレンサム卿。でも、コンスタンスの立場で考えると、断わったほうが賢明と思われるものと、招待に応じれば大きなプラスになるものが、それぞれいくつかあるわ。じつを言うと、コンスタンスが招待されるよう強く願っていた催しが、ここに三つ入ってるの。おかげで、コンスタンスのために招待状を手に入れようとする手間が省けたわ」

レディ・ミュアは小さく笑って彼を見上げた。

「妹さんに付き添わなくてはとお思いになる必要はないのよ。わたしが喜んで妹さんをお連れして、お目付け役として目を光らせておきますから。でも、バダホスの英雄が一夜かぎりで姿を消してしまったら、貴族社会の人々はがっかりするでしょうね。あなたと話す機会も、握手する機会もなかった人がたくさんいるし、舞踏会に出ていなかった人も多いんですもの。ただ、貴族というのは移り気な人々なの。しばらくすれば、ようやくあなたに会えた物珍しさは消え去って何かほかのものが登場し、あなたがどこへ行こうと注目の的になることはなくなるはずよ。でも、そうなる前に、あなたの顔を見る機会をみなさんにたくさん与えてあげなきゃ」

ヒューゴはため息をついた。

「その三つの催しに付き添うとしよう。どれとどれか教えてほしい。承諾の返事を出しておく」

レディ・ミュアは三通をいちばん上にして、招待状の束を彼に返した。

「新鮮な空気が吸いたくてたまらないわ。散歩に連れてってくださらない？ それとも、わたしの脚が悪くて恥ずかしいとお思いかしら」

レディ・ミュアは笑いながら言ったが、その目には悲しげな色があった。

ヒューゴは立ちあがり、招待状の束を上着のポケットに突っこんで、最新流行の衣装のラインを台無しにしてしまった。

「ゆうべのわたしの言葉が冗談だったことぐらい、よくわかっているくせに。不自由な脚もあなたの一部だ、グウェンドレン。ただ、あなたのために、そうでなければいいのにと思っているだけだ。あなたはいまのままで充分に美しい」ヒューゴは彼女のほうへ片手を差しだした。「しかし、求愛する気が自分にあるのかどうか、いまだに決めかねている。さっきの三つのうち一つはガーデンパーティだったね」

レディ・ミュアは笑いだし、ようやく頬に血の色が戻ってきた。

「そうよ。でも、小さなことを一つだけ覚えておけば、立派に乗り切ることができるわ、ヒューゴ。お茶を飲むときは、カップの取っ手を親指と三本の指で持つのよ。小指は使わないで」

レディ・ミュアは大げさに身震いしてみせた。

「さあ、ボンネットをとってくるといい」ヒューゴは彼女に言った。

「求愛はしないことに決めた」ヒューゴが言った。

グウェンが彼の腕に手をかけ、二人でハイドパークのほうへ向かって歩道を歩いていたときだった。しばらく前にローレンの家から戻ってきたとき、グウェンは骨の髄まで疲れはてた気分だった。ヒューゴが訪ねてこなければ、ベッドで横になっていただろう。だが、来てくれたことがうれしかった。疲れは残っていたが、心が軽くなった。幸せと言ってもいいほどだった。

二人は無言で歩いていた。話をする必要はないように思われた。

なんだか……守られている気がした。

「まあ？　今度はどうして？」

「わたしという人間は、きみには大物すぎる。バダホスの英雄だからね」

グウェンは微笑した。戦場でのその体験をヒューゴが自ら進んで口にしたのはこれが初めてだった。しかも、冗談にしている。

「あらあら、本当にそうね。でも、あなたは誰にとっても大物すぎるでしょうから、それでわたしの心を慰めることにするわ。でも、誰かと結婚なさらなきゃ。欲望の強い方だけど、大物すぎるから、頻繁に足を向けるのはちょっと……」

いやだわ、わたし、こんな軽口を叩くような人間じゃなかったのに。

「娼館へ？」

「そうよ。大物すぎますもの。どうしても結婚する必要があるのなら、ご自分が選んだ女性に求婚しなくては」

「いや。大物すぎるから、そんなことはしなくていい。指で差し招くだけで、女性のほうから走ってくる」

「名声のせいで自惚れが強くなったんじゃない？」グウェンは尋ねた。

「とんでもない。真実を認めることは、自惚れとはなんの関係もない」

グウェンはくすっと笑い、顔を上げて彼を見ると、唇の端に微笑らしきものが浮かんでいた。わたしを笑わせようとしてくれてる。

「わたしを指で差し招くつもりはないの？」

彼が返事をするまでに長い沈黙があり、そのあいだに二人は通りを渡って、二人の前方で湯気を立てている糞の山を片づけてくれた若い掃除人に彼が硬貨を投げてやった。

「まだ決めていない」ヒューゴは言った。「心が決まったら知らせよう」

グウェンはふたたび微笑し、二人は公園に入っていった。

上流階級の集まる一帯に差しかかると、そこはあいかわらず馬車や馬や徒歩の人々でにぎわっていた。長居はしなかったものの、二人の姿は大きな注目を集めた。わたし一人ではとてもこんなには目立たなかったでしょうねとグウェンが思ったほどで、無数の相手が声をかけてきて、なかには足を止めて短い挨拶を交わす人々もいた。ポンソンビー子爵と一緒に馬で来ているスタンブルック公爵に出会って、二人とも喜んだ。公爵が翌日の午後のお茶に招いてくれた。少し遠くのほうでは、ハインド氏のバルーシュ型の馬車からコンスタンス・イームズが陽気に手をふっていた。

しかし、二人はほかの人々のようにあたりを一周することなく、そのまま歩きつづけたので、すれ違う馬車や歩行者の数がどんどん少なくなっていった。

「二人目のお母さまのことを伺いたいわ」グウェンは言った。

「フィオーナのこと？」トレンサム卿は驚きの表情で彼女を見た。「わたしが一三のときに、父が再婚した。フィオーナは当時、帽子屋の店員をしていた。絶世の美女だった。父は彼女と出会って一週間か二週間もしないうちに結婚した。ある日、翌日結婚すると父からいきなり告げられるまで、わたしはフィオーナの存在すら知らなかった。ひどい衝撃だった。子供というのは普通、たとえ一三歳であろうと、父親は妻に先立たれても自分の母親を深く愛しているから、ほかの女に欲望の目を向けることなどありえない、と思っているものだ。再婚相手が憎らしかった」

「で、以後ずっと憎んできたの？」グウェンはそう言いながら、すれ違った紳士三人に会釈をした。三人はグウェンに向かって帽子を傾け、トレンサム卿に畏敬の念に満ちた視線を向けた。彼のほうは三人の存在に気づいてもいない様子だった。

「多少の良識はとりもどしたつもりだ。生まれてからずっと父を独占し、父を崇拝してきたが、すでに一三になり、自分の人生が父を中心にまわっているわけではないことを悟っていた。ところが、じきに明らかになったのだが、フィオーナは結婚生活にうんざりしていた。結婚した理由はもちろんはっきりしている。金目当てで男と結婚するのがとくに悪いとは思わない。世間によくあることだ。それに、彼女が不貞を働いたとも思わない。もっとも、その数年後、わたしが誘いに応じたなら、不貞の相手にされていただろう。だが、わたしは戦争へ行った」

「家を出た理由はそれだったの？」グウェンは目を丸くして彼を見上げた。

「不思議なのは、いかに小さな生き物だろうと、醜い生き物だろうと、わたしにはぜったい殺せなかったということだ。家に入ってきたクモやハサミムシを手にのせて、玄関の外までよく運んだものだった。ネズミが罠にかかったときも、ごくたまにだが、まだ息があれば逃がしてやった。翼の折れた小鳥や、野良犬や、野良猫を、いつも家に連れて帰っていた。一時期は、いとこたちがわたしをからかって、優しい巨人と呼んでいた。なのに、結局は人々を殺すことになってしまった」

これで多くのことに説明がついた、とグウェンは思った。ええ、ずいぶん多くのことに。

「二人目のお母さまは、あなたのおじさまや、おばさまや、いとこの方々と親しくなさってないの？」

「劣等感があるんだ。みんなから軽蔑されていると思いこんでいる。そんなことはぜったいないのに。機会さえあれば、誰もがフィオーナに好意を持ち、自分たちの輪のなかに温かく迎え入れてくれるだろう。みんな、平凡な家柄なのだし。フィオーナは実家とも縁を切ってしまった。たぶん、せっかくうちの父と結婚して金持ちになったのに、実家とつきあえば貧乏人に逆戻りするとでも思ったのだろう。一週間前に、わたしは実家の人々に会いに出かけた。みんな、いまもフィオーナを愛しつづけ、会いたがっている。意外なことに、フィオーナに腹を立てている様子もなかった。お母さんと妹さんがすでに何度か会いに来てくれたし、けさはお母さんが小さな孫を二人連れてきた。フィオーナの甥にあたる子たちだ。お父さんと、弟さんと、その奥さんにはまだ会っていないが、いずれ会いたいと思っている。フィオーナは自分の人生をとりもどせるだろう。まだまだ若いし、充分に美しい」

「いまはもう憎んでないの？」近づいてきた幌のない馬車をよけるために小道の縁へ押しやってくれた彼に、グウェンは尋ねた。

「長いあいだ生きてきて、誰もがそれぞれ歩むべき人生を抱えていることと、つねに賢明な選択や称賛に値する選択をするわけではないことを知ると、人を憎むことはなかなかできなくなる。根っからの悪人はほとんどいない。たぶん、一人もいないだろう。ただ、それに近い者はわずかにいるが」

すれ違おうとして馬車が速度をゆるめ、二人は馬車のなかの人々を見上げた。グウェンはカースラグリー子爵夫人と、下の息子のカーステアズ氏と、その夫人だった。

テアズ氏と顔を合わせるたびに、痩せこけて顔色の悪い、見るからに病弱そうな彼に同情していた。そして、その夫人にも。夫人はいつも、自分の運命を嘆き悲しむ顔で夫につき従っている。社交シーズン中、盛大な催しを二人とも避けているようなので、この夫妻に関してグウェンはあまり詳しくない。

二人を見上げて、「ご機嫌よう」と挨拶した。

子爵夫人はつんとした態度で会釈をした。カーステアズ夫人は蚊の鳴くような声で挨拶を返した。カーステアズ氏は無言だった。トレンサム卿も黙っている。しかし、グウェンは不意に、二人がにらみあい、不可解な緊張が生まれていることに気づいた。

やがて、カーステアズ氏が馬車のへりから身を乗りだした。

「バダホスの英雄か」ぜいぜいと言った。軽蔑の口調だった。そして、地面に唾を飛ばした。グウェンたちにはとうてい届かない距離だった。

「フランシス！」子爵夫人が叫んだ。衝撃を受けた冷たい声だった。

「フランク！」カーステアズ夫人が涙声になった。

「馬車を出せ」カーステアズ氏が御者に命じ、御者は命令に従った。

グウェンはその場で凍りついていた。

「前回、あの男に会ったときは」トレンサム卿が言った。「じかに唾を吐きかけられた」

グウェンははっと彼のほうを向き、その顔を見つめた。

「カーステアズ氏があなたのお話に出てきた中尉だったの？　退却命令を出すように頼んだ

人？」

「とても助からないだろうと思われていた。多数の外傷に加えて、内臓もひどい損傷を受けていた。咳をするたびに血を吐いた。それも大量の血だ。故郷に送り返され、そこが死に場所になるはずだった。だが、奇跡的に生き延びたわけだな」

「ああ、ヒューゴ」

「やつの人生は破壊された。それは明白だ。わたしがこのロンドンにいて、偉大な英雄として喝采を受けているのを知ったいまは、苦々しさが倍になっているだろう。あの男も同じく偉大な英雄だ。その言葉がわれわれ二人に当てはまるとすれば。退却を望んだが、わたしが隊を率いて前進すると、やつもそれに従った」

「ああ、ヒューゴ」グウェンはふたたびつぶやき、ボンネットのつばをしばらく彼の袖にもたせかけた。

トレンサム卿は小道の中央に戻るのをやめ、かわりにグウェンを連れて広大な芝生を横切り、老木が並んでいるほうへ向かった。木立のあいだにさらに細い道が延びていて、人影はまったくなかった。

「あんな目にあわせてしまって申しわけない。お望みなら、お宅までエスコートさせてもらい、今後はあなたに近づかないことにする。ご厚意に甘えてもいいのなら、コンスタンスをガーデンパーティとあと二つの催しにお連れいただきたいが、その気になれないなら、断わってくれてかまわない。純粋に親切なお心から、妹のためにずいぶん力になってくださったのだし」

「それって、つまり、わたしを指で差し招くつもりはないという意味？」

トレンサム卿は首をまわしてグウェンを見下ろした。いかめしい兵士そのものだった。

「そういう意味だ」

「残念だわ。あなたの求愛を、もしかしたら、もしかしたらよ、好意的に受け止められるかもしれないって思いはじめてたのに。もっとも、指で差し招かれても、わたしの場合はプライドが邪魔をして、走っていけないかもしれないけど」

「あなたをさっきのような目にあわせることは二度とできない」

「じゃ、わたしを人生の苦難から守らなくてはとお思いなの？　そんなことは無理なのよ、ヒューゴ」

「どのように求愛すればいいかも、わたしは知らない」しばしの沈黙ののちに、トレンサム卿は言った。「手引書のたぐいを読んだこともないから」

「相手の女性とダンスをすればいいのよ。あるいは、それがワルツで、すぐにつまずいたり、相手の爪先を踏みつけたりするのが心配だったら、かわりに二人で散策に出かけて、相手の女性が心の奥に隠していた暗黒の秘密をすべて打ち明けるのに黙って耳を傾ければいいの。退屈そうな顔をすることも、批判することもせずに。それから、キスをして、相手に……癒しを与えてあげるの。相手が疲れはてているときに訪問して、散歩に連れだすの。日陰になった誰もいない小道へ連れていくの。そうすればキスできるでしょ」

「毎日キスを？　かならず？」

「機会があるたびに。日によっては創意工夫が必要ね」

「創意工夫なら自信がある」

「疑うつもりはないわ」

二人はゆっくりと歩を進めた。

「グウェンドレン、わたしは大柄で強靭な男に見えるかもしれない。だが、本当にそうなのかどうか、自分ではよくわからない」

「あらあら」グウェンは優しく言った。「そんなことはぜったいないわ、ヒューゴ。いざというときは強靭にもなれるでしょうけど」

わたしも強靭な人間ではない。男に思わせぶりな態度をとる女でもない。

少なくとも、そういう女ではないつもりだ。

考える時間がほしくてたまらなかった。いまもぐったり疲れている。ゆうべはとぎれとぎれにしか眠れなかったし、今日はローレンのところで精神的に辛いひとときを過ごし、そして、今度は……これ。

「一日一度のキス。だが、どちらにとっても、求愛の象徴とは言いがたい。キスというのは、二人がふさわしい状況に置かれ、欲望に駆られるだけでできるものだ」

「充分な理由のように思えますけど」グウェンは笑いながら言った。「じゃ、キスして、ヒューゴ。そして、今日の……暗い気分から救いだしてちょうだい」

春の淡い緑の葉をまとった木の枝が二人の頭上で揺れていた。大気中に新緑の香りが満ちている。姿の見えない小鳥たちが甘く響く声で神秘的に鳴きかわし、気持ちを伝えあうのに忙しそうだ。遠くで犬が吠え、子供の甲高い笑い声が上がった。

彼がグウェンを木の幹にもたれさせ、自分の身体を押しつけた。ボンネットの両脇に指を入れて髪に差しこみ、てのひらでグウェンの頰を包みこんだ。木陰でグウェンの目を見つめる彼の目は、とても暗い色を帯びていた。

「毎日か」彼が言った。「考えただけで頭がくらくらする」

「そうね」グウェンは微笑した。

「毎晩ベッドを共にする。ひと晩に数回。ときには昼間も。それが求愛から自然に生じる結果なのだな」

「ええ」

「もし、わたしが求愛すれば」

「ええ。そして、わたしがその求愛を好意的に受け止めたら」

「グウェンドレン」トレンサム卿はささやいた。

「ヒューゴ」

そして、彼の唇がグウェンの唇に触れ、軽くなで、離れていった。

「次のときは」彼は言った。「もし次のときがあるのなら、あなたを裸にしたい」

「ええ。もし次のときがあるのなら」

トレンサム卿はふたたび彼女にキスをしながら、ウェストに両腕をまわして、木にもたれていた彼女を自分のほうへひきよせた。グウェンは彼の首に腕を巻きつけた。

深い熱烈なキスだった。開いた唇を強く押しつけて舌をからめあい、たがいの口を探りあった。二人とも呼吸が荒かった。最後は唇だけを使った優しく温かなキスになり、言葉にならない言葉をささやきあった。

キスを終えて、トレンサム卿は言った。「そろそろ、あなたを家まで送ったほうがよさそうだ」

「そうね。それから、あなたは上着のポケットの膨らみがもとに戻らなくなる前に、招待状の束をとりだしたほうがよさそうよ」

「不完全な紳士のような格好で歩きまわるのはまずいだろうな」

「ええ、そのとおり」グウェンは笑い、彼の腕をとった。

そして無謀にも、彼との将来の見込みを不可能から可能へといっきにひきあげた。

ただし、まだ有望とまではいかない。

いくらなんでも、そこまで無謀ではない。

18

ヒューゴから見て、コンスタンスは人生を謳歌している様子だった。ある日の午前中は、レディ・ミュアとそのいとこと兄嫁に連れられて買物に出かけ、それがすむと、崇拝者とその母親とティールームで落ちあった。別の日の午後には同じ三人の貴婦人と一緒に何軒かの屋敷を訪問し、最後に訪問した家の息子が家まで送ってくれた。そのときは彼の祖母に命じられて、メイドがうしろをついてきた。午後から馬車で公園へ出かけたことも二回あり、それぞれ違う相手だった。毎朝、招待状が山のように届いた。舞踏会に出たのはまだ一度だけだというのに。

社交界デビューは大成功のようで、コンスタンスは楽しそうだった。ただし、自分のことだけを喜んでいたのではない。

「わたしを誘ってくれる紳士はみんな、お兄さんの話をしたがるのよ」ある日、朝食の席でコンスタンスは言った。「すごくうれしい」

「わたしの話?」ヒューゴは眉をひそめた。「おまえに求婚することが目的だろう?」

「つまりね……バダホスの英雄の妹と一緒に出かければ、みんなから尊敬の目で見てもらえると思ってるんじゃないかしら」

こんな馬鹿げた意見を聞かされることに、ヒューゴはつくづくうんざりした。

「だが、おまえに求婚してるんだぞ」

「ううん、心配しなくていいのよ、ヒューゴ。わたし、ああいう人たちと結婚する気はないから」

「ない？」眉を寄せて、ヒューゴは訊いた。

「ええ、もちろん。みんな、すごく優しくて、すごく楽しくて、すごく……ええと、すごく馬鹿なの。いえ、それはひどすぎるわね。どの人も好きよ。とっても親切だし。そして、お兄さんに大きな畏敬の念を抱いている。わたしと結婚したいと思っても、勇気を出してお兄さんに頼める人なんて、誰もいないんじゃないかしら。お兄さんのしかめっ面ってすごく怖いんだもん」

コンスタンスはたぶん、わたしが思っていたより思慮分別のある子なのだろう。これまでに出会った上流の青年たちを結婚相手として見てはいない。もちろん、そう意外なことではない。初めて舞踏会に出てからまだ一週間もたっていない。妹が舞踏会に出たがった理由をこちらが誤解していたのかもしれない。結婚によって上流の仲間入りをすることなど、コンスタンスには興味がないのかもしれない。

この思いを裏づける出来事がほかにもあった。

ある日の午後、コンスタンスは祖母に連れられて食料雑貨店を訪ね、ほかの親戚にも会った。たちまち、みんなに好意を抱き、みんなからも好意を寄せられた。この最初の訪問以来、毎日時間を作ってそちらへ出かけ、みんなに会うようになった。ここで言う〝みんな〟とは、コンスタンスの家へフィオーナの世話をしに来る人々以外のことだ。そして、家に帰ると、貴族階級とのつきあいについて語るときに劣らぬ熱っぽい口調で、親戚と店と近所の人々のことを話した。

食料雑貨店のとなりに、タッカーという一家のやっている金物屋があった。長年店主だった父親が最近亡くなったが、その息子が、店はひきつづき自分がやっていく、何一つ変えるつもりはない、とすべての客に約束した。その店は、コンスタンスの説明によると、まさにアラジンの洞窟で、曲がりくねった狭い通路がいくつもあり、店内で迷子になりかねないという。あまりに狭いため、向きを変えるにも苦労することがある。店にはどんな品でもそろっている。釘でも、ネジでも、鋲でも、ナットでも、ボルトでも、この店にないものはない。だが、それだけではない。先代の父親と同じく、この息子も、客が何かほしいと言えば、いかに小さな目立たない品だろうと、どこに置いてあるかを正確に知っている。そして、壁には箒《ほうき》と梯子がかけられ、天井からシャベルと熊手が吊るされ……。

こんなふうに延々と話が続くのだった。

コンスタンスは毎日、その金物屋に顔を出した。いつも親戚の一人か二人が一緒で、みんな、タッカーの息子と大の仲良しだった。コンスタンスの祖母などは、タッカーの父親が亡くなって以来、この息子をわが子同然に可愛がっている。コンスタンスの話だと、ヒルダと同年代で、一歳か二歳ほど下のようだ。もしかしたら、三歳ぐらい下かもしれない。冗談好きで、コンスタンスの洗練されたアクセントをからかったりする。もっとも、コンスタンスのしゃべり方はみんなと大きく違っているわけではないし、彼のコックニー訛りもそうひどくはない。言っていることはちゃんとわかる。タッカーはまた、コンスタンスの愛らしいボンネットのこともからかう。そして、幼いコリンとトマスが店のなかを走りまわれば、好きなだけ走らせてやる。もっとも、ある日二人が何種類もの釘が入った二個の箱につまずいて、釘が床に散乱したときは、それを全部拾ってカウンターへ持っていき、もう一度種類別に分けるよう言いつけた。その作業には一時間近くかかり、タッカーは二人の指が敏捷に動くよう、ミルクとビスケットを持ってきてくれた。そして、ようやく仕分けがすむと、タッカーは二人の髪をくしゃくしゃっとなでて、いい子だと褒め、それぞれに一ペニーずつ渡した。いますぐ店を出て、少なくとも一時間は戻ってこないようにという条件つきで。

コンスタンスに対しては、客にまつわる滑稽な話をいろいろとしてくれた。どの話も善意にあふれていた。また、ある日の午後、雨が降りだしたときには、送っていこうと言い、店の奥のどこかからひっぱりだしてきた大きな黒い傘をさして家まで送ってくれた。傘もなしに一人で歩いて帰らせたりしたら、ボンネットが台無しになり、自分は今夜眠れなくなってしまう、とコンスタンスに言った。

こうして熱っぽく続くコンスタンスの話にヒューゴは興味深く耳を傾けた。金物屋の話をするときの妹の顔には、彼女のご機嫌をとる青年紳士たちの噂をするときには見られない輝きがあった。

こうなってみると、最初から貴族社会との関わりなど持たずにすんだのではないかと思われてならなかった。レッドフィールド邸の舞踏会に出る必要はなかったし、間近に迫ったガーデンパーティに出る必要もない。あらためてレディ・ミュアに近づく必要もなかったわけだ。

ペンダリス館で別れを告げたあと、彼女と再会せずにすんでいれば、自分の人生はもっと安らぎに満ちたものになっていただろう。

二人は恋心を抱きはじめていた。いや、はっきり言って、そういう初期の段階ではない。しかも、両方が恋をしている。ヒューゴは二人が結ばれてもおかしくないとまで思うようになっていた。彼女のほうも同じだった。ただ、ロマンスは永遠に続くものではない。ヒューゴには恋をした経験はないが、周囲の人生を見ていてそれを知った。大切なのは、ロマンスが芽生えたときの陶酔が冷めたあと、二人の関係に何が残るかということだ。自分とグウェンドレンとの、レディ・ミュアとのあいだには何が残るだろう？　昼と夜のように大きく違う二人の人生に。何人かの子供？　彼女に子供が産めるなら。それから、どこで教育を受けさせるかという問題。レディ・ミュアはきっと、よちよち歩きの時期が終わったらすぐに上流階級のための全寮制の学校へ行かせたいと言うだろう。自分は子供を家に置いて遊ばせようとするだろう。ロマンスが冷めたとき、二人のあいだに愛情らしきものは残るだろうか。それとも、溶けあうはずのない二つの人生を溶けあわせようとする努力でへとへとになり、愛情が消えてしまうのだろうか。

「ロマンスが消えたとき、愛情はどうなるのでしょう、ジョージ」レディ・ミュアと二人でスタンブルック邸へお茶に招かれた日の午後、ヒューゴは公爵に尋ねた。ポートフレイ公爵夫妻も招かれていたが、午後から急に雨が降りだした。ちなみに、金物屋に来ていたコンスタンスをタッカーが家まで送っていったのもその午後のことだった。ヒューゴが馬車を持ってきていなかったため、ポートフレイ公爵夫妻がレディ・ミュアを自分たちの馬車で送っていった。

「いい質問だ」スタンブルック公爵は苦い微笑を浮かべて言った。「若かりしころ、わたしは権力と影響力を持つすべての人から、その二つを混同してはならないと教えられた。とにかく、わたしのような身分の者は肝に銘じておくべきだ、と。ロマンスは愛人のためのもの。愛は定義するのがむずかしいが、妻のためのもの。わたしはミリアムを愛していた。結婚した当時は外でいくつかのロマンスを楽しんだ。もっとも、いまになって後悔しているが。ミリアムをもっと大切にすべきだった。もう一度若くなれたら、愛とロマンスと結婚のすべてを同じ場所で見つけようとするだろう。〝ロマンスは冷めるものだ。愛はそれ以上に冷めるものだ〟という不吉な予言を笑い飛ばすだろう。わたしの人生には後悔すべきことがたくさんあるが、後悔して何になる？　いまこの瞬間、われわれがこの場所にいるのは、生まれ育った境遇と人生経験を経て、途中で無数の選択をしながら、自力でここまでたどり着いたからだ。自分の力でコントロールできるものはただ一つ、次に下す決断だけだ。おっと、すまない。きみの質問に答えなくては。残念ながら、わたしにもわからない。答えなどないのかもしれない。人間関係というのは、それぞれ独自の個性を持っているものだ。きみはレディ・ミュアに恋をしている。そうだね？」

「ええ、たぶん」ヒューゴは言った。

「そして、向こうもきみに恋をしている」それは質問ではなく断定だった。

「叶うはずのない恋なんです」ヒューゴは言った。「わたしに差しだせるものはロマンスしかない」

「そんなことはない。ほかにもまだまだあるぞ、ヒューゴ。わたしはきみのことをよく理解している。人前では、陰鬱とも言える花崗岩のような殻をかぶっているが、その下に何が隠れているかを、わたしはちゃんと知っている。レディ・ミュアについてはほとんど知らないが、何かが感じられる……うーん。ぴったりの言葉が浮かんでこない。レディ・ミュアの性格にも、きみに劣らぬ深みが感じられるのだ。〝中身がある〟――たぶん、それがわたしの探している言葉だろう」

「それでもやはり、叶わぬ恋です」

「かもしれない」公爵はうなずいた。「だが、熱烈な恋に落ちて誰からも似合いだと言われたカップルが、人生で出会う初めての試練に負けてしまうこともしばしばある。誰の人生も遅かれ早かれ試練に見舞われるものだ。気の毒なフラヴィアンとかつての婚約者がそのいい例だ。似合いのカップルとは言えない二人がいて、それを自覚しつつも恋をしてしまった場合は、障害に出会ったときもすでに覚悟ができていて、あらゆるものを武器にして戦うことができるはずだ。人生を楽に歩むことはできないのを二人とも承知している。もちろん、楽な人生などどこにもない。ただ、困難を乗り越えていく機会を与えられるだけだ。ただし、これはわたしの勝手な考えだよ、ヒューゴ。本当のところは、わたしにも何もわからない」

質問できる相手はほかに誰もいなかった。フラヴィアンがなんと答えるかはヒューゴにも予測がつくし、ラルフには恋の経験がない。いとこたちに尋ねる気にはなれなかった。なぜそんな質問をするのかを知りたがり、やがて、全員がその理由に気づき、ヒューゴがついに恋をしたことを知って大喜びするだろう。そして、相手が誰なのかを知ろうとし、相手に会いたがるだろう。考えただけで耐えられない。

ジョージも言ったように、愛やロマンスのことも、結婚してロマンスが薄れたときにどうなるのかも、誰にもわからない。自分で見つけだすしかない。もしくは、見つけだすのをやめるか。

挑戦してもいいし、逃げてもいい。

英雄になることもできるし、臆病者になることもできる。

賢者になることもできるし、愚者になることもできる。

慎重な男になるか、無謀な男になるか。

人生で出会うことに果たして正解があるのだろうか。

人生は綱渡りに少し似ている。険しい岩が連なる深い峡谷の上に、ほつれかけた細いロープが張り渡されて大きく揺れ、峡谷の底では獰猛な野獣が何頭か待ち受けている。人生とはそれほどまでに危険で——それほどまでに刺激的だ。

あああああ！

まさにガーデンパーティ日和。朝ベッドから出て寝室の窓のカーテンをあけた瞬間、ヒューゴは思った。しかし、今日ばかりは太陽を見ても、少しもうれしくなかった。たぶん、あとで雲が出てくるだろう。午後には雨になるだろう。

しかし、そのときにはもう、ガーデンパーティを中止しようにも手遅れだ。いや、いますでに豪雨になっているとしても、中止にはならない。主催者側がかわりの計画を立てているに決まっている。舞踏室の一つか二つが屋敷のなかに隠されていて、イングランドの社交界のトップに君臨する人々を待ち受けているだろう。ついでに、コンスタンスと彼のことも。そして、屋内庭園に似せた豪華な飾りつけがされているだろう。

やれやれ、やはり逃げられそうもない。それに、コンスタンスが大興奮で、ゆうべなど、一睡もできそうにないと言っていた。それに、この三日間、レディ・ミュアに会う機会がなかった。あの日は彼女がジョージの屋敷からポートフレイ夫妻と一緒に帰ることになり、ヒューゴは手袋に包まれた彼女の手の甲に唇をつけるだけで満足しなくてはならなかった。

一日一回のキスは早くも挫折。だが、こっちも真剣に求愛してはいなかった。そうだろう？

午後になっても、午前中と同じく晴天だった。コンスタンスが愛らしい様子で目を輝かせ、元気いっぱいなところを見ると、ゆうべは結局ぐっすり眠れたに違いない。もう逃げようがなかった。ヒューゴの馬車が予定より五分早く玄関前に用意され、ほぼ同じころにやってきたヒルダと婚約者のポール・クレインが手をふってヒューゴたちを送りだしてくれた。今日はこの二人がフィオーナを散歩に誘いだすことになっている。フィオーナにとっては何年ぶりかの外出だ。

目的地が近くなると、コンスタンスはヒューゴの手に自分の手をすべりこませた。

「レッドフィールド邸の舞踏会に出かけたときに比べたら、そんなに怖くないわ。知りあいがたくさんできたし、みんな、すごく親切だもん。そうでしょ？　それに、もちろん、お兄さんと一緒だと、誰もわたしには目も向けないから、緊張せずにすむしね。お兄さん、レディ・ミュアに恋をしてるの？」

ヒューゴは眉を吊りあげ、咳払いをした。

「それは身の程知らずというものだ」

「わたしがハインド氏とか、リグビー氏とか、エヴァリー氏とかに恋をするのに比べたら、どうってことないわよ」

「そいつらに恋をしてるのか」ヒューゴは妹に訊いた。「あるいは、そのなかの誰か一人に」

「ううん、ぜんぜん。あの人たち、何もしてないんだもん。もらったお金で暮らしてるだけ。まあ、わたしもそうだと思うけど、女の場合は違うでしょ？　男の人は生活のために働かなきゃ」

「それはまことに中流階級的な考え方だ」ヒューゴは妹に笑みを向けた。

「働くほうが男らしいと思うけど」

ヒューゴはひそかに微笑した。

「ああ、お庭を見るのが待ちきれない。それから、いろんな人のドレスを見るのも。わたしの新しいボンネット、どう？　おじいさんなら、馬鹿みたいだと言いそうだけど、そう言いながら目をきらきらさせるでしょうね。そして、タッカーさんもおじいさんに賛成して首をふるんだわ。あの人、いま言ったことは本気じゃないからねって伝えたいときに、そんなふうに首をふるのよ」

「一見の価値ありだな。まさに見物《みもの》だろう」

やがて、馬車は目的地に到着した。

リッチモンドのブリトリング邸の周囲に広がる庭園は、クロスランズ・パークの庭のわずか一〇分の一程度の広さだが、一〇〇倍も手入れが行き届いていた。芝生がきれいに刈りこまれ、花壇には花が咲き乱れ、木々は絵のような美しさを最大限にひきだすために根こそぎ抜きとられて植えなおされたように見える。バラを這わせた東屋、温室、野外音楽堂、サマーハウス、兵隊のように直立した木々に縁どられた芝生の小道、彫像、噴水、屋敷から下の庭へ続く三段式のテラス、石の壺からあふれる花々。

ひどく散らかった印象になってても不思議はないはずだった。人が歩く余地などなくても当然だった。

しかし、まことにすばらしい光景で、ヒューゴはクロスランズの庭のことを思って憮然たる気持ちになった。そして、早く帰りたくてたまらなくなった。子羊はみんな元気に育っているだろうか。畑の作物は？　花壇は雑草に占領されてしまっただろうか。一つしかない花壇なのに。

レディ・ミュアは身内の人々と一緒で、ヒューゴたちより早く着いていた。二人が到着するなり急ぎ足でやってきて、コンスタンスに両手を差しだした。

「いらっしゃい。ボンネットは麦わらじゃなくて、そのバラ色にしたのね。ぴったりのを選んだと思うわ。そのほうがずっとすてき。まだ顔を合わせていない人たちに紹介して差しあげるわ。ずいぶん多くの人から紹介を頼まれてるのよ。なにしろ、お兄さまが有名人ですもの。でも、あなたに会えば、どの人もあなた自身に魅せられて、おつきあいを望むことでしょう」

レディ・ミュアはヒューゴのことを口にした瞬間、彼にちらっと視線を向け、頬を赤く染めた。

ブルーのドレスは空の色とおそろい、黄色いボンネットには矢車草の飾りがついている。

「ご一緒にどうぞ、トレンサム卿」コンスタンスの腕をとりながら、レディ・ミュアは言った。「あるいは、陸に上がった魚みたいな顔でここに立ち、あなたとの握手を望む人全員をにらみつけてらしてもいいのよ」

「まあっ」コンスタンスは二人に交互に驚きの視線を向けた。「ヒューゴにそんな口を利いて怖くないの？」

「いい話を聞いたのよ」レディ・ミュアは言った。「少年時代のお兄さまはクモが家に入りこむと、足で踏みつぶすかわりに、玄関までそっと運んでやったんですって」

「あらあら」コンスタンスは笑った。「いまも同じよ。昨日、すごく大きなガガンボが絨毯の上を走っていって、母が悲鳴を上げたときも、そうしてたわ。母は誰かに踏みつぶしてほしかったんだけど」

ヒューゴは背中で手を組んで、二人と一緒に庭園をまわった。人々が自分にぺこぺこお辞儀をし、畏敬の念をこめて見つめ、ときに畏敬の念ゆえに言葉を失ってしまう様子を目にして、名声とはなんと馬鹿げたものだろうと思った。この自分に対して、ヒューゴ・イームズに対して言葉を失うとは……。これぐらい平凡な人間はいないのに。こんなつまらない人間はどこにもいない。

そのとき、バラの東屋にフランク・カーステアズがすわっているのが見えた。膝に毛布をかけ、カップと受け皿を両手で持ち、横には不幸そうな顔の妻がいた。カーステアズのほうもヒューゴに気づき、唇をゆがめて、当てつけがましく顔を背けた。

カーステアズと出会ったことで、ヒューゴはこの一週間、何度か眠れぬ夜を過ごしていた。カーステアズは勇敢で、まじめで、勤勉な中尉で、仲間の兵士からも士官からも尊敬されていた。ただ、祖父にあたる人が賭け事に溺れて一族の財産をなくしてしまい、しかも、カーステアズ自身は長男ではなかったため、ひどく貧乏だった。そのため、軍職を購入するかわりに、自力で昇進をかちとらなくてはならなかった。

コンスタンスはほどなく、若い男女のグループに誘われて遠ざかっていった。みんなで川まで歩くという。花々や木々に縁どられたすてきな小道を行くと、川に出られるらしい。

「川までは少なくとも五〇〇メートルほどあるから」レディ・ミュアがヒューゴに言った。「わたしはここに残ることにするわ。昨日、足首が少し腫れてしまい、足を上げてなきゃいけなかったの。自分が普通の人と同じではないことを、ときどき忘れてしまうの」

「そうか、やっとわかったぞ」ヒューゴは言った。「あなたのことで何かひっかかっていたんだ。普通の人ではないんだな。それで納得できた」

レディ・ミュアは笑った。

「サマーハウスまで行って腰を下ろすことにするわ。でも、無理につきあってくださる必要はないのよ」

ヒューゴは腕を差しだした。

二人はサマーハウスに腰を落ち着けて一時間近く話をした。もっとも、ずっと二人きりではなかったが。レディ・ミュアの身内が出たり入ったりした。ラルフが短時間だけ姿を見せた。ビューカッスル公爵夫妻とホールミア侯爵夫妻が立ち寄って紹介しあった。侯爵夫人はビューカッスル公爵の妹で、ビューカッスル公爵はレイヴンズバーグ子爵と田舎のほうで隣人どうしだ。貴族社会の誰と誰がどういう関係なのかを整理しようとすると、頭がくらくらしてくる。

「誰と誰がどういう関係なのか、どうやって覚えればいいのだろう?」レディ・ミュアとふたたび二人になったところで、ヒューゴは尋ねた。

レディ・ミュアは笑った。

「あなたの世界で誰と誰がどういう関係なのかを覚えるときと、たぶん同じやり方だと思うわ。わたしは生まれたときから訓練を積んできたの。おなかがすいたわ。喉もからから。テラスのほうへ行きましょうか」

お茶が飲めるというのは魅力的だったが、じつのところ、ヒューゴはテラスへは行きたくなかった。バラの東屋にいたカーステアズがテラスの二段目に移動して、料理のテーブルからそう遠くないところにすわっている。ところが、サマーハウスにとどまるのも無理だとわかった。ミュア子爵、つまりグレイスンがどこからともなく現われ、二人のほうにやってきたのだ。ただ、途中で、ひどく大きな帽子をかぶった大柄な年配の婦人に呼び止められていた。

ヒューゴは立ちあがり、レディ・ミュアに腕を差しだした。

「忘れないようにしよう。お茶のカップを持つときは小指を伸ばすことを」

「あら。覚えの早い生徒ね。誇りに思うわ」

そして、笑顔で彼を見上げ、二人は芝生を横切ってテラスのほうへ向かった。

「グウェン」いちばん下のテラスに着いたとき、横柄な声がした。

レディ・ミュアはふりむき、眉を上げた。

「グウェン」ふたたびグレイスンが言った。少し離れて立っていた。声をやや張りあげなくてはならない距離で、話の内容が周囲に筒抜けだった。「きみと散策するか、もしくは兄上のところまでエスコートする役は、ぼくがひきうけよう。その男がきみにまとわりつくのを兄上が許しておられるとは驚きだ。ぼくならけっして許さないだろう」

二人の周囲に不意に静寂が広がった。静寂のなかで耳をそばだてている招待客がたくさんいた。

レディ・ミュアが青くなるのをヒューゴは目にした。

「ありがとう、ジェイスン」彼女は落ち着いた声だったが、少々うわずっていた。「でも、自分の連れは自分で選びます」

「きみはわが一族の一人なのだから、そうはいかない。たとえ、結婚によって一員となったに過ぎなくとも。いまは亡きわがいとこ、つまり、きみの夫の名誉と、きみの名前の一部に加わったグレイスンという家名は、ぼくが守らねばならない。そこにいる男は臆病者で詐欺師、しかも人間の屑だ。英国軍の面汚しだ」

ヒューゴは彼女の腕を放し、背中で手を組んだ。脚を広げ、直立不動の姿勢をとって、無言でこの宿敵を見つめた。自分たちを包んでいた静寂が大きく広がっていくのを痛いほど意識した。

「ほう、なんとまあ」誰かが言うと、すぐさま周囲から「シーッ！」と声が上がった。

「なんてくだらないことを」レディ・ミュアは言った。「よくもそんなことが言えるわね、ジェイスン。恥ずかしくないの？」

「決死隊の突撃のさいに、どうしてかすり傷一つ負わずに生き延びたのか、そいつに訊いてみるがいい」グレイスンは言った。「三〇〇人近い兵士が死に、助かった者もひどい怪我を負ったというのに。そいつに訊いてみろ。もっとも、正直に答えるとは思えないが。真相を教えてやろう。イームズ大尉は隊のうしろへまわった。いちばんうしろだ。兵士たちを死地へ赴かせ、その連中が突破口を開いたおかげで突撃できるようになってから、ようやくあとに続いた。そして、先頭に躍りでて勝利を宣言した。イームズ大尉に反論できる兵士はあまり残っていなかった」

静寂を破って、あちこちであえぎ声が上がった。

「恥知らず！」誰かが叫び、また「シーッ！」と言われた。しかし、それがグレイスンに向けた言葉なのか、ヒューゴに向けた言葉なのかは、はっきりしなかった。

グレイスンをにらみかえすだけで、ほかに目を向ける余裕もないヒューゴだったが、すべての視線が自分に集まっているのを感じた。

「いくら糾弾されても、グレイスン」ヒューゴは言った。「きみと口論するつもりはない」

視野の端にコンスタンスの姿が見えた。なんてことだ。すでに川から戻ってきて、話に耳を傾ける連中のなかに入りこんでいたのだ。

ヒューゴはレディ・ミュアのほうを向き、ぎこちなく頭を下げた。

「ここで失礼して、妹を連れて帰ることにします」

そのとき、ヒューゴの背後で声がした。細く弱々しいが、ちゃんと聞きとれる声だった。

「きみに反論できる生き残りがここに一人いるぞ、ミュア」フランク・カーステアズが言った。「ぼくにはイームズが肩を持つべき理由は何もない。あの日、ぼくが指揮するはずだった部隊をイームズが率いて突撃した。その勇気がぼくの臆病な心を打ちのめし、以来、来る日も来る日も四六時中ぼくの良心を苦しめている。兵士がばたばた死んでいくのを見て、ぼくは退却を懇願したが、イームズに押し切られた。少なくとも、イームズは先頭に立って突撃し、あとの者がついてくるかどうかをふりむいて確かめることもしなかった。そう、イームズが正しかった。われわれは決死隊だったのだ。死を覚悟で志願したのだ。砲弾の餌食となり、あとに続く連中が本格的に攻撃できるようにするのがわれわれの使命だった。イームズ大尉は先頭に立って突撃した。のちに受けた称賛のすべてに値する活躍ぶりだった」

ヒューゴはふりかえらなかった。だが、歩きだすこともしなかった。人生最悪の瞬間のなかで立ち往生している自分を感じた。錯乱してしまったあの日よりさらに悪い。いや、違う、たぶんあそこまでひどくはないだろう。あんなにひどい経験はほかにない。

「さてさて」物憂げな声がした。「お茶を飲みに行くとしようか。レディ・ミュア、トレンサム、クリスティーンとわたしにつきあってくれたまえ。木陰はきっと気持ちがいいぞ」

グレイスンからようやく視線をはずしたヒューゴは、さっき紹介されたばかりの男性がそこにいることに気づいた。宝石に飾られた片眼鏡を手にした、いかにも貴族的な雰囲気を漂わせる銀色の瞳の人物で、片眼鏡はいまのところ、そそくさと退却を始めたグレイスンに向けられていた。ビューカッスル公爵だ。

「ありがとうございます」レディ・ミュアはヒューゴの腕をとった。「喜んでお供させていただきます、公爵さま。木陰は大歓迎ですわ。しばらく太陽の下にいると暑くてたまらなくなりますもの。そうじゃありませんこと？」

突然、誰もがふたたび歩きまわったり、話をしたり、笑ったりしはじめた。不都合なことなど何も起きなかったかのようにパーティが続けられた。ヒューゴがカーステアズのほうへ目を向けたときには、向こうはヒューゴを見ようともせず、知らん顔で妻と話をしていた。これが貴族のやり方なのだとヒューゴは悟った。

しかし、ロンドンじゅうの上流階級の客間と社交クラブの部屋ではこれから何日ものあいだ、いまのやりとりの噂で誰もが盛りあがるに決まっている。

19

「決心がついた」ヒューゴが言った。「求愛はやめることにした」

グウェンは自分では意識しないまま刺繍の布を手にとり、模様を刺しはじめた。〝今度は本気なの？〟と言おうとしたが、彼の顔を見ると、軽口の応酬を期待している様子はまったくなかった。

ヒューゴが屋敷を訪ねてきたのは、グウェンがリリーと母親と一緒に出かけようとしていたときだった。ローレンも誘って午後から何軒か訪問する予定になっていた。ネヴィルは貴族院へ行っている。

「ええ、わかりました」グウェンは言った。

椅子を勧めたのに、ヒューゴはいつもの軍隊調の姿勢で客間の中央に立っていた。不機嫌な表情で。グウェンにはそれがわかっていた。顔を上げて確かめるまでもなかった。

「コンスタンスが出たがっている催しがあといくつかあるので、あなたにお連れいただければ、そんなありがたいことはない。だが、無理だとおっしゃるなら、それはそれで仕方がない。貴族の世界が〝約束の地〟とは言えないことを、あの子もようやく理解しはじめたところだ」

「もちろんお連れするわ。妹さんが希望なさるなら、それ以外の招待をお受けになってもいいし。喜んで後見役を続けさせてもらいます。約束の地なんてどこにも存在しないけど、たとえ〝約束されていない土地〟であっても、ろくに調べもせずに価値がないと言って切り捨ててしまうのは愚かなことだわ。妹さんは貴族社会にうまく溶けこんでいる。ご本人にその気があれば、自分が選んだ紳士と理想的な結婚をすることもできるのよ」

ヒューゴはその場に立ったままグウェンを見下ろしていた。グウェンは刺繍など始めなければよかったと思った。手の震えを抑えることに集中しなくてはならなかった。しかも、よく見たら、緑色の絹糸がバラの葉ではなくて大きな花びらを埋めていた。あとの花びらは濃いローズピンクだというのに。

自分から沈黙を破るのはやめようと決めた。

「昨日、いささか見苦しい一幕にあなたが巻きこまれた件で、おそらく、ご家族から何か意見があったことだろう」

「そうね……」グウェンは一瞬、刺繍の手を止めた。「兄はジェイスンの顔に手袋を叩きつけてやりたいと言ったわ。人前でわたしを侮辱し、恥さらしな真似をしたあの男に決闘を申しこんでやりたい、って。でも、リリーが、ジェイスンのような人間にとっては、完全に無視されることのほうがはるかに苛酷な罰だと言って、兄を思いとどまらせてくれたのよ。いとこのジョゼフも決闘をしたがったけど、兄から列に並んで待つように言われたわ。そうそう、今日の午後の訪問先にカーステアズ夫人のところも加えましょう、ってリリーから提案があったの。だって、昨日、カーステアズ氏が助けてくださったんだし、奥さまはいつもひどく孤独なご様子だから。母は、昨日ほどわたしを誇りに思ったことはなかったと言ってくれたわ。わたしが〝自分の連れは自分で選びます〟とジェイスンに言ってやったし、ビューカッスル公爵ご夫妻からお茶に誘われたときにあなたの腕をとったから。わたしがとてもいい連れを選んだって言うのよ。ローレンなんか、ジェイスンの悪口雑言にストイックな威厳を漂わせて耐えたあなたを見れば、声の聞こえる範囲にいた未婚の令嬢はもちろんのこと、夫のいる貴婦人までがあなたにのぼせあがるでしょうって言ってたわ。おばのエリザベスは、夫の爵位を継いだ現在のミュア子爵に人前であんなみっともないことをされて、わたしがどんなにいやな思いをしただろうと心配してくれた。そして、わたしの選んだ連れがみごとな威厳と自制心を見せたことを誇りに思うべきだ、とも言ってくれた。あなたこそが英国の真の英雄だとおばは思ってるわ。おばと再婚した公爵は、ジェイスンが悪意に満ちた嘘をつき、その嘘をカーステアズ氏が暴いたことで、あなたの名声は傷つくどころかさらに高まったと信じている。もっと続けましょうか」

グウェンは気をとりなおして、刺繍に集中することにした。

「今日はあなたの名前がロンドンじゅうで話題になっていることだろう」トレンサム卿は言った。「わたしの名前と一緒にされて。まことに申しわけない。だが、そんなことは二度と起きないようにする。コンスタンスのためにもうしばらくロンドンに滞在するが、今後は分相応の場所にとどまり、同じ世界の人々とつきあうことにする。社交界のゴシップというものは、新たな材料がなければじきに消えてしまうものらしい」

「ええ。おっしゃるとおりよ」

「母上も安心なさるだろう。〝いい連れを選んだ〟と昨日あなたにおっしゃったとしても。あとの身内の方々も胸をなでおろすことだろう」

グウェンは緑色の花びらの刺繍を中断した。途中までにしておいたほうが、あとで糸をほどくときに楽だ。麻布に刺繍針を刺して脇へどけた。

「あなたと同じぐらい大きな劣等感を持った人が、たぶん、この世界のどこかにいるでしょうね、トレンサム卿。でも、あなた以上に大きな劣等感を持った人はぜったいどこにもいないわ」

「わたしには劣等感などない。考え方が違うだけだ。現実的な人間なんだ」

「たわごとね」グウェンは貴婦人らしからぬ言い方をした。

ヒューゴをにらみつけた。彼のほうも渋い表情になった。

「本当にわたしがほしいのなら、本当に愛しているのなら、たとえイングランドの女王であろうと、わたしを手に入れるために戦うはずだわ」

ヒューゴが彼女を見つめかえした。顎の輪郭が石のようにこわばり、唇がきつく結ばれ、暗く獰猛な目になっていた。グウェンは一瞬、こんな男を愛することができるだろうかといぶかしんだ。

「くだらん」トレンサム卿は言った。

〝くだらん〟彼の好きな言葉の一つ。

「そうね。あなたに求められていると信じるのはくだらないことだわ。いつか愛してもらえると思うのも、くだらないことね」

　いまの彼はまさに大理石の彫像と化していた。

「帰って、ヒューゴ。もう来ないで。二度と会いたくないわ。帰って」

　トレンサム卿は出ていこうとして――ドアの前で足を止めた。片手をノブにかけ、グウェンに背中を向けて立った。

　グウェンは憎しみと決意に支えられて、彼の背中をにらみつけた。すぐに出ていくはず。いますぐ。さっさと出てって。

　だが、彼は出ていかなかった。

　ノブにかけていた手を下ろし、ふりむいて、グウェンと向きあった。

「わたしが何を言おうとしたのか、説明しよう」

　グウェンはわけがわからず、彼を見つめかえした。手がじんじんしているのに気づいた。両手を強く握りあわせていたに違いない。

「すべてが一方通行だった。最初からずっと。あなたはペンダリス館で突然の乱入者として日々を送ることになったものの、そこはやはりあなた自身の世界だった。ニューベリー・アビーでも、あなたは自分の身内に囲まれ、あなた自身の世界にいた。称号を持たない人は一人もいなかった。このロンドンでも、あなたは自分の世界の中心にいる。この屋敷でも、ハイドパークの上流が集まるエリアでも、レッドフィールド邸の舞踏会でも、昨日のガーデンパーティでも。結婚の申込みをするために自分とは違う世界に足を踏み入れ、その世界にふさわしい人間であることを証明するよう求められてきたのは、つねにわたしのほうだった。わたしは言われるままにそうしてきた。何度も。なのに、あなたは、わたしがその世界になじんでいないと言って非難する」

「劣等感がひどいからよ」

「考え方が違うからだ」トレンサム卿は主張した。「それはいささか不公平だと思わないか」

「不公平？」グウェンはため息をついた。たぶん、彼の言うとおりだろう。いまのグウェンが望んでいるのは、彼を部屋から追いだし、これっきりにすることだけだった。いずれ去っていく人だ。だったら、いますぐ別れたほうがいい。一週間後か一カ月後には、胸の痛みも薄れているだろう。

「わたしの世界に来てほしい」トレンサム卿が言った。

「お宅にお邪魔して、妹さんと二人目のお母さまにお目にかかったでしょ」

トレンサム卿は表情をゆるめることなく、グウェンをじっと見つめるだけだった。

「わたしの世界に来てほしい」ふたたび言った。

「どうやって？」グウェンは彼に向って眉をひそめた。

「わたしがほしいのなら、グウェンドレン」トレンサム卿は言った。「わたしを愛している、生涯を共にできると思っているなら、わたしの世界に来てくれ。ほしいとか、愛しているというだけでは充分でないことがわかるだろう」

グウェンの視線が揺らぎ、自分の手を見下ろした。じんじんする感覚を払いのけたくて指を伸ばした。たしかにこの人の言うとおりだ。いつも、彼が合わせようとしてくれた。そして、立派にやってきた。自分のものではない世界に身を置くと、居心地の悪さを感じ、自信をなくし、惨めな気持ちになることを除いて。

〝どうして?〟と尋ねるのはもうやめよう。わたしにはわからない。たぶん、彼にもわからないだろう。

「いいでしょう」グウェンはふたたび視線を上げ、挑むように彼をにらみつけた。嫌悪の視線と言ってもいいほどだった。彼に出会い、愛するようになったせいで、居心地のよかった自分の世界が大きく揺れた。これ以上揺れるのはもういやだ。

沈黙のなかで二人の目が闘いを続けた。やがて、彼が唐突にお辞儀をして、ドアのノブに手をかけた。

「近いうちに連絡する」

そして姿を消した。

グウェンは今日の午前中、リリーと二人でボンド通りへ出かけたときにマーロック卿とばったり顔を合わせ、しばらく立ち話をしたあとで、近くのティールームで何か軽いものでもと誘われた。リリーは誘いに応じることができなかった。ネヴィルと一緒に一家でロンドン塔へ出かける予定なので、早い午餐に間に合うように帰ることを子供たちに約束していたのだ。しかし、グウェンは誘いを受けることにした。また、今夜は劇場へ出かけて、マーロック卿に招待された四人の客と一緒に彼の桟敷席で芝居を見ることになった。

これから努力しなくては。彼に恋をするために精一杯がんばらなくては。

いやだわ、なんて馬鹿なことを。それじゃまるで、恋に落ちるも落ちないも自分の意思一つだと言ってるみたい。恋に傷ついた心を癒すため、マーロック卿の気持ちなどおかまいなしに恋愛の真似ごとをするつもりなら、相手に対してひどく失礼なことだ。招待された客として劇場へ出かけ、笑顔をふりまき、愛想よくふるまおう。それだけでいい。あとは何も必要ない。

ヴェラと口論したあとで砂利浜へ散歩に出かけたのを、いまではどれだけ悔やんでいることか。同じ道を通って戻ればよかったのにとつくづく思う。あの斜面をのぼるときにもっと注意すればよかった。ヒューゴがあの朝あの浜辺にやってきて岩棚に腰を下ろし、わたしが足首をくじいたときにその場に居合わせるような偶然がなければよかったのに。

でも、そんなことを考えても意味がない。今日の朝、太陽がのぼらなければよかったのにとか、生まれてこなければよかったのにと思うのと同じことだ。

生まれてこなかったとしたら、そのほうがずっと不幸だ。

ああ、ヒューゴ。グウェンは彼のことを思いながら刺繍の布をふたたび手にとり、ピンクになるはずだったバラの花びらがつややかな緑色の絹糸で刺繍されているのを見て、悲しみに包まれた。

ああ、ヒューゴ。

それから一週間、ヒューゴの訪問はなく、手紙も来なかった。グウェンは毎日朝から晩まで、この何年もなかったほどの勢いで遊びまわり、輝きを放ち、笑って過ごしたが、一週間が一年のように感じられた。

新しい交際相手もできた。ラッフルズ卿といって、青年時代と中年時代を放蕩三昧で過ごし、初老に近い人生の段階に差しかかったところでようやく、そろそろまともな人間になり、この国でいちばんの美女を口説くことにしようと決めた男性だった。ロズソーン家の舞踏会でグウェンと踊ったときに、当人がそう語ったのだ。グウェンが笑って、だったら一刻も無駄にせず相手を探したほうがいいと言うと、ラッフルズ卿は軽い関節炎にかかっている手を自分の心臓に当て、感情のこもった目でグウェンの目を見つめて、すでに見つかりました、わたしはあなたの忠実なる僕《しもべ》です、と言った。

ウィットに富み、愉快で、若いころのハンサムな面影がいまも残っている人だった。そして、グウェンが見た感じでは、月へ飛んでいく気がないのと同じく身を固める気もなさそうだった。その週は顔を合わせるたびに向こうが大げさな口説き文句を並べるのをグウェンは笑って受け入れ、彼女のほうも、向こうが真剣に受けとるはずがないのを承知のうえで、思わせぶりな言葉を返していた。ずいぶん軽薄な気分で過ごしていた。

どこへ出かけるにもコンスタンス・イームズを連れていった。この少女のことが心から気に入っていたし、少女が社交シーズンの催しを無邪気にすなおに楽しむのを見ていると、心が癒された。崇拝者がずいぶん増えたコンスタンスは、その全員に温かく愛想よく接していた。だが、ある日、グウェンを驚かせた。

「けさ、リグビーさんが訪ねてらしたの」ロズソーン家の舞踏会でコンスタンスは言った。

「結婚の申込みだったんです」

「それで？」グウェンは興味津々で少女に目を向け、舞踏室の熱気を払いのけるために扇子で顔をあおいだ。

「もちろん、お断わりしました」当然という口調で、コンスタンスは言った。「傷ついてなければいいけど。でも、きっと大丈夫ね。がっかりしたお顔になったのは仕方がないわ」

コンスタンスのその口調に自惚れはまったくなかった。

さらに続けて言った。「お金にちょっと不自由してるみたい、かわいそうな人」

「でも、あなたとならお似合いのカップルになれたのに」グウェンは言った。「母方のおじいさまは子爵だったのよ。ハンサムで性格のいい青年だわ。あなたをとても大切にしてくれるでしょうね。でも、あなたが深い愛情を感じていないのなら、そんな条件はすべてどうでもいいことで、初めての求婚を断わる勇気を持っていたあなたを褒めてあげなきゃ」

「お金がないんだったら、親戚の誰かに頼んで軍職を買ってもらうという方法があるし、聖職者になる道だってあるわ。どちらも、上流階級の職業としてはごく普通のものとされてるでしょ。プライドを少しだけ捨てれば、どこかの荘園の管理人や誰かの秘書になることもできるんだし。お金持ちの女を妻にするのが唯一の選択肢じゃないのよ」

「じゃ、求婚したのはあなたの財産が目当てだったの？」グウェンは訊いた。「本人が認めたの？」

「わたしがしつこく訊いたら認めたわ。しかも、ぜんぜん悪びれてないの。結婚するときは両方が対等の資産を持ち寄ることになるって言うのよ。わたしのほうはお金、彼のほうは名門の血筋と社会的身分。それから、これは信じていいと思うけど、わたしに愛情を持ってるって断言してたわ」

「でも、あなたは対等な立場での結婚になるとは思ってないのね？」

少女はむずかしい顔になり、自分の扇子を広げた。

「いいえ、対等だとは思うのよ。でも、彼は残りの人生をどうやって過ごす気かしら、レディ・ミュア。わたしのお金で遊んで暮らせるようになる。でも……どうして？　どうして遊んで暮らそうとする男の人がいるの？」

グウェンは笑った。

「グラティン氏がやってくるわよ。次は彼と踊る約束でしょ」

ダンスのパートナーが近づいてくるのを見て、少女は明るい笑みを浮かべた。

少女の口からヒューゴの話は出なかった。この一週間、ヒューゴの話は一度も出ていないし、グウェンのほうからも尋ねようとしなかった。

〝近いうちに連絡する〟最後に会ったとき、彼がそう言った。そして、グウェンは翌日かその翌日には連絡がくるものと思っていた。

馬鹿だった。

だが、ついに連絡があった。ある朝、何通もの招待状と一緒に、彼の手紙が朝食の皿の横に置いてあった。

〝二週間後に、コンスタンスの祖父母が結婚四〇周年を迎えることになっています〟と書かれていた。〝わたしの継母の両親で、食料雑貨店を経営しています。さらに数日後には、わたしの父方の親戚とその妻が結婚二〇周年を迎える予定です。この二つを祝うために、両方の親族が、ハンプシャーにあるクロスランズ・パークというわたしの住まいに五日ほど泊まってくれることになりました。お気が向かれましたら、わたしの継母と妹と一緒に馬車でお越しください〟

時候の挨拶はなし、個人的な用件もなし、具体的な日付はいっさいなし、そして、末尾には〝あなたの従順なる僕《しもべ》より〟などといった儀礼的な言葉もなかった。彼の署名があるだけだった。太い字でくっきりと書いてあり、飾り文字などは使われていない。読みやすい字だった。

〝トレンサム〟

グウェンは一枚きりの便箋に悲しげな微笑を向けた。

〝わたしの世界に来てほしい〟

「何かおもしろい冗談でも書いてあるのかい、グウェン」食卓の上座についているネヴィルが訊いた。

「社交シーズンの真っ最中だというのに、田舎で開かれる五日間のハウスパーティに招待されたの」

「わあ、すてき」リリーが言った。「どなたのお宅で？」

「トレンサム卿よ。結婚記念日のお祝いが二つあるんですって。一つはお父さまのほうのご親戚、もう一つは二人目のお母さまのご両親。両方の親戚が集まるそうよ。ハンプシャー州のクロスランズ・パークに。わたしにも、よかったらどうぞというお誘いがあったの」

グウェンが便箋を丁寧にたたんで皿の横に戻すあいだ、全員が彼女を見つめ、無言の問いかけをしてきた。

「あなたをご自分の身内に紹介したいというわけね」リリーが言った。「これは重大よ、グウェン。向こうが真剣だってことでしょ」

「でも、ちょっと変だわ」グウェンの母親が言った。「招待されたのがグウェンだけだなんて。あらためて求愛なさるおつもりかしら」

「それが違うの」グウェンは言った。「先週、うちにいらしたでしょ。求愛をやめる決心をしたことを伝えるためだったのよ。ブリトリング邸のガーデンパーティであんな騒ぎがあったのをひどく気になさって、わたしにもいやな思いをさせたのではと心配してらしたの」

「それなのに、あなたをハウスパーティに招待したわけ？」母親が言った。「あのご兄妹《きょうだい》の身内じゃないのに招待されたのは、あなた一人なんでしょ？　それなのになぜわざわざ、求愛するつもりはないなんて言いにいらしたの？」

「求愛の件はわたしから言いだしたことだったの」グウェンはため息をついた。「あの方がニューベリー・アビーを訪ねてらしたときに」

「ほらね！」リリーが言った。「思ったとおりだわ。やっぱりでしょ、ネヴィル。グウェンとトレンサム卿はおたがいにお熱なのよ」

「イームズ夫人のご両親って、どういう方たちなの？」グウェンの母親が訊いた。

「小さな商店の経営者よ」グウェンは沈んだ様子で微笑した。「トレンサム卿の一族のほうは実業界の大物ぞろい。トレンサム卿ご自身もそうなのよ。それから、小規模だけど農業もやってらっしゃるわ。頭のなかは事業のことでいっぱいでしょうけど、心のなかは子羊やヒヨコやその他の家畜のことでいっぱい。それと、作物と庭のことで」

「すると」ネヴィルが言った。「トレンサムは社交シーズンの前半をおまえへの求愛に費やしたから、後半はおまえのほうから求愛するよう促しているわけかい？　それなら納得できる。あの男と結婚する気があるなら、どんな世界に足を踏み入れることになるのかを知っておくべきだ」

「あの方との結婚なんて問題外だわ」

「そうなのか？　だったら、招待には応じないつもりだね？　まあ、真剣な目的がないのなら、商店主や実業家連中のなかに入る必要はないものな」

「グウェンにあなたの考えを押しつけてはいけないわ、ネヴィル」母親の言葉にグウェンは驚いた。「グウェンがトレンサム卿に優しい気持ちを持っているのは明らかよ。あちらも同じでしょうけど。でも、つきあっていくのはけっして簡単なことじゃないわ。二人のどちらにとっても。貴族社会の集まりで、トレンサム卿は立派にふるまってらした。ガーデンパーティで起きたあの嘆かわしい騒ぎのときなど、とくにご立派だったわ。トレンサム卿が悪いんじゃないのにね。ただ、名声を誇って当然なのに、くつろいだ様子でいらしたことは一度もなかった。グウェンがトレンサム卿の身内の集まりに出た場合、どこまでくつろげるのかわからないわね。とくに、五日も続くとなれば。そういうことを思いつくトレンサム卿はなんて賢明な方かしら。結婚とは当事者二人だけの問題だと信じることができるのは、恋の炎に身を焦がす愚かな人々だけですよ。ほかにも大事なことがたくさんあるわ。とくに、それぞれの家族とか、自分が慣れ親しんできた世界とか」

「おっしゃるとおりですわ、お義母さま」テーブルの向こうのネヴィルを見つめて、リリーが言った。「でも、たとえそうだとしても、いちばん大切なのは当事者の二人じゃないでしょうか。ネヴィルとの結婚はとうてい無理だとわたしが思いこんでいたときに、彼が周囲の反対を押し切ってくれなかったら、わたしの人生はいまごろどうなっていたかと思うとぞっとします」

「トレンサム卿とわたしの結婚なんて問題外だわ」グウェンはふたたび言った。

もちろん、馬鹿げた意見だ。ハウスパーティへの招待の理由がそれ以外にあるだろうか？

〝わたしがほしいのなら、グウェンドレン、わたしを愛している、生涯を共にできると思っているなら、わたしの世界に来てくれ。ほしいとか、愛しているというだけでは充分でないことがわかるだろう〟

わたしはどうして、招待を受けてもいいと思ってるの？　いいえ、自分に正直にならなくては。どうして招待を受けるつもりなの？　彼がほしいから？　彼を愛してると思っているから？　生涯を共にしたいと思っているから？　彼が間違っていることを証明したいから？

彼を愛しているとは思っていない。

「だったら、行くのはやめるんだな」ネヴィルが言った。

「いいえ、行くつもりよ」グウェンは言った。

ネヴィルは頭をふってかすかに微笑した。リリーは胸の前で両手を握りあわせ、うれしそうな顔になった。母親が手を伸ばしてグウェンの手の甲を軽く叩いた。もう何も言わなかった。

「今日の午前中は、ネヴィルが貴族院へ出かけてるあいだに、シルヴィとレオを公園に連れていこうと思ってるの」リリーが言った。「あなたもどう？　一緒に来てくれれば、赤ちゃんも連れていけるわ。あなたはボールを追いかけて走りまわっててね。あの子たち、いつまでたってもボールがキャッチできないみたいだから」リリーは笑った。

「もちろん、つきあうわ」グウェンはそう言って立ちあがった。「あの子たちがボールをキャッチできないのは、たぶん、ママがうまく投げられないからだわ。グウェンおばちゃんの出番よ」

ヒューゴはこの三年のあいだ、田舎暮らしのプライバシーを厳重に守ってきた。最初はコテージで、次はクロスランズ・パークで。そこは彼の領土であり、激動の世界からの避難場所であった。人を泊めたことは一度もない。〈サバイバーズ・クラブ〉の仲間でさえも。近隣の人々を晩餐やカードゲームに招くこともめったにない。

だが、状況が変わった。

それどころか、何もかも変わってしまった。

〝わたしの世界に来てくれ〟グウェンドレンにそう言った。突然、その機会を作らなくてはという思いで胸が痛くなった。お茶と雑談の午後、あるいは、お茶とカードゲームの夜だけでなく……そう、何日か泊まってもらい、居心地のいい自分の世界を離れるのがどういう感覚かを理解してもらうのだ。

〝ほしいとか、愛しているというだけでは充分でないことがわかるだろう〟

この言葉が間違いだと証明されるよう必死に祈った。それしか道はない。

自分自身は、会社の経営を続けることができ、年に何カ月か田舎にひっこむことができるなら、求めに応じていつでも彼女の世界に溶けこめるだろうし、その覚悟もある。しかし、彼女がこちらの世界に溶けこむことがはたしてできるだろうか。さらに重要なことだが、それだけの覚悟が彼女にあるだろうか。それとも、結婚したら、フィオーナのようにこちらの一族を無視して、いっさいつきあわないつもりだろうか。

そんなことになったら、自分は耐えられない。

一族の人々と長いあいだ疎遠だったが、ヒューゴにとっては大切な身内だった。最近になって親戚づきあいが復活した。二度と疎遠になるつもりはない。こちらの一族を無視するような妻をもらうつもりはない。また、フィオーナの実家とのつきあいも始まり、血縁関係がまったくなくても、ヒューゴはみんなに好意を持っている。いや、コンスタンスはみんなと血縁関係にある。

二組の夫婦の結婚記念日が近づいていることをしばらく前に知った。そこで、夏のあいだに両方の家族をクロスランズ・パークに何日か招待しようと、先日から考えていた。長期滞在は無理だ。働く人々だから、長い休暇をとることはできない。

じっさいの記念日に合わせて全員をクロスランズに招待してはどうだろう？　夏まで待たなくてもいいではないか。グウェンドレンを最後に訪ねた次の週に、ふとそんな考えが浮かんだ。近いうちに連絡すると彼女に言ったときは、どんな連絡をするつもりか自分でもわかっていなかった。また、自分の世界に来るようにと言ったときも、どうやって実現すればいいのかよくわかっていなかった。

しかし、ついにわかった。

すべてが驚くほどすらすら運んだ。急な連絡だったにもかかわらず、仕事を一週間休めるよう、全員がそれぞれ都合をつけてくれた。そして、ヒューゴが田舎に購入した屋敷を見られる、みんなで集まって二つの結婚記念日を大々的に祝うことができるというので、誰もが大喜びだった。

一つだけ残った問題は、社交シーズンの催しが華々しくくりひろげられている最中に、グウェンドレンがロンドンを離れられるかどうかということだった。また、彼女がそれを望んでいるかどうか。その覚悟があるかどうか。

いや、気にすることはない——ヒューゴは自分に言い聞かせた。身内のために計画したことだ。自分の人生のすべてをみんなに見せるときが来た。クロスランズも、そこにあるものもすべて、自分の人生で重要な位置を占めている。

グウェンドレンが来られないなら、あるいは、来る気がないなら、二人のことはそれで終わりだ。彼女に会おうとするのはもうやめて、こわれたハートの破片をつなぎあわせ、自分の人生を歩んでいけばいい。だが、もし来てくれたら……。

しかし、そのあとのことは考えられなかった。考えないようにした。〝ほしいとか、愛しているというだけでは充分でない〟と彼女に言った。自分でそう信じているのかどうか、よくわからなかった。しかし、信じられないわけでもなかった。

やがて、彼女から短い手紙が届いた。招待を受けるという返事だった。

そこでヒューゴはつくづく思った。あの屋敷はまるで納屋だ。家具はちゃんとそろっているが、ふだんは三部屋しか使っていない。あとの部屋は閉め切ったままで、家具には埃よけのカバーがかかっている。彼が一人で滞在するのなら、その三部屋を整えるのも、彼の身辺の世話をするのも、いまいる召使いだけで充分だが、ハウスパーティとなると負担が大きすぎる。厩と馬車置場は馬番と若い見習いのおかげで手入れが行き届いている。しかし、何台もの馬車と、その馬車をひいてきた馬がクロスランズに到着したら、もっと人手が必要になる。庭園は殺風景だし、花壇は土がむきだしになっているだけだ。

ベッドのシーツは足りるだろうか。

タオルは足りるだろうか。

食器とナイフやフォーク類は？

食料品はどこで調達すればいい？　調理は誰に頼めばいい？

しかし、ヒューゴも敏腕実業家の父親の息子として無駄に過ごしてきたわけではない。執事募集の広告を新聞に出し、七人の応募者のなかから慎重に一人を選んだ。以来すべてがヒューゴの手を離れ、彼の口出しは不要であり迷惑であることを痛感させられることとなった。新しく雇い入れた執事はまさにヒューゴの希望どおりの人材だった。

それでも、ヒューゴは客が到着する数日前に田舎へ出向いた。埃よけのカバーをはずした家の様子を自分の目で確かめたかった。執事の雇った庭師たちが短期間で庭園をどんなふうに変えたかを見たかった。いちばん眺めのいい部屋がグウェンドレンのために用意されていることを確認したかった。

すべてが申し分なく整えられているのを見て、ヒューゴは安堵と感嘆に包まれた。執事は効率を求める暴君と化して、全員に重労働と完璧な仕上がりを求め、両方を実現させた。それに加えて、ヒューゴのもとで一年以上働いてきて新入りの存在に腹を立ててもいいはずの召使い連中までが、この執事にすっかり敬服していた。

みんなが到着する予定の日は晴天とまではいかなかったが、まずまずの天気だった。全員が時間どおりにやってきた。しかし、正午まで寝坊して前夜の浮かれ騒ぎの疲れをとるかわりに、毎日夜明けには起きて働いている人々だから、当然と言えば当然だろう。

ヒューゴは到着した人々を出迎え、あとの世話は家政婦に委ねた。

そして、最後にようやく、彼自身の馬車が屋敷に近づいてくるのを目にして、胃が締めつけられるのを感じた。彼女が来るのをやめていたらどうしよう？　あるいは、フィオーナと、コンスタンスと、ヒューゴの母方のおじにあたるフィリップ・ジャーメインとの馬車の旅が気詰まりだったせいで、このままロンドンに帰りたいと言いだしたら？

いや、そんなことをする人ではない。貴婦人にふさわしい礼儀作法をわきまえた人だ。

馬車が屋敷の前で止まったので、ヒューゴは扉を開き、ステップを下ろした。まず、フィオーナが降りてきた。予想していたよりはるかに顔色がいい。ヒューゴが初めてロンドンに到着したころに比べると、いまのほうがずっと若々しく見える。

続いてグウェンドレンが姿を見せた。ブルーの濃淡のドレスをまとい、たったいま身支度を終えて部屋から出てきたみたいに溌剌《はつらつ》としている。手袋に包まれた手をヒューゴの手に預けた瞬間、彼の目をじっと見た。

「トレンサム卿」

「レディ・ミュア、ようこそ」

グウェンドレンがステップを下りた。離れていると、彼女の脚が悪いことをつい忘れてしまう。彼女の顔に微笑はなかった。だが、不機嫌な表情でもなかった。

次に、おじに手を貸してもらって、コンスタンスが降りてきた。みんながもう到着したのかどうか、いまどこにいるのかを知りたがった。

「三〇分後にはみんなで客間に集まって、お茶にする予定だ」ヒューゴは言った。「フィオーナ、コニー、家政婦が部屋へ案内してくれる。おじさんもですよ」

ヒューゴはおじと温かな握手を交わした。

次にグウェンドレンのほうを向いて腕を差しだした。

「お部屋までご案内しましょう」と言った。

「わたしだけ特別扱い？」グウェンドレンは眉を上げながら、彼の腕に手をかけた。

「そうです」

ヒューゴの胸のなかで心臓が早鐘のように打っていた。

20

クロスランズ・パークがどんなところか、グウェンには想像がつかなかった。ただ、大人数の親戚とついでにこの自分を一週間近く泊めることができるのだから、かなり大きな屋敷だろうと思っていた。

ニューベリー・アビーやペンダリス館には及ばないとしても、大きな屋敷であることは確かだった。灰色の石で造られた正方形の建物で、設計はジョージ王朝様式だ。それほど古いものではない。周囲の庭園も正方形で、広さは数エーカーあるに違いない。おそらくその中心に屋敷があるのだろう。庭園のなかを屋敷まで続く馬車道は矢のようにまっすぐだ。木々が豊かで、そのなかには灌木の茂みや小さな森もあった。それから、刈りこんだ芝生もあった。本館の片側には厩と馬車置場があり、反対側には正方形のがらんとした地面が広がっていた。

すべてに格調高い雰囲気がなくもないのだが、どこを見ても妙に……荒涼としている。いや、未開発という表現のほうがいいかもしれない。

馬車に同乗した人々が心ゆくまで景色を眺め、コンスタンスが興奮した声で感想を述べるあいだ、グウェンはもとの所有者に思いを馳せていた。想像力のない人だったの？　それとも……どう言えばいいの？　しかし、ヒューゴがこの屋敷に惹かれた気持ちは理解できた。大きくて、がっしりしていて、よけいな飾りがない。まさに彼のイメージだ。

そう思って、グウェンは口元をほころばせ、膝の上で握りあわせた手に力をこめた。

これはわたしに対するテスト。合格かどうかは彼の目で判断する。そして、わたし自身の目で。

〝わたしの世界に来てほしい〟

どういう結果になるかはわからない。でも、馬車の旅はなかなか楽しかった。コンスタンスは意外にもロンドンを離れたことが一度もないので、田舎の景色に見とれ、途中で宿屋に立ち寄るたびに大喜びだった。母親は物静かだったが、けっこう楽しそうにしていた。ジャーメイン氏がいい話し相手になってくれた。紅茶会社に勤めていて、極東を広く旅してきた人だ。ヒューゴのおじにあたるが、それほど年上ではなさそうだ。

ここで過ごす数日はどんな日々になるだろう？　彼の世界に入り、彼の身内に囲まれて過ごしたら、どんなに違う体験をすることになるだろう？　受け入れてもらえるだろうか。よそ者扱いされるのだろうか。みんなの怒りを買うことになるのだろうか。よそ者であることを痛感させられるのだろうか。

出発する日の前夜、リリーがグウェンと一緒に夜更かしをした。そして、昔の苦労話をしてくれた。歩兵連隊の軍曹の娘として軍隊と共に流浪の日々を送ってきた教養のない野育ちの娘から、当時はまだ独り身だったエリザベスの監督のもとでイングランドの貴婦人に変身するために、大変な思いをしたのだ。

「それをなしとげる方法は一つしかなかったわ」途中でリリーは言った。「自分自身がそう望むこと。それしかなかった。誰かを感心させたかったからではない。エリザベスに恩返しをしたかったからでもない。もちろん、感謝はしてたわよ。ネヴィルをとりもどすためでもなかった。わたしたちの結婚が法的には成立していなかったことを知ったあとは、とりもどしたいという気持ちも消えてしまった。ネヴィルは別世界の人だったし、わたしはその世界とは関わりたくなかった。あのね、グウェン、わたしが貴婦人に変身できたのは、自分のためにそう望んだからなの。その気持ちさえあれば、あとはなんとかなるわ。世間の人は、とくに信仰心の篤い人は、自分自身を愛するのは間違いだ、罪と呼んでもいい、と言うでしょうね。でも、それは違う。自分を愛することこそ、人生の基礎となるいちばん大切な愛なのよ。自分のことも愛せない人間に、ほかの誰かを愛せるわけがない。本物の愛情なんて持てないわ」

リリーが貴婦人に変身してネヴィルとふたたび結ばれたことは、グウェンももちろん知っている。だが、リリーの内心の葛藤までは知らなかった。彼女の話に一心に耳を傾けた。リリーが今宵その話をしてくれた理由もわかっていた。生まれ育った環境と違う世界に順応していくことは、もちろんできるが、その変化に耐えていくための、あるいは、そこに価値を見いだすための理由は一つしかない――リリーはそれをグウェンに伝えようとしたのだ。

自分がそう望まなくてはならない。自分自身のために。

でも、わたしの場合、リリーほど大きな変化は求められずにすむ。ヒューゴは大金持ちだし、称号も持っている。

これはただのハウスパーティよ——馬車が屋敷の前の石段のところで止まるあいだに、グウェンは自分に言い聞かせた。しかし、かなり緊張していた。不思議なことだ。いつもなら、ハウスパーティが開かれる屋敷に到着するときは自信に満ち、期待でわくわくしているのに。ハウスパーティが大好きなのに。

ヒューゴが石段の下で待っていた。自分の領地に戻った男。御者が飛びおりて馬車の扉をあけるのを待ちはしなかった。自分で扉をあけてステップを下ろし、片手を伸ばしてイームズ夫人が降りるのを助けた。

次はグウェンの番だった。

彼が手を差しだした瞬間、その目がグウェンの視線をとらえた。暗く謎めいた目。こわばった顎。微笑の片鱗もなし。

わたしったら、何かほかの姿でも期待してたの？

ああ、ヒューゴ。

「トレンサム卿」グウェンは言った。

「レディ・ミュア」彼に手をとられて、グウェンは馬車から降り、テラスに立った。

次に降りてきたのはジャーメイン氏で、それからコンスタンスのほうを向いて手を貸した。

少女はひどくはしゃいでいて、おしゃべりが止まらなかった。

三〇分後に客間でお茶の予定だった。旅の汚れをざっと落とせるよう、家政婦が全員をそれぞれの部屋に案内した。いや、全員ではない。グウェンはヒューゴが案内することにしていた。

「わたしだけ特別扱い？」グウェンは彼の腕に手をかけながら言った。

「そうです」

ヒューゴの返事はそれだけだった。グウェンは心配になった。わたしを招待したことを後悔してるの？　招待などしなければ、いまごろは身内の人々とくつろいでいられただろう。二組の夫婦の結婚記念日を祝うためのパーティだもの。

玄関ホールは予想どおり広々とした正方形で、クリーム色の壁に風景画が数点飾られて殺風景な印象を和らげていた。どの絵も金泥仕上げのそろいの額に入っていて、芸術性には重きを置かずに選ばれたようだ。前方に幅の広い階段があり、踊り場で左右に分かれて上の階へ続いていた。家政婦に案内された一行は右側の階段を使い、ヒューゴとグウェンは左側を使った。次に、そちらの一行が左に延びる長い廊下へ姿を消したのに対して、ヒューゴはグウェンを右に延びる廊下へ案内した。

この屋敷を設計した人はきっと曲線を使うのが苦手だったのね、とグウェンは思った。とはいえ、なかなか立派な屋敷だ。掃除が行き届いていて、艶出し剤のかすかな香りがする。玄関ホールで見たのと同じような絵が壁にかかっている。個性の感じられない内装で、高級ホテルのような雰囲気だ。

いくつもの閉じたドアの奥から声が聞こえてきた。物静かな声もあれば、にぎやかな声もある。

廊下の突き当たりでヒューゴが足を止め、ドアをあけた。グウェンの手を自分の腕からはずし、一歩脇にどいて、部屋に入るよう促した。ここまで来るあいだ、黙りこくっていた。旅の様子を尋ねることすらしなかった。ひどく陰鬱な表情だった。

「ありがとう」グウェンは言った。

彼が続いて部屋に入り、ドアを閉めたので、グウェンは驚いた。

この人、わかってないの……？

ええ、たぶん。

だが、彼が部屋に入ってきたのはそう無作法なことではなかった。部屋にはもう一つドアがあり、化粧室に続くと思われるそのドアが細めにあいていた。メイドの立ち働く物音が聞こえてきた。

「この部屋が気に入ってもらえるといいのだが。眺めのことを考えてあなたのために用意したものの、よく見てみたら、なんとも殺風景な眺めだった。花を植えている暇がなく、去年の花はすべて一年草だったため、今年は芽が出なかった。来年までに美しくしておくつもりだが、今回の滞在には間に合わない。べつの部屋を用意すべきだった。馬車道が眺められる部屋などを」

ヒューゴはそう言いながら部屋を横切り、いまは窓の外を眺めていた。

ボンネットと手袋と手提げをベッドに置きながら、グウェンは思った――この人の暗い顔を見ていると、いまでもやっぱり、暗い気分が表情に出ているのだと誤解してしまいそう。でも、馬車が近づいてくるあいだ、わたしが馬車から降りるあいだ、わたしをここまで案内するあいだ、この人はたぶん、不安で胸がつぶれそうだったのだろう。

窓辺へ行き、彼のそばに立った。

窓の下には、グウェンが馬車道から見た正方形のがらんとした地面が広がっていた。上から見ると、ここ何日かのあいだに土が耕され、雑草が抜かれたことがわかる。その向こうは殺風景な芝生で、はるか彼方に木立が見える。彼を傷つける心配がなければ笑いだしていたかもしれない。

「来てもらえないかと思っていた」ヒューゴが言った。「馬車の扉をあけたときも、フィオーナとコンスタンスとフィリップしか乗っていないような気がしていた」

「あら、伺うって申しあげたでしょ」

「考えなおすだろうと思っていた」

「その場合は、あなたに連絡するわ。わたしは――」

〝レディですもの〟グウェンはそう言いかけた。しかし、彼に誤解されそうな気がした。

「そうだね。あなたはレディだ」

彼は窓敷居の上で指を広げていた。じっと外を見ていて、グウェンには目を向けようとしない。

「ヒューゴ」グウェンは彼の腕に軽く手をかけた。「階級の問題にしないでちょうだい。あなたの身内の誰かが何かの事情で来られなくなった場合も、あなたに連絡するはずよ。単なる礼儀の問題だわ」

「あなたは来ないと思っていた。会えないだろうと覚悟していた」

何が言いたいの？　いや、何が言いたいかは明白だったので、グウェンは彼の腕から手を離した。自分の心臓が胸のなかではなく、喉の奥で脈打っているような気がした。

窓の外へ視線を戻した。

「手をかければすてきになるわ」

「庭が？」ヒューゴがほんの一瞬、首をまわしてグウェンを見た。

「馬車道を通ったときに見たかぎりでは、庭園の大部分が平坦だった。でも、見て。花壇の向こう側が窪地になってるでしょ。あそこに小さな湖を造ることもできる。いえ、それはやりすぎね。睡蓮の池にして、その向こうに背の高いシダと葦《あし》を植えるほうがいいかしら。池と木立のあいだに。それから、花壇の形を少し変えて、曲線を描きながら池まで続くようにするの。縁のほうに灌木と背の高い花々、花壇には茎の短い花々と芝生のかわりになりそうな密生植物。花壇のあいだに曲がりくねった小道を造り、景色が眺められるようにベンチをいくつか置くの。きっと――」

グウェンは不意に黙りこんだ。気恥ずかしくなった。

「ごめんなさい。花の苗をお植えになれば、きっときれいに咲くでしょう。それに、景色だって、いまのままでべつに悪くないのよ。田園らしい風景だわ。海は見えないし、潮の香もない。こういう田園地帯のほうが、わたしはずっと好き。ニューベリーよりすてきよ」

妙なことに、グウェンは嘘をついているのでも、社交辞令を並べているのでもなかった。

「睡蓮の池か」ヒューゴは窓敷居に膝を突き、目を細めて外の景色をじっと見つめた。「みごとな景観になるだろうな。あの窪地のことは前々から厄介だと思っていた。ご承知のとおり、わたしは想像力に欠ける人間でね。心に思い浮かべるのが苦手なんだ。じっさいに目にすれば、その光景を楽しむこともできるし、批判もできる。ところが、想像することができない。例えば、壁にかかった絵を見た場合、どれも駄作であることはわかるが、全部はずしてゴミの山に加えたあとにどんな絵をかければいいのかわからない。今後一〇年のあいだギャラリーをうろついて、あれこれ選ぶことになるだろうが、調和のとれないものばかりになりそうだ。あるいは、どの部屋にどの絵が合うかを考えても、じっさいにかけてみるとまったく合わないとか」

「すべてが調和し、均整のとれた光景というのは、ときとして、殺風景な光景に劣らず、つまらない気がするものよ。たまには自分の直感を信じて、好きなものを選ぶことも大切だわ」

「あなたは気軽にそう言えるだろう。窓から外を見ただけで、睡蓮の池や、曲線を描く花壇や、種類も丈もさまざまな植物や、景色を楽しむためのベンチを思い描ける人だ。わたしの目に見えるのは、どんな花がいいのかわからないが、とにかく花が植えられるのを待っている正方形の土地だけだ。それから、その向こうにある厄介な窪地と、遠くの木立だけだ。小道のことなど思いつきもしなかった。去年、花が咲き乱れていた時期には、花壇のまわりを歩いて花を楽しむか、この部屋に上がってきて上から見るしかなかった。

「でも、きっと、夢のような光景だったでしょうね」グウェンは彼の腕にふたたび手をかけた。「ときには、色彩と美がほんの一瞬豪華な競演をするだけで、魂が充分に癒されることもあるわ、ヒューゴ。例えば、花火のことを考えてみて。一瞬で消えてしまうのに、あんなに豪華なものはほかにないでしょ」

ついにヒューゴが首をまわしてグウェンを見た。

長々と見つめられて、グウェンも視線を返した。彼の目の表情が読めなかった。

「よく来てくれたね、グウェンドレン」ヒューゴがようやく優しい声になった。

グウェンは息を呑み、何回かまばたきした。彼に笑顔を見せた。

すると驚いたことに、奇跡的にも、微笑が返ってきた。

身体を起こして、ヒューゴは言った。「わたしはそろそろ一階に下りて、客間でみんなの相手をしなくては。あなたも支度ができたら来てくれるね？」

「ええ。でも、わたしを招待したことをどう説明するの？」

「あなたはコンスタンスの力になり、あの子が貴族社会の催しに顔を出して、わたしの妹として立派にふるまえるよう骨を折ってくれた。わたしの身内連中は、わたしの称号をからかうと同時に感銘も受けている。ただ、愚鈍な連中ではない。連中の耳にまだ噂が届いていないとしても、あなたがここに来たのはわたしが求愛中だからだということを、じきに察するだろう」

「求愛中なの？」グウェンは彼に尋ねた。「この前お会いしたときは、求愛するつもりはないとはっきりおっしゃったじゃない。ここに招いていただいたのは、わたしからあなたに求愛するためか、あるいは、あなたが求愛する気になれない理由をわたしのほうで見つけるためだと思ってたのよ」

ヒューゴは躊躇したあとで答えた。

「身内の者たちは、わたしがあなたに求愛していると思いこむだろう。ロマンスの芽生えらしきものを見守るのは誰だって大好きだ。身内の誰かがその当事者となればとくに。みんなの想像が当たるかはずれるかは、今後の展開を見るしかないだろう」

でも、このロマンスの芽生えにかぎって言うと、ヒューゴの身内は喜ばないだろうとグウェンは思った。きっと反感を持つだろう。しかし、それを口にするのは控えた。ふたたび笑みを浮かべた。

「すぐ下りていくわ」

ヒューゴは頭を軽く下げて部屋を出た。背後のドアを静かに閉めた。

グウェンはしばらくその場に立ちつくした。コーンウォールで孤独の波に襲われ、浜辺へ出かけた日のことを思いだした。あのとき孤独を感じなかったら、孤独に悩まされることなく今日まで来たかもしれない。悲しみと罪悪感という安全な繭に包まれて日々を過ごし、そんな生き方にすっかりなじんでしまって、虚しい人生であることに気づかないままだったかもしれない。不思議なことに、それは居心地のいい繭だった。繭のなかに戻れればいいのにと思うこともある。どうしても繭から出なくてはならなかったのなら、物静かで、気立てがよくて、複雑なところのない紳士に出会えればよかったのに、とも思う。自分で勝手に作りあげた理想像だ。まるで、そんな紳士が実在するかのように。

しかし、かわりにヒューゴと出会うことになった。

グウェンは頭を軽くふると、化粧室へ向かった。ヒューゴの世界に足を踏み入れる前に、まず顔と手を洗い、着替えをし、髪をきれいにとかなくては。

ヒューゴがほどなく気づいたように、フィオーナの両親は居心地が悪そうで、自分たちの親族にくっついてすわっていた。ヒューゴの身内でさえ、フィオーナの実家の人々から見れば雲の上の存在らしい。相手がヒューゴとなればもう、畏敬の念を抱くのみだ。

機転の利く執事に頼んで、ハウスパーティのあいだ幼い少年二人の世話をしてくれる者を見つけておけばよかったとヒューゴは気づいたが、もう手遅れだった。二人は両親と一緒にソファにすわっていた。弟のほうは両親のあいだにもぐりこみ、兄のほうは父親の横にくっついている。

ヒューゴの身内のほうは、寄り集まったときの常として、じつに騒々しかった。しかし、今日はみんな、いささか自意識過剰かもしれない。なにしろ、慣れない場所に来て、初対面の人々と同席しているのだから。

フィオーナはヒューゴのおじのフィリップと一緒に暖炉のそばにすわっていた。実家の母親が心配そうに娘のフィオーナを見ていた。

コンスタンスはグウェンドレンと腕を組んで、グループからグループへと飛びまわっていた。グウェンドレンのことを、「わたしを貴族社会に紹介してくれたレディ。後見役になってくれたレディなのよ」と、みんなに紹介していた。本当はヒューゴが紹介すべきところだが、コンスタンスがかわりにやってくれ、そのおかげで、妹が世話になったのでグウェンドレンを招待したという印象になり、ヒューゴはかえってほっとしていた。

食料雑貨店からやってきた一団がすわっている背後に、ネッド・タッカーが立ち、楽しそうに周囲を見ていた。彼と妹のあいだに何かあるのかどうかを探るため、ヒューゴはタッカーも招待したいと思っていた。コンスタンスの祖母のおかげで、それが簡単に実現した。招待状を届けるためにヒューゴが食料雑貨店を訪ねたとき、たまたまタッカーも来ていた。コンスタンスの祖母が彼の袖に手をかけて、この子は家族の一員みたいなものだとヒューゴに言った。そこでヒューゴはすかさず、タッカーも招待したというわけだ。

いま、周囲を見まわしたヒューゴは、自分もこの光景の一部であることを悟った。それなのに、観閲式の兵士みたいな姿勢でみんなの真ん中に立っている。社交上のたしなみを多少は身に着けておけばよかったと悔やんだ。ペンダリス館で暮らしたときに学ぶべきだった。

だが、家族との日常に社交上のたしなみは必要ない。家族のもとで送った少年時代は、人目を気にしたことも自信をなくしたこともなかった。また、フィオーナの実家の人々とつきあうにも、社交上のたしなみは必要なかった。自分も一人の人間で、称号や財産があっても実家の人々となんら変わりのないことを示すだけでよかった。いや、もしかしたら、それが社交上のたしなみというものかもしれない。グウェンドレンがコンスタンスと腕を組んだままタッカーと話しこんでいて、ヒューゴが見ていると、三人で笑いだした。ヒューゴの前ではときどき高慢ちきになるグウェンドレンだが、いまはそんなこともなく、タッカーのほうも、やたらとうなずいたり、前髪をひっぱったりせずに話をしている。ヒルダと婚約者のポール・クレインが席を立って三人に加わり、やがて全員が笑いころげていた。

ヒューゴは自分が渋い顔になっているのを自覚した。よそよそしく分かれているグループをどうすればうまくまとめて、ハウスパーティをくつろいだものにできるだろう？　やはり愚かな思いつきだったようだ。

お茶のトレイと、豪華なお菓子をあれこれ並べたもうひとまわり大きなトレイが運ばれてきたので、救われた気持ちになった。継母のほうを向いた。

「お茶を注いでもらえませんか、フィオーナ」

「ええ、喜んで」

ヒューゴはそこでふと気づいた。フィオーナは自分が重要な存在となったことに気をよくしている。ヒューゴの継母として、パーティをとりしきる女主人的な立場にいるのだ。客をもてなす女主人が必要だとは、ヒューゴは考えもしなかった。だが、当然必要だ。誰かがお茶を注ぎ、晩餐のテーブルの末席にすわり、この数日後に結婚記念日のパーティを催すときには、近隣の人々が到着したときに彼の横に立って出迎えなくてはならない。

「ありがとう」ヒューゴは礼を言い、それから、客のあいだをまわって一人一人に皿とナプキンを渡し、次にお菓子のトレイを持ってまわり、一つか二つとるようみんなに勧めた。

そのあいだにフィオーナがお茶を注ぎ、裕福な銀行家と最近結婚したばかりのシオドラ・パーマーといういとこが、一人一人のところへそのお茶を運んだ。また、ヒューゴのいとこにあたるブラッドリー・イームズの妻のバーナディーンは、部屋を横切って幼い少年たちに声をかけた。「ねえ、うちの子供たちも来てて、ほかのいとこたちと一緒に、大きな可愛い屋根裏部屋でお茶を飲んでるのよ。それでね、お茶がすんだら、乳母に外へ連れてってもらって、みんなで遊ぶんですって。コリンとトマスも一緒に行かない？」

トマスは父親の袖の陰に身を隠し、片目だけのぞかせた。コリンは顔を輝かせて父親に許可を求めた。

「わたしたちって、休みをとることがあまりないでしょ」フィオーナの弟のハロルドとその妻メイヴィスに話しかけるバーナディーンの声がヒューゴの耳に届いた。「うちの子供たちもそう。せっかくの機会だから、ここはひとつ、めいっぱい楽しまなきゃね。乳母が二人来てるのよ。どちらもすごく頼りになる人たち。子供たちは乳母の言うことをよく聞くし、二人のことが大好きなの。お宅のお子さんたちも、あの二人になら安心して預けられるわ」

「そうでしょうね」メイヴィスが答えた。「うちには乳母なんていないの。子供たちをそばに置いておくほうが好きだし」

「まあ、わたしもよ」バーナディーンは言った。「子供って、すぐ大きくなるでしょ。わたしが初めて……」

ヒューゴは客間のドアを開き、廊下に控えていた新入りの召使いの一人を手招きして、ブラッドリー・イームズ夫人の乳母への伝言を頼んだ。子供たちを外へ連れていくとき、客間に寄って、あと二人加えてほしい、と。

グウェンドレンはローズおばと、フレデリック・イームズおじの話し相手になっていて、一四歳になるいとこのエミリーが憧れの目でグウェンドレンを見ていた。コンスタンスは母方の祖父母をヘンリエッタ・ラウリーという大おばのところへひっぱっていくところだった。未亡人で、ヒューゴの父親のいちばん上の姉にあたり、イームズ一族の長老とされている。

ローマは一日にしてならず。あまり独創的とは言えないが、ヒューゴの心にそんな思いが浮かんだ。だが、ちゃんとなしとげた。ハウスパーティはたぶん、大惨事にならずにすむだろう。自分がどうにも落ち着かず、不安でならないのは、たぶん、グウェンドレンが来ていて、すべてを完璧に進めたいと自分が願っているからに過ぎないのだろう。彼女が来ていなければ、ここまで悩まずにすんだかもしれない。

フィリップおじと話をしに行った。おじはどちらの親戚の輪にも入っていなかったが、ゆったりくつろいだ様子で、お茶のおかわりを注ぐフィオーナを見つめていた。

似合いのカップルになりそうだ。そう思って、ヒューゴは自分でも驚いた。フィリップとフィオーナ。やれやれ。わたしが老いぼれになったら、縁結びに精を出すようになるかもしれない。

この二人は年齢も近いはずだ。

やがて、お茶の時間が終わってトレイが片づけられると、ヒューゴはみんなに、あとは好きにしてほしいと告げた。この場に残ってもいいし、自分の部屋に戻って休息してもいいし、外を歩いて新鮮な空気を吸ってもいい。

ほとんどの者は出ていった。フィオーナの両親はヘンリエッタおばと一緒に室内をゆっくりまわり、絵を鑑賞した。コンスタンスは若いグループを誘って外へ出ていった。イームズ一族のいとこが何人か、ヒルダとポール、そして、ネッド・タッカーというメンバーだった。グウェンドレンはバーナディーンとその夫のブラッドリーと話しこんでいた。ヒューゴも加わった。

「明日の朝、子供たちを連れて、生まれたばかりの子羊と子牛と子馬を見に行こうと思っている」ヒューゴはバーナディーンに言った。「ヒヨコと子猫と子犬もいる。わたしの子供時代に誰かがそうしてくれたら、たぶん、自分はいま天国にいるんだと思ったことだろう」

「きみが拾ってきた野良犬や野良猫のことなら、みんな、よく覚えてるぞ」ブラッドリーが笑いながら言った。「薄汚い猫や、痩せこけた三本足の犬を連れて帰るたびに、きみのおやじさんがため息をついたものだ」

「子供たち、きっと大喜びね」バーナディーンが言った。「でも、ヒューゴ、子犬や子猫や子羊をうちに連れて帰りたいって子供たちに頼まれても、ぜったい許可しないでね。うちの子の場合はとくに」

ヒューゴは笑いだし、グウェンドレンの視線をとらえた。

「よかったら、いまからみんなで子羊を見に行かないか。まだ牧草地にいるはずだ」

「あらあら、ヒューゴったら」バーナディーンがため息をついた。「今日は長旅だったし、わたし、田舎の空気のおかげで倒れそうなの——あ、言っときますけど、これはいい意味なのよ。そして、子供たちは外へ遊びに行っている。晩餐の着替えをする時間になるまで、わたしはベッドで休むことにするわ」

「ブラッドは？」ヒューゴは訊いた。

「またの機会にしよう」ブラッドリーは言った。「誘惑に抗しきれずにクリームケーキをおかわりしてしまったから、散歩でその分のカロリーを消費しなきゃいけないが、目下、部屋のベッドがしつこく手招きしているのでね」

「レディ・ミュアは？」ヒューゴは礼儀正しく彼女に視線を向けた。

「子羊を見に行きたいわ」

「まあ」バーナディーンが言った。「レディ・ミュアは礼儀正しいのね。でも、わたしたちと過ごす時間が長くなれば、自分勝手に行動できるようになりますよ、レディ・ミュア」

しかし、バーナディーンは笑いながら夫の腕をとり、返事も待たずに二人で部屋を出ていった。

グウェンドレンはヒューゴを見て言った。「いまでも、自分がとても身勝手な人間のような気のすることがあるわ」

「無理して来ることはない」

「馬鹿なこと言わないで」グウェンドレンは笑い、彼がまだ差しだしてもいなかった腕をとった。

21

お茶の時間に客間に入っていくには驚くほど大きな勇気が必要だった。何が待ち受けているのか予想がつかなかった。やたらと畏怖の念のこもった視線か、怒りに満ちた敵意の視線を向けられそうな気がして怖かった。いずれにしろ、みんなとのあいだに溝ができ、自然体でふるまうのがむずかしくなる。

コンスタンスがそれを楽にしてくれた。もっとも、本人は意識してやったわけではないが。少女がグウェンを紹介するたびに、人々の顔に畏怖の念が浮かんだのは事実だが、敵意はまったく感じられなかった。しかも、お茶のあいだに、畏怖の念は多少消えていったようだ。もしかしたら、思ったより楽にやっていけるかもしれない。

いずれにしろ、もう気にならなかった。来てよかったとつくづく思った。たとえヒューゴの親族一人一人からあからさまな敵意を向けられたとしても、こんな体験ができるなら、来る値打ちがあったというものだ。

〝こんな体験〟というのは、ヒューゴが群れのなかでいちばん小さな子羊に乳を飲ませるのを見ることだった。母羊が出産のときに死んでしまったため、別の羊から乳をもらうことにしたが、この羊は自分の子羊を亡くしているのに、いつでも乳房を吸わせてくれるわけではなかった。今日も授乳をいやがったため、ヒューゴの出番となった。牧草地であぐらをかいて子羊を膝にのせ、子羊は乳首に似たものをつけた哺乳瓶から元気よく乳を飲みはじめた。

ヒューゴは子羊に話しかけていた。何を言っているのか聞きとれないものの、声だけはグウェンの耳に届いた。グウェンは牧草地の柵に外から寄りかかり、両腕を柵のてっぺんにかけて、ヒューゴと子羊を見ていた。もっとも、ヒューゴはグウェンのことをすっかり忘れてしまったようだ。彼の声にも物腰にも優しさがあふれていて、見ているだけでグウェンは泣きたくなるほどだった。

だが、ヒューゴはグウェンのことを忘れていなかった。忘れられてしまったとグウェンが思っていたとき、視線を上げて笑顔を見せた。いや、ただの笑顔ではなかった。少年のようないたずらっぽい微笑だった。

「すまない。まずあなたを屋敷へ送り届けるべきだった」

「馬鹿なこと言わないで」グウェンはふたたび言った。

すると、ヒューゴは笑いながら子羊に注意を戻した。子羊はようやく、乳を飲んでおなかがふくれたという顔になっている。

「あるいは、ほかの者に授乳を頼むべきだった」しばらくして牧草地の外に出ながら、ヒューゴは言った。「わずかな人数だが、農場で働く男たちもいるからね。腕を差しだすのはやめておこう。羊の匂いがついているに違いない」

そう言われても、グウェンは彼の腕をとった。「わたしは田舎育ちなのよ」

彼の身体からかすかに羊の匂いがした。しかも、お茶のときに着ていた上等な服のままだ。

庭園の境界線のところから厩まで続く小道があるが、ヒューゴが帰りに通ったのはその道ではなかった。かわりに、庭園の周辺に広がる木々の多い一角へグウェンを案内した。木と木のあいだに充分なスペースがあるおかげで、木立のなかを歩くのは楽だった。

「あなたが何年も前にこの田舎にひっこんで外の世界と没交渉になった理由が、わたしにも理解できるような気がする」

「あなたに？　ただ、永遠に続けられるものではない。父の死によって、わたしはふたたび外の世界へひきずりだされた。後悔はしていないが」

「わたしも同じよ」グウェンは言った。

ヒューゴが彼女を見たが、意見は述べなかった。

「子羊に乳を飲ませ、それをあなたがそばに立って見ていたときに、わたしはあることを悟った。わたしが羊を飼っているのは羊毛をとるためで、肉を食べるためではない。牛を飼っているのは牛乳とチーズがほしいからで、肉を食べるためではない。鶏を飼っているのは卵がほしいからだ。そんな自分をとても立派だと思っていた。だが、わたしも肉を食べる。肉を食べるというのは、わたしの知らないよその家畜の殺戮に加担することだ。そして、ほとんどの生き物がほかの生き物を餌にしている。なんとも残酷なものだ。そのことに胸を痛め、ひどく暗い気持ちになる者もいるだろう。だが、生きるというのはそういうことだ。正反対ものあいだで絶えずバランスをとっていかなくてはならない。例えば、憎悪と暴力があり、優しさと穏やかさがある。ときに暴力が必要なこともある。ナポレオンが軍隊を率いてわが国の海岸に上陸したらどうなるだろう？　都市も町も田舎も蹂躙される。食料その他の大事な品々が略奪される。わたしの家族もあなたの家族も攻撃を受ける。あなたも攻撃される。このどれかが現実になった場合、人命尊重だの、良心の呵責だのを口実に傍観するようなことは、わたしにはできない」

「では、ご自分を許す気になったのね？」

ヒューゴは足を止めて木にもたれ、腕組みをして立っていた。

「おかしな話だと思わないか？　カーステアズは何年ものあいだ罪悪感を抱えて生きてきた。あの時点で退却を主張し、少なくとも何人かの命が助かると言ったやつが。そして、突撃のさいに自分も重傷を負い、その後遺症に苦しんできたやつが。あの男が罪悪感に苛まれているのは、自分は臆病者で、突撃したわたしが正しかったと思いこんでいるせいだ。わたしを憎んでいるが、わたしのしたことは正しかったと信じている」

「あなたが正しかったのよ。それはご自分でもおわかりでしょ」

ヒューゴはゆっくりと首を横にふった。

「何が正しいのか、何が間違いなのかという問題ではないと思う。与えられた状況下ですべきことがあり、人はその結果を抱えて生きつづけ、いい経験も悪い経験もすべて人生という布地に織りこんでいくしかない。そうして、最後にようやく全体の模様を眺め、人生が与えてくれた教訓を受け入れられるようになる。完璧な人生を送ることなど誰も期待されてはいないのだよ、グウェンドレン。信心深い人々なら、天国に行けば完璧な日々が送れると言うだろう。だが、わたしに言わせれば、恥ずべき意見だ。安易すぎるし、怠慢すぎる。それよりむしろ、こんなふうに考えたい——人は二度目の生を与えられ、三度目の生を与えられ、三三度目の生を与えられて、一つずつ間違いを正していくのだ、と」

「輪廻転生ということ？」

「そういう呼び方があるのか」ヒューゴは組んでいた腕を脇に下ろし、グウェンを見つめた。「人は何度生まれ変わっても同じ女性と出会い、そのたびに問題にぶつかるのだろうか。心に浮かぶ解決法は無謀なものか、それとも、大胆なものか。退けるべきか、受け入れるべきか。間違っているのか、正しいのか。わたしの言う意味がわかるかな？」

グウェンは進みでてヒューゴの前に立ち、彼の胸に両手を当てて、左右の手のあいだに額をつけた。彼の心臓の鼓動と温もりを感じ、コロンと男と羊の匂いが混ざった妙に蠱惑《こわく》的な香りを吸いこんだ。

「ああ、ヒューゴ」

彼が片手の指でグウェンのうなじをなでた。

「そうだ」柔らかな声で言った。「生き残った自分を許すことにした」

「愛してるわ」グウェンは彼のネッククロスの布地に顔を埋めてささやいた。

一瞬、恐怖に襲われた。わたし、この言葉をほんとに口にしたの？　ヒューゴの返事はなかった。しかし、うつむいてグウェンの肩と首のあいだの窪みに、ほんの一瞬、優しく唇をつけた。

愛しているという言葉を口にした。少なくとも彼女のほうから。本当は口にする必要のないことだった。どっちみち、彼にはわかっている。彼に愛されていることをグウェンが知っているのと同じように。

知ってるの？

ええ、もちろん。ついさっき、彼が別の表現でそう言ったから。〝何度生まれ変わっても同じ女性と出会い……〟

〝愛しているというだけでは充分でない〟彼がロンドンの屋敷を訪ねてきて、求愛をやめることにしたと告げたとき、そういう意味のことを言った。

いえ、もしかしたら、それで充分なのかもしれない。

たぶん、愛がすべてなのだ。三三度の人生を愛する二人が共にすれば、それを悟ることができるのだろう。

「自分の地所に自然歩道を造る人々もいる。わたしも造ってみようかと考えた。どこの地所にもたいてい、丘や、木立や、美しい景色や、その他あらゆる魅力的な場所があるものだ。だが、ここには何もない。自然歩道を造ったところで、文字どおり、自然のなかを通る歩道にしかならない。愚かなことだ」

「〝くだらん〟こと？」グウェンは彼を見上げた。

ヒューゴは首をかしげた。

「レディがそんな言葉を使うのは、あまりエレガントとは言えないな」

グウェンは笑った。

「森のなかを抜ける小道があればすてきね。それから、このあたりにもっと木を植えたらどうかしら。シャクナゲとか、ほかにも何か花の咲く木や灌木を。日陰でも丈夫に育ってくれる、あまり派手じゃない花もいいわね。例えば、春はブルーベル。水仙。ベンチを置いてもいいわ。とくに、景色を楽しめる場所に。さっき気がついたけど、村の教会の尖塔が見えるのね。もう少し先へ行けば、たぶん家も見えるでしょうね。そうそう、小さな夏の東屋を造ってみたら？　雨の日でも腰を下ろせるところ。くつろいで静かに過ごせるところ。あるいは、読書ができるところ。要するに、そういうのがクロスランズの魅力で、あなたもそこに惹かれたわけでしょ。絵のように華やかな美しさを誇る場所ではなく、善なる何かを、平凡なものから生まれる安らぎと喜びをすなおに表現している場所じゃないかしら」

ヒューゴは彼女の目をじっと見ていた。

「噴水も、彫像も、装飾庭園も、バラの東屋も、ボートを浮かべる湖も、小道も、迷路も、とにかく何も造らなくていいというのか。庭園には何も必要ないのか」

グウェンは首を横にふった。

「何カ所かに軽く手を加えるだけで充分よ。控えめにね。いまのままで充分にすてきですもの」

「だが、いささか殺風景だろう？」

「ちょっとね」

「では、屋敷のほうは？」

「絵は全部はずしたほうがいいわ」グウェンは彼に笑顔を向けた。「購入なさったとき、すでに家具が入ってたの？」

「そう。ここを建てたのは、わたしの父と同じように事業で財をなした人物だった。建材は最高のものを使い、家具も高級なのをそろえたが、一度も住んだことがなかった。亡くなったとき、息子が相続することになった。だが、息子は住む気もなかった。アメリカへ行ってしまった。たぶん、自分の才覚で金儲けをしようと思ったのだろう。不動産屋に屋敷の売却を頼んでいった」

悲しい話ね。グウェンは思った。

「わたしが父親を捨てて戦争へ行ったのと同じだ」ヒューゴは言った。

「でも、あなたは戻ってきたわ。そして、お父さまが亡くなる前に会うことができた。事業をひきつぎ、お父さまの再婚相手とお嬢さんの面倒をみると約束した」

「たったいま気づいたことがある。わたしが戦死していたら、父を悲嘆のどん底に突き落とすことになっただろう。だから、父のためにも、死ななくてよかったと思う」

「じゃ、わたしのためには？」

ヒューゴは大きな手で彼女の顔をはさみ、自分のほうを向かせた。

「あなたにふさわしい男と言えるかどうか、自信がない。わたしの身内とフィオーナの実家の人々に会ってどう思った？」

「いい人たちだわ。初対面だけど、親しくなれそう。これから何日かのあいだに友達づきあいが始まるかもしれない。わたしとそんなに変わらない人たちよ、ヒューゴ。向こうもたぶん、わたしのことを、自分たちとそんなに変わらないと思っているでしょう。親しくつきあっていけそうで楽しみだわ」

「外交辞令的な返事だな」ヒューゴは言った。

〝それに、少々世間知らずな返事とも言える〟そう言いたそうな表情だった。そのとおりかもしれない。例えば、わたしの人生とメイヴィス・ローランズの人生は天と地ほども違っている。でも、親しくつきあうのは無理だということにはならない。共通部分を見つけて、そこから会話を進めていけばいい。それとも、それも世間知らずな考え方？

「正直な返事よ」グウェンは言った。「タッカー青年のことはどうなの？」

「あいつが何か？」

「親戚じゃないでしょ。コンスタンスとのあいだに何かあるの？」

「そんな気がする。フィオーナの両親がやっている食料雑貨店のとなりに金物屋があって、そこがタッカーの店だ。分別があり、頭がよくて、気立てのいい若者だ」

「たしかにいい子だわ。コンスタンスは多くの人のなかから相手を選ぶことができそうね」

「じつを言うと、舞踏会やパーティであなたから紹介された若者たちのことを、妹は〝すごく優しくて……すごく馬鹿なの〟と言っている。何もせずに人生を送っていると言うんだ」

「あらあら」グウェンは笑った。「妹さんがそんなことを？」

「だが、妹はあなたに心から感謝している。貴族社会とは縁のないタッカーやほかの誰かと結婚しても、舞踏会で踊ったときのことや、貴族の屋敷の庭を散策したときのことを、いつまでもなつかしく思いだすだろう。そして、貴族の誰かと結婚する可能性もあったが、かわりに愛と幸福を選んだことを思いだすだろう」

「相手が貴族だと、愛も幸福も見つけられないというの？」

「いや、できると思う」ヒューゴはため息をついた。「妹ならできるはずだ。あなたの言うとおり、妹には選択の幅がある。分別のある子だ。理性と感情の両方を働かせて相手を選ぶだろうが、貴族だ、庶民だといったことにはこだわらないと思う」

〝じゃ、あなたは？〟グウェンは彼に尋ねたかった。〝あなたも理性と感情の両方を働かせて相手を選ぶつもり？〟

「そろそろ、あなたを屋敷まで送っていかなくては。晩餐の前に多少なりとも休息が必要なら。せっかくの二人の時間をなぜ雑談で無駄にしているのだろう？」

グウェンは彼の目をじっと見た。

ヒューゴが顔を傾け、唇を開いて彼女にキスをした。グウェンは彼の肩へ両手をすべらせて強くつかんだ。肉体と感情の両面で彼を求める熱い思いが全身にあふれた。ここはこの人の家。わたしもここで一緒に暮らすようになるの？　それとも、一週間の出来事で終わってしまうの？　いえ、一週間よりさらに短い。

ヒューゴが顔を上げ、鼻と鼻を軽く触れあわせた。

「わたしの心の奥底に秘められた邪悪な夢を話そうか」

「貴婦人の耳に入れても大丈夫な夢？」

「どう考えても大丈夫ではない」

「じゃ、話して」

「わたしの家の、わたしの寝室で、あなたを抱きたい。わたしのベッドの上で。着ているものを一枚ずつ脱がせ、あなたの身体を隅々まで愛撫して、両方が疲れはてて何もできなくなるまで何度も愛を交わしたい。二人で眠って活力がよみがえるのを待ち、ふたたび最初から始めたい」

「あらあら、たしかに、わたしの耳に入れるにはふさわしくない話ね。膝の力が抜けてしまったわ」

「その夢を現実にするつもりだ。近いうちに。二人で一緒に。だが、まだだめだ。とにかく、屋敷のなかではできない。客のいるあいだは。礼儀に反する」

〝とにかく、屋敷のなかではできない〟

「ええ、そうね」グウェンはうなずいた。「でもね、ヒューゴ、わたしは子供が産めない身体なのよ」

わたしったら、どうして夢の世界に現実を持ちこまずにいられないの？

「そうとは言いきれない」

「ペンダリスのあの入江のときも、子供はできなかったわ」

「抱いたのは一回だけだ。あとは何もしなかった」

「でも、もし――」

ヒューゴがふたたびキスをした。今度もゆっくり時間をかけた。グウェンは彼の首に腕をまわした。

「だから人生はおもしろいんだ」キスのあとで彼が言った。「先のことがわからないから。わからなくて幸いな場合がけっこうあるものだ。この屋敷のわたしのベッドで一晩じゅう愛を交わす日が本当に来るのかどうか、われわれにはわからない。そうだろう？　だが、夢に見ることはできる。そして、わたしはその日が来ると思っている。かならず来る、グウェンドレン。あなたをわたしの子種で満たすときが。少なくともそのなかの一つが芽を出すだろう。もしだめだったとしても、その過程を二人で楽しめばいい」

グウェンドレンはふたたび息苦しくなり、膝の力が抜けるのを感じた。遠くから子供たちの声が近づいてきた。子供はたいていそうだが、この子たちも全員がいっせいにしゃべっているような――いや、わめいているような感じだ。

ヒューゴが言った。「探検隊がやってくる」

「そうね」グウェンドレンは彼から一歩離れた。

彼が腕を差しだしたので、そこに手をかけた。そして、世界がもとどおりになった。

でも、永遠に変わってしまった。

ヒューゴは陸軍士官だったころ、全力で任務にとりくんだものだった。おそらく、大部分の士官より勤勉だっただろう。自分の優秀さをほかの連中に、そして、自分自身に示したかったからだ。この何週間かは、事業のことをふたたび学び、経営権を握り、すべてを自分のものにするために全力で仕事をしてきた。だが、田舎の屋敷に滞在してみて、いまほど全力で働いたことはなかったように思った。

社交的にふるまうというのは重労働だ。招待した側の主人として全責任を負いつつ社交的にふるまうとなれば、信じられないぐらい大変だ。誰もが楽しめるように配慮しなくてはならない。つねにうまくいくとはかぎらない。

楽しい一週間にできるかどうか自信がなかった。

だが、じっさいにやってみると、みんなに楽しんでもらうのは造作もないことだった。生まれたときからロンドンで暮らしてきた人々にとっては、それも、フィオーナの身内のようにロンドンのごく一部しか知らない人々にとっては、荒涼たる庭園でさえ天国のようだった。もう少し広い世界を知っているヒューゴの身内ですら、仕事に追われることも大都会の絶えざる騒音に悩まされることもなく、個人所有の庭園を一週間近く散策できる喜びを満喫していた。屋敷そのものにも、誰もが魅了されていた。数々の欠点に気づいた者でさえ。ヒューゴはこれまで、この屋敷のどこに問題があるのか、いくら考えてもわからなかったが、いまようやく理解した。前の持ち主は家具も装飾品の数々もまとめてそろえた。おそらく、職業デザイナーを使ったのだろう。高価で優美なものばかりだが、個性が感じられない。彼が去年ここに越してくるまで、誰も住んだことのない家だった。泊まり客のうち、欠点に気づいた人々は面白半分に屋敷のなかを延々と歩きまわって、改善策をあれこれと提案した。ヒューゴの親戚は遠慮というものを知らない連中なのだ。

みんなの人気を集めたのはビリヤード室だった。楽器が置いてある部屋はなかった。それから、書斎の壁は床から天井まで書棚に覆われ、どの棚も分厚い本でぎっしりだった。ヒューゴの見た感じでは、これらの本を読んだ者はおろか、ページを開いた者すらいないに違いない。ごく一部を自分で読んでみたが、説教の本も、古代ギリシャの法律の本も、名前を聞いたこともない古代ローマの詩人の詩集（しかもラテン語）も、あまり好きになれなかった。ところが、そうした本にも、何人かの親戚は大喜びだった。また、子供たちのお気に入りは移動式の階段で、みんなで勢いよくのぼりおりしたり、力を合わせてべつの場所へ運んだり、馬車や気球に見立てたりした。さらには、塔に見立てることもあり、下を通りかかった王子さまに金切り声で助けを求めたりした。

フィオーナの実家の人々は、最初の一日か二日は心細そうに寄り集まっていた。しかし、メイヴィスとハロルドの夫婦はヒューゴのおかげで、イームズ一族の若い夫婦たちと共通点があることを知り、ヒルダとポールはまもなく、結婚前の人々やまだ子供のいない人々と仲良くなった。ヒューゴがフィオーナの母親であるローランズ夫人を自分のおばの一人一人に紹介すると、彼女とバーバラおばのあいだに友情らしきものが生まれた。バーバラおばはヘンリエッタおばより五歳年下で、威厳に満ちた女家長という雰囲気ではない。ローランズ氏、つまりフィオーナの父親のほうはイームズ一族の何人かの男性と親しくなり、一緒にくつろいでいる様子だった。

フィオーナは、ヒューゴが気づいたかぎりでは、まだ一度も自分の体調を話題にしていなかった。一日目が終わったとき、イームズ家の人々が彼女を見下すどころか、ヒューゴを支える女主人役として敬意を払っていることをはっきり悟ったに違いない。また、実家の人々からは、立派な結婚をしたというので、見るからに崇拝されていた。ヒューゴの目の前であでやかに花開き、健康と成熟した美しさをとりもどしつつあった。

フィオーナとヒューゴのおじのあいだにロマンスが芽生えなかったら、ヒューゴはそれこそ意外に思っただろう。

タッカーについては、どんな社交の場に出ても自然体でいられる青年だと、ヒューゴは見ていた。誰とでもすぐに仲良くなり、男女両方の若い人々に人気のようだった。

コンスタンスは元気にあふれ、あちこち飛びまわっていた。タッカーのことが好きで、タッカーのほうも彼女が好きだとしても、二人でべったりくっついてみんなに見せつけるような真似はもちろんしなかった。それでも、ヒューゴは二人が好意を寄せあっているほうに喜んで賭けたい気持ちだった。

そして、グウェンドレンは静かな優雅さを漂わせ、どこにいても周囲になじんでいた。最初は不安のあまり半ば凍りついていたおばたちも、ほどなくグウェンドレンの前に出ても緊張しなくなった。おじたちはグウェンドレンとの雑談を歓迎した。いとこたちはすぐに、グウェンドレンを散歩やビリヤードに誘うようになった。幼い少女たちは彼女の膝に抱かれて、ドレスに憧れの目を向けた。もっとも、この何日かの滞在中、彼女自身はなるべく簡素なものを着ているのだろうが。コンスタンスがしきりと彼女に話しかけ、腕を組んでいた。グウェンドレンはまた、最初のうちいかにも怖そうに彼女を見ていたローランズ夫人と仲良くなろうと、心を砕いていた。ある朝、二階の廊下の奥で腕を組んで絵を話題にしている二人の姿を、ヒューゴが見かけたこともあった。

「この三〇分ほど、二人で楽しくおしゃべりしてたのよ」グウェンドレンが報告した。「廊下の片側を通り、戻るときは反対側を通って、絵を残らず鑑賞して、それぞれがいちばん気に入った絵を選んだの。わたしのお気に入りは、牛の群れが池の水を飲んでる絵よ」

「まあ」ローランズ夫人が言った。「わたしの好きなのは、村の通りが描かれてる絵です。小さな女の子がいて、足元で子犬がキャンキャン吠えてるやつ。意見が分かれてすみませんね、奥さま。天国のようだと思いません？　あの村。もっとも、自分で住みたいわけじゃないけど。それほどはね。店が恋しくなるでしょうよ。みんなと別れるのもいやだし」

「それが絵の持つ不思議な力というやつだ」ヒューゴは言った。「憧れの世界を垣間見せてくれる。その世界に入りたいという気がこちらになくとも」

「幸運な人ですねえ、ヒューゴは」ローランズ夫人はため息をついた。「毎日、こういう絵を眺められるんですもの。田舎に滞在してるあいだ」

「たしかに幸運だ」ヒューゴはそう言ってグウェンドレンを見つめた。

そう、本当に幸運だ。ほんの二、三カ月前まで、こんな人生が待っていることが想像できただろうか。一年間の喪が明け、それと共に隠遁生活に近い田舎での日々も終わったことを実感しつつ、ヒューゴはペンダリス館へ出かけていった。結婚相手を見つけるにあたって仲間から何か助言をもらうつもりだった。理想とするのは、自分と釣合いのとれた相手、こちらの人生にあまり口出しせず、こちらの神経を逆なでることもない相手。ところが、グウェンドレンに出会ってしまった。そして次に、娘を束縛しようとするフィオーナからコンスタンスをひきはなし、一刻も早く夫を見つけてやりたくて、ロンドンに出た。そのためにはヒューゴ自身が急いで選んだ相手と結婚する必要があったが、それも覚悟の上だった。やがて、フィオーナが彼の若いころの記憶にあるような悪女ではなかったことを知り、コンスタンスが自宅の外の世界に何を求めるべきかについて、彼女自身のしっかりした意見を持っていることを知った。そして、グウェンドレンに結婚を申しこんで断わられ、かわりに求愛するためにここへ招待した。

あとはくらくらしそうな出来事の連続で、将来の計画を立てようとするのはかならずしもいい思いつきでないことが充分に証明される結果となった。こんな展開になろうとは予想もしなかった。

家具にかかっていた埃よけのカバーがすべてはずされると、屋敷の印象は大きく変わった。

エレガントになった。ただ、温もりに欠けていた。しかし、招待客のおかげで明るく住みやすい印象になったので、ヒューゴはこれから数年間、ここで暮らして、欠けている温もりを加えたいと思うようになった。庭園は殺風景だが、可能性に満ちているし、いまのままでもそう悪くない。睡蓮の池、曲線を描く花壇と小道とベンチを加え、自然歩道を造って木々とベンチを増やし、東屋を建てれば、見違えるようになるだろう。馬車道の両側には、大きく育つニレか菩提樹を植えてみよう。まっすぐ延びる馬車道が必要なら、そうやってアクセントをつけてもいいではないか。

農場が彼の土地のなかで生き生きと脈打つ心臓の役割を果たしていた。

この何日かのあいだに、自分が幸せに浸っていることを知って驚いた。幸せを自分と結びつけて考えたことが、あのとき以来一度もなかった。あのときというのは……そう、父親がフィオーナと再婚したときだ。

いま、ふたたび幸せになれた。彼女がいれば……いや、彼女がいるから幸せだ。

〝愛してるわ〟彼女は言った。

口で言うだけなら簡単だ。いや、違う。口にするのがいちばんむずかしい言葉だ。少なくとも男にとっては。この自分にとっては。女のほうが簡単に口にできるのだろうか。

なんとくだらないことを考えるのだ。

彼女はたぶん、本当の幸せを知らずに生きてきた女性だろう。何年ものあいだ。たぶん、結婚後ほどなく不幸に見舞われたのだろう。そして、いま……。

彼女を幸せにできるだろうか。

いや、無理に決まっている。ほかの誰かを幸せにするなんて無理なことだ。幸せは当人の心のなかから生まれるものだ。

自分のそばで彼女は幸せになれるだろうか。

〝愛してるわ〟彼女は言った。

いや、グウェンドレンが、レディ・ミュアがこの言葉を口にするのは簡単なことではなかったはずだ。若いころ、愛ゆえに不幸のどん底に突き落とされた。以来、自分の心を誰かに差しだすことを怖がってきた。だが、いま差しだしてくれたのだ。

この自分に。

本気でああ言ったのなら。

本気だったのは間違いない。

自分の舌が上顎にくっついたせいか、ひと結びされてしまったせいか、とにかく、あのときは返事ができなかった。

ここの滞在期間が終わる前に、埋め合わせをしなくてはならない。いつものことだが、愛の行為について語るときの自分はきわめて饒舌だ。淫らな言葉遣いを楽しんでいると言ってもいい。ところが、本当に大事なことは口にできない。

それではだめだ。

ヒューゴは二人の女性に腕を差しだした。

「厩の二階にこの前生まれた子犬が何匹かいて、もうじき未知の世界へ送りだされようとしている。見に来ませんか？」

「まあ」ローランズ夫人が言った。「絵で見たような犬？」

「正確に言うと、ボーダーコリーです。羊の番ができるようになるでしょう。少なくとも、一匹か二匹ぐらいは。あとの犬には家庭を見つけてやらないと」

「家庭？」階段を下りながら、ローランズ夫人が言った。「売る気があるの？」

「いや、貰ってもらうつもりです」

「あら。じゃ、うちにも一匹くれませんか。もちろん、店のネズミを退治するのに猫を飼ってるけど、わたし、昔から犬がほしかったの。一匹もらっていい？　図々しいかしら」

「まず、子犬を見たほうがいい」ヒューゴは笑いながら言い、向きを変えてグウェンドレンを見下ろした。

「ヒューゴ」グウェンドレンは優しく言った。「もっともっと笑ったほうがいいわよ」

「それは命令？」

「ええ、もちろん」グウェンドレンがきびしい口調で答えたので、ヒューゴはまたしても笑いだした。

22

　結婚記念日のお祝いは、みんながロンドンに戻る二日前に予定されていた。帰りの旅の前にゆっくり休めるよう、その日程にするのがいちばんいいと、ヒューゴが決めたのだった。しかも、ローランズ夫妻の結婚記念日がまさにその日だった。

　夕方の早い時間に家族だけで祝いの席を設けることになっていた。そのあと、村人と周囲の田園地帯に住むあらゆる階級の人々がやってきて、こぢんまりした舞踏室でダンスを楽しむ予定になっている。まさか舞踏室を使う日が来ようとは、ヒューゴは考えもしなかった。村のパーティのときにいつも演奏してくれる楽団を今回も頼むことにした。

「あまり期待しないでほしい」結婚記念日を祝う日の朝、グウェンドレンと若いいとこの何人かに舞踏室を見せたときに、ヒューゴは言った。「楽団の連中は音楽性より熱意のほうが勝っている。豪華な花々が飾られることもない。それから、この地所の管理人夫婦を招待した。肉屋と宿屋のおやじも。ほかにも普通の人を何人か。わたしがコテージで暮らしていたころの隣人たちも含まれている」

　グウェンドレンが彼の前に立ち、彼だけに聞こえる声で言った。

「ヒューゴ、あなたが貴族社会の催しに顔を出すたびに、出席者のなかに公爵夫人が三人いて、会場には数カ所の温室を空っぽにするほど大量の花が飾られていて、オーケストラは一カ月前にウィーンでヨーロッパの王族のために演奏をおこなったばかりだ、とわたしが詫びるような口調で言ったら、ちょっと鬱陶しく思うんじゃない？」

ヒューゴは彼女を凝視した。無言だった。

「きっと鬱陶しくなるわ。自分の世界に来てほしいって、あなた、わたしに言ったでしょ。なんて言ったか正確に覚えてるわ。〝わたしを愛している、生涯を共にできると思っているなら、わたしの世界に来てくれ〟そう言ったのよ。だから、こうしてやってきたの。わたしがここで何を目にしても、あなたが謝る必要はないわ。このお屋敷のものがわたしの好みに合わなかったら、そして、こんなところでは暮らせないと思ったら、ロンドンに帰るとき、あなたにはっきりそう言います。でも、せっかくこの日を楽しみにしてきたんだから、台無しにするような真似はやめてちょうだい」

それは静かで控えめながらも、グウェンドレンの怒りの爆発だった。いとこたちが周囲で笑いころげ、歓声を上げ、探りを入れようとしていた。ヒューゴはため息をついた。

「わたしはいたって平凡な男なんだ、グウェンドレン。たぶん、最初からそう言おうとしていたのだろう」

「あなたは非凡な人よ」グウェンドレンは言った。「でも、何が言いたいのかはわかるわ。わたしはけっしてあなたを過大評価しようとは思わない。過小評価することもない。わたしにそんなことは期待しないでね」

「あなたは完璧な人だ」

「脚が悪くても？」

「ほぼ完璧だ」

ヒューゴがゆっくり笑みを浮かべると、彼女も微笑を返した。

どんな女性が相手でも、冗談を言いあう関柄になったことは一度もなかった。いや、それを言うなら、とにかくどんな間柄になったこともなかった。何もかもが目新しく、妙な感覚だった。そして、すばらしかった。

「グウェン」少し離れたところから、いとこのジリアンが呼んだ。「こっちに来てフレンチドアからの景色を見てちょうだい。あそこに花壇があったほうがいいと思わない？　舞踏会のお客さまが散策できるように、正式なパルテール庭園を造ってもいいわね。ああ、わたし、田舎の暮らしにすぐなじめそうだわ」

ジリアンがグウェンドレンのところに来て腕を組み、意見を聞かせてほしいと言って連れ去った。

「ここに舞踏会の客を呼ぶのは、たぶん五年に一度ぐらいになるだろう、ジリアン」ヒューゴは二人のうしろから声をかけた。

ジリアンは生意気そうな顔でふりかえり、ヒューゴに答えた。ほかのみんなにもはっきり聞こえる大きな声で。

「それについては、グウェンにも何か意見があるはずよ、ヒューゴ」

なるほど、グウェンドレンがここに招待されたのはコンスタンスを貴族社会に紹介してくれたから、というだけではないことを、親戚連中は早くも見抜いていたわけだ。

忙しい一日だった。だが、ヒューゴはあとでふりかえってみて、一日中自分のベッドで横になり、足首を交差させ、頭のうしろで手を組んで、頭上の天蓋のデザインを見ていればよかったのだと気がついた。執事がすべてに完璧な采配をふっていて、ヒューゴが口出しするたびに、無礼にも迷惑そうな顔をした。もちろん、上品なマナーを守ってはいたが。晩餐のテーブルを飾る花まで、執事がどこかから調達してきた。そして、ヒューゴが晩餐の直前に舞踏室をのぞいて、午前中に人がさんざん出入りしたあとで床がもとどおりぴかぴかに磨かれたかどうかを確認しようとしたとき、そこにも花がふんだんに飾ってあるのを見て仰天した。

執事にいくら給料を払っていただろう？　ぜひ、倍増しなくては。

晩餐はすばらしく、誰もが浮かれ気分だった。会話が弾み、笑い声があふれた。スピーチと乾杯がくりかえされた。みんなに感謝の言葉を述べようとして立ちあがったローランズ氏が、衝動的に身をかがめて妻の唇にキスをしたので、テーブルの周囲でにぎやかな歓声が上がった。次に、ヒューゴのいとこのセバスチャンが負けてはならじと立ちあがり、目前に迫った結婚記念日を祝ってくれたみんなに感謝の言葉を述べてから、身をかがめて妻の唇にキスをし、またもや騒々しい歓声となった。ヒューゴはふと、貴族社会の晩餐会にこんな騒がしい場面が登場するだろうかと思ったが、その思いは胸にしまっておくことにした。グウェンドレンは椅子の上で身を乗りだして拍手をし、セバスチャンとその妻のオルガに温かな笑顔を見せていた。次に、右にすわったネッド・タッカーのほうを向いて、楽しそうに話を始めた。

みごとにデコレーションされた小さなケーキが二個運ばれてきた。二組のカップルのために一個ずつ。妻二人がみんなの喝采を浴びながらそれぞれケーキを切り分け、夫二人がみんなに味見をしてもらうために一切れずつ配ってまわった。食事がすんで、外からの客の到着に備えて舞踏室へ移るときが来ると、少なくとも明日になるまで、これ以上一口も食べられそうにないという意見に誰もが同意したようだった。

「だったら、夜食に用意されているご馳走は近隣の人々に食べてもらうしかなさそうだな」ヒューゴは言った。

「そう早々と決めつけるものではない」フレデリックおじが言った。「これからみんなでダンスをするんだろう？　だったら、すぐまた新たな食欲が湧いてくるさ。活発な曲だったらとくに」

ついに、舞踏室の入口に立って次々と到着する外部の客を迎える時間になった。ヒューゴはフィオーナにとなりに立ってもらい、その横にコンスタンスを立たせて、いまの自分たちの姿を父親に見てもらえればよかったのにと思った。父はきっと喜んでくれただろう。

舞踏室を見まわし、なじみ深い顔をいくつも目にして、わずか数日でもみんなを招待して正解だったと思った。みんなにとって正解であり、自分にとってももちろん正解だ。戦争の残虐さを思いだすとき、彼の魂には今後も小さな闇がつきまとうだろう。命を奪うより育むほうがずっと楽しいと思うだろう。しかし、別の言葉で以前グウェンドレンに説明したように、人生はくっきりした黒と白で成り立っているのではなく、濃淡さまざまな灰色が渦を巻いている。自分がしてきたことについて自分を責め苛むのはもうやめよう。それによって、もっと大きな悪から目を背けてきたのかもしれない。そうではなかったのかもしれない。誰に本当のことがわかるだろう？　人生という旅を続け、旅の経験によってなんらかの知恵が身につくことを願うしかないのだろう。

自分の魂に闇が巣食っているとしても、光もふんだんにある。そのまばゆい光が一筋、舞踏室の向こうから射している。スカラップ模様の裾、短いパフスリーブ、上品な襟ぐりという淡いレモン色の絹のドレスをまとった、シンプルだが可憐な装いの人。アクセサリーはすっきりした金のネックレスだけ。グウェンドレン。ネッド・タッカーとフィリップ・ジャーメインと歓談中で、笑顔でこちらを見ている。

ヒューゴは彼女にウィンクした。ウィンクだ。生まれて初めての経験だった。

しかし、地所の管理人が妻を連れて舞踏室に入ってきて、続いて牧師夫妻と息子と娘もやってきたので、ヒューゴは招待客に注意を向けることにした。

みなさん、ずいぶん楽しそうね――それから一時間のあいだに、グウェンの心にそんな思いが浮かんだ。相手を見下すつもりはまったくなかった。誰もが同じ人間、そして、この人たちは舞踏会を心から楽しんでいる。貴族社会でいやというほど目にする控えめな態度や物憂げな様子はどこにもない。貴族社会では、大喜びではしゃぐのは幼稚な人間か下品な人間のすることだと多くの者が思っている。

楽団は技術不足を熱意で補っていた。踊りは大部分が活発なカントリーダンスだった。グウェンは脚が悪くても踊れるのかと無遠慮に訊いてきた何人かに大丈夫だと請けあって、すべての曲を踊った。しばらくすると、頬を紅潮させて笑っていた。

ラウリー夫人、すなわちヒューゴのおばのヘンリエッタが二曲目と三曲目のあいだにグウェンを脇のほうへ連れていき、いきなり、ヒューゴと結婚するのかと訊いてきた。

「一度、申しこまれてお断わりしたことがあります。でも、ずいぶん前のことなので、今度また申しこまれたら、違う返事をするかもしれません」

ラウリー夫人はうなずいた。

「あの子の父親はわたしのお気に入りの弟だったわ。そして、ヒューゴは昔からずっと、わたしのお気に入りの甥っ子だった。何年ものあいだ会わなかったけどね。戦争なんか行かなきゃよかったのに、行ってしまって、苦労して、いまようやく戻ってきた。心根の優しさはちっとも変わってないようだわ。あの子の胸が張り裂けるところは見たくない」

グウェンはラウリー夫人に笑顔を向けた。

「わたしもです」

親戚の女性がさらに何人かまわりに集まってくるなかで、ラウリー夫人はふたたびうなずいた。

次の曲はワルツだった。舞踏室はその噂で持ちきりだった。近隣に住む何人かがワルツを希望したので、ヒューゴが楽団の指揮者に頼んでおいたのだ。いま、その隣人たちがいっせいに笑い声を上げ、ワルツを踊れと大声でヒューゴをせっついていた。おもしろいことに、ヒューゴも一緒になって笑い――やがて両手を上げ、やめてくれと言いたげにてのひらをみんなのほうへ向けた。彼を見ていたグウェンの心の端に一瞬何かが浮かんだ。だが、何なのかよくわからないまま消えてしまった。

「よし、踊ろう」ヒューゴが言った。「ただし、条件がある。わたしの選んだパートナーが、最悪の場合はダンスが終わったあとで踏みつぶされた爪先の手当てをすることになり、最善の場合でも嘲笑の的になる恐れがあることに、理解を示してくれるなら」

歓声が上がり、野次が飛び、どっと笑いが起きた。誰もが笑っていた。

「がんばれ、ヒューゴ」いとこの一人、マークが叫んだ。「どうやって踏みつぶすのか、みんなに見せてくれ」

「レディ・ミュア」ヒューゴは向きを変え、グウェンを正面から見つめた。「踊っていただけませんか」

「そうよ、踊って、グウェン」バーナディーン・イームズが言った。「笑ったりしないから。笑われるのはヒューゴだけよ」

グウェンは進みでると、彼のほうへ歩きはじめた。向こうもグウェンのほうに歩いてくる。二人はつややかに光るダンスフロアの中央で向かいあい、笑みを交わした。

「わたしの目の錯覚だろうか」向かいあったときに、ヒューゴが訊いた。「フロアに出てくる者がほかに誰もいないようだが」

「みなさん、たぶん、爪先を踏みつぶすというあなたの言葉に恐れをなしたのね」

「腰抜けのくそども」ヒューゴはつぶやいた。悪態をついたことを謝ろうとはしなかった。

グウェンは笑いながら左手をヒューゴの肩にのせた。反対の手を差しだすと、彼がその手を握った。彼の右手がグウェンのウェストのうしろに置かれた。

音楽が流れはじめた。

ヒューゴが自分の足の位置を確認し、音楽を耳でとらえ、リズムに身体を合わせるのにしばらくかかったが、やがて、三つすべてをなしとげて、グウェンと踊りはじめた。彼の手がウェストをしっかり支えてくれているので、グウェンはフロアの上に浮かんでいるような心地がして、左右の脚の長さに差があることも苦にならなかった。

舞踏室のへりに集まったヒューゴの身内と客の全員から喝采が湧きあがり、騒々しい感想や小さな笑いが飛びかい、ヒュッと鋭い口笛が飛んだ。グウェンが笑顔で彼を見上げると、彼も微笑を返した。

「わたしの緊張をほぐそうとしないでくれ。悲劇はそういう瞬間に襲ってくるものだ」

グウェンは笑いだし、不意に幸せがこみあげるのを感じた。ヒューゴと出会う直前にペンダリス館の下の浜辺で不意に孤独の波に襲われたときも、ちょうどこんな感じだった。

「あなたの世界が好きよ、ヒューゴ。大好き」

「そちらの世界とそんなに変わらないだろう？」

グウェンはうなずいた。それほど大きな違いはない。もちろん、違う点はたくさんあるから、二つの世界を行き来することにときには苦労するだろう。もし、それが現実になった場合は。

しかし、いまのグウェンは幸せすぎて、そんなことまで考えていられなかった。

「おや」ヒューゴがつぶやいたので、グウェンがあたりを見ると、ほかの人々もフロアに出てワルツを踊りはじめていた。みんなの注目が二人に集中することはもはやなくなっていた。

ヒューゴはフロアの隅でグウェンをターンさせ、彼女のウェストに当てた手に力をこめた。

二人の身体は密着とまではいかないものの、礼儀に反するぐらいの近さだった。

だが、誰がそんな礼儀を決めたのだ？

「ヒューゴ」グウェンは彼の目を見上げた——すてきな暗さを湛えた、真剣な、微笑している目を。自分が何を言うつもりだったか忘れてしまった。

二人はしばらく無言で踊った。グウェンはいまが生涯で最高に幸せなひとときであることを痛いほど意識した。やがて、音楽が終わる前に、ヒューゴが顔を寄せて彼女の耳元でささやいた。

「厩の二階にロフトがあるのを知ってるね？　子犬のいるところだ」

「知ってるわ。ローランズ夫人とあそこまで上がったから。そうでしょ？　夫人が子犬を選んだときに」

「ここであなたをベッドに誘うことはできない。身内と客が滞在しているからね。だが、みんなが自分の部屋や家に戻って寝てしまったら、あなたをそこへ連れていこうと思う。馬番の連中が寝泊まりしているのはそこではないから。けさ、ロフトを掃除して新しい藁《わら》を敷き、毛布と枕を運んでおいた。夜が明けるまであなたを愛したい」

「ほんと？」

「あなたがノーと言わないかぎりは」

断わるべきだ。ペンダリスのあの入江で断わるべきだったように。

「ノーとは言わないわ」音楽が終わりに近づき、彼の手でもう一度ターンさせられながら、グウェンは答えた。

「では、またあとで」ヒューゴが言った。

「ええ、あとで」

良心の咎めはまったく感じなかった。

さっき、彼が両手を上げてワルツを踊ると宣言したとき、グウェンの心の端に何かが浮かんだが、いまそれが窓にかかったカーテンのように開き、その奥にあるものを見せてくれた。

グウェンはこの夜がいつまでも終わらないよう願い、その一方で、早く終わることを願っていた。彼女がいつも楽しみにしている貴族社会の舞踏会は豪華さにあふれているが、今夜の舞踏会には温かみがあり、おかげで同じように楽しむことができた。滞在二日目に〝グウエン〟と呼んでほしいと言うと、泊まり客全員がすぐにそうしてくれたのがうれしかった。また、ヒューゴの身内が肩肘張らない愛情たっぷりの態度で彼に接しているのを見るのもうれしかった。この夜、肉屋に嫁いだ女性が次のような話をしてくれた。

「あの子は正体を隠した天使なんですよ。年がら年中、椅子の脚を修理したり、煙突掃除をしたり、強い風が吹いたら屋根の上に落ちてきそうな木の枝を切り落としたり、年とって庭仕事が難儀になってきた人のために庭の手入れをしたりしてました。

その子がいまじゃ、トレンサム卿さまですもんね。去年、それを知ったときは、みんなもうびっくり仰天ですよ。でも、いまもごく普通の男みたいにいろんなことをやってくれます。いえいえ、普通の男だってあそこまではやりませんよ。けど、わたしの言う意味、わかりますよね」

よくわかる。

そして、ついに舞踏会がお開きとなり、外から来た客たちは馬車で、あるいは、ランタンをかざして風のなかで揺らしながら、徒歩で帰っていった。そのあと、泊まり客の最後の一人がベッドへ向かうまでにずいぶん長くかかったように思われた。しかし、自分の部屋に戻ったグウェンが時計を見ると、まだ午前零時をまわったばかりだった。しかし、言うまでもなく、ここに来ている人々は生活のために働いていて、休日であろうと、早寝早起きの習慣を捨てることはない。

グウェンはメイドを下がらせて自分で着替えをした。ベッドの上にマントを置いた。足首をくじいたときに着ていた赤いマント。そして、ベッドの端に腰を下ろして待った。

愛する人を待つわたし——目を閉じ、膝の上で両手を握りあわせて、グウェンは思った。

これが正しいことか、間違ったことか、こんなことをしていいのか、よくないのか、くよくよ考えるのはやめることにした。

今宵の残りを愛する人と過ごす。それだけのことだ。

ついに、ドアに控えめなノックが響き、ノブが静かにまわった。この人も着替えてきたのね——グウェンはそう思いながら立ちあがってマントを肩にかけると、ろうそくを吹き消してから部屋を出て、彼と一緒に長く暗い廊下を歩いていった。ヒューゴが彼女の手をとり、身をかがめて唇にキスをした。

廊下を通り抜けて階段を下り、玄関ホールを横切るあいだ、二人は沈黙を通した。ヒューゴが彼女にろうそくを預けて、玄関のかんぬきをはずし、ドアを開いた。次にろうそくを受けとって吹き消してから、ドアのそばのテーブルに置いた。外に出たら、ろうそくはもう必要ない。客たちが帰ったときは雲がかかっていて闇夜だったが、その雲も流れ去り、いまは満月に近い月と何百万もの星のおかげで明かりは不要だった。

彼がふたたびグウェンの手をとり、厩のほうへ向かった。二人はいまも無言だった。夜は声が遠くまで届く。ベッドに入ってまだ三〇分にもならない人も何人かいるだろう。

厩は闇に沈んでいたが、やがて、ヒューゴが大きな扉のすぐ内側にかかっていたランタンをとって火をつけた。馬たちが眠そうにいなないた。馬と干し草と革の馬具の慣れ親しんだ匂いは不快なものではなかった。二人は手をつなぎ、指をからめて、馬房のあいだの細い通路を歩いた。次にヒューゴが手を離して、急傾斜の梯子をのぼってロフトへ向かう彼女の行く手を照らし、彼もそのあとに続いた。大きな木箱のなかで子犬が二匹か三匹、クーンと鳴いた。低いうなり声が上がったところを見ると、母犬もそばにいるらしい。

ヒューゴは木の梁《はり》の下についているフックにランタンをかけ、身をかがめて、新しく敷いたばかりの藁の上に毛布を広げた。端のほうへ枕を何個か投げ、グウェンと向きあった。頭を屋根にぶつけないよう、軽く身をかがめなくてはならなかった。

ぶっきらぼうに言った。「最初にひと言だけ言って、心の煩いをなくしておいたほうがいいと思う。でないと、いっときも安らげなくなるから」

ヒューゴは顔をしかめていて、じつにむっつりした表情だった。

「愛している」

顎をこわばらせ、真剣な目でグウェンを見つめた。

ここで笑いだすのはひどすぎるわね――グウェンはそう思い、笑いたいのを必死にこらえた。

「うれしいわ」と言って、一歩前に出て、彼の胸に指先をつけ、顔を上げてキスを待った。

「あまりうまく言えなかったかな？」そう言って、ヒューゴは笑みを浮かべた。

グウェンは笑いだすかわりに、いつしか涙をこらえていた。

「もう一度言って」

「拷問にかける気か」

「もう一度言って」

「愛している、グウェンドレン。二回目のほうが楽に言えたぞ。愛している、愛している、愛している」

そう言うと、ヒューゴはグウェンに腕をまわして抱き寄せた。強く抱かれて、グウェンは息が止まりそうだった。必死に息を吸いこみ、笑い声を上げた。

ヒューゴは彼女を抱いた手を離し、目をじっと見つめながら、マントのボタンをはずした。

「言葉だけでなく、行動で示すときだ」

「そうね」マントが足元の藁の上に落ちたとき、グウェンはうなずいた。

ヒューゴの記憶によると、ペンダリスの入江で交わした愛の営みを完璧なものにできなかった原因はたった一つだった。あのときは彼女の全身をくまなく愛撫し、体内に深く長く身を沈めたが、裸身に触れることができなかった。愛する女を知るときは、肌と肌を触れあわせるものだが、それがまだ実現していない。〝知る〟というのは、この場合、聖書のなかで使われているのと同じ意味だ。

今夜は二人とも裸になって、衣服に隔てられることも、技巧を凝らすことも、仮面の陰に隠れることもなく、おたがいを知るひとときとなるだろう。

「いや、いい」ドレスを脱がせるヒューゴに手を貸そうとしたグウェンドレンに、彼は言った。この楽しみを奪われてなるものかと思った。急ぐ必要はない。時刻はすでに午前一時になっているだろうし、馬番たちは六時までにやってくる。それでも、何回か心ゆくまで愛を交わし、合間に短い睡眠をとる時間は充分にある。女と一緒に眠ったことがヒューゴは一度もない。グウェンドレンと眠りたいという思いは、愛しあいたいという思いに劣らず強かった。いや、〝劣らず〟とまではいかないだろうが。

グウェンドレンが着ているものをゆっくり脱がせていった。ドレス、シュミーズ――コルセットは着けていない――やがて、残ったのは絹のストッキングだけになった。一歩下がって、ランタンの光に照らされた彼女を見た。美しい完璧な身体だった。乙女ではなく、成熟した女の身体。男らしい彼の肉体にぴったりの女の身体。ヒューゴは両手で彼女の乳房を軽くなぞり、ウエストへ移り、それからヒップの丸みをなでた。彼女が身を震わせた。寒さのせいではなさそうだ。

「なんだかちょっと恥ずかしい」グウェンドレンが言った。「こういう経験が一度もないの。服を脱いだことがなかったの」

なんだと？　ミュアってのは、いったいどういう野郎だったんだ？

「まだ全部脱いでないぞ。ストッキングが残っている」

グウェンドレンは微笑した。

「さあ」ヒューゴは彼女の手をとった。「毛布に横になろう。わたしの服を脱いで、あなたに覆いかぶさり、恥ずかしさを消してあげよう」

「まあ、ヒューゴったら」グウェンドレンは低く笑った。

彼女が横になった。ヒューゴは膝を突いて、ストッキングを片方ずつ脱がせた。脱がせながら、腿の内側に、膝に、ふくらはぎに、足首に、足の裏の窪みに唇をつけていった。次はもちろん、自分も服を脱ぎ、すぐさま彼女を奪いたかった。準備もできている。しかし、今夜は肌と肌を合わせようと自分に約束していた。

しゃがんで上着を脱いだ。

「手伝いましょうか」グウェンドレンが訊いた。

「また今度。いまはいい」

グウェンドレンは彼を見つめた。浜辺で彼が濡れた下穿きを脱いだときに、じっと見ていたように。

「わたしは図体の大きな野蛮人だ。申しわけない」裸になったヒューゴは言った。「あなたのために、もっとエレガントな男になりたいのだが」

彼がグウェンドレンの脚のあいだにふたたび膝を突き、腿の下でその膝を広げるあいだ、彼女はじっと見守っていた。

「あなたみたいに謙虚な人はどこにもいないわ、ヒューゴ。あなたの外見をわたしは何一つ変えたくない。申し分なく美しい人よ」

ヒューゴは低く笑うと、グウェンドレンに覆いかぶさった。両手を彼女の肩の左右に置いて自分の体重を支えながら身体を沈めていくと、乳房が自分の胸に軽く触れるのが感じられた。

「しかめっ面のときでも？」

「ええ、そうよ」彼女が両手を上げて、ヒューゴの首を左右から包みこんだ。「わたしはあなたのしかめっ面にだまされたりしないわ。ほんのいっときも」

彼女がほしくてたまらず下半身が熱く燃えるなかで、ヒューゴは柔らかくキスをした。

「この夜を完璧なものにしたい」唇を合わせながら言った。「愛を交わす初めての夜だ。果てしなく前戯を続けて、それからあなたを陶酔の高みへ連れていき、二人で虚空へ落ちていこうと思っていた」

グウェンドレンはふたたび笑った。

「前戯は省略してもいいと思うわ。次のときのためにとっておきましょうよ」

「ほんとに？　いいのかい？」

彼女が唇を押しつけ、胸を浮かせて彼の胸に密着させ、彼の尻に脚をからめたため、ヒューゴは〝前戯〟という言葉が存在することすら忘れてしまった。彼女を見つけ、彼女のなかに深く入った。男を受け入れる準備ができていないのではないかと危惧していたが、その懸念はすぐに消えた。熱く濡れていた。身体の奥の筋肉が彼にからみつき、さらに奥へ誘いこもうとした。

ヒューゴはいったん退いてからふたたび突き進み、一定のリズムを刻みはじめた。このリズムがほどなく二人を官能の頂点へ押しあげてくれるだろう。性急だが、それでかまわなかった。大事なのはスタミナや技巧ではない。ある思いがどっとよみがえった。言葉にしたことはないが、ハートの中心にはいつもその思いがあった——単にセックスをするのではなく、愛を交わすという感覚のほうが大切だと思わせてくれる女は、自分の人生のなかでグウェンドレンただ一人だ。性行為とは二人で分かちあうもので、自分一人が肉体の喜びを得るためにおこなうものではない——そう思わせてくれたのも、グウェンドレンただ一人だ。

ほんのしばらくリズムをゆるめ、顔を上げて、彼女の目を見つめた。目をうっすらあけた彼女がヒューゴを見つめた。苦悶に近い表情になっていた。下唇を噛んでいた。

「グウェンドレン」

「ヒューゴ」

「愛しい人」

「ええ」

ヒューゴはちらっと思った——二人がこの言葉を思いだすことはあるだろうか。何も語らず、同時にすべてを語る言葉を。

ヒューゴは額を彼女の肩につけて、二人で喜びの高みにのぼりつめ、輝きに包まれて落ちていった。無のなかへ。すべてのなかへ。

彼女の叫びが聞こえた。

自分自身の叫びが聞こえた。

子犬がクーンと鳴いて母犬の乳を吸う音が聞こえた。

ヒューゴは彼女のうなじに向かって吐息を漏らし、熱く火照ってじっとり湿った美しい身体に全体重を預けるという、ひとときの贅沢に浸った。

彼女も吐息を漏らしたが、抗議の吐息ではなかった。完璧な喜びを味わい、完璧に満たされた者の吐息だった。ヒューゴにはそれが確信できた。

身体を離し、今日の朝――いや、たぶん、昨日の朝だろう――運びこんでおいたもう一枚の毛布に手を伸ばして、自分たち二人にかけた。彼女の頭を持ちあげて自分の腕にのせ、頭のてっぺんに頬をつけた。

「元気がよみがえったら、あなたに結婚を申しこもう。そして、あなたは元気がよみがえったら、〝はい〟と答えるのだ」

「わたしが？　〝ありがとうございます〟って言葉を添えて？」

「〝はい〟だけで充分だ」そう言うと、ヒューゴはたちまち眠りに落ちた。

23

「ヒューゴ」グウェンはささやいた。

しばらく眠っていた彼だが、二、三分前からもぞもぞ動きはじめていた。ランタンのかすかな光が彼の顔の上でちらつくのを、グウェンは見守った。

「ん……」ヒューゴがつぶやいた。

「ヒューゴ。わたし、思いだしたことがあるの」

「ん……」ヒューゴはふたたびつぶやき、それから大きく息を吸った。「わたしもだ。たったいま思いだした。少し時間をくれたら、さらに思い出を作る準備ができるだろう」

「あの……ヴァーノンが亡くなった日のことなの」グウェンが言うと、彼がはっと目を開いた。

二人で見つめあった。

「わたし、これまでずっと、あの数分間のことを思いださないようにしてきたわ。でも、やっぱり、いつも思いだしてた。あの光景を消し去ることはどうしてもできなかった」

ヒューゴは片手で彼女の頬を包み、キスをした。

「わかる」と言った。「わかるとも」

「いつも何かが心にひっかかってたの。どこかに違和感があった。でも、違和感の正体を突き止めようとはしなかった。だって、思いだしたくなかったから。いまもそうよ。すべて忘れてしまえればいいのにと思ってる」

「どこに違和感があったのか、思いだしたのかい？」

「今夜気がついたの。近所の人たちがあなたにワルツを踊らせようとして、みんなが笑って、あなたが返事をしようとして両手を上げたときに」

ヒューゴの親指が彼女の頬をなでた。

「そのとき、あなたはてのひらをみんなのほうへ向けていた。何かを言いたいときや、何かを止めたいとき、普通はそうするものでしょ」

ヒューゴは無言だった。

「わたしが――」グウェンはそこで急に言葉を呑みこんだ。「ヴァーノンが転落するのと同時にわたしがふりむいたとき、ジェイスンがすでに彼のほうを向いていた。そして、彼を止めようとして両手を高く上げていた。もちろん、止められるわけがないけど、あの状況なら理解できることだわ。ただ――」

グウェンは眉間にしわを寄せた。いまなお、心によみがえった光景をくっきりさせようとしていた。でも、ぜったいそうに違いない。

「てのひらを自分のほうに向けていた？」ヒューゴが言った。「止めるのではなく、誘うようなしぐさだった？　嘲笑していた？」

「わたしの記憶違いかもしれないけど」グウェンは言った。だが、記憶違いでないことはわかっていた。

「いや、そのような記憶は拭い去れないものだ。たとえ、それを認めることを頭が七年以上拒否していたとしても」

「わたしが背中を向けていなければ、書斎へ行こうとするかわりにヴァーノンのところへ急いでいれば、ジェイスンもそんなことはできなかったはずだわ」

「グウェンドレン、もしあのとき何も起きていなかったら、あなたはどれぐらいの時間、書斎にいただろう？」

　グウェンは考えこんだ。

「長居はしなかったでしょうね。せいぜい五分ぐらいかしら。もっと短かったかもしれない。ヴァーノンにはわたしが必要だった。あの話に動揺してたはずですもの。わたしは寝室に一歩入ったとたん、ヴァーノンの様子がおかしいことに気づいたでしょう。いつものように何回か深呼吸してから、彼のそばへ行ったでしょう」

「あなたのおなかの子を亡くして、ヴァーノンは悲しんでいた？」

「自分を責めてたわ」

「そして、慰めを求めていた。では、ヴァーノンはあなたを慰めてくれたかい？」

「病弱だったのよ」

いただろう」

「式のときに誓ったんですもの。順境にあっても、逆境にあっても、病めるときも、健やかなるときも、って。でも、最後は夫を破滅に追いやってしまった」

「それは違う。あなたはヴァーノンの看守ではなかったんだ、グウェンドレン。来る日も来る日も四六時中、ヴァーノンを見張ることなどできるはずがない。それに、病弱かどうかはともかく、判断力までなくしていたわけではない。そうだろう？　子供を亡くした辛さはあなたも同じだったはず。いや、それ以上だ。ところが、ヴァーノンは自分一人で罪悪感を抱えこみ、あなたが必死に求めていた慰めを与えてもくれなかった。たとえ絶望のどん底にいたとしても、背負いきれない重荷をあなたに押しつけ、教会での誓いを何一つ守っていないことを自覚すべきだったと思う。いくら病弱だといっても、完全な心神喪失の状態でないかぎり、自分勝手にふるまう言い訳にはならない。あなただってヴァーノンに劣らず愛情を必要としていた。ヴァーノンは自分で飛びおりたんだ。誰かに突き落とされたのではない。嘲られ、手招きされたとしても、飛びおりたのは彼自身だ。当てつけだったのかもしれない。あなたが自分を責める気持ちは、わたしにも理解できる。おそらく、誰よりもよく理解できるだろう。だが、わたしはあなたを罪悪感から解放してあげたい。そんなものは捨てるのだ、愛しい人。ジェイスンを人殺しと決めつけることはできない。そうだろう？　明らかに殺意があったとしても。あとはやつの良心に委ねるしかない。もっとも、あの男に良心があるかどうかは疑問だが。あんな卑しい男は放っておくんだ。あなたは愛されることだけ考えていればいい。わたしがあなたを愛していく」

「馬が生垣を飛び越せなくてわたしが落馬したときも、ジェイスンが一緒だったわ。あの馬が飛越に失敗したことはそれまで一度もなかったし、しかも、もっと高い生垣でも楽に飛んでたのよ。ジェイスンがすぐうしろにいて、わたしを急き立て、きれいに飛ぶよう馬に声をかけていた。わたしはずっとそう思ってた。でも、まさか……ジェイスンはもしかして……？」

ヒューゴがゆっくり息を吸うのを、グウェンは耳にした。

「赤ちゃんが死んだのはわたしのせいじゃない。そう思ってもいいの？　それとも、ジェイスンがヴァーノンを邪魔者扱いして、彼の死まで願ってたことを知ったから、そう思いたくなったのかしら。ジェイスンは赤ちゃんを亡き者にしようとしたの？　わたしを亡き者にしようとしたの？」

「ああ、グウェンドレン。ああ、愛しい人」

グウェンは目を閉じたが、熱い涙が頬にこぼれ、頬を斜めに伝って毛布に滴り落ち、鼻の脇にたまるのを止めることはできなかった。

ヒューゴが彼女を両腕に包み、大きな片手で彼女の頭を支えて、涙に濡れた頬、まぶた、こめかみ、唇にキスしてくれた。

「泣かないで」と、あやすように言った。「もう泣かないで。すべて忘れるんだ。わたしがあなたを愛していく。あなたは不幸な愛を経験してきた、グウェンドレン。愛とは与えるだけではないのだよ。受けとることでもある。愛を与える喜びを相手に知ってもらうことなんだ。これからはわたしがあなたを愛していく」

グウェンは心臓が破裂しそうだった。生まれてからずっと、いや、とにかく結婚してからずっと、自制心を保ち、つねに明るくふるまおうとし、悲観的になったり恨みがましくなったりしないように努めてきた。人を愛そうとし、自分も愛を受け入れてきた。ただ、それは、母親や、兄や、ローレンや、リリーや、その他の身内の、落ち着いた静かな愛だった。

でも……。

「世界の端から飛びおりるような気分でしょうね」グウェンは言った。

「そうだ。わたしが下で受け止めてあげよう」

「ほんと？」

「そして、わたしが飛びおりるときは、あなたが受け止めてくれればいい」

「押しつぶされてしまうわ」

二人で笑いだし、腕を差しだして抱きあった。グウェンの涙で二人の頬が濡れていた。

「グウェンドレン」二人がふたたび黙りこんだところで、ヒューゴが言った。「結婚してくれないか」

グウェンは目を閉じて彼を抱きしめ、コロンと汗と男っぽさが混ざりあった香りを吸いこんだ。そして、漠然としてはいるが、ヒューゴ自身の何かすてきな香りを。

「わたしに子供を持つことができると思う？　もう一度チャンスを与えてもらってもいいと思う？　子供ができなかったらどうすればいいの？」

ヒューゴは舌打ちした。

「先のことは誰にもわからない。ときがたてば、いずれはっきりするだろう。あなたのおなかに子供が宿る可能性は充分にある。それから、わたしへの気兼ねは無用だ。わたしはほかの女と結婚して子供を一〇人以上持つより、子供ができなくてもあなたと一〇〇〇回結婚するほうを選ぶだろう。あなたに断わられたら、たぶん誰とも結婚しないと思う。娼館通いを再開しなくてはならないだろうな」

二人はまたしても笑いころげた。

「まあ、それなら……」

「イエス？」ヒューゴは顔を離し、ランタンの光のなかでグウェンを見つめた。

「あなたと結婚します」まじめな声になって、グウェンは言った。「ああ、ヒューゴ、二人だけの小さな世界を見つけるために、どれだけ多くの異なる世界を越えていかなくてはならないとしても、わたしはかまわない。平気よ。すべきことをしていくつもりよ」

「わたしもだ」

二人はじっと見つめあい、やがて、どちらも涙ぐんでいた。

ヒューゴが身を起こして衣類の山を探り、時計を見つけだした。ランタンの光のなかへ持っていった。

「二時半だ。五時半までにはここを出ないと。あと三時間。三時間で何ができる？　何かご希望は？」

グウェンを見下ろした。

「ああ、なるほど。すばらしい案だ。三時間あれば、ご馳走を満喫するほかに前戯の時間もたっぷりとれる」

グウェンは彼に向って腕を広げた。

「ヒューゴ」グウェンがささやくと同時に、彼がふたたびグウェンを抱きしめ、仰向けに横たわって、彼女を自分の上に乗せた。「ああ、ヒューゴ、愛してる、愛してる」

「ん……」唇を重ねたまま、ヒューゴがつぶやいた。

全員が顔をそろえた遅めの朝食の席で、ヒューゴは婚約を発表した。その前にグウェンドレンの兄に話をするのが筋だろうが、それは前にすませている。また、最初に彼女の家族の前で発表するのが筋かもしれないが……その必要がどこにある？　ロンドンに戻ったらすぐ報告に行くつもりだ。

「あ〜あ」食卓を見まわし、つまらなそうな声でコンスタンスが言った。「わくわくすることが全部終わっちゃって、明日はロンドンに帰らなきゃいけないのね」

「でも、こっちに来てからずっと、すてきな時間を過ごしたじゃない、コンスタンス」フィオーナが言った。その声には、ヒューゴが今週になるまで一度も聞いたことのなかった温かさと活気があふれていた。「それに、今日一日、まだまだ楽しめるのよ」

「しかも、わくわくすることがすべて終わったわけではない」食卓の上座からヒューゴは言った。「少なくとも、わたしにとってはまだ終わっていない。それから、グウェンドレンにとっても。じつは、婚約したばかりなんだ。今日は婚約カップルとして楽しい一日を過ごしたいと思っている」

夜が明ける前にグウェンドレンが言ってくれたのだ。ヒューゴが望むなら今日のうちに婚約を発表してもかまわない、と。歓声と叫び声と拍手が部屋にあふれ、みんながいっせいにしゃべろうとし、椅子をひく音が床に響くなかで、グウェンドレンはいま、笑みを浮かべ、下唇を噛んでいた。ヒューゴはいつのまにか握手攻めにあい、背中を叩かれ、頬にキスされていた。グウェンドレンのほうを見ると、やはり抱擁とキスの嵐だった。

彼女の家族だったらここまで爆発的な喜びを示すだろうか、とヒューゴは疑問に思った。いや、やはり大喜びしそうだ。

「一〇ギニーの貸しだぞ、マーク」テーブル越しに、いとこのクロードが言った。「おれは週の終わりにって言っただろ。証人もいるんだぞ」

「あと一日か二日ほど待てなかったのか、ヒューゴ」マークが言った。

「ねえ、式はいつになるの？」ヘンリエッタおばが訊いた。「場所は？」

「ロンドンで」ヒューゴは答えた。「たぶん、ハノーヴァー広場の聖ジョージ教会になると思います。教会の結婚予告が終わったらすぐに。式をすませて、夏はこちらで過ごしたいんです」

ほかの候補も二人で検討してみた。ニューベリー・アビー、クロスランズ・パーク、さらには、ペンダリス館までも。しかし、両方の家族に出てもらいたかったし、ロンドン以外の場所は無理だと思われた。一つには、参列者の数がかなりにのぼるだろうから。また、ヒューゴの身内はすでに数日の休暇をとったあとだから。それに、社交シーズンはまだまだ終わらないし、議会も続いている。二人とも挙式を夏まで延ばすのはいやだった。

「聖ジョージ教会」ローズおばが言った。「すてき！　全員を招待してちょうだいね」

グウェンドレンがすぐさま言った。「わたしの家族はもちろんのこと、ここにいらっしゃる全員に来てもらえなかったら、式を挙げることはできませんわ」

「でも、わたし、着ていくものがない」コンスタンスが言って、陽気に笑いだした。「ああ、幸せすぎて破裂してしまいそう」

「食べものの上で破裂するのはやめてくれ、頼むから」いとこのクロードが言った。

ヒューゴは疲れていた。二回目に思いきり愛しあったあとで、たぶん一時間ぐらい寝たと思うが、よみがえったエネルギーを三回目で使い果たした。しかも三回目が終わったのは、厩を出なくてはいけないと彼が決めていた時刻の五時半ぎりぎりだった。馬番に見つかったら、とんでもない恥をさらすことになっただろう。

二人で屋敷に戻ったあと、グウェンドレンは自分のベッドで眠った。ヒューゴは眠らなかった。興奮しすぎていた。まるで男子生徒のように。

いまになって疲れが出てきた。心地よい疲れだった。肉体が満たされてゆったりした気分になり、心のなかは幸せでいっぱいだった。だが、幸せは束の間の儚《はかな》いものだとか、ロマンスはそれ以上に脆《もろ》いものだと、心が警告しようとしても、いっさい耳を貸さなかった。婚約者に恋をしているだけではない。心から愛していた。〝いついつまでも幸せに〟というお伽話のような結末は信じていなかった。幸せは力のかぎり勤勉な努力を続けて築いていくものであることを知っていた。ちょうど、少年時代に父親のあとを継ぐべく努力したように。英国軍に入ってからは最高の陸軍士官になるべく努力したように。

失敗を恐れてはいなかった。

朝食のあと、フィオーナが彼の腕に手を通して、しばらく外を散策した。午前中の遅い時間で、曇り空でひんやりしていた。

「ここはとてもきれいなところだわ、ヒューゴ。ここに来てからずっと、どうすれば庭がもっとすてきになるかについて、みんながあなたにいろいろ意見を言って、あなたは少し変えてみるって答えてたでしょ。でも、変えすぎてはだめよ。自然はそのままにしておくほうがいいこともあるのよ」

ヒューゴはフィオーナを見下ろし、この女性に大きな愛情を感じていることに驚いた。彼の父親に愛され、その娘を——コンスタンスを——産んだ女性。

「大々的に変えようとは思っていない。大がかりなけばけばしい展示物にする気はないから。

しばらく前に、わたしがコンスタンスを連れてリッチモンドへガーデンパーティに出かけたことは、覚えていますね。息を呑むほど華やかな庭園だった。だが、わたしのこの庭をそのようなものに変えるつもりはぜったいにない」

「よかった」フィオーナはしばらくのあいだ、無言で彼の横を歩きつづけた。「わたし、自分が何をしたのかよく承知しているわ。あなたにふさわしくない人生へあなたを追いやってしまった。あなたがそこでも輝かしい功績を残したのは事実だけどね。もし、あなたが戦死していたら、わたし――」

ヒューゴは自分の腕にかけられたフィオーナの手を片手で包んだ。

「フィオーナ、わたしが誰かにどこかへ追いやられたなどということはない。自分でそちらへ行こうと決めたのだ。軍隊に入っていなければ、いまのわたしは別の人間になっていただろう。もっといい人間か、もっと悪い人間か、ほぼ同じような人間か。いずれにしろ、別の人間になりたいとは思わない。さまざまな経験がいまのわたしを作りあげてくれたのだから、それを大切にしたいと思っている。家を出ていかなければ、グウェンドレンと出会うこともなかっただろう。それに、戦死せずに戻ってきた。そうだろう?」

「優しい子ね。わたしを許すと言ってくれてるのね。ありがとう。わたしもいずれ自分を許せるようになるかもしれない。あなたのお父さんはいい人だったわ。いい人すぎた。わたしなんかよりもっとふさわしい女性がいたでしょうに」

「父はあなたを選んだんだ。なぜなら、あなたを愛していたから」

「あなたをこうして散歩に誘ったのは、じつは訊きたいことがあって——」

ヒューゴはフィオーナのほうへ顔を寄せた。

「フィリップから——ジャーメイン氏から、ロンドンの家を訪ねてもかまわないかって訊かれたの。キューにある植物園と、そこの塔《パゴダ》へ案内したいんですって。劇場へも連れていきたいって。わたしがもう何年も行ってないから。それと、ヴォクソール・ガーデンズへも。そちらはまだ一度も行ったことがないのよ。あの……ヒューゴ、気を悪くする？　あなたのお父さんを裏切ることになるかしら。亡くなったお母さんの弟さんとつきあうなんて、あなたには許せないことかしら」

ヒューゴはこの週のあいだ、フィオーナとフィリップが好意を寄せあう姿を見てきた。微笑ましく思っていた。フィリップはずいぶん若いとき、ヒューゴが軍隊に入る少し前に結婚したが、それから一年もしないうちに、妻が出産の床で亡くなった。以来、再婚もせずに今日まで来た。フィオーナのほうは以前から鬱状態で、体調がすぐれず、コンスタンスを家に縛りつけていたが、突然、成熟した女性へと変貌を遂げた。不幸と罪悪感という重荷を背負ってきたが、いまは人生を立て直そうと真摯に努力している様子だ。

この二人が一緒になったときに——永遠の幸せが手に入るかどうか、誰に答えられるだろう？　ヒューゴが答えるべきことでもない。だが、二人の幸せを願うことはできる。

彼女の手を軽く叩いた。

「ヴォクソール・ガーデンズに連れてってもらうなら、花火のある夜にするといい。花火の夜は最高だそうだ」

フィオーナは深いため息をついた。

「あなたのために心から喜んでるのよ、ヒューゴ。レディ・ミュアが初めてうちにいらして、コンスタンスを連れてドレスを買いに出かけたとき、わたしはあの人への憎しみでいっぱいだった。でも、心から憎むことはできなかった。そして、今週になって、あの人がほんとに自然にふるまってて、少しも高ぶったところがなくて、みんなとのおしゃべりを心から楽しんで、うちの母にまで優しくしてくれるのを見てきた。そして、あなたを心から愛している様子も見てきた。ゆうべ、あなたたちがワルツを踊ったときは、あの人の脚が不自由だというのに、うっとりするほどすてきだったわ。朝食のときの婚約発表は、誰にとってもそう意外ではなかったのよ」

緊張しながら婚約を発表した自分を思いだして、ヒューゴはクスッと笑った。

雨がぽつぽつ降ってきたので、二人はあわてて屋敷に戻った。

しばらくしてから、ヒューゴはビリヤード室をのぞき、ゲームを見物した。部屋を出たとき、ネッド・タッカーが追ってきた。

「忙しいですか」と訊いた。「聞いてもらいたいことがあるんですが」

ヒューゴはタッカーを連れて書斎に入り、ここの書棚に並んだうんざりする本の大半を寄付する先を見つけなくてはならないと話した。書棚の半分以上は空っぽになるだろうが、書斎に入るたびに目にする光景に比べればそのほうがましだった。自分が選んだ本と、グウェンドレンが選んだ本で、徐々に棚を埋めていくつもりだった。それまでのあいだ、空っぽの棚をどう活用するかについても、たぶんグウェンドレンが何かいい案を出してくれるだろう。

「ぼくも図々しいですよね」タッカーは言った。「招待されてのこのこ来てしまうなんて。招待してもらえたのは、あなたがミス・イームズのお身内に招待状を持ってきたとき、ぼくがたまたま店にいて、それから、ローランズのおばさんがぼくのことを家族の一員みたいなものだと言ったからに過ぎなかったのに。ああ言われたら、あなたも誘うしかないですよね。だけど、ぼく、ほんとはノーと言うべきだった。イエスと答えたのは、来たかったから。おかげですごく楽しかったし、感謝してます」

「来てもらえて、心から喜んでたんだよ」ヒューゴはそう言うと、デスクの隅に置かれたデカンターからそれぞれのために酒を注ぎ、窓辺の二つの椅子を手で示した。

外はまだ雨だったが、ひどい降りではなく、小雨になっていた。明日ロンドンに戻るときは道路状態もそう悪くないだろう。

「妹さんはこの春を思いきり楽しんでますね」タッカーはポートワインのグラスをゆっくりまわしながら、そのグラスをじっと見つめて言った。「一年間はお父さんの喪に服してたし、その前は、まだほんの少女だった」

ヒューゴは待った。

「コンスタンスはこれまで父方のいとこやその友達とつきあうほうが多かったですよね」タッカーは言った。「同じ世界の人たちと。それから、貴族社会ともつながりができて、いろんな紳士と散歩に出たり、馬車で出かけたりしていた。みんな、きっと、コンスタンスにふさわしい相手だったんでしょうね。でなければ、あなたか、レディ・ミュアか、両方が交際を止めていたはずだから。コンスタンスはまだ若いし――人生を楽しみはじめたばかりだから、人生の選択をするには早すぎる。もっとも、突き進む人も世間にはけっこういますけどね。でも、コンスタンスはあの年齢にしてはとても分別がある。というか、ぼくにはそう見えます。それに――」

タッカーはグラスのポートワインを飲むのをやめた。動作がややぎこちなかった。

「きみは？」ヒューゴは話の先を促した。

「ぼくはこのとおりの人間です。読み書きも計算もできる。自分の小さな家と店を持っている。商売のおかげで一定の収入がある。金持ちにはなれそうもないけど。でも、金物はいつの時代も需要があります。たぶん、一生涯店をやって、死ぬときに自分の息子に譲るでしょう。うちのおやじがそうしてくれたように。ぼく、店の裏で遊び半分にやってることがあるんですよ。大工仕事が中心で、金属加工も少ししてます。ドールハウスと犬小屋をいくつか作ったら、けっこういい値段で売れました。もっと大きなものに挑戦してみたい気もあります。納屋なんかいいかな。でも、ほんとはデザインをいろいろ考えるのが好きだけど」

「サマーハウスは？」ヒューゴは提案した。「庭園の休憩所は？」

タッカーは考えこんだ。

「やりがいがあるでしょうね。ただ、そんなものが必要な人なんて、知りあいのなかに誰もいないし」

「そういう人が、いまきみの目の前にいるんだが」ヒューゴは言った。

タッカーはヒューゴを見つめ、それからニッと笑った。

「ほんとですか」

「本当だ。そのうち相談しよう」

「いいですとも」タッカーはそう言うと、ほとんど減っていないグラスの中身に注意を戻した。

「ぼく、コンスタンスに求婚してるわけではないんです。ぜんぜんそんな仲じゃないし。求婚する許可をあなたに求めてるわけでもありません。相手が誰だろうと、コンスタンスはまだ結婚なんて考えてないと思うから。ぼくが訊きたいのは……」タッカーは言葉を切り、深く息を吸った。「彼女が結婚を考えるようになり、同じ世界の相手や上流階級と結婚したほうが幸せになれるとわかってて、でも、ぼくに好意を持ってくれてるように見えたら、ぼく、コンスタンスには興味なんかないふりをしたほうがいいでしょうか。あるいは、ほかに誰かいるふりをするとか」

むずかしい質問だ。

いや、そうむずかしくないのかもしれない。

「コンスタンスを愛してるのかね？」ヒューゴは尋ねた。

タッカーは彼と目を合わせた。

「怖くてまだそこまでは……」

「ならば、きみはきっと正しい選択をするだろう。コンスタンスもだ。わたしはあの子を信頼している。決めるのはきみ、そして、コンスタンスだ。そのときが来たら、コンスタンスの母親の意見も聞いてほしい。ただ、わたしがきみだったら、どんなふりもしないだろうな。正直になり、コンスタンスなら賢明な判断をするだろうと信じるのがいちばんだ」

「感謝します」タッカーはグラスを掲げ、ポートワインの残りを飲みほした。「心から感謝します。さて、サマーハウスはどこに造るつもりだったんですか。どれぐらいの大きさのものを？」

ヒューゴは窓のほうへ目をやった。雲がまだ低く垂れこめているが、いまのところ、雨は上がっているようだ。

「来てくれ。案内しよう。いや、もっといいのは、グウェンドレンを見つけて一緒に来てもらい、きみを案内することだ。コンスタンスも一緒に来たがるかもしれないな」

正直に言うと、またグウェンドレンに会い、口実を作って一緒に過ごすのが待ちきれない思いだった。ただ、身内だけのささやかなハウスパーティではあるが、その主人役として、婚約した女性だけでなく、すべての人と一緒に過ごさなくてはという義務感に駆られていたのだった。

人生はときとして愚かなものだ。

そして、ときとして、夢にも思わなかったほどすばらしいものになる。

24

二人の婚礼の日は朝から雨だった。しかも大雨だった。

ヒューゴは縁起をかつぐほうではないが、それでも、太陽が照っているか、せめて曇り空であってくれれば、結婚式に参列する人々も楽だろうに、という気持ちはあった。自宅を出ようとしたちょうどそのとき太陽が顔を出し、道路も歩道もたちまち乾きはじめたので、これからは、多少は縁起をかつぐことにしようかと思いはじめた。

花婿の付き添い人はフラヴィアンに頼んだ。いとこの少なくとも半数が気を悪くしなければいいがと思いつつ。だが、フラヴィアンはヒューゴの分身のような存在だ。彼は一拍置いて眉を上げただけで承諾し、大きなため息をついてから、物憂げな声で短い演説をした。

「ヒューゴ、わが愛しの友よ、世間の人間はきみをひと目見るなり、ロマンティックな愛などという儚いものに屈することはありえない男だ、と結論するだろう。だが、〈サバイバーズ・クラブ〉の仲間なら誰もが、愛に屈する者がいるとすればそれはきみであることを、ずっと以前に断言できたはずだ。今年の初めに、自分にふさわしい妻を見つけなくてはなどときわめて思慮分別ある話をしていたきみがねえ……。よし、いいとも、花婿の付き添い人をひきうけよう。きみのことだから、奥さんが八〇歳になり、きみがその少し上の年になっても、あいかわらず、ぼうっとのぼせあがった目で奥さんを見ていることだろうな。そして、奥さんのほうも同じ視線をきみに返すことだろう。お伽話のようなハッピーエンディングを信じる心を失った者も、きみを見たら考えが変わるかもしれない」

「ひと言〝イエス〟と答えてくれればよかったんだ、フラヴ」

「まったくだ」フラヴィアンは同意した。

もちろん、ヒューゴの身内は一人残らず結婚式に出ることになっていた。それから、ジョージとラルフも。イモジェンまでが招待に応じてヒューゴを驚かせた。二、三日ロンドンに出てきてジョージの屋敷に泊めてもらう、と手紙に書いてあった。ベンはイングランド北部に住む姉のところを訪問中だった。ヴィンセントは自宅を留守にしていて、どこへ行ってしまったのか家族も知らなかった。しかし、衣類一式を持ち、従者を連れて出かけていったそうだ。ヴィンセントの身のまわりの世話を細やかにしてくれる従者なので、家族は心配していなかった——いまはまだ。

グウェンドレンの身内全員と何人かの友人も招待されていた。しかし、社交シーズン中の貴族社会の典型的な婚礼にはなりそうもなかった。イングランド社交界の最高ランクの人々で教会があふれかえることはないだろう。招待客の数が膨大になるのは避けられないが、ヒューゴも、グウェンも、いちばん身近な人々に式を見守ってもらい、温かな雰囲気にしたいと望んでいた。

教会に到着し、いまは少人数だがあと一時間もすればさらに膨れあがるに決まっている野次馬に迎えられたとき、ヒューゴは言った。「もう一度決死隊を率いて突撃するほうが楽だろうな」

「ぼくの助言に従って少しでも朝食をとっていれば」フラヴィアンが言った。「もっと楽な気分でいられただろうに」

「経験から出た意見かい？」ヒューゴは訊いた。

「とんでもない。祭壇の前まで行ったことは一度もないし、祭壇が見える場所まで近づいたこともない」

ヒューゴはたじろいだ。思いやりのないやつだ。

「その幸運にぼくは永遠に感謝することだろう」フラヴィアンは言った。「ちょっとがっかりすると思わないか？　順境にあっても逆境にあっても愛しますと花嫁が誓っておきながら、じつを言うと、順境にあれば愛するが、逆境になったら大急ぎで逃げだすつもりだったことが、結婚したあとでわかったりしたら」

そうだろうな——ヒューゴは思った。そして、グウェンドレンが最初の夫にそう誓ったときは真剣だったことを思いだした。教会に入っていきながら、手を伸ばして、この友の腕を握りしめた。

「やめてくれ。頼むよ、ヒューゴ」フラヴィアンは身震いした。「ぼくの前で感傷的になるのはやめろ。ロマンティックな男の結婚の付き添い人になるより、決死隊を率いたほうがいいんじゃないかという気がしてきた」

少し遅れて花嫁が到着するころには――と言っても、ただの一分も遅れはしなかったが
――ヒューゴの緊張もかなりほぐれていた。そして、興奮に胸を躍らせていた。新しい人生を始めたくてたまらなかった。永遠の幸せを手に入れたくてたまらなかった。そうなのだ。永遠の幸せなど信じないと言いながら、ときどき、懐疑的な心を忘れてしまう。まあ、婚礼の日だから、忘れても仕方がないだろう。

グウェンドレンが到着した。オルガンの演奏が始まり、牧師が祭壇のところに立った。ヒューゴは祭壇のほうを向いて直立不動で立つべきか、向きを変えてグウェンドレンが近づいてくるのを見守るべきか、決めかねていた。正式な作法を尋ねるのを忘れていた。

折衷案をとることにした。向きを変え、直立不動のまま、兄の腕に手をかけてやってくるグウェンドレンを見守った。濃いローズピンクのドレスをまとったその姿は……ああ、英語というのはときどき、まことに表現力に乏しい言語になることがある。彼女の目がヒューゴをじっと見ていた。顔を覆った薄いベールの奥に、微笑を湛えた目があった。

ヒューゴは自分の表情を心のなかでチェックした。歯がきつく噛みあわさっている。ということは、顎がこわばっているわけだ。眉が緊張している。眉間のしわが見えるような気がした。両手を背中で組んでいる。やれやれ、それではまるで閲兵式だ。もしくは、誰かの葬儀に出ているみたいだ。なぜだ？　微笑するのが怖いのか。

怖がっている自分に気づいた。微笑を浮かべたら、すべてを心にしまいこんでおくことができなくなりそうだ。ひどく無防備になった気がするだろう。しかし、何に対して無防備に？　愛？

だが、すでに地球の端から飛びおりて、愛という腕に安全に抱きとめられた経験がある。ほかに何を恐れることがある？

彼女が来るのをやめるとか？

いや、ちゃんと来てくれた。

誓いを述べるときになっても、〝……します〟や〝……を誓います〟といった言葉を彼女が口にしようとしないとか？

いや、言ってくれるはずだ。

彼女を永遠に愛しつづけることが自分にはできないとか？

いや、愛しつづけていく。永遠よりも長きにわたって。

両手を脇に下ろした。

そして、近づいてくる花嫁に向かって笑みを浮かべた。

集まった参列者がいっせいに息を吐いたように思えたのは、こちらの錯覚だったのだろうか。

人生とはなんと不思議なものだろうとグウェンは思った。三月初旬のあの日、母親から届いた手紙をヴェラに読んで聞かせ、そのせいでヴェラの毒舌を浴びることにならなければ、あの岩だらけの浜辺へ散歩に出かけ、途中で足を止めて沖合を眺めたりしなければ、自分がいかに孤独かを自覚することはなかっただろう。そのあともずっと現実を否定しつづけていたかもしれない。

あの急斜面をのぼろうとして足首をくじいていなかったら、ヒューゴに出会えなかっただろう。

運命などというものを信じたことは一度もなかった。いまもやはり信じていない。運命を信じたら、意志や選択の自由が意味をなくしてしまう。その自由があってこそ、人は人生を歩み、学ぶべきことを学べるのだ。しかし、ときとして、何かが、何かの印が現われて、人をある方向へ導いてくれるような気がする。その導きのもとで何を選ぶかは当人が決めることだ。

足首をくじいたのも、ヒューゴがたまたま近くにいたのも、グウェンが自分の孤独を痛感したすぐあとのことだったのは、単なる偶然ではないはずだ。しかし、偶然など存在しないというのも、たぶん、真実だろう。

ヒューゴに出会い、いかにも軍人らしい不愛想な殻の内側に入りこみ、彼を愛するようになろうとは、およそ考えられないことだった。でも、現実にそうなった。

自分でも信じられないほど深く彼を愛している。

グウェンの家族もみな結婚に賛成してくれた。ウィルマだけは反対のようだったが、珍しくもいっさい意見を言わなかった。家族はみな、ヒューゴに対するグウェンの思いがとても強いことを理解し、どう見ても彼女にふさわしくない男だが、そんな彼を愛して結婚しようと決めたのなら、じつはふさわしい男に違いないと思っているようだった。そして、もちろん、ヴァーノンの死以来ずっと安全な繭のなかに身を潜めていたグウェンがついに外に出て、ふたたび人生を始める気になったことに、みんなが安堵していた。

母親がうれし涙を流した。

ローレンも。

リリーがグウェンをひっぱって花嫁衣装を誂《あつら》えに出かけた。

そしていま、婚礼の運びとなった。ようやく。教会で公示される結婚予告の期間は一カ月だが、ときとして一年ぐらいに感じられるものだ。しかし、待つ期間は終わり、グウェンはハノーヴァー広場の聖ジョージ教会にいた。両家の身内が全員顔を出していることはわかっていた。もっとも、参列者の席を見渡したわけではない。ネヴィルの腕に手をかけ、ヒューゴだけを見ていた。

ヒューゴは浜辺の上の斜面で出会ったときとほぼ同じ姿だった。ただ、あのときは分厚い外套をはおっていたが、今日の彼は婚礼のための礼装だった。

渋い顔でこちらを見ている。

グウェンは微笑した。

すると、すばらしいことに、信じられないことに、教会に集まった人々の視線を一身に浴びているというのに、ヒューゴが微笑を返してくれた。温かな笑みが彼の顔を輝かせ、信じられないぐらいハンサムな男に変えた。

教会のなかにざわめきが走ったところを見ると、誰もがそれに気づいたようだ。

グウェンが彼の横に立ち、オルガンの演奏が終わり、婚礼の儀式が始まった。

時間の歩みが遅くなったように思われた。グウェンは一つ一つの言葉に耳を傾け、自分の返答も含めて一つ一つの返答を耳にし、指にはめられた金の指輪のなめらかな冷たさを感じた。指輪は一瞬関節にひっかかったあと、彼の手で無事に指に収まった。

ほんの一瞬のようにも思われたが、ようやく式が終わり、二人は夫と妻になった。二人を切り離すことはもう誰にもできない。ヒューゴは興奮に胸を躍らせる幼い少年のような表情でグウェンに笑いかけ、彼女のベールを上げてボンネットのつばの上で形を整えた。

グウェンが彼を見つめかえした。

わたしの夫。

式の残りの部分に入って、結婚証書に署名がなされ、新郎新婦が教会を出るときが来た。

二人は左右の人々に微笑をふりまき、できるだけ多くの親戚や友人と視線を合わせた。グウェンの腕が彼の腕に通され、二人の手がしっかり握りあわされていた。

教会の扉の外で太陽の光が二人を迎えた。

外にできた小さな人垣から温かな歓声が上がった。

ヒューゴは彼女を見下ろした。

「さあ、奥さま」

「ええ、旦那さま」

「心地よい響きかい？　それとも、最高の響き？」

「そうね……最高だわ、たぶん」

「同感だ、レディ・トレンサム。みんなが教会から出てこないうちに、大急ぎで馬車まで走ろうか」

「手遅れみたいよ」

なるほど、披露宴が開かれるキルボーン邸へ二人を乗せていくための幌を下ろしたバルーシュ型の馬車に、リボンや、はき古したブーツや、さらには、鉄のやかんまで結びつけられていた。そして、キット、ジョゼフ、マーク・イームズ、ベリック伯爵が花びらを手にして待ち構えていて、笑いながら馬車をめざして走るヒューゴとグウェンに投げかけた。

御者に出発の合図を送ったヒューゴは、スプリングの効いた馬車が揺れながらハノーヴァー広場をガラガラと出ていくあいだに言った。「あのやかんをもう一度使おうとする者がいなければいいのだが」

「一〇キロ離れていても、みんなにこの馬車の音が聞こえるでしょうね」

「二通りの対策がある。馬車の床に伏せる方法が一つ。この方法はなかなか便利だと思う。もしくは、大胆なことをして人々の注意を騒音からそらすという方法もある」

「どうやって？」グウェンは笑いながら訊いた。

「こうだよ」ヒューゴはグウェンのほうを向き、大きな手で彼女の顎を包んでから、うつむいてキスをした。唇を開いて。

どこかで誰かが歓声を上げた。ほかの誰かが口笛を吹き、その鋭い音がやかんの騒音を圧して響きわたった。

二番目の方法がいいわ――唇をふさがれていなかったら、グウェンはそう言っていただろう。

しかし、何も言えなかった。

訳者あとがき

大好評のうちに幕を閉じたハクスタブル家のシリーズに続いて、メアリ・バログの新シリーズ、〈サバイバーズ・クラブ〉七部作がここにスタートした。

サバイバー。意味は〝生き延びた者〟。シリーズの各作品の主人公となる男女は、さまざまな形でナポレオン戦争のなかを生き延びた者たちだ。ある者は肉体に、ある者は心に深い傷を負って、戦場となったイベリア半島から祖国イングランドに戻ってきた。彼らが心身の傷の治療に専念できるよう、コーンウォールの屋敷を提供してくれたのが、跡継ぎの一人息子の命を戦争に奪われたスタンブルック公爵だった。

傷を癒し、回復に向かう長い時間のなかで、彼らのあいだに固い絆が芽生えていく。戦争を生き延びたこのグループを、彼らはやがて〈サバイバーズ・クラブ〉と呼ぶようになる。三年前、長い療養生活を経てそれぞれの人生に戻る時期がやってきたとき、今後は年に一回、二、三週間ずつ、この屋敷に集まって旧交を温めようと全員が約束した。

深い傷を負った魂の癒しと再生、それがバログの全作品を貫くテーマだが、そのテーマがとくに鮮明に打ちだされているのが本シリーズと言っていいだろう。

シリーズの中心となる七人をここで簡単に紹介しておこう。

トレンサム卿ヒューゴ・イームズ。本書の主人公。中流階級出身だが、めざましい武勲に対してトレンサム卿という称号を授与された。おおぜいの部下を死地へ追いやった自責の念に苦しめられ、ついには心がこわれてしまって祖国に送りかえされる。

ダーリー子爵ヴィンセント・ハント。十代で戦争に赴き、視力を失って帰国した。天使のように美しい顔立ちの若者。

サー・ベネディクト・ハーパー。戦場で馬に脚を押しつぶされて医師に切断を勧められたが、断固抵抗し、努力の末に不自由ながら自分の脚で歩けるようになったという、強靭な意志の持ち主。

ポンソンビー子爵フラヴィアン・アーノット。頭に大怪我を負って帰国。言語障害や頭痛の後遺症に苦しんでいる。しかも愛しあっていたはずの女性が婚約を破棄して彼の親友と結婚したため、シニカルな人間になってしまった。

ベリック伯爵ラルフ・ストックウッド。重傷を負ってポルトガルから帰国。いまも顔に醜い傷跡が残っている。だが、彼をもっとも苦しめているのは、学生時代の親友三人が戦場で粉々に吹き飛ばされるのを目にし、自分だけが生き残ったことだった。

レディ・バークリー（イモジェン・ヘイズ）。愛する夫が敵軍につかまり、拷問の末に銃殺されるのを見ていなくてはならなかったという酷い経験をしている。帰国後、遠い親戚にあたるスタンブルック公爵の屋敷に身を寄せることとなった。

スタンブルック公爵ジョージ・クラブ。一人息子がイベリア半島で戦死し、悲嘆に暮れた妻が崖から身を投げるという悲劇のなかを生きてきた。戦争で傷ついた者たちを自分の屋敷に迎え入れ、それぞれに人生の再スタートを切ることができるよう力になっている。

この七人が順に主人公となってシリーズが展開していく。


さて、まずはトレンサム卿ヒューゴ・イームズの登場である。なつかしい仲間との再会を楽しみに、コーンウォールにある公爵の屋敷へヒューゴが向かうところから物語が始まる。一年前に父親を亡くした彼は、父の会社を受け継いで経営していくためにも、家長としての責任を果たすためにも、今年こそ結婚しなくてはと決めている。できることなら、自分と同じ中流階級の出身で、堅実でしっかり者の女性がいい。

ところが、そんな彼がコーンウォールの荒涼たる海辺で出会ったのが、足をくじいて動けなくなっている美しい貴族の女性だった。近くの村の友人宅に滞在中で、一人で浜辺に散歩に来て坂道で転倒したのだ。ヒューゴの手で公爵の屋敷まで運ばれた彼女は、往診に来た医者の指示により、歩けるようになるまで屋敷にとどまることになった。

レディ・ミュアと名乗ったその女性に、貴族階級を毛嫌いしているヒューゴは反感を覚えつつも、共に過ごすうちにどんどん惹かれていく。

その点はグウェンドレン（レディ・ミュア）のほうも同じだった。七年前に夫のミュア子爵を亡くして以来、新たな男性との交際や再婚など考えたこともなく、実家に戻ってひたすら静かな暮らしを送ってきた。でも、もし再婚するとしたら、同じ貴族社会にいる穏やかな紳士を選ぼうと思っていた。だから、厳しい顔をした大柄で暗い雰囲気のトレンサム卿に胸をときめかせている自分が、どうにも不思議でならなかった。

住む世界が違い、おたがいに理想のタイプからはほど遠い二人が、迷い、悩み、苦しみつつも愛を育てていく様子を、バログは丁寧に描いていく。ヒューゴもグウェンもすでに三十代、成熟した大人の官能と、恋にのめりこむのをためらう臆病さが入り混じった二人の物語を、どうか楽しんでいただきたい。

最後に次作のお知らせを。シリーズ二作目の主人公として登場するのは、天使のように美しいダーリー子爵。大切な跡取り息子として過保護に育てられた彼は〈サバイバーズ・クラブ〉の面々と別れて自分の屋敷に戻ったあと、親の選んだ令嬢と結婚させられそうになり、それに反発して家を出てしまう。さて、その先でどんな冒険が彼を待ち受けているのだろう。どんな出会いがあるのだろう。

期待していてください。

二〇一七年九月

ライムブックス

浜辺《はまべ》に舞《ま》い降《お》りた貴婦人《きふじん》と

著　者　メアリ・バログ
訳　者　山本《やまもと》やよい

2017年10月20日　初版第一刷発行

発行人　成瀬雅人
発行所　株式会社原書房
〒160-0022東京都新宿区新宿1-25-13
電話・代表03-3354-0685　http://www.harashobo.co.jp
振替・00150-6-151594
カバーデザイン　松山はるみ
印刷所　図書印刷株式会社

落丁・乱丁本はお取替えいたします。
定価は、カバーに表示してあります。
 ISBN978-4-562-06503-5　Printed in Japan